Jean-Paul Sartre
OS CAMINHOS DA LIBERDADE
A IDADE DA RAZÃO

TRADUÇÃO *Sérgio Milliet*
PREFÁCIO *Franklin Leopoldo e Silva*

10ª EDIÇÃO

EDITORA
NOVA
FRONTEIRA

Título original: *Les Chemins de la liberté I: L'âge de Raison*

© Éditions Gallimard, 1945

Direitos de edição da obra em língua portuguesa no Brasil adquiridos pela EDITORA NOVA FRONTEIRA PARTICIPAÇÕES S.A. Todos os direitos reservados. Nenhuma parte desta obra pode ser apropriada e estocada em sistema de banco de dados ou processo similar, em qualquer forma ou meio, seja eletrônico, de fotocópia, gravação etc., sem a permissão do detentor do copirraite.

EDITORA NOVA FRONTEIRA PARTICIPAÇÕES S.A.
Rua Candelária, 60 – 7.º andar – Centro – 20091-020
Rio de Janeiro – RJ – Brasil
Tel.: (21) 3882-8200

Imagem de capa: Fotografia de Brassaï/
Gyula Halász
circa 1930
Coleção particular

CIP-Brasil. Catalogação-na-fonte
Sindicato Nacional dos Editores de Livros, RJ.

S261i

    Sartre, Jean-Paul, 1905-1980
        A idade da razão / Jean-Paul Sartre; tradução Sérgio Milliet. – 10. ed. – Rio de Janeiro: Nova Fronteira, 2021.
    (Clássicos de Ouro)
    352 p.

        Tradução de: Les Chemins de la liberté I: L'âge de Raison
        ISBN: 978.65.5640.347-2

        1. Romance francês. I. Milliet, Sérgio. II. Título. III. Série.

17-41594   CDD 843
                                     CDU 821.133.1-3

A Wanda Kosakiewicz

NOTA DO TRADUTOR

A tradução de um livro como este, escrito numa linguagem familiar, eivada de locuções populares e de gírias, exigia do tradutor certas liberdades. Assim é que se usou indiferentemente o *você* e o *tu*, ou melhor, mais amiúde o *você* com os pronomes na segunda pessoa. Por vezes, em certos trechos mais solenes ou trágicos, os verbos também foram postos na segunda pessoa. Em algumas frases feitas do diálogo usou-se a forma gramatical certa. Nem todas as expressões de gíria encontraram exata equivalência em português do Brasil. O tradutor fez o possível para manter-se fiel ao estilo do autor, correndo embora o risco das constantes repetições, coisa com que Sartre não se preocupa, em verdade.

S.M.

Prefácio

Entre as razões que se podem alegar para compreender a dupla condição de Sartre — filósofo e escritor — certamente está o fato de que a liberdade ocupa em seu pensamento um lugar central e é concebida segundo uma radicalidade absoluta. Ora, o que acontece quando um ser finito, limitado e frágil como o ser humano desfruta de uma liberdade absoluta? A consequência, assinalada por Sartre, é o caráter dramático que assume a experiência da liberdade. Além de não podermos defini-la, assegurando-nos assim a priori de sua realidade, também não podemos ter dela uma consciência clara, de modo a exercê-la sempre com suficiente lucidez. A compreensão possível da liberdade depende de uma contradição fundamental: ela pesa sobre nós de forma análoga à que a fatalidade pesava sobre os antigos. Se só não somos livres para deixar de ser livres, então somos fatalmente livres, o que Sartre exprime na célebre fórmula: "o homem está condenado a ser livre."

A filosofia pode falar de contradições e paradoxos; notadamente na contemporaneidade, a descrição filosófica da experiência histórica, extraordinariamente complexa tanto do ponto de vista subjetivo quando no que concerne às condições objetivas, exige, como sabemos, muito mais do que um pensamento analítico linear e deve ir muito além de uma dialética conciliadora. Para repetir as palavras de Sartre, a história "desabou" sobre nós e já não podemos vê-la como segmentos de um tempo sucessivo, mas sim como expectativas fracassadas numa trilha de escombros. Ora, se mesmo no plano teórico o instrumento conceitual mal consegue atingir a realidade vivida, justifica-se de alguma maneira que a representação literária forneça à compreensão da realidade humana a possibilidade de traçar as sinuosidades intrínsecas à vivência do drama da liberdade.

Neste sentido, é possível que a modalidade imaginária da consciência permita que nos relacionemos com um perfil mais marcante da realidade humana, e que a ficção abra possibilidades mais flexíveis e diretas de compreender — por assim dizer, a partir de dentro — a especificidade da existência histórica. Desse modo seria adequado dizer que a literatura constitui o espaço e o tempo que ensejam a elaboração reflexiva da relação íntima entre existência e experiência, o lugar da liberdade e o vínculo profundamente constitutivo da realidade humana.

Com efeito, ao *narrar* o drama da liberdade, ao *mostrar* a responsabilidade em ato naquilo que cada um faz de si mesmo, a literatura nos aproxima, talvez mais do que a filosofia, do movimento existencial e histórico que constitui o processo de subjetivação, aquele pelo qual nos tornamos nós mesmos, simultaneamente a partir de nós e a partir dos outros. A falta de uma essência como determinação da identidade faz com que o sujeito seja uma *história*, pautada pelos projetos e desejos, e destinada à frustração final de uma trajetória inconclusiva, interrompida pela incompletude constitutiva do para-si. Esta história, sempre inacabada, testemunha a abertura da liberdade que lança o sujeito para fora de si em busca de uma realização impossível. Mas mesmo numa eventual perda de si, o sujeito é ainda responsável — nunca poderá demitir-se de si mesmo. Por isso diz Sartre que o homem pode se curar de todas as neuroses, mas nunca se curará de si mesmo.

As personagens de Sartre vivem este humanismo difícil: a realidade humana, em sua indeterminação fundamental, revela o indivíduo desamparado, solitário em sua liberdade, angustiado em sua responsabilidade, à procura de um sentido para a sua história e para aquela que compartilha com os outros, sempre à beira da inautenticidade, pronto a aceitar as falsas identificações oferecidas pelas dimensões objetivas da vida — notadamente a política, que o encoraja a trocar a liberdade pela identidade ideológica, que é um tipo de servidão. Mas a adesão e o engajamento pressupõem liberdade e escolha, a cada passo invenção da ação, do valor que lhe corresponde, e de si mesmo. Sem certezas definitivas porque nada está a priori determinado.

Decididamente, uma filosofia da liberdade, como a de Sartre, não permite que acalentemos sonhos a partir de valores que não inventamos. Faz com que compreendamos qualquer alienação como má-fé, como fuga da liberdade, como acomodação a uma existência inautêntica. O existencialismo, a juízo do vulgo, já foi associado à permissividade. Mas quando o compreendemos em suas exigências mais fundamentais, vemos nele um rigorismo moral que muitas vezes está além do que podemos assumir.

Franklin Leopoldo e Silva[*]

---

[*] Filósofo e professor titular da Universidade de São Paulo, é especialista em Descartes, Bergson e Sartre. Publicou inúmeros artigos, participou de diversas coletâneas e escreveu, entre outros, *Ética e literatura em Sartre* (Unesp, 2004).

I

No meio da rua Vercingétorix, o sujeito grandalhão pegou Mathieu pelo braço. Um guarda passeava na calçada oposta.
— Me dá qualquer coisa, chefe, 'tou com fome.
Tinha os olhos muito juntos e os lábios grossos. E recendia a álcool.
— Não será sede que você tem? — indagou Mathieu.
— Juro que não, velho — disse com dificuldade. — Juro que não.
Mathieu descobrira uma moeda de cinco francos no bolso.
— No fundo não me interessa, perguntei por perguntar.
E deu a moeda.
— O que você está fazendo é de justiça — disse o sujeito, apoiando-se à parede —; quero te desejar uma coisa formidável. Mas que é que vou te desejar?
Refletiram ambos. Mathieu atalhou:
— O que você quiser.
— Pois então vou te desejar felicidade — respondeu o outro. — Certo?
Riu triunfante. Mathieu viu o guarda aproximar-se e receou que prendesse o camarada.
— Bom — disse —, adeus.
Quis afastar-se, mas o homem o alcançou.
— A felicidade não basta — insistiu, engrolando —, não basta...
— Puxa! Que mais você quer?
— Quero te dar uma coisa.
— E eu vou te prender por mendicância — disse o guarda.
Era muito jovem, muito rosado e fazia esforço por se mostrar duro.

— Há meia hora que você está aí aporrinhando os transeuntes — acrescentou com firmeza.

— Não está mendigando — disse Mathieu com vivacidade. — Estamos conversando.

O guarda deu de ombros e continuou seu caminho. O sujeito titubeava de modo inquietador; não parecia sequer ter visto o guarda.

— Já achei o que vou te dar. Vou te dar um selo de Madri.

Tirou do bolso um retângulo de papelão verde e entregou-o a Mathieu. Este leu:

"C.N.T. Diario Confederal. Ejemplares 2. França. Comitê Anarcossindicalista, 41, rua de Belleville, Paris, 19°." Havia um selo ao lado do endereço. Era verde também e trazia o carimbo de Madri. Mathieu estendeu a mão.

— Obrigado.

— Cuidado! — disse o sujeito, irritado. — É... de Madri.

Mathieu olhou-o. O homem parecia comovido e fazia violentos esforços para exprimir seu pensamento. Renunciou afinal e disse apenas:

— Madri!

— Sei.

— Eu pretendia ir. Juro. Mas a coisa não se arranjou.

Tornara-se sombrio. Murmurou: "Espera", e passou devagar o dedo sobre o selo.

— Pronto. Pode levar.

— Obrigado.

Mathieu deu alguns passos, mas o sujeito o chamou.

— Ei!

— Que é? — disse Mathieu. O homem mostrava-lhe a moeda de cinco francos.

— Foi um cara que me deu isto. Te ofereço um rum.

— Hoje, não.

Mathieu afastou-se com um vago remorso. Houve uma época em sua vida em que deambulava pelas ruas, pelos cafés, com todo mundo, o primeiro que aparecesse podia convidá-lo. Agora, tudo isso estava acabado; essa espécie de aventura não rendia nada...

O tipo era divertido. Quisera ir guerrear na Espanha. Mathieu apressou o passo e pensou com alguma irritação: "Em todo caso não tínhamos o que nos dizer." Tirou do bolso o cartão verde: "Vem de Madri, mas não tem o endereço dele. Alguém deve ter lhe dado e ele apalpou-o várias vezes antes de me entregar, porque vinha de Madri." Lembrava-se do rosto do homem e da sua expressão ao olhar para o selo: uma expressão estranha de paixão. Mathieu olhou o selo por sua vez, sem parar de andar, depois repôs o pedaço de papelão no bolso. Um trem apitou e Mathieu pensou: "Estou velho."

Eram 22h25. Mathieu estava adiantado. Passou sem parar, sem nem volver a cabeça diante da casinha azul. Mas espreitava-a com o rabo do olho. Todas as janelas estavam escuras, salvo a da sra. Duffet. Marcelle não tivera ainda tempo para abrir a porta de entrada; debruçada sobre a mãe, ela ajeitava, com gestos másculos, o leito de dossel. Mathieu, preocupado, pensava: "Quinhentos francos para ir até o dia 29, isto é, trinta francos por dia, mais ou menos. Como é que vou me arranjar?" Fez meia-volta e volveu.

Apagara-se a luz no quarto da sra. Duffet. Após um instante a janela de Marcelle iluminou-se. Mathieu atravessou a rua e seguiu, ao longo da mercearia, tomando cuidado para que as solas novas de seus sapatos não rangessem. A porta estava entreaberta, ele a empurrou devagar, ela gemeu. "Quarta-feira vou trazer minha azeiteira e engraxar os gonzos." Entrou, fechou a porta e descalçou-se no escuro. A escada rangia um bocado. Mathieu subiu com precaução, os sapatos na mão; tateava cada degrau com os dedos do pé antes de dar o passo. "Que comédia!", pensou.

Marcelle abriu a porta antes que ele alcançasse o patamar. Uma névoa rósea e recendendo a lírio projetou-se fora do quarto e espalhou-se pela escada. Ela pusera sua camisola verde, transparente, por meio da qual Mathieu viu a curva suave e gorda dos quadris. Entrou. Tinha sempre a sensação de entrar numa concha. Marcelle fechou a porta à chave. Mathieu dirigiu-se ao grande armário e guardou os sapatos; contemplou depois Marcelle e viu que havia alguma coisa.

— Que é que há? — perguntou em voz baixa.

— Nada — respondeu Marcelle, igualmente em voz baixa. — E você, meu bem?

— Estou duro. Fora isso, tudo azul.

Beijou-a no pescoço e na boca. O pescoço cheirava a âmbar, a boca recendia a fumo ordinário. Marcelle sentou-se à beira da cama e pôs-se a olhar as pernas enquanto Mathieu se despia.

— Que é isso? — indagou Mathieu.

Havia em cima da lareira uma fotografia que ele não conhecia. Aproximou-se e viu uma jovem magra, penteada como rapaz, e que ria de um jeito ríspido e tímido. Envergava um paletó de homem e calçava sapatos de salto baixo.

— Sou eu — disse Marcelle, sem erguer a cabeça.

Mathieu voltou-se. Marcelle levantara a camisola sobre as coxas gordas. Estava curvada e Mathieu adivinhava sob a vestimenta a fragilidade dos seios pesados.

— Onde é que você achou isso?

— Num álbum. Data do verão de 1928.

Mathieu dobrou cuidadosamente o casaco e colocou-o no armário, ao lado dos sapatos. Perguntou:

— Então você anda mexendo nos álbuns da família, agora?

— Não, não sei por que tive vontade de rever coisas de minha vida, de ver como eu era antes de conhecer você, quando eu era bonita. Traga aqui.

Mathieu pegou a fotografia e ela arrancou-a das mãos dele. Ele sentou-se a seu lado. Ela teve um arrepio e afastou-se um pouco. Olhava a fotografia com um vago sorriso:

— Como eu era engraçada — disse.

A jovem mantinha-se rígida, apoiada à grade de um jardim. Abria a boca e devia estar dizendo também: "É engraçado", com a mesma desenvoltura atarantada, a mesma ousadia insegura. Só que era jovem e magra.

Marcelle sacudiu a cabeça.

— É de morrer de rir! Foi tirada no Luxemburgo por um estudante de farmácia. Está vendo o meu blusão? Eu o comprei nesse mesmo dia, porque íamos dar um grande passeio em Fontainebleau no domingo seguinte. Meu Deus!...

Havia alguma coisa, por certo. Nunca seus gestos tinham sido tão bruscos, sua voz tão masculina. Ela estava sentada na beira da cama, mais do que nua, sem defesa, como um pote enorme no fundo do quarto cor-de-rosa, e era penoso ouvir essa voz masculina enquanto um cheiro forte e sombrio se exalava dela. Mathieu tomou-a pelos ombros, apertando-a.

— Tem saudade dessa época?

Marcelle respondeu secamente:

— Dessa época, não, mas da vida que poderia ter tido.

Iniciara seus estudos de química, que uma doença interrompera. Mathieu pensou: "Ela parece ter raiva de mim." Abriu os lábios para interrogar, mas viu os olhos dela e se calou. Ela fixava a fotografia com um ar triste e tenso.

— Engordei, não?

— Engordou.

Ela deu de ombros e jogou a fotografia em cima da cama. Mathieu pensou: "É verdade, leva uma vida sinistra." Quis beijar-lhe a face, mas ela se desvencilhou sem violência, com um risinho nervoso.

— São dez anos...

Mathieu pensou: "Não lhe dou nada." Quatro noites por semana vinha vê-la. Contava-lhe minuciosamente tudo o que fazia. Ela dava-lhe conselhos, com voz séria e algo autoritária. Dizia amiúde: "Vivo por procuração."

Ele perguntou:

— Que fez ontem? Saiu?

Marcelle teve um gesto desanimado e vago.

— Não, estava cansada. Li um pouco, mas mamãe me perturbava a cada instante com o armazém.

— E hoje?

— Hoje saí — disse ela, melancólica. — Senti necessidade de tomar ar, de gente a meu lado. Desci até a rua da Gaîté; isso me divertia; e depois eu queria ver Andrée.

— E viu?

— Cinco minutos. Quando saí da casa dela, começou a chover. Mês de junho, esquisito... Sabe, as pessoas tinham umas caras ignóbeis. Tomei um táxi e voltei.

Indagou sem insistência:

— E você?

Mathieu não tinha vontade de contar. Disse:

— Ontem fui ao colégio dar minhas últimas aulas. Jantei na casa de Jacques, chato como de costume. Hoje de manhã passei na tesouraria para ver se podiam me adiantar alguma coisa; parece que não se faz isso. No entanto, em Beauvais eu me entendia com o tesoureiro. Depois vi Ivich.

Marcelle ergueu as sobrancelhas e fixou-o. Ele não gostava de lhe falar de Ivich. Acrescentou:

— Ela anda desanimada.

— Por quê?

A voz de Marcelle voltara à firmeza habitual e seu rosto assumira uma expressão de bom senso masculino. Parecia um levantino gordo. Ele murmurou:

— Vai levar bomba.

— Você me disse que ela estava estudando.

— Sim, ao modo dela, isto é, deve ficar horas inteiras diante de um livro sem fazer um movimento. Mas você sabe como ela é: tem visões, como os loucos. Em outubro ela sabia muito bem botânica, o examinador estava satisfeito; de repente ela se viu diante de um sujeito calvo a falar de celenterados. Isso lhe pareceu ridículo. "Que é que eu tenho com os celenterados?", pensou, e o sujeito não lhe arrancou mais uma palavra.

— Que moça estranha! — disse Marcelle, pensativa.

— Em todo caso — atalhou Mathieu —, tenho medo de que lhe aconteça o mesmo, desta vez. Ou que invente alguma coisa. Você verá.

Esse tom de displicência protetora não seria uma mentira? Tudo o que podia exprimir-se por meio de palavras ele o dizia. "Mas nem só as palavras contam!"

Hesitou um instante e baixou a cabeça, desanimado. Marcelle não ignorava nada de sua afeição por Ivich; aceitaria mesmo que ele a amasse. Em suma, exigia apenas uma coisa: que ele falasse de Ivich naquele tom, precisamente. Mathieu não cessara de acariciar as costas de Marcelle, e ela começava a piscar. Gostava que ele lhe acariciasse as costas, principalmente à altura dos rins e entre as escápulas. Mas de repente se desvencilhou e seu rosto se fez duro. Mathieu lhe disse:

— Escute, Marcelle, pouco me importa que Ivich leve bomba. Ela foi tão pouco feita para médica quanto eu. De qualquer maneira, mesmo que passasse no vestibular, iria desmaiar na primeira dissecação, no próximo ano, e não poria mais os pés na faculdade. Mas, se não der certo desta vez, ela vai fazer uma burrada. A família não a deixará recomeçar, no caso de um fracasso.

Marcelle indagou com voz firme:

— Que espécie de burrada você quer dizer exatamente?

— Não sei — respondeu ele, perturbado.

— Ah! Eu te conheço muito bem, meu velho. Você não ousa confessar, mas tem medo de que ela enfie uma bala na pele. E diz que tem horror ao romanesco. Parece que nunca viu a pele dela, não é? Eu teria medo de ofendê-la, só de passar o dedo por cima. E você acredita que uma boneca com uma pele daquela vai estragá-la a tiros? Posso imaginá-la jogada numa cadeira, os cabelos sobre o rosto e fascinada diante de uma minúscula Browning. É muito russo isso! Mas imaginar outra coisa, não, meu velho, não. Revólver é para as nossas peles de crocodilo.

Ela apoiou o braço no braço de Mathieu. Ele tinha a pele mais branca do que a dela.

— Olha isso, meu caro, a minha parece até marroquim.

Pôs-se a rir.

— Não acha que tenho uma pele boa para fazer uma escumadeira? Imagino um buraquinho bem redondo por baixo do seio esquerdo, com os bordos limpos e avermelhados. Não seria nada feio.

Continuava a rir. Mathieu tapou-lhe a boca com a mão.

— Cale-se. Vai acordar a velha.

Ela se aquietou. Ele disse:

— Como você está nervosa!

Ela não respondeu. Mathieu pousou a mão sobre a perna de Marcelle e acariciou-a docemente. Gostava daquela carne amanteigada, os pelos suaves sob as carícias com mil arrepios tênues.

Marcelle não se mexeu: olhava a mão de Mathieu. E ele acabou retirando-a.

— Olhe para mim — disse.

Viu um instante as olheiras dela, o tempo de um olhar altivo e desesperado.

— Que é que você tem?

— Nada — disse ela virando a cabeça.

Era sempre assim com ela: como um nó. Dentro em pouco não se poderia conter; estouraria. Nada a fazer senão esperar. Mathieu temia essas explosões silenciosas: a paixão naquele quarto-concha era insustentável, porque era necessário exprimi-la em voz baixa e sem gestos, para não acordar a sra. Duffet. Mathieu levantou-se, foi até o armário e pegou o pedaço de papelão do bolso do paletó.

— Olhe.

— Que é isso?

— Um sujeito me deu de presente há pouco na rua. Era simpático e eu lhe dei algum dinheiro.

Marcelle pegou o cartão com indiferença. Mathieu sentiu-se ligado ao sujeito por uma espécie de cumplicidade. Acrescentou:

— Sabe, isso tinha enorme valor para ele.

— Era um anarquista?

— Não sei. Queria me oferecer um trago.

— E você recusou?

— Recusei.

— Por quê? — perguntou Marcelle com displicência. — Poderia ser divertido.

— Ora!

Marcelle ergueu a cabeça e contemplou o relógio com um ar míope e divertido.

— É curioso — observou. — Quando você me conta essas coisas, sempre me irrito. E só Deus sabe como essas coisas se repetem ultimamente. Sua vida está cheia de oportunidades perdidas.

— Você chama isso de oportunidade perdida?

— Sim. Antigamente você teria feito tudo para provocar esses encontros.

— Talvez eu tenha mudado um pouco — disse Mathieu, concordando. — Que é que você acha? Envelheci?

— Você tem 34 anos — disse Marcelle com simplicidade.

Trinta e quatro anos. Mathieu pensou em Ivich e teve um estremecimento de desprazer.

— É... mas não creio que fosse isso. Foi por escrúpulo, acredite. Você compreende, ando um pouco alheio...

— É tão raro, agora, você não estar alheio — disse Marcelle.

Mathieu acrescentou com vivacidade:

— Ele também devia estar alheio; quando a gente está bêbado dá-se ao luxo do patético. Era o que eu queria evitar.

Pensou: "Não é bem verdade. Não refleti tanto assim." Quis fazer um esforço de sinceridade. Mathieu e Marcelle haviam combinado que sempre se diriam tudo.

— O que há... — disse ele.

Mas Marcelle pusera-se a rir. Um ronronar baixo e terno como quando ela lhe acariciava os cabelos, dizendo-lhe: "Meu velho." Entretanto, não parecia acolhedora.

— Como eu o reconheço nisso — disse. — Como você tem medo do patético! E daí? Ainda que você se mostrasse um pouco patético com esse pobre-diabo! Que mal haveria?

— E de que adiantaria? — perguntou Mathieu.

Era contra si próprio que se defendia.

Marcelle sorriu sem ternura. "Ela procura me provocar", pensou Mathieu, perturbado. Sentia-se pacífico e algo estúpido, em suma, de bom humor e sem vontade de discutir.

— Escute — disse afinal —, você não tem razão de dar importância a essa história. Antes de mais nada, eu não tinha tempo; estava vindo para cá.

— Bem, bem, você tem razão — disse Marcelle. — Isso não é nada; absolutamente nada, e nem há motivo para tanta história... Mas não deixa de ser sintomático.

Mathieu sobressaltou-se: se ao menos ela não empregasse palavras tão rebarbativas!

— Vamos — atalhou. — Diga: que acha de tão interessante nisso?

— Ora, a famosa lucidez. Você é engraçado, meu caro, tem um medo tão louco de iludir a si mesmo que recusaria a mais bela aventura do mundo para não se arriscar a uma mentira.

— Pois é — atalhou Mathieu —, você bem sabe. Não é de hoje que isso é voz corrente.

Ele a achava injusta. Essa "lucidez" (detestava a palavra, mas Marcelle a adotara havia algum tempo. No inverno fora "urgência"; as palavras com ela não duravam mais de uma estação), essa lucidez, eles já se haviam habituado a ela, eram responsáveis por ela um diante do outro, era nada menos que o sentido profundo do amor deles. Quando Mathieu se comprometera com Marcelle, renunciara definitivamente aos desejos de solidão, aos pensamentos frescos, sombrios e tímidos que se esgueiravam dentro dele outrora com a vivacidade furtiva dos peixes. Só podia amar Marcelle com inteira lucidez; ela era sua lucidez, sua companheira, sua testemunha, conselheira e juiz.

— Se eu mentisse a mim mesmo — disse —, teria impressão de mentir a você ao mesmo tempo. Isso me seria insuportável.

— Sem dúvida — replicou Marcelle.

Não parecia muito convencida.

— Você não parece convencida!

— Estou, sim — disse ela molemente.

— Pensa que minto?

— Não... isto é, sabe-se lá! Mas não creio, não. Mas sabe o que penso? Que você está se esterilizando aos poucos. Pensei isso hoje. Oh! Tudo é limpo e nítido em você; cheira a roupa lavada, é como se você tivesse passado pela estufa. Só que falta sombra. Nada de inútil, de hesitante, de estranho. É tórrido. E não me venha dizer que é por mim que faz isso; segue a sua tendência: você gosta de se analisar.

Mathieu estava desconcertado. Marcelle mostrava-se dura muitas vezes; mantinha-se sempre em guarda, um pouco agressiva, desconfiada, e, se Mathieu não concordava com ela, imaginava que ele queria dominá-la. Mas raramente sentira nela aquela vontade deliberada de lhe ser desagradável. E depois havia aquela fotografia em cima da cama... Encarou Marcelle com inquietude: para ela, não era chegado ainda o instante de falar.

— Isso de me conhecer não me interessa tanto assim — disse simplesmente.

— Eu sei — atalhou Marcelle —, não é um fim, é um meio. É para se libertar a si próprio; olhar-se, julgar-se: sua atitude predileta. Quando você se olha, imagina que não é o que está olhando, que você não é nada. No fundo, é o seu ideal: não ser nada.

— Não ser nada — repetiu lentamente Mathieu. — Não. Não é isso. Escute: eu... eu gostaria de não dever nada senão a mim mesmo.

— Sim. Ser livre. Totalmente livre. É seu vício.

— Não é um vício — disse Mathieu. — É... Mas o que você quer que a gente faça, então?

Estava irritado. Tudo isso, ele o explicara cem vezes a Marcelle, e ela sabia que era o que mais lhe importava.

— Se... se eu não tentasse viver por conta própria, existir me pareceria absurdo.

Marcelle tomara um ar sorridente e obstinado:

— Sim, sim... É seu vício.

Mathieu pensou: "Ela me irrita quando banca a sabida", mas sentiu remorso e disse docemente:

— Não é um vício; é que sou assim.

— Por que os outros não são assim, se não é um vício?

— São assim, mas não percebem.

Marcelle cessara de rir. Um vinco duro e triste formara-se no canto dos lábios.

— Pois eu não tenho toda essa necessidade de ser livre — disse.

Mathieu olhou a nuca inclinada e não se sentiu à vontade. Era sempre aquele remorso, aquele remorso absurdo que o perseguia quando se achava ao lado dela. Pensou que nunca se punha no lugar dela: "A liberdade de que lhe falo é uma liberdade de homem de boa saúde." Pôs a mão sobre o pescoço de Marcelle e apertou suavemente entre os dedos aquela carne untuosa, ligeiramente passada.

— Marcelle, você está aborrecida?

Ela volveu para ele os olhos turvos.

— Não.

Calaram-se. Mathieu sentia prazer na ponta dos dedos. Exatamente na ponta dos dedos. Deixou a mão escorregar ao longo das costas de Marcelle e ela baixou as pálpebras. Ele lhe viu então os longos cílios pretos e apertou-a nos braços. Não que a desejasse naquele instante, era mais a vontade de ver aquele espírito teimoso e anguloso fundir-se como um pedaço de gelo ao sol. Marcelle deixou cair a cabeça sobre o ombro de Mathieu e ele viu de perto a sua pele morena, suas olheiras azuladas e granulosas. Pensou: "Como está envelhecendo!" E pensou que também estava velho. Inclinou-se sobre ela com uma espécie de mal-estar; desejara esquecer-se e esquecê-la. Mas há muito já não se esquecia quando a possuía. Beijou-a na boca, que era bela, bem-cortada e severa. Ela escorregou devagar para trás e deitou-se de costas sobre o leito, os olhos fechados, pesada, desfeita; Mathieu ergueu-se, tirou a calça e a camisa, colocou-as dobradas ao pé da cama e deitou-se ao lado dela. Mas percebeu que agora ela estava de olhos abertos e parados, que contemplava o teto, as mãos cruzadas sob a cabeça.

— Marcelle!

Ela não respondeu. A expressão era má. De repente ela se levantou. Ele sentou-se na beira da cama, envergonhado de sua nudez.

— Agora — disse com decisão — você vai me dizer o que há.

— Não há nada — respondeu ela, com voz acovardada.

— Há — disse ele com ternura —, há alguma coisa que a aborrece, Marcelle. Não devemos nos dizer tudo?

— Você não pode fazer nada e isso vai te aborrecer.

Ele acariciou-lhe de leve os cabelos.

— Experimente.

— Pois então... aconteceu.

— Aconteceu o quê?

— Aconteceu!

Mathieu fez uma careta.

— Tem certeza?

— Absoluta. Você sabe que não perco a cabeça nunca, mas... dois meses de atraso!

— Merda!

Ele pensava: "Ela deveria ter me dito há pelo menos três semanas." Tinha vontade de fazer alguma coisa com as mãos; encher o cachimbo, por exemplo, mas o cachimbo estava no armário com o paletó. Pegou um cigarro na mesa de cabeceira e logo o deixou.

— Pois é — disse Marcelle. — Você já sabe. Que vamos fazer?
— Pôr para fora, não acha?
— Está bem. Tenho um endereço.
— Quem te deu?
— Andrée. Ela já esteve lá.
— É a mulher que fez aquela sujeira com ela no ano passado? Custou-lhe seis meses de cama. Não, não quero.
— Então quer ser pai?

Ela se afastou, sentou-se a certa distância de Mathieu. Tinha uma expressão dura, mas não masculina. Pousara as mãos sobre as coxas e seus braços pareciam alças de terracota. Mathieu observou que seu rosto se tornara cinzento. O ar estava doce, açucarado, respirava-se cor-de-rosa, comia-se. Mas havia aquele rosto cinzento, aquele olhar parado, dir-se-ia que procurava não tossir.

— Espera — disse Mathieu. — Você me diz essas coisas assim, de repente. Vamos refletir.

As mãos de Marcelle principiaram a tremer. Disse com súbita paixão:

— Eu não preciso que reflita; não compete a você.

Ela voltara a cabeça para ele e o contemplava. Olhou-lhe o pescoço, os ombros, a cintura, e seu olhar desceu mais ainda. Parecia espantada. Mathieu corou violentamente e apertou as pernas.

— Você não pode fazer nada — repetiu Marcelle. E acrescentou com uma ironia machucada: — Isso agora é coisa de mulher.

Seus lábios cerraram-se, uma boca envernizada com reflexos violeta, um inseto vermelho ocupado em devorar o rosto cinzento. "Ela está humilhada", pensou Mathieu, "me odeia". Ele tinha vontade de vomitar. O quarto parecia ter-se esvaziado repentinamente de sua fumaça rósea; havia grandes vazios entre os objetos. Mathieu pensou: "Eu é que lhe fiz *isso*." E a lâmpada, o espelho com seu reflexo de chumbo, o relógio, a cômoda, o armário entreaberto, tudo assumiu um aspecto de impiedosa engrenagem: fora posta em movimento e girava no vácuo de suas frágeis existências, com uma obstinação rígida, como o mecanismo de uma caixinha de música que teima em tocar, insiste na sua melodia. Mathieu sacudiu-se, sem conseguir arrancar-se daquele mundo sinistro e ácido. Marcelle não se mexera, continuava a olhar para o ventre de Mathieu, para a flor culpada, que descansava delicadamente sobre as coxas com um ar de impertinente inocência. Ele sabia que ela estava quase a gritar, a soluçar, mas não o faria, com medo de acordar a sra. Duffet. Tomou bruscamente Marcelle pela cintura e apertou-a contra si. Ela se inclinou sobre os seus ombros e fungou duas ou três vezes sem verter lágrimas. Era tudo o que podia permitir-se.

Quando ergueu a cabeça, já estava acalmada. Disse com voz positiva:

— Desculpe, querido, precisava desabafar. Estou me dominando desde esta manhã. Naturalmente, não te censuro nada.

— Você teria direito de fazer isso — observou Mathieu. — Garanto-lhe que não me sinto orgulhoso. É a primeira vez... Bolas, que droga! A burrada é minha e você é quem paga. Mas que fazer? Escuta, quem é essa mulher? Onde mora?

— Rua Morère, 24. Parece que é uma mulher esquisita.

— Acredito. Você dirá que vai da parte de Andrée?

— Sim. Ela cobra somente quatrocentos francos. Dizem que é irrisório, sabe? — disse de repente Marcelle, com uma voz cheia de bom senso.

— Sei — atalhou Mathieu, amargo. — É barato...

Sentia-se sem graça como um noivo. Um sujeito grande, desastrado e nu, que fizera uma burrada e sorria gentilmente para obter perdão. Mas ela não podia esquecer: ela via as coxas brancas dele, musculosas, um pouco curtas, a nudez satisfeita e peremptória. Era um pesadelo grotesco. "Se eu fosse ela", pensou Mathieu, "teria vontade de bater nesta carne toda". Disse:

— É exatamente o que me preocupa: ela não cobra bastante.

— Não faltava mais nada. Ainda bem que cobra pouco e eu tenho os quatrocentos francos comigo: eram para minha costureira, mas ela espera. E depois, sabe, serei tão bem tratada por ela como por qualquer outra — afirmou decidida —, como nessas famosas clínicas clandestinas onde cobram quatro mil francos. Além disso, não podemos escolher.

— Não podemos escolher — repetiu Mathieu. — Quando você irá?

— Amanhã, por volta da meia-noite. Dizem que só recebe de noite. Engraçado, não? Acho que ela não regula muito bem, mas para mim o horário convém por causa da mamãe. De dia a mulher toma conta de uma mercearia, não dorme quase. Entra-se pelo pátio, vê-se luz por baixo da porta, é aí.

— Bem — disse Mathieu. — Eu vou lá.

Marcelle olhou-o com espanto.

— Está louco? Ela porá você para fora, pensará que é tira.

— Eu vou lá — repetiu Mathieu.

— Mas para quê? Que vai dizer?

— Quero ver como é. Se não me agradar, você não irá. Não quero que você caia no açougue de uma velha louca. Direi que venho da parte de Andrée, que tenho uma amiga que está atrapalhada, mas não pôde vir já porque se resfriou, qualquer coisa.

— E então? Aonde irei se não servir?

— Dois dias a gente pode esperar. Irei visitar Sarah amanhã, ela deve conhecer alguém. Você se lembra, no princípio eles não queriam filhos.

Marcelle parecia menos tensa. Acariciou-lhe a nuca.

— Você é bom, querido, não entendo exatamente o que vai fazer, mas percebo que quer fazer alguma coisa. Você aceitaria de bom grado que o operassem em vez de mim, não é?

Passou os lindos braços em torno do pescoço dele e acrescentou com um ar de resignação cômica:

— Se perguntar a Sarah, será seguramente um judeu.

Mathieu beijou-a e ela amoleceu por inteiro.

— Querido, querido.

— Tire a camisola.

Ela obedeceu e deitou-se. Ele acariciou-lhe os seios. Gostava das gordas pontas de couro, cercadas de intumescências febris. Marcelle suspirava, olhos cerrados, passiva e gulosa. Mas suas pálpebras se crispavam. Mathieu sentiu-se perturbado. Era como uma mão morna. E subitamente ele pensou: "Está grávida." Sentou-se. Cantava-lhe na cabeça uma música amarga.

— Escute, Marcelle, hoje não dá. Estamos nervosos demais. Desculpe.

Marcelle emitiu um grunhidozinho cansado, depois levantou-se e enfiou as mãos nos cabelos.

— Como você quiser — disse com frieza.

Mas acrescentou, mais amável:

— No fundo você tem razão, estamos nervosos demais. Eu queria você, mas estava apreensiva.

— O mal está feito, não temos mais nada a temer.

— Eu sei, mas era instintivo. Não sei como te dizer: você me dá medo, querido.

Mathieu levantou-se.

— Bom. Vou ver a velha.

— Sim. Telefone amanhã para me dizer o que há.

— Não posso ver você amanhã? Seria mais simples.

— Amanhã de noite, não. Depois de amanhã, se quiser.

Mathieu enfiara a camisa e a calça. Beijou Marcelle nos olhos.

— Não está com raiva de mim?

— Não é culpa sua. Só aconteceu uma vez em sete anos. Você não tem culpa. E eu não te repugno, ao menos?

— Está louca.

— É que eu me repugno a mim mesma, tenho a impressão de ser um monte de comida.

— Querida — disse Mathieu com ternura —, querida. Antes de oito dias tudo estará acabado, prometo.

Abriu a porta sem ruído e esgueirou-se para fora com os sapatos na mão. No patamar, voltou-se: Marcelle ficara sentada na cama. Ela lhe sorria, mas a Mathieu pareceu que ela lhe guardava rancor.

*

Algo se desatou nos seus olhos fixos e eles se moveram à vontade nas órbitas: ela não o contemplava mais e ele não precisava prestar-

-lhe contas de seus próprios olhares. Escondida pela roupa escura e pela noite, sua carne culpada sentia-se resguardada, ao abrigo, e reencontrava aos poucos seu calor e sua inocência, recomeçava a desabrochar sob a vestimenta. "A azeiteira! Trazê-la depois de amanhã, como vou fazer para não esquecer?" Estava sozinho.

Parou, ferido. Não era verdade. Não estava só. Marcelle não o abandonara, ela pensava nele, ela pensava: "O safado me fez isso, esqueceu-se dentro de mim como um guri que mija na cama." Podia andar pelas ruas desertas, anonimamente, enfiado até o pescoço nas suas vestimentas, não lhe escaparia. A consciência de Marcelle lá ficara, cheia de desgraças e de gritos, e Mathieu não a deixara: ele continuava no quarto cor-de-rosa, nu e sem defesa diante daquela pesada transparência, mais incômoda do que um olhar. "Uma única vez", murmurou com ódio. E repetiu à meia voz, para convencer Marcelle: "Uma única vez em sete anos!" Marcelle não queria convencer-se: ficara no quarto e pensava em Mathieu. Era intolerável ser julgado assim, odiado em silêncio, lá longe. Sem poder defender-se nem esconder o ventre com as mãos. Se ao menos, ao mesmo tempo, pudesse existir *para outros* com aquela força... Mas Jacques e Odette dormiam; Daniel estava bêbado ou entorpecido. Ivich não pensava nunca nos ausentes. Boris, talvez... Mas a consciência de Boris era apenas uma faísca difusa, não podia lutar contra a lucidez imóvel e sombria que fascinava Mathieu a distância. A noite amortalhara a maioria das consciências. Mathieu estava só com Marcelle dentro da noite. Um casal.

Havia luz no Café Camus. O patrão empilhava as cadeiras; a servente fechava um dos lados da porta de madeira. Mathieu empurrou a outra folha e entrou. Tinha vontade de se mostrar. Simplesmente de se mostrar. Aboletou-se junto ao balcão.

— Boa noite para todos.

O patrão olhou-o. Havia também um condutor bebendo *pernod*, o boné sobre os olhos. Eram consciências. Consciências afáveis e discretas. O condutor jogou o boné para trás com um peteleco e fixou Mathieu. A consciência de Marcelle abandonou a presa e diluiu-se no escuro.

— Um duplo — pediu Mathieu.

— O senhor sumiu — disse o patrão.

— Não é por falta de sede.

— É verdade que a gente tem sede neste momento. Parece verão — atalhou o condutor.

Calaram-se. O patrão lavava os copos, o condutor assobiava baixinho, Mathieu sentia-se contente porque eles o olhavam de quando em vez. Viu sua cabeça no espelho: emergia, redonda e lívida, de um mar de prata. No Café Camus tinha-se sempre a impressão de serem quatro horas da manhã, por causa da luz, uma névoa prateada que cansava os olhos, embranquecia os rostos, as mãos, lavava os pensamentos. Bebeu. Refletiu. "Ela está grávida. Incrível. Não parece verdade." Parecia-lhe, isso sim, chocante, grotesco como quando um velho e uma velha se beijam na boca: depois de sete anos essas histórias não deviam acontecer. "Ela está grávida." Tinha no ventre uma pequena maré translúcida que inchava docemente, que logo seria como um olho: "E isso se desenvolve no meio das porcarias que ela tem no ventre, e vive." Viu um alfinete comprido avançando na penumbra. Um ruído mole e o olho estourou, furado; restou apenas uma membrana opaca e seca. "Ela vai ver a velha, vai para o açougue." Sentia-se venenoso. "Chega." Sacudiu-se: eram pensamentos lívidos, pensamentos da madrugada.

— Boa noite.

Pagou e saiu.

"Como é que fui fazer isso?" Andava devagar, procurando lembrar-se. "Dois meses..." Não recordava coisa alguma, talvez tivesse sido depois daquelas férias da Páscoa. Pegara Marcelle nos braços como de costume, com ternura sem dúvida, mais por ternura do que por desejo; e agora... estava encrencado. "Um filho. Eu pensava dar-lhe prazer e fiz-lhe um filho. Não compreendi o que fazia. Agora vou entregar quatrocentos francos a essa velha, e ela vai enfiar seu instrumento entre as pernas de Marcelle, e raspar; a vida partirá como veio; e eu continuarei tão trouxa como antes. E destruindo essa vida, bem como criando-a, eu não sabia o que fazia." Teve um sorriso rápido: "E os outros? Os que decidiram gravemente ser pais e se sentem genitores quando contemplam o ventre de suas mulheres... compreenderão melhor do que eu?

Fizeram-no às cegas, ao acaso de uma pirocada. O resto é obra da câmara escura e da gelatina, como a fotografia. Continua sem eles." Entrou no pátio e viu uma luz por baixo da porta. Era ali. Estava envergonhado.

Mathieu bateu.

— Que é? — indagou alguém.

— Quero falar com a senhora.

— Não é hora de bater na casa dos outros.

— Venho da parte de Andrée Besnier.

Abriu-se a porta. Mathieu viu uma mecha de cabelos amarelos e um nariz proeminente.

— Que é que deseja? Não venha dar o golpe da polícia porque não me pega. Estou em ordem. Tenho o direito de deixar a luz acesa a noite inteira, se quiser. Se o senhor é inspetor, mostre a carteira.

— Não sou da polícia — disse Mathieu. — Estou com um problema e me disseram que podia procurá-la.

— Entre.

Mathieu entrou. A velha vestia calças de homem e uma blusa com zíper. Era muito magra, de olhos parados e duros.

— O senhor conhece Andrée Besnier?

Ela o encarava com ódio.

— Sim — disse Mathieu. — Ela veio procurá-la no ano passado, nas vésperas do Natal, porque andava atrapalhada. Ela ficou bastante doente e a senhora foi quatro vezes à casa dela para tratá-la.

— E então?

Mathieu olhava as mãos da velha. Eram mãos de homem, de estrangulador, ásperas, rachadas, de unhas curtas e pretas, com cicatrizes e cortes. Sobre a primeira falange do polegar esquerdo havia equimoses violáceas e uma casca escura. Mathieu estremeceu ao pensar na carne tenra e morena de Marcelle.

— Não venho por causa dela — disse. — É para uma de suas amigas.

A velha riu secamente.

— É a primeira vez que um homem tem o topete de vir se exibir na minha frente! Eu não quero negócio com homens, compreende?

O quarto estava sujo, em desordem. Havia caixotes em todos os cantos e palha no chão ladrilhado. Em cima de uma mesa Mathieu percebeu uma garrafa de rum e um copo pela metade.

— Vim porque minha amiga mandou. Ela não pôde vir hoje e pediu-me que me entendesse com a senhora.

No fundo do cômodo via-se uma porta entreaberta. Mathieu tinha quase certeza de que havia alguém atrás. A velha falou:

— Essas pobres meninas são muito tolas. Basta olhar para o senhor para perceber que é o tipo do sujeito capaz de fazer uma burrada, de derrubar copos ou quebrar espelhos. E no entanto elas lhe confiam o que têm de mais precioso. Afinal, recebem o que merecem.

Mathieu continuou com polidez:

— Desejaria ver onde a senhora opera.

A velha deitou-lhe um olhar de desconfiança e ódio.

— Não faltava mais nada! Quem lhe diz que eu opero? Do que é que está falando? No que está se intrometendo? Se a sua amiga quiser me ver, que venha. Com ela, só com ela é que me entenderei! Ah! O senhor queria ver, hem? Ela, ela quis ver também, antes de se colocar entre as suas patas? O senhor fez uma burrada. Pois bem, peça a Deus que eu seja mais hábil, é tudo o que lhe posso dizer. Adeus.

— Até logo, senhora — disse Mathieu.

Saiu. Sentia-se libertado de um peso. Dirigiu-se vagarosamente para a avenida d'Orléans. Pela primeira vez desde que a deixara, podia pensar em Marcelle sem angústia, sem horror, com uma tristeza terna. "Irei ver Sarah amanhã."

II

Boris fixava a toalha de quadrados vermelhos e pensava em Mathieu Delarue. Pensava: "Um camarada direito." A orquestra calara, a atmosfera estava azulada e as pessoas conversavam. Boris conhecia todos na saleta estreita; não era gente que vinha ali para se divertir: apareciam depois do batente, eram sérios e tinham fome. O negro diante de Lola era cantor no Paradise; os seis sujeitos com as namoradas eram músicos do Nénette. Por certo acontecera-lhes alguma coisa, uma felicidade inesperada, talvez um contrato para o verão (na antevéspera tinham falado vagamente de uma boate em Constantinopla), pois haviam encomendado champanhe e de costume eram unhas de fome. Boris logo viu a loura que dançava vestida de marinheiro no Java. O magro, alto e de óculos, que fumava um charuto, era diretor de um cabaré da rua Tholozé, que a polícia fechara. Dizia que o reabriria muito em breve, pois tinha proteções na cúpula da polícia. Boris lamentava amargamente não ter ido lá, mas iria sem dúvida se reabrisse. O sujeito estava junto com um veado que, de longe, parecia agradável, um louro de rosto fino, que não fazia muito fricote e tinha certo encanto. Boris não topava os pederastas porque andavam sempre atrás dele, mas Ivich os apreciava e dizia: "Eles têm, pelo menos, a coragem de não ser como todo mundo." Boris tinha muita consideração pelas opiniões da irmã e fazia leais esforços para suportar os veados. O negro comia um chucrute. Boris pensou: "Não gosto de chucrute." Quisera saber o nome do prato que tinham servido à dançarina do Java: um troço escuro que parecia bom. Havia uma mancha de vinho tinto na toalha. Uma bela mancha, dir-se-ia que a toalha era de cetim naquele lugar. Lola espalhara uma pitada de sal sobre a mancha porque era cuidadosa. O sal estava cor-de-rosa. Não é verdade que o sal beba as manchas. Quase disse a Lola que o sal não bebe as manchas. Mas seria preciso falar, e Boris sentia que não podia falar. Lola estava a seu lado, entregue e morna, e Boris não conseguiu arrancar de si uma só palavra. Tinha a voz morta. "Eu seria assim se fosse mudo." Era voluptuoso, sua voz flutuava no fundo da garganta, suave como algodão, e não podia sair, estava morta. Boris pensou: "Gosto muito de Delarue." E regozijou-se com isso. Teria prazer maior se não houvesse sentido, com todo o lado esquerdo, das têmporas à cintura, que Lola o olhava. Era por certo um olhar apaixonado. Lola não sabia olhá-lo de outro modo. Incomodava um pouco, porque os olhares apaixonados pedem, como retribuições, gestos amáveis e sorrisos; e Boris não fora capaz do menor movimento. Estava paralisado. Só que não tinha muita importância; não tinha obrigação de ter percebido o olhar de Lola; adivinhava-o, mas isso era lá com ela. Assim como estava, com o cabelo caído sobre os olhos, não via um pedaço sequer de Lola e podia muito bem supor que ela olhava a sala e aquela gente toda. Não estava com sono, antes se sentia à vontade e satisfeito porque conhecia todos na sala. Viu a língua rósea do negro. Estimava o negro. De uma feita o negro se descalçara, pegara uma caixa de fósforos com os dedos do pé, abrira-a, tirara um palito e o acendera, tudo com os pés. "Esse cara é formidável", pensou Boris com admiração, "todo mundo deveria saber servir-se dos pés como das mãos". Seu lado esquerdo lhe doía de tanto ser olhado. Sabia que se aproximava o instante em que Lola perguntaria: "Em que está pensando?" Era absolutamente impossível retardar a pergunta; não dependia dele; Lola a faria na hora certa, algo como uma fatalidade. Boris tinha a impressão de estar gozando um pedacinho de tempo infinitamente precioso. No fundo era agradável. Boris via a toalha, via o copo de Lola (Lola ceara; ela não jantava nunca antes de seu número de canto). Bebera Château Gruau, tratava-se bem, permitia-se uma porção de pequenos caprichos porque andava desesperada com a velhice que a ameaçava. Sobrara um resto de vinho no copo, dir-se-ia sangue empoeirado. O *jazz* pôs-se a tocar "If the moon turns green", e Boris se perguntou: "Será que sei cantar essa música?" Seria gostoso passear pela rua Pigalle ao luar, assobiando uma melodiazinha. Delarue lhe dissera: "Você assobia como um porco." Boris pôs-se a rir por dentro e pensou: "O filho da mãe!" Transbordava de simpatia por Mathieu. Deu uma olhadela de lado sem virar a cabeça e percebeu os olhos pesados de Lola por baixo de uma suntuosa mecha de cabelos ruivos. Em suma, a gente aguenta sem grande esforço um olhar. Bastava habituar-se àquele calor peculiar que nos vem queimar o rosto quando se sente que alguém observa a gente de modo apaixonado. Boris entregava seu corpo docilmente aos olhares de Lola, entregava sua nuca magra, o seu perfil diluído que ela tanto amava. Assim, por esse preço, ele podia afundar profundamente em si mesmo e ocupar-se com os pequenos pensamentos agradáveis que nasciam dentro dele.

— Em que está pensando? — perguntou Lola.

— Em nada.

— A gente sempre pensa em alguma coisa.

— Não pensava em nada.

— Nem que você gosta do que estão tocando e desejaria aprender a sapatear?

— Sim, de fato, em coisas assim.

— Está vendo? Por que não responde, então? Quero saber tudo o que você pensa.

— Essas coisas não se dizem. Não têm importância.

— Não têm importância? Parece que só te deram uma língua para falar de filosofia com teu professor.

Ele olhou e sorriu: "Gosto dela porque é ruiva e parece velha."

— Menino esquisito — disse Lola.

Boris piscou e sua fisionomia se fez suplicante. Não gostava que falassem dele; era tão complicado. Perdia-se nessas divagações. Dir-se-ia que Lola estava colérica, mas era simplesmente porque o amava com paixão e se atormentava por causa dele. Havia momentos assim, mais fortes do que ela, em que se aborrecia sem motivo, se angustiava, contemplava Boris perdidamente, não sabia o que fazer dele e suas mãos se agitavam sozinhas. A princípio

Boris estranhara, mas aos poucos se acostumara. Lola pousou a mão sobre a cabeça de Boris.

— Queria saber o que há aí dentro — disse. — Me dá medo.

— Por quê? Juro que é inocente — observou Boris rindo.

— Sim, mas não sei como explicar... Vem assim, espontaneamente, eu nada posso, cada um dos seus pensamentos é uma pequena fuga.

Desmanchou-lhe os cabelos.

— Não levante a minha mecha — disse Boris. — Não gosto que me vejam a testa.

Ele tomou-lhe a mão, acariciou-a ligeiramente e largou-a sobre a mesa.

— Você está aí a meu lado, muito terno — disse Lola —, eu penso que você gosta de mim, e, de repente, não há mais ninguém, fico a imaginar para onde você fugiu.

— Estou aqui.

Lola olhava-o bem de perto. Seu rosto pálido estava desfigurado por uma generosidade triste, precisamente aquela expressão que tinha quando cantava "Les Écorchés". Avançava os lábios, aqueles lábios enormes de cantos caindo de que ele gostara antes.

Desde que os sentira na boca, eles lhe haviam produzido o efeito de uma nudez úmida e febril bem no meio de uma máscara de gesso. Agora preferia a pele de Lola, tão branca que não parecia de verdade. Lola indagou timidamente:

— Você não se chateia comigo?

— Não me chateio nunca.

Lola suspirou e Boris pensou com satisfação: "É engraçado como parece velha, não diz a idade, mas por certo deve andar pelos quarenta." Gostava que as pessoas que tinham afeição por ele parecessem velhas. Achava reconfortante, dava-lhe certa segurança. Ademais, isso lhes emprestava uma espécie de fragilidade ligeiramente terrível, que não se revelava a princípio porque todos tinham a pele curtida como couro. Teve vontade de beijar o rosto atormentado de Lola, pensou que ela estava acabada, que desperdiçara sua vida e ficara só, mais só ainda, talvez, desde que o amava. "Não posso fazer nada por ela", disse consigo mesmo, resignado. Achava-a, naquele instante, formidavelmente simpática.

— Tenho vergonha — disse Lola.

A voz era pesada e sombria como uma cortina de veludo vermelho.

— De quê?

— Você é uma criança.

Ele atalhou:

— Adoro quando você diz "criança". É uma linda palavra para sua voz. Você diz duas vezes "criança" em "Les Écorchés". Só por isso eu iria ouvir você. Tinha muita gente hoje?

— Uma gentalha que vinha nem sei de onde. E que tagarelava sem parar. Tinha tanta vontade de me ouvir quanto de se enforcar. Sarrunyan teve que mandá-los calar. Fiquei chateada, sabe, era uma sensação de indiscrição. Assim mesmo, aplaudiram quando entrei.

— E está certo.

— Oh! Estou farta — disse Lola. — Não gosto de cantar para esses idiotas. Gente que aparece porque precisa retribuir um convite e não pode receber em casa. Se você os visse chegar cheios de sorrisos: curvam-se, seguram a cadeira da mulher enquanto ela se senta. Evidentemente, a gente os atrapalha, e quando surgimos eles nos medem dos pés à cabeça. Boris — disse bruscamente Lola —, eu canto para viver.

— Eu sei.

— Se imaginasse que iria acabar assim, nunca teria começado.

— Mas quando cantava no *music-hall*, você também vivia do canto.

— Não era a mesma coisa.

Houve um silêncio, e Lola apressou-se em acrescentar:

— Sabe, o homenzinho que canta depois de mim, o novo, falei com ele esta noite. É delicado, mas não é mais russo do que eu.

"Ela pensa que me aborrece", pensou Boris. Prometeu a si próprio dizer-lhe de uma vez por todas que ela não o aborrecia nunca. Mas não hoje, outro dia.

— Talvez ele tenha aprendido russo.

— Mas você — disse Lola —, você poderia dizer se ele tem sotaque.

— Meus pais saíram da Rússia em 1917, eu tinha três meses.

— É engraçado que você não saiba russo — concluiu Lola, sonhadora.

"Ela é extraordinária", pensou Boris, "tem vergonha de me amar porque é mais velha do que eu. Eu acho isso muito natural, um tem que ser mais velho do que o outro". Era mais moral, principalmente. Boris não poderia amar uma mocinha de sua idade. Se ambos são jovens, não sabem como se conduzir, hesitam, tem-se a impressão de brincar de marido e mulher. Com as pessoas maduras, não. São sabidas, elas dirigem, e seu amor é consistente. Quando Boris estava junto de Lola, tinha a aprovação da própria consciência, sentia-se justificado. Naturalmente preferia a companhia de Mathieu, porque Mathieu não era uma mulherzinha. Um homem é mais interessante. E, depois, Mathieu lhe explicava certas coisas. Boris se perguntava, porém, se Mathieu lhe tinha afeição. Mathieu era indiferente e brutal. Por certo, entre homens não se deve ser sentimental, mas há mil maneiras de mostrar que a gente gosta, e Mathieu já poderia ter tido um gesto que revelasse sua amizade. Mathieu não era assim com Ivich. Boris reviu, de repente, o rosto de Mathieu quando este, em certa ocasião, ajudou Ivich a botar o casaco; sentiu um beliscão desagradável no coração. O sorriso de Mathieu: sobre aquela boca amarga que tanto agradava a Boris, aquele estranho sorriso envergonhado e terno. Mas quase imediatamente a cabeça de Boris se encheu de fumaça e ele não pensou mais em nada.

— Ei-lo a sonhar de novo — murmurou Lola. Olhava-o com ansiedade. — No que é que está pensando?

— Em Delarue — disse Boris, aborrecido.

Lola sorriu tristemente.

— Você não poderia de vez em quando pensar um pouco em mim também?

— Não preciso pensar em você, você está aí.

— Por que pensa sempre em Delarue? Desejaria estar com ele?

— Estou contente de estar aqui.

— Está contente de estar aqui ou de estar comigo?

— É a mesma coisa.

— Para você, não para mim. Quando eu estou com você pouco me importa que seja aqui ou acolá. Aliás, nunca me sinto contente de estar com você.

— Não? — indagou Boris, surpreso.

— Não, não é contentamento. Não se faça de bobo, você sabe muito bem o que é isso; já vi você com Delarue, você é outra pessoa quando ele aparece.

— Não é a mesma coisa.

Lola aproximou dele seu belo rosto arruinado; parecia implorar.

— Olhe para mim, tolinho, por que é que você gosta tanto dele?

— Não sei. Não é tanto assim. É um bom sujeito, Lola, mas me incomoda falar dele com você, porque você já me disse que não pode nem vê-lo.

Lola teve um sorriso contrafeito.

— Olha só como ele se defende! Mas, meu menino, eu não te disse que não podia vê-lo. Não compreendi, apenas, o que você viu nele de tão extraordinário. Explique, eu só desejo compreender.

Boris pensou: "Não é verdade, mais três palavras e ela vai se pôr a tossir."

— Acho que ele é simpático — disse com prudência.

— É o que você repete sempre. Não seria exatamente essa palavra que eu escolheria. Diga que ele parece inteligente, que é culto, está certo; mas simpático, não. Enfim, é minha impressão. Para mim um sujeito simpático é um camarada do gênero de Maurice, um sujeito assim agradável, mas ele não põe a gente à vontade porque não é nem carne nem peixe; ele engana. As mãos, por exemplo.

— Que é que têm as mãos? Eu gosto delas.

— São mãos grosseiras, de operário. Tremem sempre ligeiramente, como se ele acabasse de fazer força.

— Por isso mesmo.

— Sim, mas é que ele não é operário. Quando eu o vejo agarrar o copo de uísque, há qualquer coisa de duro e gozador, que eu não detesto, mas depois é preciso vê-lo beber com aquela boca esquisita de pastor protestante. Não posso explicar, acho-o austero, e, se a gente observa os olhos, logo percebe que ele tem cultura, que é o tipo de sujeito que não gosta de nada simplesmente, nem de beber, nem de comer, nem de dormir com uma mulher; ele deve refletir sobre tudo, é como essa voz dele, uma voz cortante de alguém que não se engana nunca. Eu sei que é a profissão que exige isso, quando se ensina: eu tinha um professor que falava como ele, mas não estou mais na escola e isso me irrita. Compreendo que a gente seja uma coisa ou outra, um brutamontes ou uma pessoa distinta, professor, pastor, mas não os dois ao mesmo tempo. Não sei se há mulheres a quem isso agrade, deve haver, mas eu te digo francamente, me repugnaria que um sujeito assim me tocasse, não gostaria de sentir sobre mim essas mãos de lutador enquanto seus olhos gelados me dariam uma ducha.

Lola retomou o fôlego. "Puxa", pensou Boris. Mas sentia-se tranquilo. As pessoas que gostavam dele não eram obrigadas a gostar umas das outras, e Boris achava natural que cada uma delas tentasse afastá-lo das outras.

— Eu te compreendo muito bem — continuou Lola, conciliante —, você não o vê com os meus olhos. Como ele foi teu professor, você está influenciado; percebo isso em uma porção de pormenores; por exemplo, você, que é tão severo com o jeito de as pessoas se vestirem, você, que não acha ninguém muito elegante, não se incomoda quando é com ele, que anda sempre tão mal-ajambrado, que usa gravatas que um garçom não usaria.

Boris estava entorpecido e passivo. Explicou:

— Quando a gente não se preocupa com andar bem-vestido não importa que não se seja elegante. O chato é querer impressionar e não conseguir.

— Você sempre consegue, não é, seu putinho?

— Sei escolher o que me convém — disse Boris com modéstia.

Pensou que estava com um suéter azul de ponto grosso e ficou satisfeito; era um belo suéter. Lola tomara-lhe a mão e a fazia saltar entre as suas. Boris olhou a mão que saltava e pensou: "Não parece minha, parece uma panqueca." Não a sentiu mais. Isso o divertiu e ele ergueu um dedo para fazê-la viver. O dedo roçou a palma de Lola, e ela lançou-lhe um olhar de gratidão. "É isso que me intimida", pensou Boris, ligeiramente irritado. Refletiu que lhe seria bem mais fácil mostrar-se terno com Lola se ela não insistisse naquelas expressões de humildade. Quanto a deixar que uma mulher meio coroa lhe acariciasse a mão em público, não o perturbava de forma alguma. Há muito ele pensava ser predestinado a isso. Mesmo quando estava só, no metrô, por exemplo, as pessoas olhavam-no escandalizadas e as costureirinhas que saíam do trabalho riam-lhe na cara. Lola disse de repente:

— Você ainda não me disse por que o acha tão direito.

Ela era assim, não sabia parar quando começava. Boris tinha certeza de que ela bulia na própria ferida, mas no fundo devia gostar disso. Contemplava-a: o ar estava azul em torno dela e seu rosto era de um branco azulado. Mas os olhos permaneciam febris e duros.

— Diga! Por quê?

— Porque ele é direito. Ora — gemeu Boris —, você me chateia. Ele não se prende a nada.

— E você acha direito e bonito não se prender a nada? E você não se prende a nada?

— A nada.

— Nem a mim, um pouquinho?

— A você, sim.

Lola pareceu infeliz e Boris virou a cabeça. Não gostava muito de vê-la quando tinha aquela expressão. Ela se moía; ele achava isso idiota, mas não podia fazer nada. Fazia o que dependia dele. Era fiel a Lola, telefonava-lhe sempre, ia buscá-la três vezes por semana à saída do Sumatra, e então dormia na casa dela. Quanto ao resto, era uma questão de gênio, provavelmente. De idade também, os velhos eram amargos, como se sua vida estivesse sempre em jogo. Uma vez, quando Boris era criança, deixara cair a colher; disseram-lhe que a apanhasse e ele recusara, obstinadamente. Então o pai dissera, com uma atitude majestosa, inesquecível: "Pois bem, *eu* é que vou apanhá-la." Boris vira um corpo alto curvar-se com rigidez, um crânio calvo. Ouvira um ranger de ossos.

Fora um sacrilégio intolerável, e ele se pusera a soluçar. Desde então, Boris considerava os adultos como divindades volumosas e impotentes. Se se abaixavam, tinha-se a impressão de que iam quebrar, se davam um passo em falso e caíam de pernas para o ar, ficava-se dividido entre a vontade de rir e o horror religioso. E se as lágrimas lhe subiam aos olhos, como em Lola naquele momento, a gente não sabia onde se enfiar. Lágrimas de adulto eram uma catástrofe mística, algo como o choro de Deus sobre a maldade do homem. De outro ponto de vista, naturalmente, ele apreciava Lola por ser tão apaixonada. Mathieu lhe explicara que a gente devia ter paixões, e Descartes também o dissera.

— Delarue tem paixões — disse, continuando seu pensamento em voz alta. — Mas isso não o impede de não se amarrar a nada. Ele é livre.

— Pois então eu também sou livre, só estou presa a você.

Boris não respondeu.

— Eu não sou livre? — indagou Lola.

— Não é a mesma coisa.

Difícil demais explicar. Lola era uma vítima, e não tinha sorte, e era por demais comovente. Tudo isso não a favorecia. E depois, tomava heroína. Até certo ponto, tudo bem. Muito bem até, em princípio. Boris conversara com Ivich sobre isso e ambos haviam concordado que tudo bem. Mas dependia da maneira: se alguém toma heroína para se destruir, por desespero ou para afirmar a própria liberdade, só merece elogios. Mas Lola o fazia com certo abandono guloso, era o seu momento de descontração. Aliás, nem estava intoxicada.

— Você me faz rir — disse Lola secamente. — Essa sua mania de colocar Delarue acima dos outros, por princípio. Aqui entre nós, eu pergunto, quem é mais livre: ele ou eu? Ele está sossegado, bem-instalado, tem ordenado fixo, aposentadoria garantida, vive como um funcionário. E ainda por cima esse caso de que você me falou, essa mulher que não sai de casa. Como liberdade, não há melhor! Eu só tenho os meus trapos, vivo no hotel, sozinha, nem sei se serei contratada no verão.

— Não é a mesma coisa — repetiu Boris.

Ele estava irritado. Lola pouco se incomodava com a liberdade. Entusiasmava-se com isso nessa noite porque queria vencer Mathieu no próprio terreno dele.

— Eu tenho vontade de te matar quando você fica assim. Então, por que não é a mesma coisa?

— Você é livre sem querer — explicou Boris. — É porque é. Ao passo que Mathieu é voluntariamente, raciocinadamente.

— Continuo não entendendo — disse Lola sacudindo a cabeça.

— Sim, ele está ligando para o apartamento? Vive lá como viveria noutro lugar qualquer. E acho que também não liga para a mulherzinha. Fica com ela porque afinal a gente precisa dormir com alguém. A liberdade dele não aparece, está dentro dele.

Lola parecia ausente; ele teve vontade de fazê-la sofrer um pouco. Acrescentou:

— Você está muito amarrada a mim. Ele nunca se deixaria prender desse modo.

— Ah! — gritou Lola, ferida. — Estou muito amarrada a você? Estúpido. E você acha que ele não gosta de tua irmã? Bastava olhá-lo, outro dia, no Sumatra.

— Gosta assim de Ivich? Você me magoa.

Lola riu com sarcasmo, e a cabeça de Boris repentinamente se encheu de fumaça. Passou-se algum tempo e aconteceu que o *jazz* tocava "St. James Infirmary" e Boris quis dançar.

— Vamos dançar?

Dançaram. Lola fechou os olhos e ele ouvia sua respiração curta. O pederasta levantara-se e fora tirar a dançarina do Java. Boris pensou que ia vê-lo de perto e ficou contente. Lola pesava em seus braços. Dançava bem e tinha um perfume gostoso, mas era pesada demais. Boris pensou que preferia dançar com Ivich. Ivich dançava admiravelmente bem. Pensou: "Ivich deveria aprender a sapatear." Depois não pensou mais nada por causa do perfume de Lola. Apertou-a nos braços e respirou fortemente. Ela abriu os olhos e olhou-o atenta.

— Gosta de mim?

— Gosto — disse Boris com uma careta.

— Por que faz essa careta?

— Porque você me perturba.
— Por quê? Não é verdade então que você gosta?
— É verdade.
— Por que não diz isso espontaneamente? Sempre preciso te perguntar.
— Porque não sei. Acho que essas coisas a gente não diz.
— Desagrada a você que eu diga que te amo?
— Não, você pode dizer, isso vem espontaneamente, mas não deve me perguntar se te amo.
— Querido, é tão raro eu te perguntar alguma coisa. O mais das vezes basta-me olhar e sentir que te amo. Mas há momentos em que é o teu amor que eu quero.
— Compreendo — disse Boris com seriedade. — Mas você deveria esperar que acontecesse sozinho. Se não é espontâneo, não tem sentido.
— Mas, meu tolinho, se você mesmo diz que isso não te ocorre se não te pergunto!

Boris riu.

— É verdade, você me faz dizer asneiras. Pode-se ter bons sentimentos por alguém e não ter vontade de falar.

Lola não respondeu. Pararam e aplaudiram, e a música recomeçou. Boris viu com satisfação que o veado se aproximava deles dançando. Mas quando pôde examiná-lo de perto, desiludiu-se: o cara tinha pelo menos quarenta anos. Conservava no rosto o verniz da juventude e envelhecera por baixo. Tinha grandes olhos azuis de boneca e uma boca infantil, mas sob seus olhos de porcelana havia bolsas, e rugas em torno da boca: as narinas eram finas como se ele estivesse agonizante, e os cabelos, que de longe pareciam um halo dourado, mal lhe escondiam o crânio. Boris contemplou com horror aquela criança glabra. "Já foi jovem", pensou. Havia sujeitos que pareciam feitos para ter 35 anos — Mathieu, por exemplo —, porque nunca tinham tido adolescência. Mas quando um cara fora realmente moço, ficava marcado para o resto da vida. A gente aguentava até os 25 anos. Depois... era horrível. Pôs-se a olhar para Lola e bruscamente lhe disse:

— Lola, olhe para mim. Eu te amo.

Os olhos de Lola tornavam-se cor-de-rosa, ela pisou nos pés de Boris. Disse apenas:

— Querido.

Ele teve vontade de gritar: "Aperte-me, force-me a sentir que eu te amo!" Mas Lola não dizia nada, estava sozinha agora, era sua vez. Essa não! Sorria vagamente, baixara as pálpebras e seu rosto se fechara sobre sua felicidade. Um rosto calmo e deserto. Boris sentiu-se abandonado, e o pensamento imundo invadiu-o de novo: "Não quero, não quero envelhecer." No ano passado estava sossegado, nunca pensava nessas coisas. Agora era sinistro, sentia sem cessar a mocidade escorregar-lhe entre os dedos. Até 25 anos. "Tenho ainda cinco na frente", pensou. "Depois estouro os miolos." Não podia mais suportar aquela música e aquela gente. Disse:

— Vamos para casa?

— Vamos já, lindeza.

Voltaram para a mesa. Lola chamou o garçom e pagou. Pôs a capa de veludo sobre os ombros.

— Vamos.

Saíram. Boris já não pensava em nada, mas sentia-se sinistro. A rua Blanche estava cheia de velhos mal-encarados. Encontraram o maestro Piranese do Chat Botté e o cumprimentaram. Suas pernas pequeninas tricotavam sob o ventre rechonchudo. "Eu também, talvez, venha a ter barriga." Não poder mais se olhar num espelho, sentir os próprios gestos secos e quebradiços como se a gente fosse de madeira morta... E cada instante vivido gastava mais um pouco sua mocidade. "Se ao menos eu pudesse me economizar, viver bem devagar, lentamente, talvez ganhasse alguns anos. Mas para isso seria preciso que não me deitasse todas as noites às duas horas." Olhou para Lola com ódio. "Ela me mata."

— Que é que você tem? — perguntou Lola.

— Nada.

Lola morava num hotel da rua Navarin. Pegou a chave na portaria e subiram em silêncio. O quarto era nu. A um canto, uma mala coberta de etiquetas, e na parede do fundo, uma fotografia de Boris, presa com percevejos. Era uma fotografia de identidade, que Lola mandara ampliar. "Isso ficará", pensou Boris, "quando eu for uma ruína. Aí eu hei de parecer eternamente jovem". Tinha vontade de rasgar a fotografia.

— Você está sinistro — disse Lola —, que é que há?
— Estou exausto, com dor de cabeça.

Lola mostrou-se inquieta.

— Não está doente, não, querido? Quer um comprimido?
— Não, está passando.

Lola tomou-lhe o queixo e levantou-lhe a cabeça.

— Você parece estar com raiva de mim. Não é verdade, não? Mas é, sim. Que foi que te fiz?

Ela parecia enlouquecida.

— Não estou com raiva de você, você está louca — protestou Boris molemente.

— Está zangado, sim. Mas que foi que eu fiz? Você devia dizer, porque assim eu explicaria. Deve ser um mal-entendido. Não é coisa sem remédio. Por favor, Boris, diga logo.

— Mas não há nada!

Pôs os braços em torno do pescoço de Lola e beijou-a na boca. Lola estremeceu. Boris respirava o hálito perfumado e sentia de encontro aos lábios uma nudez úmida. Estava perturbado. Lola cobriu-lhe o rosto de beijos. Arquejava um pouco.

Boris sentiu que desejava Lola e ficou satisfeito. O desejo aspirava-lhe as ideias sombrias, como, aliás, todas as ideias. Houve um redemoinho na sua cabeça e ela se esvaziou por cima rapidamente. Pousava a mão na anca de Lola e sentia-lhe a carne através do vestido de seda. Aos poucos transformou-se por inteiro numa mão sobre uma carne de seda. Crispou de leve a mão e a seda deslizou-lhe sob os dedos como uma pele fina, acariciante e morta; a pele verdadeira resistiu embaixo, elástica, fria como uma luva de camurça. Lola jogou a capa sobre o leito e seus braços surgiram nus, enrolaram-se ao pescoço de Boris; ela cheirava bem. Boris via-lhe as axilas raspadas e marcadas de pontinhos azulados, minúsculos e duros. Dir-se-iam espinhos profundamente enterrados. Boris e Lola permaneceram de pé naquele mesmo lugar em que o desejo os tomara, porque não tinham forças para se afastar. As pernas de Lola puseram-se a tremer e Boris indagou a si próprio se não iam estender-se ali no tapete... Apertou Lola contra o peito e sentiu a suavidade espessa dos seios.

— Ah! — murmurou Lola.

Ela se inclinara para trás e ele estava fascinado por aquela cabeça pálida de lábios carnudos, uma cabeça de Medusa. Pensou: "São seus últimos dias de sol." E apertou-a mais fortemente. "Uma dessas manhãs ela desmontará de repente." Não lhe tinha mais raiva; sentia-se nela, rígido e magro, todo músculos, envolvia-a nos seus braços e a protegia contra a velhice. Depois teve um instante de sono e desvario: olhou os braços de Lola, brancos como os cabelos de uma velha, pareceu-lhe segurar a velhice nas mãos, e que era preciso apertá-la com toda a força, até sufocá-la.

— Como você me aperta! — disse Lola, feliz. — Você me machuca. Quero você...

Boris desvencilhou-se; estava um pouco chocado.

— Me dá o pijama. Vou me despir no banheiro.

Entrou no banheiro e fechou a porta a chave. Detestava que Lola entrasse enquanto se despia. Lavou o rosto e os pés e divertiu-se a pôr talco nas pernas. Tranquilizava-se inteiramente. Pensou: "Engraçado." Tinha a cabeça pesada e, no entanto, vazia, não sabia exatamente no que pensava. "Preciso falar com Delarue." Do outro lado da porta ela o esperava, por certo já estava nua. Mas ele não tinha pressa. Um corpo nu, cheio de odores nus, uma coisa perturbadora, era o que Lola não compreendia. Ia ser necessário, agora, deslizar até o fundo de uma sensualidade pesada, de gosto forte. Uma vez que começava, ia bem, mas *antes* não era possível não ter medo. "Em todo caso", pensou, com irritação, "não vou perder a cabeça como das outras vezes". Penteou-se cuidadosamente por cima da pia para verificar se estavam caindo cabelos seus. Mas não viu um só sobre o esmalte branco. Vestiu o pijama, abriu a porta e entrou no quarto.

Lola estava estendida na cama, inteiramente nua. Era uma Lola diferente, preguiçosa e temível, e o espiava através dos cílios. Seu corpo sobre a coberta azul era prateado como o ventre de um peixe, com um triângulo de pelos ruivos. Estava bela. Boris aproximou-se do leito e encarou-a com um misto de perturbação e fastio. Ela estendeu-lhe os braços.

— Espera — disse Boris.

Apagou a luz. O quarto ficou inteiramente vermelho, pois sobre o prédio em frente haviam colocado há pouco tempo um anúncio luminoso no terceiro andar. Boris deitou-se perto de Lola e pôs-se a acariciar-lhe os ombros e os seios. Tinha a pele macia, tão macia, que se diria ter conservado o vestido de seda. Os seios eram um pouco moles, mas Boris gostava deles assim: eram seios de alguém que vivera. Não adiantara apagar a luz, por causa do maldito anúncio luminoso continuava a ver o rosto de Lola, pálido dentro do vermelho. Os lábios escuros. Ela parecia sofrer, os olhos estavam duros. Boris sentiu-se pesado e trágico, exatamente como em Nîmes, quando o primeiro touro entrara na arena. Algo ia acontecer, algo inevitável, terrível e morno, como a morte sanguinolenta do touro.

— Tira o pijama — suplicou Lola.

— Não — disse Boris.

Era o rito obrigatório. Todas as vezes Lola lhe pedia que tirasse o pijama e Boris tinha que recusar. As mãos de Lola se enfiaram por baixo do paletó e começaram a acariciá-lo devagar. Boris riu.

— Você me faz cócegas.

Beijaram-se. Ao fim de um momento Lola tomou a mão de Boris e colocou-a sobre o tufo de pelos ruivos. Tinha sempre umas exigências estranhas e Boris era obrigado a recusar por vezes. Deixou durante algum tempo a mão pender, inerte, junto das coxas de Lola. Depois puxou-a docemente até os ombros dela.

— Vem — disse Lola, puxando-o para si —, eu te adoro. Vem, vem...

Não demorou muito a gemer e Boris pensou: "Pronto, vou perder a cabeça." Uma onda pastosa subia-lhe dos rins à nuca... "Não quero", murmurou Boris, cerrando os dentes. Mas pareceu-lhe repentinamente que o erguiam pelo pescoço como um coelho, e ele se abandonou sobre o corpo de Lola e tudo girou num estremecimento vermelho e voluptuoso.

— Querido — disse Lola.

Ela o forçou lentamente a deslizar para o lado e saiu da cama. Boris ficou largado, a cabeça no travesseiro. Ouviu Lola abrir a porta do banheiro e pensou: "Quando acabar com ela, serei casto, não quero mais saber de histórias. É repugnante fazer amor. Não é bem repugnante, mas tenho horror a perder a cabeça. Não sei mais o que faço, me sinto dominado e, depois, que adianta escolher uma mulher, será a mesma coisa com todas. É fisiológico." Repetiu com asco: "Fisiológico." Lola se preparava para dormir. O ruído da água era agradável e inocente. Boris ouviu-o com prazer. Os sedentos alucinados do deserto ouviam ruídos semelhantes, ruídos de fonte. Boris tentou imaginar que era um sedento alucinado. O quarto, a luz vermelha, o barulho da água eram alucinações, ia encontrar-se em pleno deserto, deitado sobre a areia, um capacete de cortiça sobre os olhos. O rosto de Mathieu surgiu de repente: "Engraçado", pensou, "prefiro os homens às mulheres, nunca me sinto tão feliz como quando estou ao lado de um homem. No entanto, não desejaria dormir com um cara". Ficou contente: "Um monge, eis o que serei quando abandonar Lola." Sentiu-se seco e puro. Lola saltou na cama e o tomou nos braços.

— Filhão, filhão.

Acariciou-lhe os cabelos e houve um longo momento de silêncio. Boris já começava a ver girar estrelas, quando Lola se pôs a falar. A voz soava estranha dentro da noite vermelha.

— Boris, eu só tenho você. Sou sozinha, precisa gostar de mim, eu só penso em você. Se penso na minha vida tenho vontade de me afogar, tenho de pensar em você o dia inteiro. Não seja malvado, meu amor, não me maltrate, você é tudo o que me resta. Estou nas suas mãos, querido, não me maltrate. Nunca, nunca; sou sozinha!

Boris acordou sobressaltado e considerou a situação com nitidez:

— Se você está sozinha é porque gosta disso — afirmou com voz clara —, é porque é orgulhosa. Se não fosse por isso gostaria de um sujeito mais velho do que você. Eu sou jovem demais e não posso impedir você de ser só. Tenho a impressão de que você não me escolheu por isso.

— Não sei — disse Lola. — Eu te amo apaixonadamente. É tudo o que sei.

Abraçou-o furiosamente. Boris ouviu-a dizer ainda "Te adoro" e adormeceu de vez.

III

Verão. O ar estava morno e denso. Mathieu caminhava pelo meio da rua, sob um céu de um azul límpido. Seus braços remavam, e era como se abrissem pesadas cortinas de ouro. Verão. O verão dos outros. Para ele um dia sombrio começava, um dia que iria serpenteando até a noite, um enterro ao sol. Um endereço. O dinheiro. Ia ser preciso correr por todos os cantos de Paris. Sarah daria o endereço. Daniel emprestaria o dinheiro. Ou Jacques. Sonhara que era um assassino, e o resto do sonho lhe ficara no fundo dos olhos sob a ofuscante pressão da luz. Rua Delambre, 16. Era ali. Sarah morava no sexto andar e naturalmente o elevador não funcionava. Mathieu subiu a pé. Por trás das portas fechadas, mulheres arrumavam os apartamentos. De avental, uma toalha envolvendo-lhes a cabeça. Para elas o dia também começava. Que espécie de dia? Mathieu estava ligeiramente ofegante quando tocou. Pensou: "Deveria fazer ginástica." Aborreceu-se: "Digo isso cada vez que subo uma escada." Ouviu um passo miúdo. Um homenzinho calvo, de olhos claros, abriu sorridente. Mathieu reconheceu-o, era um alemão emigrado, vira-o repetidas vezes no Dôme tomando gulosamente o seu café com leite ou inclinado sobre o tabuleiro de xadrez, chocando as peças com os olhos e lambendo os lábios grossos.

— Desejaria falar com Sarah — disse Mathieu.

O homenzinho tornou-se sério e bateu os calcanhares. Tinha as orelhas roxas.

— Weymuller — disse rígido.

— Delarue — respondeu Mathieu sem ligar.

O homenzinho voltou a sorrir amavelmente.

— Entre, entre. Ela está embaixo, no estúdio. Vai ficar muito contente.

Fê-lo entrar no vestíbulo e desapareceu a passos curtos e apressados. Mathieu empurrou a porta envidraçada e penetrou no estúdio de Gomez. Parou no patamar interno, ofuscado pela luz que se esparramava intensa pelas grandes vidraças empoeiradas. Mathieu piscou. A cabeça lhe doía.

— Quem é? — indagou Sarah.

Mathieu debruçou-se no corrimão. Sarah estava sentada no sofá, de quimono amarelo, via-lhe o crânio sob os cabelos ralos e lisos. Uma tocha flamejava diante dela: uma cabeça ruiva de braquicéfalo... "É Brunet", pensou Mathieu, contrariado. Não o via há seis meses, mas não experimentava nenhum prazer em encontrá-lo ali. Era incômodo, tinham muita coisa a dizer, uma amizade agonizante jazia entre ambos. E Brunet trazia consigo o ar de fora, um universo sadio, estreito e obstinado de revoltas e violências, de trabalho manual, de esforços pacientes, de disciplina. Não precisava ouvir o vergonhoso segredinho de alcova que Mathieu ia confiar a Sarah.

Sarah levantou a cabeça e sorriu.

— Bom dia, bom dia! — disse.

Mathieu sorriu também. Via de cima aquele rosto achatado e sem graça, minado pela bondade, e logo mais abaixo os seios pesados e moles, meio à mostra através do quimono.

Apressou-se em descer.

— Que bons ventos o trazem? — perguntou Sarah.

— Preciso pedir-lhe uma coisa.

O rosto de Sarah corou de gulodice.

— O que quiser.

E acrescentou, encantada com o prazer que esperava dar:

— Sabe quem está aí?

Mathieu voltou-se para Brunet e apertou-lhe a mão. Sarah os olhava ternamente.

— Salve, velho traidor do proletariado — disse Brunet.

Mathieu sentiu-se satisfeito, apesar de tudo, de ouvir aquela voz. Brunet era enorme e sólido, com um rosto lerdo de camponês. Não parecia especialmente amável.

— Salve — disse Mathieu. — Pensei que tivesse morrido.

Brunet riu sem responder.

— Sente-se perto de mim — atalhou Sarah, aflita.

Ia prestar-lhe um serviço, sabia disso. Ele era agora propriedade sua, portanto. Mathieu sentou-se. O pequenino Pablo brincava embaixo da mesa com seus cubos de papelão.

— E Gomez? — indagou Mathieu.

— Sempre o mesmo. Está em Barcelona — disse Sarah.

— Teve notícias?

— Na semana passada. Contou suas façanhas — respondeu Sarah com ironia.

Os olhos de Brunet brilharam.

— Sabe que ele foi promovido a coronel?

Coronel. Mathieu pensou no sujeito da véspera e sentiu um aperto na garganta. Gomez partira. Um dia soubera da queda de Irun no *Paris-Soir*. Ficara longo tempo a passear no estúdio, os dedos enfiados na cabeleira negra. Depois descera sem chapéu e de sobretudo, como se fosse comprar cigarros no Dôme. Não voltara. O cômodo permanecera no estado em que o deixara: uma tela inacabada no cavalete, uma lâmina de cobre semigravada sobre a mesa, em meio a frascos de ácido. O quadro e a gravura representavam a sra. Stimson. No quadro estava nua. Mathieu a reviu, bêbada e magnífica, cantando com sua voz áspera nos braços de Gomez. Pensou: "Ele era safado demais com Sarah."

— Foi o ministro quem lhe abriu a porta? — perguntou Sarah alegremente.

Não queria falar de Gomez. Perdoara tudo, as traições, as fugas, a maldade. Mas aquilo, não. Não a partida para a Espanha. Partira para matar outros homens. Matara outros homens. Para Sarah a vida humana era sagrada.

— Que ministro? — indagou Mathieu, espantado.

— O camundongo de orelhas vermelhas é um ministro — disse Sarah com um orgulho ingênuo. — Pertenceu ao governo socialista de Munique em 1922. Agora morre de fome.

— E naturalmente você o recolheu.

Sarah pôs-se a rir.

— Veio para cá com sua maleta. Não, seriamente, não tem para onde ir. Botaram-no para fora do hotel porque não podia mais pagar.

Mathieu contou nos dedos.

— Com Annia, Lopez e Santi são quatro pensionistas.

— Annia vai embora — disse Sarah, como se desculpando. — Encontrou trabalho.

— É um absurdo — murmurou Brunet.

Mathieu sobressaltou-se e virou-se para ele. A indignação de Brunet era pesada e calma; ele olhava Sarah com seu jeitão de camponês e repetia:

— É um absurdo.

— O quê? Que é que é um absurdo?

— Ah! — disse Sarah com vivacidade, segurando o braço de Mathieu. — Venha me ajudar, meu caro Mathieu.

— Mas de que se trata?

— Isso não interessa a Mathieu — disse Brunet a Sarah, com ar de descontentamento.

Ela já não o escutava.

— Ele quer que eu mande embora o meu ministro — disse Sarah, chorosa.

— Mandar embora?

— Diz que é crime conservá-lo aqui.

— Sarah exagera — atalhou tranquilamente Brunet. Voltou-se para Mathieu e explicou, contrariado: — Temos más informações acerca desse sujeito. Parece que há uns seis meses vivia nos corredores da embaixada da Alemanha. Não é preciso ser muito esperto para imaginar o que possa fazer um judeu emigrado num lugar desses.

— Vocês não têm provas — observou Sarah.

— Não, não temos provas. Se tivéssemos, ele não estaria aqui. Mas mesmo que se trate de simples presunções, Sarah se mostra de uma imprudência louca abrigando-o.

— Por quê? Por quê? — exclamou Sarah com paixão.

— Sarah — disse Brunet com ternura —, você faria Paris ir pelos ares para evitar um aborrecimento a seus protegidos.

Sarah sorriu ligeiramente.

— Nem tanto, mas é certo que não sacrificarei Weymuller às intrigas de seu Partido. E... é tão abstrato um partido.

— É exatamente o que eu dizia — afirmou Brunet.

Sarah sacudiu violentamente a cabeça. Enrubescera e seus olhos verdes se tinham molhado.

— O meu ministro! — disse com indignação. — Você o viu, Mathieu. Diga-me se ele é capaz de matar uma mosca.

A calma de Brunet era notável. A calma do mar. A um tempo entorpecente e exasperante. Nunca parecia ser um homem só, tinha a vida lenta, silenciosa e murmurante de uma multidão. Explicou:

— Gomez manda-nos mensageiros às vezes. Vêm aqui e aqui nos encontramos; você bem sabe que tais comunicações são confidenciais. Portanto, seria este, a seu ver, o lugar ideal para instalar um sujeito com reputação de espião?

Mathieu não respondeu. Brunet usara a forma interrogativa, mas era um efeito retórico; não lhe pedia a opinião. Há muito que Brunet deixara de pedir conselhos de qualquer espécie a Mathieu.

— Mathieu, tomo-o por juiz. Se eu expulsar Weymuller, ele se jogará no Sena. Posso realmente levar um homem ao suicídio por causa de uma simples suspeita? — acrescentou Sarah com desespero.

Ela se levantara, horrível e radiante. Fazia germinar em Mathieu a cumplicidade enlambuzada que a gente sente ante os esmagados, os acidentados, os indivíduos que exibem feridas desagradáveis.

— É sério? — indagou. — Vai mesmo se jogar no Sena?

— Qual nada! — atalhou Brunet. — Voltará para a embaixada da Alemanha e tentará se vender de uma vez.

— Dá na mesma — disse Mathieu. — De qualquer maneira, está fodido.

Brunet deu de ombros.

— Sim — disse com indiferença.

— Está ouvindo, Mathieu? — gritou Sarah, angustiada. — Quem tem razão? Diga!

Mathieu nada tinha a dizer, Brunet não lhe perguntava coisa alguma, não se preocupava com a opinião de um burguês, de um intelectual sujo, de um cão de guarda. "Ele vai me ouvir com uma cortesia gelada, e não se perturbará nem um pouco. Vai me julgar pelo que direi, eis tudo." Mathieu não queria que Brunet o julgasse. Tempo houvera em que, por princípio, nenhum dos dois julgava o outro. "A amizade não suporta a crítica", dizia então Brunet. "Ela é feita de confiança." Talvez o dissesse ainda. Mas agora era nos companheiros do Partido que pensava.

— Mathieu! — disse Sarah.

Brunet inclinou-se para ela e tocou-lhe o joelho.

— Escute, Sarah — disse docemente. — Gosto muito de Mathieu e aprecio a inteligência dele. Se se tratasse de interpretar um trecho de Spinoza ou Kant eu o consultaria por certo. Mas este negócio é vulgar e insignificante, e eu lhe juro que não preciso de árbitro, ainda que seja professor de filosofia. Já tomei posição.

"Evidentemente", pensou Mathieu. "Evidentemente." Sentia-se magoado, mas não havia nele qualquer ressentimento contra Brunet. "Quem sou eu para dar conselhos? Que fiz de minha vida?"

Brunet levantara-se.

— Eu preciso ir embora — disse. — Faça como quiser, Sarah. Você não pertence ao Partido e o que faz por nós já é considerável. Mas, se o conservar aqui, eu lhe pedirei que venha à minha casa quando Gomez lhe mandar notícias.

— Combinado — disse Sarah.

Seus olhos brilharam, parecia aliviada.

— E não deixe nada à mão. Queime tudo.

— Prometo.

Brunet voltou-se para Mathieu.

— Até logo, meu velho.

Não lhe estendia a mão, considerava-o atentamente com um olhar duro, como o olhar de Marcelle na véspera. Aquele mesmo espanto implacável. Mathieu se sentia nu sob este tipo de olhar, um grande sujeito nu, feito de miolo de pão. Um desajeitado. "Quem sou eu para dar conselhos?" Piscou. Brunet parecia duro e nodoso. "E eu? Vê-se o aborto no meu rosto." Brunet falou: não era a voz que Mathieu esperava.

— Você está com uma cara! — disse gentilmente. — Que é que há?

Mathieu também se levantara.

— Eu?... Eu estou aporrinhado. Mas é coisa sem importância.

Brunet pôs-lhe a mão no ombro. Olhava-o hesitante.

— É engraçado. Corre-se para lá e para cá, não se tem tempo de ver os velhos amigos. Se você batesse as botas de repente, eu só saberia um mês depois, por acaso.

— Sossegue que não será tão cedo — disse Mathieu rindo.

Sentia a mão forte de Brunet sobre seu ombro. Pensava: "Não está me julgando", e enchia-se de humilde gratidão.

Brunet ficou sério.

— Não — disse —, não será tão cedo. Mas...

Pareceu decidir-se afinal.

— Está livre às duas horas? Tenho um tempo, poderei dar um pulo até sua casa. Conversaremos um pouco como antigamente.

— Como antigamente... Sim, estou livre e te espero — disse Mathieu.

Brunet sorriu amistosamente. Conservara o sorriso ingênuo e alegre. Virou nos calcanhares e dirigiu-se para a escada.

— Vou acompanhá-lo — disse Sarah.

Mathieu seguiu-os com o olhar. Brunet subia os degraus com uma elasticidade surpreendente. "Nem tudo está perdido", pensou. E uma coisa estremeceu dentro de seu peito, uma coisa morna e modesta que se assemelhava à esperança. Deu alguns passos. A porta bateu acima de sua cabeça. O pequeno Pablo olhava-o gravemente. Mathieu aproximou-se da mesa e pegou um buril. Uma mosca, que pousara sobre a lâmina de cobre, levantou voo. Pablo continuava a olhá-lo. Mathieu sentia-se incomodado sem saber por quê. Tinha a impressão de estar sendo devorado pelos olhares da criança. "Os garotos", pensou, "são vorazes, todos os sentidos deles parecem bocas". O olhar de Pablo ainda não era humano e, no entanto, já era algo mais que a vida. Não havia muito tempo que o guri saíra de um ventre e isso se percebia. Estava ali, indeciso, pequenino, ainda conservava um aveludado malsão de coisa vomitada, mas, por detrás dos humores vagos que lhe enchiam as órbitas, uma conscienciazinha gulosa pusera-se de emboscada. Mathieu brincava com o buril. "Está quente", pensou. A mosca zunia em torno dele. Num quarto cor-de-rosa, no fundo de outro ventre, uma bolha inchava.

— Sabe o que sonhei? — perguntou Pablo.
— Não.
— Sonhei que era uma pena.
"E pensa!", refletiu Mathieu. Indagou:
— E o que é que você fazia quando era pena?
— Nada. Dormia.

Mathieu jogou bruscamente o buril sobre a mesa. A mosca assustada pôs-se a voar em círculo e pousou afinal sobre a lâmina de cobre, entre dois sulcos finos que representavam um braço de mulher. Era preciso agir depressa, pois a bolha inchava durante esse tempo, fazia obscuros esforços para sair do visgo; para se libertar das trevas e se tornar semelhante a *isso*, a essa pequena ventosa pálida e mole que chupava o mundo...

Mathieu deu alguns passos em direção ao estúdio. Ouvia a voz de Sarah. "Ela abriu a porta, parou no limiar, sorriu para Brunet. Que espera para descer?" Deu meia-volta, olhou a criança e a mosca. Uma criança, uma carne pensativa que grita e sangra quando a gente a mata. Uma mosca é mais fácil de matar que uma criança. Deu de ombros: "Não vou matar ninguém. Vou impedir que nasça uma criança." Pablo pusera-se a brincar de novo com seus cubos. Esquecera Mathieu. Mathieu estendeu a mão e tocou a mesa com o dedo. Repetia com espanto: "Impedir que nasça..." Dir-se-ia que havia algures uma criança já formada, aguardando o momento de pular para o lado de cá do cenário, neste cômodo, sob o sol, e Mathieu lhe fechava o caminho. De fato, era mais ou menos isso. Havia um homenzinho meditativo e dissimulado, mentiroso e sofredor, com uma pele branca e grandes orelhas, verrugas e outros sinais que se distinguem nos passaportes, um homenzinho que não andaria pelas ruas, um pé na calçada e outro na sarjeta; e olhos, um par de olhos verdes como os de Mathieu, ou negros como os de Marcelle, e que não veriam jamais os céus glaucos de inverno, nem o mar, nem nenhum rosto, jamais; mãos que não tocariam nunca na neve, nem na carne das mulheres, nem na casca das árvores; havia uma imagem do mundo, sanguinolenta, luminosa, aborrecida, apaixonada, sinistra, cheia de esperanças, uma imagem povoada de jardins e de casas, de doces garotas e de horríveis insetos, que se ia furar com um alfinete, como uma bola de gás no Louvre.

— Pronto — disse Sarah. — Esperou muito?

Mathieu ergueu a cabeça e sentiu-se aliviado. Ela estava inclinada sobre o corrimão, pesada e disforme. Era uma adulta, carne velha que parecia ter saído da salgadeira e nunca ter nascido. Sarah sorriu-lhe e desceu rapidamente a escada. O quimono balançava em torno de suas pernas curtas.

— Então? Que é que há? — disse avidamente.

Os grandes olhos velados encaravam-no fixamente, com insistência. Ele desviou o olhar e disse, seco:

— Marcelle está grávida.

— Oh!

Sarah parecia mais alegre do que aborrecida. Indagou com timidez:

— E vocês... vocês vão...

— Não, não — respondeu Mathieu com vivacidade —, não queremos a criança.

— Sei — disse ela —, compreendo.

Baixou a cabeça e conservou-se em silêncio. Mathieu não pôde suportar essa tristeza que nem era uma censura.

— Creio que isso lhe aconteceu há tempos. Gomez me disse — continuou ele com brutalidade.

— Sim. Há anos.

Ela ergueu bruscamente os olhos e acrescentou com paixão:

— Não é nada, se a gente acode em tempo.

Ela se proibia de julgá-lo, abandonava suas reservas, suas censuras, e tinha apenas um desejo: tranquilizá-lo.

— Não é nada, nada...

Ele ia sorrir, considerava o futuro com confiança; ela seria a única a pôr luto por aquela morte minúscula e secreta.

— Escute, Sarah — disse Mathieu, irritado —, procure me compreender. Eu não quero casar. Não é por egoísmo, mas acho o casamento...

Calou-se. Sarah era casada, desposara Gomez cinco anos antes. Ele acrescentou no fim de um instante:

— E, depois, Marcelle não quer o filho.

— Não gosta de criança?

— Não se interessa por isso.

Sarah pareceu desconcertar-se.

— É — disse —, é, se é assim. De fato...

Tomou-lhe as mãos.

— Meu pobre Mathieu, como você deve estar acabrunhado. Eu desejaria poder ajudá-los.

— Pois é por isso mesmo — disse Mathieu —, você pode nos ajudar. Quando você teve... esse aborrecimento, você procurou alguém, um russo, creio.

— Foi — disse Sarah. Sua fisionomia alterou-se. — Foi horrível!

— Ah! — disse Mathieu com uma voz transtornada. — É... é muito doloroso?

— Não muito, mas... — disse ela com um ar lastimável — ...eu pensava no neném. Você sabe, era Gomez quem queria. E quando ele queria alguma coisa, naquele tempo... mas foi um horror, nunca eu... poderia me pedir de joelhos, agora, que eu não faria de novo.

Olhou Mathieu com olhos esgazeados.

— Deram-me um pacotinho depois da operação e me disseram: "Jogue isso na privada." Numa privada. Como um rato morto! Mathieu — disse ela, apertando-lhe fortemente o braço —, você não sabe o que vai fazer!

— E quando a gente põe uma criança no mundo, a gente sabe? — perguntou Mathieu, encolerizado.

Uma vida! Uma consciência a mais, uma pequena luz perdida, que voaria em círculo, se chocaria contra as paredes e não poderia mais escapar.

— Não, mas eu quero dizer que você não imagina o que exige de Marcelle. Tenho receio de que ela o deteste depois.

Mathieu reviu os olhos de Marcelle, grandes olhos duros e cansados.

— E você, odeia Gomez? — perguntou-lhe secamente.

Sarah teve um gesto de desconsolo, de impotência. Não era capaz de odiar ninguém, e Gomez menos do que qualquer um.

— Em todo caso — disse, resoluta —, não quero mandá-los a esse russo. Ele ainda opera, mas agora bebe e eu não tenho mais confiança nele. Houve um caso complicado há dois anos.

— E você conhece outro?

— Ninguém — disse Sarah devagar.

Mas de repente toda a sua bondade se refletiu no rosto e ela exclamou:

— Mas, claro, eu tenho uma solução, como não pensei nisso antes? Vou dar um jeito nisso. Waldmann. Você não o encontrou aqui? Um judeu, ginecologista. É de certo modo um especialista do aborto, com ele pode ficar sossegado. Em Berlim tinha uma clientela enorme. Quando os nazistas tomaram o poder ele foi residir em Viena. Depois disso houve o *Anschluss* e ele veio parar em Paris com uma maleta. Mas há muito remetera seu dinheiro para Zurique.

— Acha que ele topa?

— Naturalmente. Vou vê-lo hoje mesmo.

— Estou contente — disse Mathieu —, muito contente. Não cobra caro demais?

— Em Berlim cobrava dois mil marcos.

Mathieu empalideceu.

— Dez mil francos!

Ela acrescentou vivamente:

— Mas era um roubo. Cobrava a reputação. Aqui ninguém o conhece. Será mais razoável. Vou propor-lhe três mil francos.

— Bem — disse Mathieu, cerrando os dentes.

Indagava a si próprio onde iria buscar o dinheiro.

— Escute — disse Sarah —, por que não ir agora de manhã mesmo? Mora na rua Blaise-Desgoffes, é pertinho. Visto-me e desço. Me espera?

— Não, eu... tenho um encontro às 10h30. Sarah, você é um anjo.

Tomou-a pelos ombros e sacudiu-a sorrindo. Ela acabara de lhe sacrificar suas repugnâncias mais profundas, de se tornar, por generosidade, cúmplice num ato que lhe inspirava horror. Irradiava satisfação.

— Onde você estará às 11 horas? — perguntou ela. — Poderia lhe telefonar.

— Estarei no Dupont Latin, bulevar Saint-Michel. Posso aguardar o telefonema lá?

— No Dupont Latin? Está bem.

O roupão de Sarah abrira-se sobre os seios enormes. Mathieu abraçou-a, por ternura e para não lhe ver o corpo.

— Até logo — disse Sarah —, até logo, meu caro Mathieu.

Ergueu para ele o rosto terno e sem graça. Havia nela uma humildade perturbadora, quase voluptuosa, que sugeria um desejo maligno de machucá-la, de tripudiar sobre ela. "Quando eu a vejo", dizia Daniel, "compreendo o sadismo". Mathieu beijou-a nas faces.

*

"Verão!" O céu assombrava a rua, era um fantasma mineral; os transeuntes flutuavam no céu e seus rostos flamejavam. Mathieu respirou um cheiro verde e vivo, de poeira nova. Piscou e sorriu. "Verão!" Deu alguns passos; o asfalto escuro e mole, marcado de pontos brancos, colou-se à sola de seus sapatos. Marcelle estava grávida. Não era mais o mesmo verão.

Ela dormia, o corpo mergulhava numa sombra densa e ela transpirava dormindo. Seus belos seios morenos e arroxeados tinham caído, pequenas gotas brotavam dos bicos, gotas brancas e salgadas como lágrimas. Ela dorme. Dorme sempre até o meio-dia. A bolha dentro de seu ventre não dorme, não tem tempo; alimenta-se e incha. O tempo corria aos trancos e barrancos irremediavelmente. A bolha inchava e o tempo passava. "É preciso que eu arranje dinheiro nestas 48 horas."

O Luxemburgo, quente e branco. Estátuas, pombos, crianças. As crianças correm, os pombos levantam voo. Correrias, relâmpagos brancos, ínfimas debandadas. Sentou-se numa cadeira de ferro. "Onde vou arranjar dinheiro? Daniel não me emprestará. Pedirei assim mesmo... Em último caso pedirei a Jacques." A grama tremia a seus pés. Uma estátua mostrava-lhe a bunda de pedra, os pombos arrulhavam, pássaros de pedra. "Afinal, é coisa de 15 dias, esse judeu há de esperar até o fim do mês e no dia 29 eu recebo."

Mathieu parou de repente. Ele se via pensar, tinha horror a si próprio. "Neste momento Brunet vai sossegado pela rua, à vontade neste sol, sente-se leve porque espera, anda por uma cidade de vidro que em breve ele há de quebrar; sente-se forte, anda rebolando ligeiramente, com precaução, porque não é hora ainda de quebrar tudo. Ele espera. Mas eu? Eu? Marcelle está grávida. Sarah conseguirá convencer o judeu? Onde arranjar dinheiro? Eis o que estou pensando." Reviu dois olhos muito juntos sob espessas sobrancelhas negras. "Madri. Eu queria partir. Juro. Mas não deu certo." Pensou subitamente: "Estou ficando velho."

"Estou velho. Eis-me arriado em cima de uma cadeira, comprometido até o pescoço na vida e não acreditando em nada. E, no entanto, eu também quis partir para a Espanha. Mas não deu certo. Haverá realmente uma Espanha? Estou aqui, saboreio-me, sinto um gosto velho de sangue e água ferruginosa, meu gosto, eu sou meu próprio gosto, eu existo. Existir é isto: beber-se a si próprio sem sede. Trinta e quatro anos. Há 34 anos que eu me saboreio, e estou velho. Trabalhei, esperei, tive o que queria: Marcelle, Paris, independência. Está tudo acabado. Não espero mais nada." Contemplava aquele jardim rotineiro, sempre novo, sempre o mesmo, como o mar, há mais de cem anos percorrido pelas mesmas ondazinhas de cores e de ruídos. Havia aquilo: as crianças que corriam desordenadamente, as mesmas há mais de cem anos, com o mesmo sol sobre as deusas de gesso, de dedos partidos, e aquelas árvores todas. E havia Sarah com seu roupão amarelo, Marcelle grávida, o dinheiro. Tudo isso era tão natural, tão normal, tão monótono, bastava para encher uma vida, era a vida. O resto, as Espanhas, os castelos na areia, era... o quê? Uma pobre religiãozinha laica para uso próprio. O acompanhamento discreto e seráfico da minha verdadeira vida. Um álibi? "É assim que eles me veem, eles,

Daniel, Marcelle, Brunet, Jacques: o homem que quer ser livre. Come, bebe, como qualquer outro, é funcionário, não faz política, lê *L'Œuvre* e *Le Populaire* e está em dificuldades financeiras. Mas quer ser livre, como outros desejam uma coleção de selos. A liberdade é seu jardim secreto. Sua pequena conivência consigo mesmo. Um sujeito preguiçoso e frio, algo quimérico, razoável no fundo, que malandramente construiu para si próprio uma felicidade medíocre e sólida, feita de inércia, e que ele justifica de quando em vez mediante reflexões elevadas. Não é isso que sou?"

Tinha sete anos. Estava em Pithiviers, na casa de tio Jules, o dentista, sozinho na sala de espera, e brincava de não se deixar existir. Era preciso tentar não se engolir, como quando a gente conserva sobre a língua um líquido demasiado frio, evitando o pequeno movimento da deglutição que o faria escorrer para a garganta. Conseguira esvaziar completamente a cabeça. Mas esse vazio ainda tinha um gosto. Era um dia de tolices. Vegetava num calor provinciano que cheirava a mosca e eis que tinha pegado uma e lhe arrancara as asas. Verificara que a cabeça se assemelhava a uma cabeça de fósforo, fora buscar a caixa na cozinha e esfregara nela a mosca para ver se acendia. Tudo isso com grande displicência: era uma pífia comédia de vagabundo e ele não conseguia interessar-se por si próprio, sabia muito bem que a mosca não acenderia. Sobre a mesa havia revistas rasgadas e um belo vaso chinês, verde e cinza, com alças como garras de papagaio. O tio lhe dissera que o vaso tinha três mil anos. Mathieu aproximara-se do vaso com as mãos para trás e contemplara-o com inquietude. Era apavorante ser uma bolinha de miolo de pão neste velho mundo ressequido, diante de um vaso impassível de três mil anos. Voltara-lhe as costas e pusera-se a brincar de vesgo e a fungar na frente do espelho, sem chegar a distrair-se. E de repente ele retornara à mesa, erguera o vaso, que era pesadíssimo, e o jogara no chão. Isso lhe acontecera sem mais nem menos e logo depois ele se sentira leve, diáfano. Olhava os cacos de porcelana, maravilhado. Algo acabava de ocorrer com aquele vaso de três mil anos entre essas paredes quinquagenárias, na luminosidade antiga do verão, algo totalmente irreverente, que se assemelhava a uma manhã. Pensara: "Eu fiz isso", e se sentiu orgulhoso, livre, sem peias; sem família, sem origem, um pequeno broto obstinado que rompera a crosta terrestre.

Tinha 16 anos. Era um animal, um estúpido. Estava deitado na areia em Arcachon, contemplava as ondas compridas e chatas do oceano. Acabara de sovar um jovem bordelês que lhe jogara pedras. Obrigara-o a comer areia. Sentado à sombra dos pinheiros, arquejante, as narinas cheias do odor da resina, tinha a impressão de ser uma pequena explosão suspensa no ar, redonda, abrupta, inexplicável. Dissera a si mesmo: "Serei livre"; ou antes, não dissera coisa alguma, mas era o que quisera dizer, e isso foi uma aposta. Apostara que toda a sua vida se pareceria com aquele momento excepcional. Tinha 21 anos, lia Spinoza no seu quarto, e era terça-feira de Carnaval. Grandes carros multicores passavam na rua, cheios de bonecos de papelão. Erguera os olhos e apostara de novo, com aquela ênfase filosófica que agora lhe era peculiar, a ele e a Brunet: "Eu me salvarei." Dez, cem vezes ele tornara a fazer a aposta. As palavras mudavam com a idade e as modas intelectuais, mas era uma só e mesma aposta. E a seus próprios olhos Mathieu não era um sujeito pesadão que ensinava filosofia a rapazes num ginásio nem o irmão de Jacques Delarue, o advogado, nem o amante de Marcelle, nem o amigo de Daniel e de Brunet. Era unicamente aquela aposta.

Que aposta? Pousou a mão sobre os olhos cansados de luz. Já não sabia mais. Tinha agora — dia a dia mais frequentes — longos momentos de exílio. Para compreender sua aposta precisava estar nos seus melhores dias.

— Bola, faz favor.

Uma bola de tênis rolou-lhe aos pés, um menino corria atrás com a raquete na mão. Mathieu apanhou a bola e lançou-a ao garoto. Por certo não estava num desses dias. Vegetava naquele calor abafado, sofria a velha e monótona sensação do cotidiano. Inutilmente repetia as frases que o exaltavam antes: "Ser livre. Ser a causa de si próprio, poder dizer: sou porque quero; ser o próprio começo." Eram palavras vazias e pomposas, palavras irritantes de intelectual.

Levantou-se. Levantava-se um funcionário, um funcionário em dificuldades financeiras e que ia encontrar-se com a irmã de um de seus ex-alunos. Pensou: "Estará tudo acabado? Serei apenas um funcionário?" Esperara tanto tempo. Seus últimos anos tinham sido uma vigília. Esperara através de mil e uma preocupações cotidianas. Naturalmente, durante esse tempo andara atrás de mulheres, viajara e ganhara a vida. Mas através de tudo isso sua única preocupação fora manter-se disponível. Para um ato. Um ato livre e refletido que empenharia o destino de sua vida e seria o início de uma nova existência. Nunca pudera amarrar-se definitivamente a um amor, a um prazer, nunca fora realmente infeliz; sempre lhe parecera estar alhures, ainda não nascido completamente. Esperava. E enquanto isso, devagar, sub-repticiamente, os anos tinham chegado, e o haviam agarrado por trás. Trinta e quatro anos. "Com 25 é que eu deveria ter-me comprometido. Como Brunet. Sim, mas nessa idade não se tem plena consciência do que se faz. Vai-se na onda. Eu não queria ir na onda." Pensara partir para a Rússia, abandonar os estudos, aprender um ofício. O que cada vez o retivera, à beira destas rupturas violentas, fora a ausência de motivos para fazê-lo. Sem motivos a decisão teria sido uma burrada. Ele continuara a esperar...

Barquinhos à vela giravam no laguinho do Luxemburgo, açoitados de quando em vez pelo repuxo. Parou para olhar o carrossel náutico. Pensou: "Não espero mais. Ela tem razão. Estou fodido. Esvaziei-me, esterilizei-me para ser apenas uma espera. Agora estou vazio. Mas não espero mais nada."

Junto do repuxo um barquinho parecia perdido, inclinava-se, afundava lentamente. Todos riam. Um guri tentava salvá-lo com uma vara.

IV

Mathieu olhou o relógio. "Dez e quarenta, ela está atrasada." Não gostava de que ela se atrasasse, tinha sempre medo de que se deixasse morrer. Ela esquecia tudo, fugia de si mesma, esquecia-se de repente, esquecia de comer, esquecia de dormir. Um dia esqueceria de respirar e pronto. Dois rapazes tinham parado perto dele; olharam uma das mesas com desdém, num desafio.

— *Sit down* — disse um.

— Eu *sit down* — respondeu o outro. Riram e sentaram. Tinham as mãos bem-tratadas, a fisionomia dura e a carne tenra. "Só dá chatos aqui", pensou Mathieu, irritado. Estudantes ou ginasianos. Jovens machinhos cercados de fêmeas passadas e que pareciam insetos brilhantes e obstinados. "É engraçada a mocidade", pensou Mathieu, "por fora rutilante, por dentro não se sente nada". Ivich cheirava a mocidade. Boris também, mas eram exceções. Mártires da juventude. "Eu não sabia que era jovem, nem Brunet, nem Daniel. Depois é que percebemos."

Lembrou-se sem grande prazer de que ia acompanhar Ivich a uma exposição de Gauguin. Gostava de mostrar-lhe belos quadros, belos filmes, belos objetos, porque ele próprio não era belo e esta era uma forma de se desculpar. Ivich não o desculpava. Hoje como das outras vezes olharia os quadros com seu ar selvagem e maníaco. Mathieu ficaria a seu lado, feio, importuno, esquecido. No entanto, não desejava ser belo: ela nunca estava mais só do que quando diante da beleza. Refletiu: "Não sei o que quero dela." Viu-a nesse mesmo instante. Descia o bulevar ao lado de um rapaz alto de cabeleira crespa e óculos. Ela erguia o rosto e lhe oferecia um sorriso luminoso. Falavam animadamente. Quando ela viu Mathieu, seus olhos se apagaram; disse um adeus rápido ao companheiro e atravessou a rua des Écoles como que sonolenta. Mathieu levantou-se.

— Salve, Ivich!

— Bom dia — disse ela.

Estava com o rosto dos dias de festa. Puxara os cachos louros até o nariz e a franja lhe descia até os olhos. No inverno o vento lhe atormentava os cabelos, despia-lhe as bochechas gordas e lívidas e a testa curta que ela costumava chamar de "testa de calmuco". Um rosto largo surgia, pálido, infantil e sensual, como a lua entre duas nuvens. Agora Mathieu via somente um falso rosto, estreito e puro, que ela usava por cima do verdadeiro como uma máscara triangular. Os jovens vizinhos de Mathieu voltaram-se para olhá-la. Pensavam visivelmente: "Bela garota." Mathieu contemplou-a com ternura. Ele, somente ele, sabia que Ivich era feia. Ela sentou-se calma e taciturna. Não estava pintada porque a pintura estraga a pele.

— E para a senhora? — perguntou o garçom.

Ivich sorriu-lhe. Gostava que a chamassem de senhora. Depois virou-se para Mathieu, indecisa.

— Tome um *peppermint* — disse Mathieu —, você gosta disso.

— Gosto disso? — Divertia-se. — Pois então que seja. Mas que é isso? — indagou quando o garçom se afastou.

— Menta verde.

— Aquela coisa verde e viscosa que bebi outro dia? Oh! Não quero, não, cola na boca. Eu vou deixando que você me conduza, mas não deveria fazer assim. Não temos os mesmos gostos.

— Você disse que gostava — atalhou Mathieu, contrariado.

— Sim, mas refleti, lembrei-me do gosto. — Estremeceu. — Nunca mais beberei isso.

— Garçom! — gritou Mathieu.

— Não, não, deixe que ele traga, é bonito. Só não beberei. Aliás, não estou com sede.

Calou-se. Mathieu não sabia o que dizer. Ivich interessava-se por tão pouca coisa! E ele não tinha vontade de falar. Marcelle estava ali. Ele não a via, não se referia a ela, mas estava ali. Ivich, sim, ele a via, podia chamá-la pelo nome ou tocar-lhe o ombro; mas estava sempre fora de alcance, com seu porte frágil e seus belos seios duros. Parecia pintada e envernizada como uma taitiana de Gauguin. Inutilizável. Dentro em pouco Sarah telefonaria. O garçom chamaria: "Sr. Delarue." Mathieu ouviria uma voz sombria: "Ele quer dez mil francos, nem um franco a menos." Hospital, cirurgia, cheiro de éter, questões de dinheiro. Mathieu fez um esforço e voltou-se para Ivich. Ela fechara os olhos e passava de leve os dedos sobre as pálpebras. Reabriu os olhos.

— Tenho a impressão de que ficam abertos sozinhos. De vez em quando eu os fecho para que descansem. Estão vermelhos?

— Não.

— É o sol. No verão eles me doem. Em dias como este a gente só deveria sair depois de escurecer. Não se sabe onde se enfiar, o sol nos persegue por toda parte. E as pessoas ficam com as mãos úmidas.

Mathieu tocou com o dedo, por baixo da mesa, a palma da própria mão. Estava seca. Era o outro, o rapaz encaracolado, que tinha as mãos úmidas. Olhava Ivich sem se sentir perturbado; achava-se culpado e libertado ao mesmo tempo por querê-la menos.

— Aborreceu-se porque eu a forcei a sair tão cedo?

— De qualquer maneira, eu não podia ficar no quarto.

— Por quê? — indagou Mathieu, espantado.

Ivich encarou-o com impaciência.

— Você não sabe o que é o Lar do Estudante. Protegem-se as moças de verdade, sobretudo na época dos exames. E depois a mulherzinha tomou-se de afeição por mim, entra a todo instante no quarto, por qualquer pretexto, me acaricia os cabelos. Tenho horror a que me toquem.

Mathieu mal a ouvia. Sabia que ela não pensava no que dizia. Ivich sacudiu a cabeça irritada.

— Ela gosta de mim porque sou loura. É sempre a mesma coisa. Daqui a três meses vai me detestar. E dirá que eu sou dissimulada.

— Você é dissimulada — disse Mathieu.

— Sim... — murmurou ela num tom preguiçoso de voz que induzia a pensar em sua face lívida.

— Afinal, as pessoas acabam percebendo que você esconde a face e baixa os olhos como uma santinha do pau oco.

— Ora! Você gostaria de que soubessem como você é? — retrucou com certo desprezo. — É verdade que não liga para essas coisas. Quanto a olhar as pessoas de frente, não posso. Os olhos me ardem logo.

— Você me incomodava, a princípio — disse Mathieu. — Você me olhava em cima da testa, à altura dos cabelos. Eu, que tenho tanto medo de ficar calvo. Pensava sempre que você tivesse percebido um lugar mais ralo e não pudesse mais despregar os olhos dali.

— Olho todo mundo assim.

— Sim, ou de lado: assim...

Ele lançou-lhe um olhar matreiro e rápido. Ela riu, divertida e furiosa.

— Pare! Não gosto que me imitem.

— Bom, não era muito maldoso.

— Não, mas fico com medo quando você usa minha expressão!

— Compreendo! — disse Mathieu sorrindo.

— Não é o que você imagina, não. Mesmo que você fosse o mais belo rapaz da Terra, eu teria medo.

Acrescentou, mudando de voz:

— Eu gostaria muito de que os olhos não me doessem tanto.

— Escute — disse Mathieu —, vou à farmácia comprar um comprimido. Mas estou esperando um telefonema, se me chamarem diga ao garçom que volto já. Por favor.

— Não, não vá — disse ela secamente. — Agradeço, mas não adiantaria. É o sol.

Calaram-se. "Estou me chateando", pensou Mathieu com estranho prazer. Um prazer crispado. Ivich alisava a saia com as palmas das mãos, erguendo ligeiramente os dedos, como se fosse tocar piano. Suas mãos estavam sempre avermelhadas, porque ela tinha má circulação. Em geral as mantinha erguidas e as agitava de quando em vez para que clareassem. Não lhe serviam quase para pegar, eram dois idolozinhos gastos nas pontas dos braços; roçavam as coisas com gestos miúdos e inacabados, e pareciam menos segurar as coisas do que modelá-las. Mathieu olhou as unhas de Ivich, longas e pontudas, excessivamente pintadas, quase chinesas. Bastava contemplar aqueles adornos frágeis e incômodos para compreender que Ivich não podia fazer coisa alguma de seus dez dedos. De uma feita caíra-lhe uma unha, sozinha, ela a guardava num pequenino esquife e de vez em quando a examinava com uma mistura de prazer e horror. Mathieu a vira. Conservara o esmalte e assemelhava-se a um besouro morto. "Que será que a preocupa? Nunca foi mais irritante. Deve ser o exame. A menos que se chateie comigo. Afinal de contas, eu sou um adulto."

— Não deve começar assim, por certo, quando a gente fica cego — disse de repente Ivich com um ar neutro.

— Por certo, não — respondeu Mathieu, sorrindo. — Você sabe o que lhe disse o médico em Laon: um pouco de conjuntivite.

Falava docemente, sorria docemente, sentia-se melado de doçura. Com Ivich era preciso sorrir sempre, fazer gestos suaves e lentos. "Como Daniel com seus gatos."

— Os olhos me doem tanto — disse Ivich —, basta uma coisa de nada. — Hesitou. — É bem no fundo dos olhos que dói. Não é assim que começa aquela loucura de que você me falava há dias?

— Ah! Aquela história? Escute, Ivich, da última vez era o coração, você tinha medo de uma crise cardíaca. Que menina esquisita, parece que você tem necessidade de se atormentar. E de repente declara que é feita de pedra e cal! Escolha.

Sua voz deixava-lhe um gosto de açúcar na boca.

Ivich olhava para os pés, concentrada.

— Deve estar me acontecendo alguma coisa.

— Eu sei — disse Mathieu —, sua linha de vida interrompida. Mas você disse que não acredita.

— Não, não acredito... mas é que eu não posso imaginar o meu futuro. Há uma barragem na frente.

Calou-se e Mathieu contemplou-a em silêncio. Sem futuro... De repente sentiu um gosto desagradável na boca e percebeu que estava por demais preso a Ivich. Era verdade que ela não tinha futuro. Ivich com trinta anos, Ivich com quarenta anos, não tinha sentido. Pensou: "Ela não é viável." Quando Mathieu estava só ou quando falava com Daniel, com Marcelle, sua vida se estendia à sua frente, clara e monótona: algumas mulheres, algumas viagens, alguns livros. Um longo declive, Mathieu descia lentamente, lentamente, às vezes até achava que não ia depressa o bastante. Mas eis que ao ver Ivich parecia-lhe viver uma catástrofe. Ivich era um pequeno sofrimento voluptuoso e trágico, sem futuro. Iria embora, ficaria louca, morreria de uma crise cardíaca ou seus pais a sequestrariam em Laon. E Mathieu não aceitaria viver sem ela. Fez um gesto tímido com a mão; desejaria tomar o braço de Ivich, acima do cotovelo, e apertá-lo com toda a força. "Tenho horror a que me toquem." A mão de Mathieu recaiu. Disse muito depressa:

— Você está com uma linda blusa, Ivich.

Foi uma gafe. Ela inclinou a cabeça empertigada e deu uns tapinhas na blusa, constrangida. Ela acolhia as homenagens como se fossem ofensas, era como se fizessem dela uma imagem talhada a machado, grosseira e fascinante, à qual tivesse receio de se deixar ligar. Somente ela mesma podia pensar certo a respeito de si própria. E pensava sem palavras, era uma certeza terna, uma carícia. Mathieu olhou com humildade os ombros de Ivich, seu pescoço reto e redondo. Ela dizia amiúde: "Tenho horror dessas pessoas que não sentem o corpo." Mathieu sentia o dele, mas era como um grande pacote incômodo.

— Ainda quer ir ver os Gauguin?

— Gauguin? Quais? Ah! A exposição de que me falou? Podemos ir.

— Você não parece estar com vontade.

— Estou.

— Você deve dizer, Ivich, se não tem vontade.

— Mas você tem.

— Bem sabe que já estive lá. Tenho vontade é de mostrá-la a você, se lhe agradar, mas, se não lhe interessa, desisto.

— Pois então preferia ir outro dia.

— Só que a exposição fecha amanhã — disse Mathieu, decepcionado.

— É uma pena — disse Ivich covardemente —, mas há de haver outra oportunidade. — Acrescentou com calor: — Essas coisas se repetem, não é?

— Ivich! — observou Mathieu com uma doçura irritada. — É bem você! Diga que não tem mais vontade, mas você sabe que tão cedo não haverá outra.

— Pois bem — disse ela gentilmente —, eu não quero ir hoje por causa desse exame. É infernal que nos façam aguardar o resultado tanto tempo!

— Não é amanhã?

— Justamente.

Acrescentou, tocando a manga de Mathieu com a ponta dos dedos:

— Não se incomode comigo hoje. Não faça caso. Eu não sou mais eu. Dependo dos outros, é aviltante. Tenho diante de mim, o tempo todo, a imagem de uma folha branca pregada num muro cinzento. Eles nos impõem esse pensamento. Quando me levantei hoje de manhã, senti que já era amanhã. Hoje é um dia perdido, riscado. Roubaram-me este dia e já não me sobram tantos assim!

Insistiu em voz baixa e rápida:

— Não me preparei bem em botânica.

— Compreendo — disse Mathieu.

Desejara encontrar em suas próprias recordações uma angústia que lhe permitisse compreender a de Ivich. Talvez na véspera da formatura... Não, não era isso. Ele vivia sem riscos, sossegadamente. Agora sentia-se frágil, dentro de um mundo ameaçador, mas era por intermédio de Ivich.

— Se eu for aprovada — disse Ivich —, vou beber antes do oral.

Mathieu não respondeu.

— Um pouquinho só — repetiu Ivich.

— Você disse isso em fevereiro, antes do exame, e afinal foi aquela beleza, com quatro cálices de rum estava inteiramente bêbada.

— Mas eu não serei aprovada — disse ela com um ar falso.

— Eu sei, mas se por acaso for?

— Então não beberei.

Mathieu não insistiu. Tinha certeza de que ela se apresentaria bêbada ao oral. "Eu é que não teria feito isso, era por demais prudente." Estava irritado com Ivich e desgostoso consigo. O garçom trouxe o copo e o encheu pela metade de menta verde.

— Já trago a água e o gelo.
— Obrigada — disse Ivich.

Ela olhava o copo e Mathieu a olhava. Um desejo violento e impreciso tomara conta dele: ser durante um instante aquela consciência solta e cheia de seu próprio odor, sentir por dentro aqueles braços compridos e finos, sentir, na articulação, a pele do antebraço colar-se como lábios à pele do braço, sentir aquele corpo e todos os pequenos beijos que ele se dava sem cessar. "Ser Ivich sem deixar de ser eu." Ivich tomou o balde das mãos do garçom e pôs um pequeno cubo de gelo no copo.

— Não é para beber, mas fica mais bonito.

Piscou e sorriu com jeito de criança.

— É lindo.

Mathieu olhou o copo, irritado. Procurou observar a agitação espessa e desordenada do líquido, a brancura turvada do gelo. Em vão. Para Ivich era uma pequena volúpia viscosa e verde que a deixara toda melada até a ponta dos dedos. Para ele aquilo não era nada. Nada de nada. Um copo com menta dentro. Podia pensar o que Ivich sentia, mas ele próprio nunca sentia nada. Para ela as coisas eram presenças abafantes, cúmplices, amplos redemoinhos que a penetravam na própria carne. Mas Mathieu as via sempre de longe. Olhou-a e suspirou. Estava atrasado, como de costume. Ivich já não contemplava o copo. Parecia triste e puxava nervosamente um cacho de cabelos.

— Queria um cigarro.

Mathieu tirou o maço de Gold Flake do bolso e ofereceu-lhe.

— Vou dar-lhe fogo.
— Não, prefiro acender.

Acendeu o cigarro e deu algumas baforadas. Aproximara a mão da boca e se divertia, com um ar maníaco, em fazer a fumaça deslizar pelas palmas. Explicou, como para si mesma:

— Queria que a fumaça parecesse sair de minha mão. Seria engraçado uma mão com neblina...

— Não é possível, a fumaça vai depressa demais.

— Eu sei, e isso me enerva, mas não posso parar. Sinto a minha respiração aquecer a mão, passa bem no meio, dir-se-ia que a corta em duas.

Teve um riso rápido e silenciou. Continuava a soprar na mão, descontente e obstinada. Depois jogou o cigarro e sacudiu a cabeça. O perfume dos cabelos alcançou as narinas de Mathieu. Era um perfume de bolo com açúcar e baunilha, porque ela lavava os cabelos com gema de ovo. Mas esse perfume de doce tinha um gosto carnal.

Mathieu pôs-se a pensar em Sarah.

— No que está pensando, Ivich?

Ela ficou um instante de boca aberta, desconcertada, depois tornou a assumir seu ar meditativo e seu rosto se fechou. Mathieu sentia-se cansado de olhá-la. Doíam-lhe os cantos dos olhos.

— No que está pensando? — repetiu.

— Eu... — Ivich sacudiu-se. — Você me pergunta sempre isso. Nada de especial. Coisas que a gente não pode dizer, que não se formulam.

— Quem sabe, tente.

— Pois bem, eu olhava para esse homem que vem vindo, por exemplo. Que quer que eu diga? Que é gordo, que enxuga a testa com um lenço, que usa uma gravata de laço feito... É esquisito que você me obrigue a contar essas coisas — disse de repente, envergonhada e irritada —, não vale a pena.

— Para mim, sim. Se eu pudesse desejar qualquer coisa, desejaria que você fosse obrigada a pensar alto.

Ivich sorriu sem querer.

— Isso é vício — disse —, palavra não foi feita para isso.

— Gozado esse respeito selvagem pela palavra. Você parece acreditar que ela só foi feita para anunciar falecimentos, casamentos ou dizer a missa. Aliás, você não olhava ninguém, Ivich, eu vi, você olhava a sua mão. Depois olhou o pé. E, além disso, eu sei em que pensava.

— Por que pergunta, então? Não precisa ser muito esperto para adivinhar. Eu pensava no exame.

— Está com medo da bomba?

— Naturalmente. Estou com medo. Ou melhor, não estou com medo. Sei que vou levar bomba.

Mathieu sentiu novamente um gosto de catástrofe na boca. "Se ela levar bomba, não a verei mais." E ela levaria bomba com certeza. Era evidente.

— Não quero voltar para Laon — disse Ivich com desespero. — Se voltar reprovada, não me deixarão mais sair. Disseram que era a última oportunidade.

Pôs-se a puxar os cabelos.

— Se tivesse coragem... — murmurou com hesitação.

— Que faria? — indagou Mathieu, inquieto.

— Qualquer coisa. Tudo, contanto que não voltasse. Não quero voltar, ficar lá a vida inteira. Não quero.

— Mas você disse que seu pai talvez vendesse a serraria daqui a um ou dois anos, e que viriam todos para Paris.

— Paciência! Eis como são vocês todos — disse Ivich com um olhar furioso. — Queria ver você! Dois anos naquele porão, ter paciência por dois anos! Você não bota na cabeça que são dois anos que me roubam? Eu só tenho uma vida — disse com raiva. — Do jeito que você fala, parece que você se acredita eterno. Um ano perdido, na sua opinião, é coisa que se substitui! — Lágrimas subiram-lhe aos olhos. — Não, não se substitui. É minha mocidade que se desfiará aos poucos. Eu quero viver já, não comecei ainda e não posso esperar. Já estou velha, tenho 21 anos.

— Ivich, por favor, você me dá medo. Tente uma vez na vida dizer com clareza como você fez os seus trabalhos práticos. Ora você parece satisfeita, ora desesperada.

— Foi tudo péssimo — disse Ivich, sombria.

— Pensei que em física você tivesse ido bem.

— Ah! Física — atalhou Ivich com ironia. — E em química foi lamentável. Não consigo enfiar as fórmulas na cabeça. É tão árido!

— Mas por que escolheu isso, então?

— O quê?

— A faculdade.

— Queria sair de Laon — disse ela, obstinada.

Mathieu fez um gesto de impotência. Calaram-se. Uma mulher saiu do café e passou devagar diante deles. Era bonita, com um narizinho minúsculo no rosto liso, parecia procurar alguém. Ivich, por certo, sentiu primeiramente o perfume. Ergueu lentamente a cabeça melancólica, e, quando a viu, sua fisionomia se transformou.

— Que criatura soberba — disse em voz baixa e profunda.

Mathieu sentiu horror dessa voz.

A mulher imobilizou-se, piscando ao sol. Teria uns 35 anos; viam-se, por transparência, suas pernas compridas, através do crepe leve do vestido. Mas Mathieu não tinha vontade de olhá--las. Olhava para Ivich. Ivich se tornara quase feia, apertava com força as mãos uma contra a outra. Dissera uma ocasião a Mathieu: "Eu tenho vontade de morder os narizes pequeninos." Mathieu inclinou-se ligeiramente e a viu de três-quartos: sua expressão era entorpecida e cruel, e ele pensou que ela estava com vontade de morder.

— Ivich — disse Mathieu docemente.

Ela não respondeu. Mathieu sabia que ela não podia responder. Ele não existia mais para ela. Ela estava só.

— Ivich!

Nesses momentos é que mais a queria, quando aquele corpinho encantador e quase dengoso era tomado por uma força dolorosa, por um amor ardente e turvo, desgraçado pela beleza. Pensou: "Não sou belo", e se sentiu só por sua vez.

A mulher foi-se embora. Ivich seguiu-a com o olhar e murmurou raivosa:

— Há momentos em que eu desejaria ser homem.

Teve um risinho seco e Mathieu olhou-a tristemente.

— Telefone para o sr. Delarue — gritou o garçom.

— Sou eu — disse Mathieu.

Levantou-se.

— Desculpe, é Sarah Gomez.

Ivich sorriu-lhe com frieza. Ele entrou no café e desceu a escada.

— Sr. Delarue? Primeira cabina.

Mathieu pegou o fone, a porta da cabina não fechava.

— Alô, é Sarah?

— Tudo certo — disse a voz fanhosa de Sarah.

— Ah! Fico muito satisfeito.

— Só que é preciso andar depressa. Ele parte domingo para os Estados Unidos. Desejaria fazer a coisa depois de amanhã, a fim de poder observá-la durante os primeiros dias.

— Bem... vou avisar Marcelle hoje mesmo, só que eu estou meio duro, é preciso que arranje o dinheiro. Quanto ele quer?

— Ah, lamento muito, mas quer quatro mil à vista. Insisti, juro, disse que você estava atrapalhado, mas não houve meio. É um judeu safado — acrescentou, rindo.

Sarah transbordava de bondade sem objetivo, mas quando resolvia prestar serviço tornava-se brutal e ativa, como uma irmã de caridade. Mathieu afastara um pouco o fone, pensava: "Quatro mil francos", e ouvia o riso de Sarah tamborilar na chapinha preta do fone, era um pesadelo.

— Daqui a dois dias? Bem, eu darei um jeito. Obrigado, Sarah, você é um anjo. Estará em casa à noite antes de jantar?

— O dia todo.

— Bom. Passarei para acertar alguns detalhes.

— Até a noite.

Mathieu saiu da cabina.

— Uma ficha para o telefone, senhorita — pediu. — Deixa, não precisa.

Jogou um franco no pires e subiu devagar a escada. Não valia a pena ligar para Marcelle antes de resolver a questão do dinheiro. "Irei procurar Daniel ao meio-dia." Sentou-se perto de Ivich e olhou-a sem ternura.

— Passou a dor de cabeça — disse ela amavelmente.

— Ótimo.

Tinha o coração cheio de fuligem.

Ivich olhou-o de viés através de seus longos cílios. Exibia um sorriso confuso e provocante.

— Poderíamos... poderíamos ver os Gauguin?

— Se quiser — disse Mathieu sem surpresa.

Levantaram-se e Mathieu observou que o copo de Ivich estava vazio.

— Táxi — gritou.

— Não esse — disse Ivich —, é aberto, o vento no rosto incomoda.

— Não, não — disse Mathieu ao motorista —, não é com o senhor.

— Pare esse — disse Ivich —, veja como é lindo, parece um coche e é fechado.

O táxi parou e Ivich subiu. "Já que vou lá", pensou Mathieu, "pedirei mais mil francos a Daniel, para ir até o fim do mês".

— Galerie des Beaux-Arts, Faubourg Saint-Honoré.

Sentou-se calado ao lado de Ivich. Estavam ambos sem jeito. Mathieu viu entre os pés dela três cigarros de ponta dourada, fumados pela metade.

— Alguém estava nervoso neste táxi.

— Por quê?

Mathieu mostrou os cigarros.

— Uma mulher — disse Ivich —; vestígios de batom.

Sorriram e silenciaram. Mathieu disse:

— Uma vez achei cem francos num táxi.

— Deve ter ficado contente.

— Ora, devolvi ao motorista.

— Pois eu teria guardado. Por que fez isso?

— Não sei.

O táxi atravessou a praça Saint-Michel; Mathieu quase observou: "Olhe o Sena como está verde." Mas não disse nada. Foi Ivich quem falou de repente:

— Boris pensava que iríamos os três ao Sumatra hoje à noite. Eu gostaria...

Ela virara a cabeça e olhava os cabelos de Mathieu, avançando a boca com ternura. Ivich não era muito dengosa, mas de quando em vez assumia uma expressão terna pelo prazer de sentir o rosto pesado e doce como um fruto. Mathieu achou-a inconveniente e irritante.

— Terei prazer em ver Boris e estar com vocês — disse —, o que me incomoda um pouco é Lola. Ela não me suporta.

— O que tem isso?

Houve um silêncio. Era como se eles tivessem imaginado, ao mesmo tempo, que eram um homem e uma mulher fechados dentro de um táxi. "Não", disse para si mesmo, aborrecido. Ivich tornou:

— Não acho que valha a pena a gente se incomodar por causa de Lola. Ela é bonita, canta bem, só isso.

— Eu a acho simpática.

— Naturalmente. É a sua moral. Você quer sempre ser perfeito. Basta que alguém o deteste para que você se esforce por lhe descobrir qualidades. Eu não a acho simpática.

— Ela é gentil com você.

— O que é que ela pode fazer? Mas eu não gosto dela, acho que representa.

— Representa? — indagou Mathieu, arqueando as sobrancelhas. — Nunca reparei nisso.

— É engraçado que você não tenha observado; solta suspiros profundos para que pensem que está desesperada e depois pede bons pratos!

Acrescentou com uma maldade matreira:

— Sempre pensei que as pessoas desesperadas não se incomodavam com a morte; sempre me espanta vê-la contar seus tostões e fazer economias.

— Isso não impede que ela seja desesperada. É assim que fazem as pessoas que envelhecem; quando estão desgostosas consigo mesmas e com a vida, pensam no dinheiro e se tratam.

— Então, não se deveria envelhecer — disse Ivich secamente.

Ele a olhou perturbado e se apressou em acrescentar:

— Tem razão, não é nada agradável envelhecer.

— Oh! Você não tem idade — disse Ivich —, parece-me que sempre foi assim, tem a juventude de um mineral. Às vezes tento imaginar como você era, quando criança, mas não consigo.

— Tinha cachos — disse Mathieu.

— Pois eu sempre imagino que era como é hoje, somente um pouco menor.

Agora Ivich não devia saber que estava com um ar terno. Mathieu quis falar, mas sentia uma estranha cócega na garganta e estava fora de si. Deixara para trás Marcelle, Sarah, os intermináveis corredores de hospital por onde perambulara desde de manhã, não estava mais em nenhum lugar, sentia-se livre. O dia de verão esbarrava nele com sua massa densa e quente, ele tinha vontade de se entregar inteiramente. Durante um segundo ainda, pareceu-lhe que ficava suspenso no vácuo com uma intolerável impressão de liberdade, e depois, bruscamente, estendeu o braço, pegou Ivich pelo ombro e a puxou para si. Ivich não resistiu, mas ficou dura, rígida, e se deixou cair como se perdesse o equilíbrio. Não disse nada: assumiu uma expressão neutra.

O táxi entrara pela rua de Rivoli. As arcadas do Louvre erguiam seu pesado voo ao longo dos vidros, como imensos pombos. Estava quente e Mathieu sentia um corpo morno junto ao seu. Através do vidro da frente via as árvores e uma bandeira tricolor na ponta de um mastro. Lembrou-se do gesto de um sujeito que vira certa vez na rua Mouffetard. Um cara bem-vestido, de rosto cinzento. O sujeito aproximara-se de uma rotisseria, olhara demoradamente um pedaço de carne fria num prato sobre o mostruário. Depois estendera a mão e pegara a carne. Parecia achar a coisa natural e devia ter-se sentido livre também. O dono gritava, um guarda levara o sujeito muito espantado. Ivich continuava sem dizer nada.

"Ela me julga", pensou Mathieu, irritado. Inclinou-se. Para puni-la, roçou com os lábios uma boca fria e fechada. Insistia. Ivich calada. Ao erguer a cabeça, ele viu os olhos dela e sua alegria raivosa se esvaiu. Pensou: "Um homem casado bolinando uma mocinha num táxi", e seu braço caiu inerte. O corpo de Ivich voltou, como uma mola, à posição vertical. "Pronto, é irremediável." Encolheu-se. Gostaria de desaparecer. Um guarda ergueu o bastão e o táxi parou. Mathieu olhava reto para a frente, mas não via as árvores, olhava para seu amor.

Era amor. Agora era amor. Mathieu pensou: "Que foi que fiz?" Cinco minutos antes aquele amor não existia; havia entre ambos um sentimento raro e precioso, sem nome, que não se exprimia por meio de gestos. E eis que ele fizera um gesto, o único que não devia fazer; aliás, não o fizera propositadamente, aquilo viera sozinho. Um gesto e aquele amor aparecera diante de Mathieu como um grande objeto importuno e já vulgar. Doravante, Ivich pensaria que ele a amava e pensaria: "Ele é como os outros." E, a partir daquele momento, Mathieu amaria Ivich como as demais mulheres que amara. "Que pensará ela?" Estava a seu lado, rígida e silenciosa, e entre eles havia o gesto, "tenho horror a que me toquem", o gesto desajeitado e terno, que já comportava a impalpável obstinação das coisas passadas. "Ela está puta, me despreza e pensa que sou como os outros. Não era o que eu queria dela", pensou com desespero. Mas já não conseguia lembrar o que queria antes. Era o amor, simplesmente, com seus desejos simples e suas condutas vulgares, e Mathieu é que o fizera nascer com inteira liberdade. "Não é verdade", pensou com força, "não a desejo, nunca a desejei". Mas já sabia que ia desejá-la. Acaba sempre assim. "Olharei suas pernas, seus seios, e um dia..." Viu de repente Marcelle estendida na cama, nua, de olhos fechados. Odiava Marcelle.

O táxi parara. Ivich abriu a porta e desceu na calçada. Mathieu não a seguiu imediatamente. Contemplava com espanto aquele amor novinho em folha, e já velho, aquele amor de homem casado, envergonhado e matreiro, humilhante para ela, humilhado de antemão, ele já o acolhia como uma fatalidade. Desceu afinal, pagou e alcançou Ivich, que o esperava à entrada. "Se ao menos ela pudesse esquecer." Lançou-lhe um olhar furtivo e achou que Ivich tinha uma expressão dura. "Na melhor das hipóteses", pensou, "alguma coisa acabou entre nós". Mas não tinha vontade de evitar amá-la. Entraram na exposição sem trocar palavra.

V

"O Arcanjo!" Marcelle bocejou, soergueu-se, sacudiu a cabeça, e seu primeiro pensamento foi: "O Arcanjo virá hoje à noite." Gostava dessas visitas misteriosas, mas naquele dia pensava nelas sem alegria. Havia um horror fixo no ar, em torno dela, um horror de meio-dia. Um calor degradado enchia o quarto, um calor que já servira lá fora, que deixara sua luminosidade nas pregas da cortina e jazia ali, estagnado, inerte e sinistro como um destino. "Se ele soubesse, ele é tão puro, me acharia repugnante." Sentara-se à beira da cama, como na véspera, quando Mathieu se deitara nu a seu lado, olhava os dedos dos pés com um vago nojo e a noite da véspera ainda continuava ali, impalpável, com sua luz morta e rosada, como um cheiro de mofo... "Não pude, não pude dizer-lhe." Ele teria respondido: "Bem, vamos dar um jeito", com um ar alegre e disposto, mas de quem vai engolir um remédio. Ela sabia que não teria suportado aquela expressão e a coisa lhe parara na garganta. Pensou: "Meio-dia." O teto estava cinzento como uma madrugada, mas o calor era de meio-dia. Marcelle deitava-se tarde e não conhecia mais as manhãs, às vezes parecia-lhe que a sua vida parara ao meio-dia, que era sempre um eterno meio-dia largado sobre as coisas, mole, chuvoso, sem esperança, e tão inútil! Fora era só luz, vestidos claros. Mathieu caminhava lá fora na poeira viva e alegre desse dia que se iniciara sem ela e já tinha um passado. "Ele pensa em mim, está afobado", pensou sem ternura. Sentia-se agastada porque imaginava esta robusta piedade passeando ao sol, esta piedade ativa e desajeitada de homem saudável. Ela se sentia lerda e úmida, ainda toda lambuzada de sono: havia um capacete de aço na sua cabeça, esse gosto de mata-borrão na garganta, uma sensação morna nas cadeiras e nas axilas, nas pontas dos pelos negros, pérolas de frio. Tinha vontade de vomitar, mas se dominava: sua jornada ainda não começara e já se colava a Marcelle, estava ali, sobre ela, em equilíbrio instável, e o mínimo gesto a faria ruir como uma avalanche. Teve um ricto amargo. "Sua liberdade." Quando a gente se levanta de manhã com enjoo e sabe que tem pela frente 15 horas para matar antes de tornar a deitar-se, de que adianta ser livre? "Não ajuda a viver, a liberdade." Plumas delicadas e embebidas de babosa acariciavam-lhe a garganta e em seguida uma repugnância por tudo, e uma ânsia, com uma bola sobre a língua, lhe puxava os lábios para trás. "E tenho sorte, dizem que há mulheres que vomitam o dia todo, a partir do segundo mês; eu só vomito um pouco de manhã, de tarde fico cansada, mas aguento. E mamãe conheceu mulheres que não podiam suportar o cheiro do fumo; não me faltaria mais nada." Levantou-se bruscamente e correu à pia. Vomitou uma água suja, espumante, dir-se-ia uma clara de ovo ligeiramente batida. Marcelle apoiou-se na borda da pia e olhou para o líquido bolhoso; parecia esperma, constatou. Sorriu maldosa e murmurou: "Recordação de amor." Em seguida, um grande silêncio de metal tomou-lhe a cabeça e o seu dia começou. Ela não pensava mais em nada, passou a mão pelos cabelos e esperou. "De manhã vomito sempre duas vezes." E de repente reviu o rosto de Mathieu, sua expressão ingênua e convencida, quando disse: "Vamos tirá-lo, não?", e um clarão de ódio a atravessou.

Vem vindo. Pensou primeiro na manteiga, com asco, parecia-lhe que mastigava um pedaço de manteiga amarela e rançosa, depois sentiu uma espécie de gargalhada no fundo da garganta e inclinou-se sobre a pia. Um filete de gosma lhe caía da boca e teve que tossir para se livrar dele. Não tinha repugnância. No entanto, enojava-se facilmente consigo mesma. No último inverno, quando tivera diarreia, não queria que Mathieu a tocasse, era como se cheirasse, uma impressão permanente. Olhou a baba que escorria devagar pelo buraco da pia, deixando traços brilhantes e viscosos, como lesmas. Disse à meia voz: "Engraçado! Engraçado!" Não se sentia repugnada. Era a vida, uma coisa assim como os brotos glutinosos da primavera, aquilo não era mais repugnante do que a goma ruiva e odorífera dos renovos. "Não é isso que é repugnante." Fez correr um pouco de água para lavar a bacia, tirou a camisola com gestos moles. Pensou: "Se fosse um animal, me deixariam sossegada." Poderia entregar-se àquela languidez viva, banhar-se nela como no seio de uma grande fadiga feliz. Não era um animal. "Vamos tirá-lo, não?" Desde a véspera sentia-se acuada.

O espelho devolvia-lhe uma imagem cercada de luzes plúmbeas. Aproximou-se. Não olhou nem os ombros nem os seios: não gostava do corpo. Olhou o ventre, a ampla bacia fecunda. Sete anos antes, de manhã — Mathieu passara a noite com ela pela primeira vez —, ela se chegara ao espelho com esse mesmo espanto hesitante. Pensara: "Então é verdade que podem gostar de mim?" Contemplara a carne polida e sedosa, quase um tecido, e seu corpo era apenas uma superfície feita para refletir os jogos estéreis da luz e para dobrar-se às carícias como a água sob o vento. Agora não era mais a mesma carne. Olhava o ventre e descobria, diante da abundância tranquila de férteis pastagens alimentadoras, uma impressão que tinha tido no Luxemburgo, quando pequena, ante os seios das mulheres que aleitavam: para além do medo e do nojo, uma espécie de esperança. Pensou: "É aqui." Neste ventre, um morango de sangue se apressava em viver, com uma ingênua precipitação, um morangozinho estúpido de sangue, que ainda não era sequer um bicho e que iam raspar com a ponta de uma faca. "Há outras, neste momento, que olham para o ventre e também pensam: é aí. Mas essas estão orgulhosas." Deu de ombros. Aquele corpo que desabrochava absurdamente fora feito para a maternidade. Mas os homens tinham resolvido o contrário. Iria ver a velha. Bastava imaginar que era um fibroma. "Aliás, agora já não passa de um fibroma." Iria ver a velha, levantaria as pernas e a velha a rasparia com o instrumento. E não se falaria mais nisso, seria apenas uma lembrança ignóbil, todo mundo tem. Voltaria a seu quarto cor-de-rosa, continuaria a ler, a sofrer dos intestinos, e Mathieu viria, como de costume, quatro noites por semana, e a trataria, durante algum tempo ainda, com uma delicadeza terna, como uma jovem mãe, e quando fizesse amor redobraria as precauções. E Daniel, o Arcanjo, viria também de quando em vez... Uma ocasião perdida, só isso! Viu os olhos dele no espelho e virou bruscamente. Não queria odiar Mathieu. Pensou: "Vamos, preciso fazer minha toalete."

Estava sem coragem. Tornou a sentar-se na cama, pousou docemente a mão no ventre, um pouco acima dos pelos negros, apertou devagar e pensou, com certa ternura: "É aí." Mas o ódio não se esvaía. Disse para si mesma, com determinação: "Não quero odiá-lo. Ele está no seu direito, sempre dissemos que em caso de acidente... Não podia saber, a culpa é minha, nunca lhe comuniquei nada." Acreditou um instante que ia sossegar, pois nada temia tanto quanto ter de desprezá-lo. Mas quase imediatamente estremeceu. "Como lhe teria dito? Nunca me pergunta nada." Evidentemente, tinham convencionado, de uma vez por todas, que se diriam tudo, mas isso era cômodo para ele, principalmente. Ele gostava de falar de si, de expor seus pequenos casos de consciência, suas delicadezas morais. Quanto a Marcelle, ele confiava nela. Por preguiça. Não se atormentava; pensava: "Se ela tivesse alguma coisa me diria." Mas ela não podia falar; não conseguia. "Ele deveria saber que não posso falar de mim, que não me amo o bastante para isso." Só com Daniel. Daniel sabia fazê-la interessar-se por si própria. Tinha um jeito todo especial de interrogá-la, olhando-a com seus belos olhos carinhosos. Além do mais, tinham um segredo em comum. Daniel era muito misterioso. Ele a via às escondidas, e Mathieu ignorava essa intimidade. Nada faziam de mal, era quase uma brincadeira, mas esta cumplicidade criava entre ambos um laço leve e encantador. E depois Marcelle não achava desagradável ter um pouco de vida pessoal, algo que lhe pertencesse de fato e que não fosse obrigada a partilhar. "Ele que fizesse como Daniel", pensou. "Por que somente Daniel há de saber fazer-me falar? Se ele me tivesse ajudado um pouco..." Durante todo o dia anterior ela sentira um nó na garganta. Desejara ter dito: "E se o tivéssemos?" Ah, se ele tivesse hesitado um segundo, eu teria dito! Mas dissera com sua expressão ingênua: "Vamos tirá-lo, não?" E ela não conseguira falar. "Estava inquieto quando saiu: não deseja que essa velha me estrague. Ah, isso sim, ele vai procurar endereços, isso vai ocupá-lo, agora que não tem mais aulas. E isso é melhor para ele do que se arrastar por aí com aquela lambisgoia. Está aborrecido como alguém que quebrou um vaso. Mas no fundo tem a consciência tranquila... Deve ter prometido a si próprio encher-me de amor..." Riu. "Ótimo. Só que precisa se apressar. Muito em breve terei passado da idade do amor."

Crispou as mãos no lençol. Estava apavorada. "Se me puser a odiá-lo, que me sobrará?" Tinha certeza, ao menos, de que desejava um filho? Via de longe, no espelho, uma massa sombria e relaxada: era seu corpo de sultana estéril. "Teria sobrevivido, ao menos? Estou podre." Iria ver a velha. Às escondidas, à noite. E a velha lhe passaria a mão nos cabelos, como em Andrée, e a chamaria: "Minha gatinha", com um ar de cumplicidade imunda. "Quando a gente não é casada, uma gravidez é tão sórdida quanto uma blenorragia. Estou com uma doença venérea, eis o que devo dizer-me."

Mas não pôde impedir-se de passar docemente a mão no ventre. Pensou: "É aí." Aí uma coisa vive, infeliz como ela mesma. Uma vida absurda e supérflua como a dela... Pensou de repente com paixão: "Teria sido meu. Mesmo idiota, mesmo disforme, teria sido meu!" Mas esse desejo secreto e esse obscuro juramento eram tão solitários, tão inconfessáveis, era preciso escondê-los a tanta gente, que se sentiu repentinamente culpada e teve horror de si própria.

VI

Em cima da porta havia um emblema da República francesa e bandeiras tricolores, o que de imediato dava o tom. Em seguida, a gente penetrava nos grandes salões desertos, e mergulhava numa luz acadêmica que caía de uma vidraça fosca. Entrava dourada nos olhos e começava logo a desmanchar-se, a fundir-se, a tornar-se cinzenta. Paredes claras, cortinas de veludo bege. Mathieu pensou: "O espírito francês." Um banho de espírito francês, por toda parte, nos cabelos de Ivich, nas mãos de Mathieu. Era aquele sol expurgado, aquele silêncio oficial dos salões. Mathieu sentiu-se acabrunhado sob uma nuvem de responsabilidades cívicas. Era conveniente falar baixo, não tocar nos objetos expostos, exercer o espírito crítico com moderação e firmeza, mas não esquecer nunca, em caso algum, a mais francesa das virtudes, o Bom Senso. Depois disso tudo, havia, é verdade, uma boa quantidade de manchas nas paredes: os quadros. Mas Mathieu não tinha mais vontade de olhá-los. Arrastou assim mesmo Ivich e mostrou-lhe, sem falar, uma paisagem bretã com um calvário, o Cristo na cruz, um ramalhete de flores, duas taitianas de joelhos na areia, um círculo de cavaleiros maoris. Ivich não dizia nada, e Mathieu imaginava o que ela podia pensar daquilo. Tentava por vezes olhar os quadros, mas sem interesse. "Os quadros não pegam a gente", pensava agastado, "eles se apresentam. Sua existência depende de mim. Diante deles sou livre. Livre demais". Isso lhe criava uma responsabilidade suplementar e ele se sentia culpado.

— Este é Gauguin — disse.

Era uma pequena tela quadrada com a etiqueta "autorretrato": Gauguin exangue e penteado, com um queixo enorme, uma expressão de inteligência fácil, e uma arrogância triste de criança. Ivich não respondeu e Mathieu lançou-lhe um olhar furtivo. Viu apenas os cabelos perdendo o dourado pelo falso brilho do dia. Na semana anterior, olhando esse retrato pela primeira vez, Mathieu o achara belo. Agora, sentia-se seco. Aliás, não via o quadro. Mathieu estava sobrecarregado de realidade, de verdade, transido pelo espírito da Terceira República. Via tudo o que era real, tudo o que essa luz clássica podia clarear, as paredes, as telas nas suas molduras, as cores pastosas sobre as telas. Mas não os quadros. Os quadros tinham-se apagado e parecia monstruoso que no fundo desse banho de bom senso tivesse havido gente capaz de pintar, de colocar sobre telas objetos inexistentes.

Entraram um senhor e uma senhora. O homem era alto e rosado. Tinha olhos como botões de botina e doces cabelos brancos. A mulher era de gênero gazela e devia ter uns quarenta anos. Mal entraram, mostraram-se à vontade. Devia ser a força do hábito, havia uma relação inegável entre seu aspecto de juventude e a qualidade da luz. Por certo era a luz das exposições nacionais que melhor os conservava. Mathieu mostrou a Ivich uma mancha de mofo grande e sombria na parede do fundo.

— É ele também.

Gauguin, nu até a cintura, sob um céu de borrasca, fixava sobre eles o olhar duro e falso dos alucinados. A solidão e o orgulho lhe haviam devorado o rosto. Seu corpo tornara-se um fruto gordo e mole, cheio d'água dos trópicos. Perdera a dignidade — aquela Dignidade Humana que Mathieu ainda conservava sem saber o que fazer dela —, mas ficara o orgulho. Atrás dele havia presenças obscuras, todo um sabá de formas negras. Da primeira vez que vira aquela carne obscena e terrível, Mathieu se comovera. Mas estava só. Agora, tinha a seu lado um corpinho rancoroso, e Mathieu sentia vergonha de si próprio. Era demais, uma grande imundície aos pés do muro.

O senhor e a senhora aproximaram-se, vieram sem cerimônia para diante da tela. Ivich teve que se pôr de lado porque eles a impediam de ver. O senhor inclinou-se para trás e examinou a tela com uma severidade aflita. Era uma competência. Ele era o condecorado.

— Tsc, tsc, tsc — murmurou meneando a cabeça. — Não gosto nada disso! Ele se tomava por Cristo! E aquele anjo ali, atrás dele, isso não é sério.

A senhora pôs-se a rir:

— Meu Deus! É verdade — disse com uma voz de flor —, esse anjo é literário como o diabo.

— Não gosto de Gauguin quando pensa — disse o homem com profundidade. — O verdadeiro Gauguin é o Gauguin que decora.

Contemplava Gauguin com seus olhos de boneca, seco e magro na sua bela roupa de flanela cinzenta, diante do gordo corpo nu. Mathieu ouviu um cacarejo estranho e voltou-se. Ivich tivera um ataque de riso e mordia os lábios, lançando-lhe um olhar desesperado. "Ela não está mais zangada comigo", pensou Mathieu num clarão de alegria. Tomou-a pelo braço e a conduziu até uma poltrona de couro no meio da sala. Ivich deixou-se afundar na poltrona, às gargalhadas. Os cabelos lhe caíam no rosto.

— É formidável — falou em voz alta. — Como é que ele disse mesmo? "Não gosto de Gauguin quando pensa?" E a mulherzinha. Como vão bem juntos!

O homem e a mulher mantinham-se impassíveis. Pareciam consultar-se sobre a atitude que deviam assumir.

— Há outros quadros na sala ao lado — disse Mathieu timidamente.

Ivich parou de rir.

— Não — disse, melancólica —, agora não é a mesma coisa. Tem gente...

— Quer sair?

— Prefiro. Fiquei com dor de cabeça de novo com todos esses quadros. Gostaria de andar um pouco ao ar livre.

Levantou-se. Mathieu seguiu-a, lançando um olhar de tristeza ao grande quadro da parede à esquerda. Desejaria mostrá-lo. Duas mulheres pousavam os pés nus sobre um capim cor-de-rosa. Uma delas trazia um capuz. Era uma feiticeira. A outra estendia o braço com uma tranquilidade profética. Não eram completamente vivas. Dir-se-ia que tinham sido surpreendidas quando se metamorfoseavam em coisas.

Fora, a rua ardia. Mathieu teve a impressão de atravessar um braseiro.

— Ivich — murmurou, sem querer.

Ivich fez uma careta e levou as mãos aos olhos.

— É como se me furassem os olhos com alfinetes. Oh! — disse, furiosa. — Detesto o verão.

Deram alguns passos. Ivich titubeava ligeiramente e continuava a tapar os olhos.

— Cuidado — disse Mathieu —, a calçada acaba aí.

Ivich baixou as mãos e Mathieu viu seus olhos pálidos esbugalhados. Atravessaram a rua em silêncio.

— Isso não deveria ser público — disse Ivich de repente.

— Você quer dizer as exposições? — perguntou ele, espantado.

— É.

— Se não fossem públicas — tentava voltar à familiaridade desenvolta a que se haviam habituado —, como faríamos para visitá-las?

— Não as visitaríamos — disse Ivich secamente.

Calaram-se. Mathieu pensou: "Continua zangada comigo." E de repente foi invadido por uma certeza insuportável. "Ela quer dar o fora. Não pensa em outra coisa. Deve estar-se atormentando para achar uma frase cortês de despedida. Quando encontrar, me larga. Mas eu não quero que se vá", pensou, angustiado.

— Tem alguma coisa de especial a fazer? — indagou.

— Quando?

— Agora.

— Não, nada.

—Já que você quer passear, eu pensei... você se aborreceria de ir comigo até a casa de Daniel, na rua Montmartre? Poderíamos nos despedir na porta e você me permitiria que lhe pagasse o táxi para voltar ao Lar.

— Se quiser. Mas não volto ao Lar, vou ver Boris.

"Ela vai ficar." Não era prova de que o havia perdoado. Ivich tinha horror a deixar os lugares e as pessoas, ainda que os odiasse, porque o futuro a apavorava. Abandonava-se com uma indolência emburrada às situações mais desagradáveis e acabava por encontrar nelas uma espécie de descanso. Contudo, Mathieu estava contente. Enquanto ela permanecesse a seu lado ele a impediria de pensar. Se falasse sem cessar, se se impusesse, poderia atrasar um pouco a eclosão dos pensamentos de cólera e desprezo que iam brotar nela. Era preciso falar, imediatamente, de qualquer coisa. Mas Mathieu não encontrava assunto. Acabou por perguntar, desajeitado:

— Assim mesmo gostou dos quadros, não é?

Ivich deu de ombros.

— Naturalmente.

Mathieu teve vontade de enxugar a testa, mas não ousou. "Dentro de uma hora ela estará livre e me julgará sem apelo, eu não poderei mais defender-me. Não é possível deixá-la partir assim, preciso explicar-lhe."

Virou-se para ela, viu seus olhos um pouco esgazeados e as palavras não lhe vieram aos lábios.

— Você acha que ele era louco? — perguntou bruscamente Ivich.

— Gauguin? Não sei. É por causa do retrato que pergunta?

— Por causa dos olhos. E depois, aquelas formas pretas atrás dele. Pareciam cochichos.

Acrescentou como que saudosa:

— Ele era bonito.

— Está aí uma ideia que eu não teria tido — disse Mathieu, surpreso.

Ivich tinha um jeito de falar dos mortos ilustres que o escandalizavam um pouco: entre os grandes pintores e os quadros não estabelecia nenhuma relação. Os quadros eram coisas, coisas belas e sensuais que seria preciso possuir. Parecia-lhe que sempre haviam existido. Os pintores eram homens como os outros, não lhes era grata por suas obras e não os respeitava. Perguntava se tinham sido agradáveis, elegantes, se tinham tido amantes. Um dia Mathieu indagara-lhe se gostava das telas de Toulouse-Lautrec e ela respondera: "Que horror, ele era tão feio!" Mathieu se sentira pessoalmente ferido.

— Sim, ele era bonito — disse Ivich com convicção.

Mathieu deu de ombros. Os estudantes da Sorbonne, insignificantes e viçosos como moças, Ivich os podia devorar com os olhos à vontade. E Mathieu a achara mesmo encantadora certa vez em que, ao ver um menor do orfanato acompanhado de duas religiosas, o encarara longamente e dissera com uma espécie de gravidade irrequieta: "Acho que estou virando pederasta." As mulheres também, ela as podia achar belas. Mas não Gauguin. Não aquele homem maduro que fizera para ela os quadros de que ela gostava.

— Eu não o acho simpático.

Ivich fez uma cara de desprezo e calou-se.

— Que foi, Ivich? — disse Mathieu com vivacidade. — Você me censura porque eu disse que ele não era simpático?

— Não, mas eu pergunto por que disse isso.

— À toa. Porque é minha impressão. Aquela expressão de orgulho dá-lhe uns olhos de peixe morto.

Ivich pôs-se a mexer num cacho de cabelos. Sua fisionomia mostrava uma obstinação insípida.

— Tem um ar nobre — disse em tom neutro.

— Sim — replicou Mathieu no mesmo tom —, certa arrogância, é o que quer dizer.

— Naturalmente — disse Ivich com um risinho.

— Por que esse "naturalmente"?

— Porque eu estava certa de que você chamaria isso de arrogância.

Mathieu falou, carinhoso:

— Eu não queria falar mal dele. Você bem sabe que aprecio os orgulhosos.

Houve um longo silêncio. Depois Ivich disse, abruptamente, com uma expressão tola e fechada:

— Os franceses não gostam do que é nobre.

Ivich aludia de bom grado ao temperamento francês sempre que se encolerizava e sempre com aquela mesma expressão tola. Acrescentou com uma voz displicente:

— Compreendo isso muito bem, aliás. De fora deve parecer tão exagerado!

Mathieu não respondeu. O pai de Ivich era nobre. Sem a Revolução de 1917, Ivich teria sido educada em Moscou, no colégio das moças da nobreza. Seria apresentada na corte, desposaria um oficial da guarda, alto e belo, de testa estreita, olhar mortiço. O sr. Serguine era agora proprietário de uma serraria mecânica em Laon. Ivich estava em Paris, passeava com Mathieu, um burguês da França que não gostava da nobreza.

— Foi esse Gauguin que fugiu? — perguntou repentinamente Ivich.

— Sim — disse Mathieu com solicitude. — Quer que lhe conte a história?

— Acho que a conheço: era casado, tinha filhos, não é isso?

— É! Trabalhava num banco e no domingo ia para o campo com seu cavalete, pincéis e tintas. Era o que chamamos um "pintor de domingo".

— Pintor de domingo?

— Sim. A princípio era isso. Um amador que borra telas no domingo, assim como a gente vai pescar. Por uma questão de higiene, compreende, porque a gente pinta ao ar livre, respirando o ar puro.

Ivich pôs-se a rir, mas não com a expressão que Mathieu esperava.

— Acha engraçado que ele tenha começado como pintor de domingo? — indagou Mathieu inquieto.

— Não, não era nele que pensava.

— Em que então?

— Eu estava pensando se a gente podia falar também em escritor de domingo.

Escritores de domingo! Pequeno-burgueses que escreviam anualmente um conto, ou cinco ou seis poemas, para pôr um pouco de ideal na vida. Por higiene. Mathieu estremeceu.

— Refere-se a mim? — indagou, rindo. — Pois bem, você viu que isso leva às maiores loucuras. Quem sabe lá se um belo dia não partirei para o Taiti?

Ivich voltou-se para ele e o encarou. Parecia má e amedrontada; espantava-se com a própria ousadia, por certo.

— Isso me surpreenderia muito — disse com voz glacial.

— Por que não? Não para o Taiti talvez; mas para Nova York. Gostaria de ir para a América!

Ivich puxava os cachos com violência.

— Sim — disse —, em missão... com outros professores.

Mathieu silenciou. Ela continuou:

— Talvez me engane... Vejo muito bem você fazendo conferência para estudantes americanos numa universidade, mas não no convés dos imigrantes. Talvez por você ser francês.

— Acha que preciso de cabina de luxo? — interpelou ele, corando.

— Não — respondeu secamente Ivich —, de segunda classe.

Ele sentiu alguma dificuldade em engolir a saliva. "Desejaria vê-la num convés de imigrantes, ela morreria", pensou.

— Afinal — concluiu —, seja como for, acho estranho ver você decidir assim que eu não poderia partir. E você se engana. Quis ir várias vezes outrora. Não fui porque, em suma, era absurdo. E depois, essa história é tanto mais cômica por ter vindo a propósito de Gauguin, precisamente, que foi um funcionário até os quarenta anos.

Ivich teve um riso irônico.

— Não é verdade? — indagou Mathieu.

— Deve ser... Você está dizendo. Em todo caso, basta olhar a tela para...

— Para quê?

— Para ver que não deve haver muitos funcionários dessa espécie. Ele parecia... perdido.

Mathieu lembrou o rosto pesado e o queixo enorme. Gauguin perdera a dignidade humana. Aceitara perdê-la...

— É — disse. — A grande tela do fundo? Estava muito doente naquele tempo.

Ivich sorriu com desprezo.

— Estou pensando na tela pequena, em que ele é ainda jovem: parece capaz de tudo.

Olhou o vazio com uma expressão ligeiramente esgazeada, e Mathieu sentiu pela segunda vez a mordida do ciúme.

— Evidentemente! Se é isso que quer dizer, eu não sou um homem perdido.

— Ah, não! — disse Ivich.

— Aliás, não vejo por que isto seria uma qualidade — disse ele —, ou então não estou compreendendo o que você quer dizer.

— Pois então não se fala mais.

— Naturalmente. Você é sempre assim. Faz censuras confusas e, depois, recusa explicar-se. É cômodo demais.

— Não faço censura a ninguém — disse ela com indiferença.

Mathieu parou e olhou-a. Ivich parou também de má vontade. Agitava-se e evitava o olhar de Mathieu.

— Ivich! Você vai me explicar o que quer dizer com isso.

— Com o quê? — perguntou ela, espantada.

— Com essa história de homem "perdido".

— Ainda estamos nesse assunto?

— Parece idiota, mas quero saber o que você pensa exatamente.

Ivich recomeçou a puxar os cabelos. Era exasperante.

— Ora... nada. É uma palavra que me veio à cabeça. Mais nada.

Parou. Parecia procurar qualquer coisa. De quando em quando abria a boca e Mathieu imaginava que ela ia falar. Mas não saía nada. De repente ela disse:

— Pouco me importa que seja assim ou assado.

Enrolava um cacho no dedo e o puxava como se quisesse arrancá-lo.

De repente acrescentou logo, olhando para a ponta dos sapatos:

— Você está instalado e não mudaria por nada no mundo.

— Ah! era isso! — disse Mathieu. — Como sabe que não mudaria?

— É uma impressão, impressão de que você está com a vida organizada e com ideias acerca de tudo. Então você estende a mão para as coisas que acredita ao seu alcance, mas não daria um passo para ir pegá-las.

— Como sabe que não mudaria? — repetiu Mathieu. Não achava outra coisa para dizer. Pensava que ela estava certa.

— Imaginava — disse Ivich com lassidão. — Imaginava que não quisesse arriscar, que fosse demasiado inteligente para isso.

Acrescentou com uma expressão falsa:

— Mas como me diz o contrário...

Mathieu pensou de repente em Marcelle e teve vergonha.

— Não — disse em voz baixa —, sou assim mesmo, como você imagina.

— Ah! — disse Ivich triunfante.

— Acha isso desprezível?

— Ao contrário — respondeu Ivich, com indulgência. — Acho muito melhor assim. Com Gauguin a vida devia ser impossível.

Acrescentou, sem que se pudesse perceber a menor ironia na sua voz:

— Com você a gente se sente em segurança, não há imprevistos a temer.

— De fato — atalhou Mathieu, secamente. — Se quer dizer que não tenho caprichos... Poderia tê-los como qualquer outro, mas acho feio.

— Eu sei... tudo o que você faz é sempre... tão metódico...

Mathieu sentiu-se empalidecer.

— A propósito de que diz isso, Ivich?

— A propósito de tudo.

— Não, deve estar pensando em alguma coisa de especial.

Ela murmurou, sem olhá-lo:

— Toda semana você chegava com a *Semaine à Paris*, estabelecia um programa...

— Ivich! — disse Mathieu, indignado. — Era para você!

— Eu sei — respondeu Ivich, com polidez —, sou-lhe muito grata.

Mathieu estava mais surpreso do que magoado.

— Não compreendo, Ivich. Você não gostava de ir a concertos e exposições?

— Gostava.

— Como diz isso sem convicção!

— Gostava realmente muito... Mas tenho horror — acrescentou raivosa — de que me imponham obrigações para com as coisas de que gosto.

— Ah! você não gostava — repetiu Mathieu.

Ela erguera a cabeça e jogara os cabelos para trás. Seu largo rosto exangue se descobrira, os olhos brilhavam. Mathieu estava aterrado. Olhava os lábios finos e moles de Ivich e indagava a si próprio como os pudera beijar.

— Você deveria ter dito — repetiu, desamparado. — Jamais a teria forçado...

Levara-a aos concertos, às exposições, explicara-lhe as telas e durante esse tempo todo ela o odiava.

— Que me importam os quadros — disse Ivich sem ouvi-lo —, se não posso possuí-los? A cada vez eu mal me continha de raiva e vontade de carregá-los, e nem podia tocá-los. E eu sentia você a meu lado, tranquilo e respeitoso. Você ia a essas exposições como se vai à missa.

Calaram-se. Ivich conservava a expressão dura. Mathieu sentira de repente um nó na garganta.

— Ivich! Peço-lhe que me desculpe pelo que aconteceu esta manhã.

— Esta manhã? Não pensava nisso. Pensava em Gauguin.

— Não acontecerá mais. Nem sei, aliás, como aconteceu.

Falava por desencargo de consciência. Sabia que a causa estava perdida. Ivich não respondeu e Mathieu continuou num esforço:

— Há também os museus, os concertos... Se soubesse como lamento. A gente imagina estar de acordo. Mas você nunca dizia nada.

Imaginava que ia parar a cada palavra. Mas outra surgia do fundo da garganta, erguia-lhe a língua e saía. Ele falava com repugnância, por espasmos. Acrescentou:

— Vou tentar mudar.

"Sou abjeto", pensou. Uma cólera desesperada inflamava-lhe o rosto. Ivich sacudiu a cabeça.

— A gente não pode mudar — disse.

Adotara um tom de bom senso e Mathieu a detestou francamente. Andaram lado a lado silenciosos. Estavam inundados de luz e se odiavam. Mas ao mesmo tempo Mathieu se enxergava com os olhos de Ivich e tinha horror a si próprio. Ela levou a mão à testa e apertou as têmporas com os dedos.

— Está longe ainda?

— Uns 15 minutos. Está cansada?

— Muito. Desculpe. Foram os quadros. — Bateu o pé e olhou Mathieu com desespero. — Já me escapam, embrulham-se na cabeça. É sempre a mesma coisa.

— Quer ir embora? — Mathieu estava quase aliviado.

— Acho que é melhor.

Mathieu chamou um táxi. Agora, tinha pressa de ficar sozinho.

— Até logo — disse Ivich sem olhá-lo.

Mathieu pensou: "E o Sumatra? Deverei ir assim mesmo?" Porém não tinha mais vontade de revê-la.

— Até logo — disse ele.

O táxi afastou-se. Durante alguns instantes, Mathieu acompanhou-o com o olhar, angustiado. Depois uma porta bateu dentro dele, trancou-se, e ele se pôs a pensar em Marcelle.

VII

Nu até a cintura, Daniel barbeava-se diante do espelho do armário. "Será hoje de manhã; ao meio-dia tudo estará acabado." Não era um simples projeto, a coisa aí estava, à luz da lâmpada elétrica, no ruído leve da navalha. Não se podia tentar afastá-la nem aproximá-la para que terminasse depressa. Era preciso vivê-la, simplesmente. Mal haviam soado dez horas, mas o meio-dia já se achava presente no quarto, fixo e redondo, um olho. Para além, nada, a não ser uma tarde que se retorcia como um verme. O fundo dos olhos doía-lhe porque dormira muito mal e tinha uma espinha embaixo do lábio, uma manchazinha com um ponto branco. Agora era assim a cada vez que bebia. Daniel escutou: "Não, eram os ruídos da rua." Olhou a espinha vermelha e febril — havia também aquelas olheiras roxas, e pensou: "Estou-me destruindo." Tomava cuidado ao passar a navalha pela espinha, circulando-a de modo a não se cortar. Ficaria um pequeno tufo de pelos pretos, paciência. Daniel tinha horror aos arranhões. Ao mesmo tempo escutava. A porta do quarto estava entreaberta para que ouvisse melhor. Dizia a si mesmo: "Desta vez ela não me escapa."

Foi como um leve roçar, quase imperceptível. Já Daniel pulara, a navalha na mão. Abriu bruscamente a porta da entrada. Tarde demais, a criança o pressentira e fugira. Devia ter-se escondido numa reentrância de um dos patamares e aguardava, o coração aos saltos, sustando a respiração. Daniel descobriu no capacho a seus pés um ramalhete de cravos: "Femeazinha imunda", disse em voz alta. Era a filha da zeladora, tinha certeza. Bastava ver aqueles olhos de peixe frito quando lhe dizia bom dia. Isso já durava 15 dias. Todas as manhãs, de volta da escola, colocava flores diante da porta de Daniel. Com um pontapé jogou os cravos escada abaixo. "Será preciso ficar de atalaia no vestíbulo durante uma manhã inteira. Só assim a pegarei." Então apareceria nu da cintura para cima e lhe deitaria um olhar severo. Pensou: "Ela gosta da minha cara. A cara e os ombros, porque tem ideal. Levará um choque quando vir que tenho pelos no peito." Voltou para o quarto e pôs-se de novo a barbear-se. Via no espelho seu rosto moreno e nobre de faces azuladas. Pensou com uma espécie de mal-estar: "Isso é que as excita." Um rosto de Arcanjo; Marcelle apelidara-o "querido Arcanjo" e agora tinha que suportar os olhares daquela femeazinha, inchada de puberdade. "Imundas", pensou Daniel, irritado. Inclinou-se ligeiramente e com um golpe hábil de navalha decapitou a espinha. Teria sido uma boa farsa desfigurar aquele rosto de que elas tanto gostavam. "Qual, um rosto escalavrado não deixa de ser um rosto, sempre significa alguma coisa; eu me aborreceria ainda mais depressa." Aproximou-se do espelho e contemplou-se sem prazer. Verificou: "Aliás, gosto de ser bonito." Parecia cansado. Beliscou-se à altura da anca. Deveria perder um quilo. Sete uísques na véspera, à noite, sozinho no Johnny's. Não se decidira a voltar para casa antes das três horas porque era sinistro pôr a cabeça no travesseiro e deixar-se afundar nas trevas imaginando que haveria um amanhã. Daniel pensou nos cães de Constantinopla, haviam-nos acuado numa rua, fechado em sacos e abandonado numa ilha deserta. Devoravam-se mutuamente. O vento do mar alto trazia por vezes seus uivos aos ouvidos dos marinheiros. "Não eram cães que deveriam ter posto lá." Daniel não gostava de cães. Enfiou uma camisa de seda creme e uma calça de flanela cinzenta; escolheu com atenção a gravata: hoje seria a verde de listras, porque estava abatido. Depois abriu a janela e a manhã entrou no quarto, uma manhã pesada, abafada, predestinada. Durante um segundo Daniel deixou-se flutuar no calor estagnante, depois olhou em torno. Gostava de seu quarto, porque era impessoal e não o entregava. Dir-se-ia um quarto de hotel. Quatro paredes nuas, duas poltronas, uma cadeira, uma mesa, um armário, um leito. Daniel não tinha recordações. Viu o cesto grande de vime, aberto no meio do cômodo, e desviou os olhos. Era para hoje.

O relógio de Daniel marcava 10h25. Entreabriu a porta da cozinha e assobiou. Cipião apareceu primeiro. Era branco e ruivo, com uma barbicha. Olhou duramente Daniel e bocejou com ferocidade, curvando o dorso. Daniel ajoelhou-se e com ternura pôs-se a acariciar-lhe o focinho. O gato, olhos semicerrados, dava-lhe pequeninas patadas na manga. Afinal Daniel pegou-o pela pele do pescoço e o depôs no cesto. Cipião não fez um movimento, arrasado e beatificado. Malvina veio a seguir; Daniel gostava menos dela do que dos outros dois porque era fingida e servil. Logo que ela percebeu que ele a via, pôs-se a ronronar e a fazer gracinhas. Coçava a cabeça contra o batente da porta. Daniel roçou o dedo pelo pescoço gordo; ela virou de costas então, estendeu as patas e ele lhe fez cócegas nas tetinhas escondidas sob o manto negro.

— Ah — disse com uma voz cantante e comedida —, ah, ah.

Ela rolava de um lado para outro com movimentos graciosos de cabeça. "Espera um pouco", pensou ele, "espera um pouco, até o meio-dia". Pegou-a pelas patas e deitou-a ao lado de Cipião. Ela pareceu espantada, mas encolheu-se e depois de refletir voltou a ronronar.

— Popeia, Popeia — chamou Daniel.

Popeia não vinha quase nunca quando a chamavam. Daniel teve que ir buscá-la na cozinha. Quando ela o viu, pulou sobre o fogão a gás com um rugidozinho irritado. Era uma gata vadia com uma grande cicatriz no flanco direito. Daniel a encontrara no Luxemburgo, numa noite de inverno, pouco antes do fechamento do jardim, e a carregara. Era voluntariosa e má, mordia amiúde Malvina. Daniel gostava dela. Tomou-a nos braços e ela esticava a cabeça para trás, baixando as orelhas e se curvando toda. Parecia escandalizada. Ele passou-lhe o dedo no focinho e ela o mordiscou, furiosa e divertida a um só tempo. Então ele lhe beliscou o pescoço e ela ergueu uma cabecinha obstinada. Não ronronava — Popeia não ronronava nunca —, mas o olhou bem de frente e Daniel pensou, por hábito: "É raro um gato olhar nos olhos da gente." Mas sentiu que uma intolerável angústia o invadia e teve que desviar o olhar.

— Bom, bom, rainhazinha — e sorriu-lhe sem encará-la.

Os outros dois tinham ficado um ao lado do outro, estúpidos, ronronando. Dir-se-ia um canto de cigarras. Daniel contemplou-os com um alívio maldoso: "Um bom guisado." Pensava nas tetinhas rosadas de Malvina. Mas para fazer Popeia entrar no cesto foi uma dificuldade. Teve de empurrá-la pelo traseiro, ela se voltou escumante e sapecou-lhe uma unhada. "Ah! é assim?" Pegou-a pela nuca e pelos rins e a enfiou à força; o vime gemeu sob as garras de Popeia. A gata teve um momento de estupor e Daniel aproveitou-se para descer a tampa e fechar os dois cadeados. "Puxa!" A mão ardia-lhe um pouco, uma dorzinha seca, quase uma cócega. Levantou-se e considerou o cesto com uma satisfação irônica. "Presos." Sobre as costas da mão havia três arranhões e no seu íntimo uma comichão também, uma comichão estranha que ameaçava envenená-lo. Tomou o novelo de barbante e guardou-o no bolso da calça.

Hesitou. "É longe; vou sentir calor." Desejava vestir o paletó de flanela, mas não tinha por hábito ceder facilmente aos próprios desejos e, depois, seria cômico andar ao sol, corado e suando, com aquele fardo nos braços. Cômico e ridículo. Sorriu e escolheu o paletó de *tweed* púrpura, que não suportava desde fins de maio. Ergueu o cesto pela alça e pensou: "Como são pesados estes desgraçados animais." Imaginava-lhes a posição humilhante e grotesca, o terror raivoso deles. "Era isso que eu amava!" Bastara fechar os três ídolos dentro de um cesto de vime e eles tinham voltado a ser gatos apenas, simplesmente gatos, pequenos mamíferos vaidosos e estúpidos e que morriam de medo — tão pouco sagrados! "Gatos, apenas gatos." Riu-se. Tinha a impressão de que estava pregando uma boa peça em alguém. Quando atravessou a porta de entrada, teve uma espécie de enjoo, mas a coisa não durou. Na escada já se sentiu indiferente e seco, com uma espécie de insipidez por baixo, uma sensaboria de carne crua. A zeladora estava no portão da rua e sorriu-lhe. Ela gostava de Daniel porque ele era tão cerimonioso e bem-educado!

— Hoje o senhor está matinal, sr. Sereno.

— Receava que estivesse doente, cara senhora — respondeu Daniel respeitosamente. — Voltei tarde ontem à noite e vi luz por baixo da sua porta.

— Pois imagine só — disse a zeladora rindo —, eu estava tão exausta que adormeci sem apagar a luz. De repente ouço a campainha. Ah!, pensei, aí está o sr. Sereno (era o único inquilino que estava fora). Apaguei logo depois. Eram três horas mais ou menos, não?

— Mais ou menos.
— Mas que cesto pesado o senhor carrega.
— São meus gatos.
— Estão doentes? Coitadinhos!
— Não, vou levá-los para a casa de minha irmã em Meudon. O veterinário acha que precisam de ar.

Acrescentou gravemente:
— Sabe que os gatos podem ficar tuberculosos?
— Tuberculosos? — disse a mulher, assustada. — Ah!, trate bem deles. Mas vai ser um vazio no seu apartamento. Eu já estava acostumada a vê-los, os queridinhos, quando ia arrumar lá em cima. O senhor deve estar muito aborrecido.

— Muito, sra. Dupuy — disse Daniel.

Sorriu gravemente e deixou-a. "Velha salafrária, traiu-se. Devia andar a boliná-los na minha ausência; eu bem que a proibira de tocar neles; seria melhor que fiscalizasse a filha." Atravessou o portão e a luz o ofuscou, aquela horrível luz brilhante e aguda. Maltratava-lhe os olhos, como previra. Quando a gente bebe na véspera não há nada como uma manhã de bruma. Não via mais nada, nadava na luz, com um círculo de ferro em torno do crânio. De repente viu a própria sombra grotesca e curta, com a sombra da prisão de vime balançando na ponta do braço. Daniel sorriu, era muito alto. Empertigou-se, mas a sombra permaneceu atarracada e disforme, dir-se-ia um chimpanzé. "O dr. Jekill e o sr. Hide. Não, nada de táxi, tenho tempo. Vou passear com o sr. Hide até o ponto do 72." O 72 o levaria a Charenton. A um quilômetro adiante Daniel conhecia um cantinho solitário à margem do Sena. "Não vou desmaiar assim sem mais nem menos", disse, "só faltava isso". A água do Sena estava particularmente escura e suja naquele lugar, com manchas esverdeadas de óleo por causa das fábricas de Vitry. Daniel contemplou a si próprio com nojo. Sentia-se interiormente tão bom, tão tranquilo, que isso não lhe parecia natural. Pensou, com uma espécie de prazer: "Assim é o homem." Era rígido, inflexível, e por baixo havia uma pobre vítima a clamar misericórdia. "Estranho que a gente possa odiar-se como se fosse outra pessoa!" Não era verdade, aliás; por mais que fizesse, só havia um Daniel. Quando se desprezava tinha a impressão de se destacar de si mesmo, de pairar como um juiz abstrato acima de um fervilhamento impuro, e bruscamente aquilo o retomava, o aspirava por baixo e ele se atolava em si próprio. "Merda!", pensou, "vou tomar um trago". Um pequeno desvio apenas e estaria no Championnet, na rua Tailledouce. Quando empurrou a porta o bar estava vazio. O garçom espanava as mesas de madeira ruiva em forma de tonéis. A obscuridade era agradável. "Desgraçada dor de cabeça!" Pousou o cesto e sentou-se num banquinho.

— Naturalmente, um uísque bem dosado — afirmou o *barman*.

— Não — disse secamente Daniel. "Que fossem se foder com aquela mania de catalogar os indivíduos como guarda-chuvas ou máquinas de costura. Eu não sou... nunca se é nada. Mas eles definem a gente num instante. Este dá boas gorjetas, aquele tem sempre uma boa para contar, eu gosto de uísques bem dosados."

— Um *gin fizz*!

O *barman* serviu sem fazer objeção. Devia estar magoado. "Tanto melhor. Nunca mais porei os pés neste buraco, são demasiado familiares." Aliás, o *gin fizz* tem gosto de limonada purgativa. Espalhava-se em poeira ácida sobre a língua e acabava num gosto de aço. "Não me dá mais nenhuma sensação", pensou Daniel.

— Uma vodca com pimenta em copo grande — pediu.

Bebeu a vodca e ficou um momento a sonhar, com um fogo de artifício na boca. Pensava: "Não acabará nunca?" Mas eram pensamentos de superfície, como sempre, cheques sem fundo. "Que é que não acabará mais?" Ouviu-se um miado e um ruído de garras raspando. O *barman* estremeceu.

— São gatos — disse Daniel.

Desceu do banquinho, jogou vinte francos na mesa, pegou do cesto. Ergueu-o, viu no chão uma manchazinha vermelha. Sangue. "Que estarão fazendo aí dentro?", pensou, angustiado. Mas não tinha vontade de levantar a tampa. Por ora havia na prisão tão somente um pavor maciço e indefinido; se abrisse, o terror se transformaria em seus gatos e isso Daniel não poderia suportar. "Ah! não suportaria? E se eu levantasse a tampa assim mesmo?" Mas Daniel já estava fora e a cegueira recomeçava, uma cegueira lúcida e úmida; os olhos coçavam, parecia que era só fogo e de repente a gente percebia que já via casas, casas a cem passos, na frente, claras e leves, como fumaça. No fim da rua um muro azul. "É sinistro ver com clareza", pensou Daniel. Assim é que imaginava o inferno: um olhar penetrante que atravessaria tudo, iria até o fim do mundo — até o fim de si próprio. O cesto mexeu sozinho na ponta do braço; arranhavam-se lá dentro. Aquele terror que sentia tão próximo da mão não sabia se lhe causava mal-estar ou prazer. Mas dava na mesma. "Uma coisa os tranquiliza: meu cheiro." Daniel pensou: "Para eles sou um cheiro." Paciência. Logo Daniel não teria mais esse cheiro familiar, deambularia sem cheiro, sozinho entre os homens que não têm sentidos suficientemente apurados para reconhecê-lo pelo perfume. Ser sem cheiro e sem sombra, sem passado, nada mais do que um invisível arrancar-se de si para o futuro. Daniel percebeu que estava alguns passos na frente do corpo, por ali, perto do lampião, e que se olhava e se via chegar, mancando ligeiramente por causa do fardo, de modo incômodo, suando. Via-se chegar e não era mais do que um simples olhar. Mas a vitrina de uma tinturaria refletiu sua imagem e a ilusão se esvaiu. Daniel encheu-se de uma água lodosa e insossa: ele próprio; a água do Sena, insossa e lodosa, encherá o cesto, eles vão se ferir com suas garras. Um imenso nojo o invadiu, pensou: "Eis um ato gratuito." Parara, pousara o cesto no chão. "Aporrinhar-se através do mal feito aos outros. Nunca a gente pode atingir-se diretamente." Pensou novamente em Constantinopla: fechavam as esposas infiéis dentro de sacos com gatos hidrófobos e os jogavam no Bósforo. Tonéis, sacos de couro, prisões de vime: prisões. "Há piores." Deu de ombros. Mais cheques sem fundo. Não queria bancar o trágico, já fizera isso antigamente muitas vezes, estava farto. Quando se banca o trágico, acaba-se por se levar a sério. E nunca, nunca mais Daniel se levaria a sério. O ônibus surgiu de repente. Daniel fez sinal e subiu na primeira classe.

— Até o ponto final.

— Seis bilhetes — disse o cobrador.

"A água do Sena os enlouquecerá." A água cor de café com leite com reflexos roxos. Uma mulher sentou-se diante dele, digna e rígida. Ao lado uma menina. A menina olhou o cesto com curiosidade: "Mosquinha imunda", pensou Daniel. O cesto miou e Daniel estremeceu como se tivesse sido surpreendido em flagrante delito de assassínio.

— Que é? — perguntou a menina com sua voz clara.

— Psiu — observou a mãe —, deixa o moço sossegado.

— São gatos — disse Daniel.

— São seus? — indagou a menina.

— São.

— Por que é que você os carrega num cesto?

— Porque estão doentes — disse Daniel docemente.

— Posso vê-los?

— Jeannine — disse a mãe —, você abusa.

— Não posso mostrá-los, a doença os tornou maus.

A menina adotou nova voz razoável e sedutora.

— Comigo não serão maus... eu sei lidar.

— Acha? Escuta, querida — disse Daniel com voz baixa e rapidamente —, eu vou afogar estes gatos. E sabe por quê? Porque ainda hoje pela manhã eles arranharam terrivelmente o rosto de uma linda menina como você, que me veio trazer flores. Vai ser preciso arranjar um olho de vidro para ela.

— Oh! — disse a menina, espantada. Olhou um instante, cheia de terror, para o cesto e foi esconder-se nas saias da mãe.

— Está vendo? — disse a senhora, lançando um olhar indignado para Daniel. — Está vendo? Eu te disse que sossegasse, que não falasse à toa. Não foi nada, querida, o moço estava brincando.

Daniel devolveu o olhar tranquilamente. "Ela me detesta", pensou, satisfeito. Via desfilarem pelos vidros as casas cinzentas, sabia que a mulher o olhava. "Uma mãe indignada! Está à procura do que poderá detestar em mim. Mas não será o rosto." Ninguém detestava o rosto de Daniel. "Nem a minha roupa, que é nova e macia. Ah! talvez as mãos." Suas mãos eram curtas e fortes, ligeiramente gordas, com negros pelos sobre as falanges. Ele as expôs sobre os joelhos: "Olhe! olhe!" Mas a mulher desistira. Tinha os olhos fixos à frente, um ar obtuso. Descansava. Daniel contemplou-a com uma espécie de avidez. Como faziam essas pessoas que descansavam? Aquela se deixara cair com todo o peso dentro de si mesma e aí se diluía. Nada havia naquela cabeça que se assemelhasse a uma fuga desesperada diante de si, nem curiosidade, nem ódio, movimento algum, nem uma ligeira ondulação. Somente a massa espessa do sono. Acordou de repente e uma expressão animada veio pousar em seu rosto.

— Chegamos, chegamos! — disse. — Venha, venha, como você é irritante e demorada.

Pegou a mão da filha e arrastou-a. Antes de descer, a menina voltou-se e lançou um olhar de horror para o cesto. O ônibus partiu e mais adiante parou. Algumas pessoas passaram rindo diante de Daniel.

— Ponto final!

Daniel sobressaltou-se. O carro estava vazio. Levantou-se e desceu. Era uma praça movimentada e cheia de botecos. Formara-se um grupo de operários e de mulheres em volta de uma carrocinha, as mulheres olharam-no, surpresas. Daniel apressou o passo e dobrou por uma rua suja que conduzia ao Sena. De ambos os lados havia tonéis e entrepostos. O cesto pusera-se a miar ininterruptamente e Daniel quase corria. Carregava um balde furado cuja água escapava gota a gota. Cada miado era uma gota. O balde era pesado. Daniel mudava de mão e limpava o suor da fronte. "Era preciso não pensar nos gatos. Ah!, você não quer pensar nos gatos? Pois bem, é *preciso* que pense. Seria cômodo demais!" Daniel reviu os olhos dourados de Popeia e pensou muito depressa em outras coisas, ganhara dez mil francos na Bolsa, dois dias antes; pensou em Marcelle, devia vê-la esta noite, era seu dia. "Arcanjo!" Daniel escarneceu: desprezava profundamente Marcelle. "Eles não têm coragem de confessar que já não se amam. Se Mathieu visse as coisas como são, teria de tomar uma decisão. Mas ele não quer. Não quer perder-se. Ele é normal...", pensou com ironia. Os gatos miaram como se tivessem sido escaldados e Daniel sentiu que perdia a cabeça. Colocou o cesto no chão e aplicou-lhe dois violentos pontapés. Houve um forrobodó lá dentro e depois os gatos se aquietaram. Daniel ficou um momento imóvel, com um estranho estremecimento atrás das orelhas. Operários saíram de um entreposto e Daniel recomeçou a andar. Era ali. Desceu por uma escadaria de pedra até a beira do Sena, sentou-se no chão junto a uma argola de ferro entre uma barrica de piche e um monte de paralelepípedos. O Sena estava amarelo sob o céu azul. Barcaças negras carregadas de tonéis achavam-se atracadas ao cais da outra margem. Daniel estava sentado ao sol e doíam-lhe as têmporas. Olhou a água ondulosa e inchada de fluorescências opalinas. Depois tirou do bolso o novelo e com o canivete cortou um pedaço de barbante. Sem se levantar, pegou com a mão esquerda uma pedra, amarrou uma das pontas do barbante à alça do cesto, enrolou o resto em volta da pedra, deu vários nós e recolocou a pedra no chão: parecia uma estranha máquina! Daniel calculou que teria de pegar o cesto com a mão direita e a pedra com a esquerda. Largaria tudo ao mesmo tempo. O cesto flutuaria talvez durante um décimo de segundo e em seguida uma força brutal o arrastaria para o fundo. Daniel pensou que estava com calor, amaldiçoou o paletó pesado, mas não quis tirá-lo. Dentro dele alguma coisa palpitava, pedia mercê, e Daniel, duro e seco, olhava-se gemer. "Quando a gente não tem coragem de matar-se de uma vez deve fazê-lo aos poucos." Ia aproximar-se da água e dizer: "Adeus ao que mais amo no mundo..." Ergueu-se de leve sobre as mãos e olhou em torno: à direita a margem estava deserta, à esquerda, lá longe, um pescador recortado em preto na luz do sol. Pequenas ondas se propagariam por baixo da água até a isca. "Ele vai pensar que estão mordendo..." Riu e tirou o lenço para enxugar o suor da testa. Os ponteiros do seu relógio de pulso marcavam 11h25. "Às 11h30." Era preciso prolongar aquele momento extraordinário. Daniel desdobrava-se. Sentia-se perdido numa nuvem vermelha, sob um céu de chumbo; pensou com orgulho em Mathieu: "Eu é que sou livre", disse. Mas era um orgulho impessoal, pois Daniel não era mais ninguém. Às 11h29 levantou-se; sentia-se tão fraco que teve de se apoiar no tonel. Manchou de gordura o paletó de *tweed* e ficou a olhar a mancha escura. De repente sentiu que era apenas um solitário. Um solitário apenas. Um covarde. Um sujeito que gostava de seus gatos e não queria jogá-los na água. Pegou o canivete, abaixou-se e cortou o barbante. Em silêncio: mesmo dentro dele havia silêncio, tinha demasiada vergonha para falar diante de si. Pegou o cesto e subiu a escada. Era como se passasse, virando a cara, diante de alguém que o desprezasse. Dentro dele continuava o deserto, o silêncio. Quando chegou ao último degrau ousou dirigir-se as primeiras palavras: "Que seria aquela gota de sangue?" Mas não ousou abrir o cesto. Pôs-se a caminhar mancando. "Sou eu. Sou eu. Sou eu. O imundo." Mas no fundo dele havia um estranho sorriso: tinha salvado Popeia.

— Táxi — gritou. — Rua Montmartre, 22 — disse Daniel. — Quer ter a bondade de guardar este cesto aí na frente?

Deixou-se embalar pelo movimento do táxi. Não chegava sequer a desprezar-se. Depois a vergonha voltou mais forte e ele começou a ver-se: era intolerável. "Nem de uma vez só nem aos poucos", pensou amargamente. Quando tirou a carteira para pagar, observou sem alegria que estava repleta de dinheiro. "Ganhar dinheiro, sim. Isso eu posso fazer."

— De volta, sr. Sereno? — disse a zeladora. — E justamente alguém acaba de subir. Um amigo seu, aquele alto, de ombros largos. Eu lhe disse que o senhor não estava. "Não está?", foi o que ele me respondeu. "Pois então vou deixar-lhe um bilhete embaixo da porta."

Ela olhou o cesto e exclamou:

— Mas o senhor os trouxe de volta!

— Pois é, minha senhora — disse Daniel. — Talvez seja condenável, mas não pude separar-me deles.

"É Mathieu", pensou, subindo a escada. "Chega na hora, o desgraçado." Sentia-se contente em poder odiar outra pessoa.

Encontrou Mathieu no patamar do terceiro.

— Salve! — disse Mathieu. — Não esperava mais ver você.

— Fui levar meus gatos para passear — disse Daniel. Espantava-se por sentir certo entusiasmo. — Sobe comigo?

— Sim, quero te pedir um pequeno obséquio.

Daniel deu-lhe uma olhada e observou que estava com a tez terrosa. "Parece muito aborrecido", pensou. Tinha vontade de ajudá-lo. Subiram. Daniel pôs a chave na fechadura e empurrou a porta.

— Entre — disse. Tocou-lhe de leve o ombro e retirou imediatamente a mão. Mathieu entrou no quarto de Daniel e sentou-se numa poltrona.

— Não compreendi nada das histórias da zeladora. Disse-me que você fora levar os gatos à casa de sua irmã. Reconciliou-se com sua irmã?

Algo gelou subitamente dentro de Daniel. "Que diria se soubesse de onde venho?" Fixou sem simpatia os olhos sérios e penetrantes do amigo: "É verdade, ele é normal." Sentia-se separado dele por um abismo. Riu.

— Pois é, minha irmã, uma inocente mentira — disse. Sabia que Mathieu não insistiria. Mathieu tinha o hábito irritante de tratar Daniel como um mitômano e timbrava em não indagar dos motivos que induziam Daniel a mentir. Contudo, espiou o cesto com certa perplexidade e calou-se.

— Dá licença? — perguntou Daniel.

Estava seco. Tinha um só desejo: abrir o cesto o mais depressa possível. "Que seria aquela gota de sangue?" Ajoelhou-se, pensando: "Vão me pular na cara." E avançou o rosto de modo a ficar inteiramente ao alcance dos gatos. Pensava, ao abrir o cadeado: "Um bom aborrecimentozinho não lhe faria mal. Perderia, durante algum tempo, o seu otimismo, o seu ar equilibrado." Popeia fugiu do cesto grunhindo e correu para a cozinha. Cipião saiu por sua vez: conservava a dignidade, mas não parecia muito confiante. Dirigiu-se com passos medidos até o armário, olhou ao redor com uma expressão matreira e se escondeu afinal embaixo da cama. Malvina não se mexia. "Está ferida", pensou Daniel. Jazia no fundo do cesto, entregue. Daniel pôs-lhe o dedo embaixo do queixo e levantou-lhe a cabeça. Recebera uma unhada nas narinas e tinha o olho esquerdo fechado, porém não sangrava mais. Sobre o focinho havia uma crosta escura e, em torno da crosta, os pelos estavam duros e melados.

— Que foi? — indagou Mathieu. Soerguera-se e olhava a gata, cortesmente.

"Acha-me ridículo", pensou Daniel, "porque me ocupo com uma gata. Se fosse um fedelho acharia natural".

— Malvina foi ferida — explicou. — Foi certamente Popeia que a unhou, ela é insuportável. Desculpe, um momento só, para o curativo.

Foi buscar um vidro de arnica e um pacote de algodão no armário. Mathieu acompanhou-o com o olhar sem dizer palavra, depois passou a mão na fronte com um ar de ancião. Daniel pôs-se a lavar o focinho de Malvina. A gata se debatia fracamente.

— Vamos — dizia Daniel —, seja boazinha, vamos. Pronto.

Pensava que assim agastava prodigiosamente Mathieu, e isso lhe dava alento. Mas, quando levantou a cabeça, viu que Mathieu olhava sem ver, com um olhar duro.

— Desculpe, meu caro — disse Daniel com sua melhor voz —, um minuto só. Tinha que tratar deste animal, você sabe, isso infecciona facilmente. Não te aborreço muito? — acrescentou com um sorriso amável.

Mathieu estremeceu, mas logo se pôs a rir.

— Ora, ora, não me faça esses olhos de veludo!

"Meus olhos de veludo!" A superioridade de Mathieu era odiosa. "Ele pensa que me conhece. Fala de minhas mentiras, de meus olhos de veludo. Não me conhece nada, mas diverte-se em me pôr uma etiqueta, como se eu fosse uma coisa."

Riu com cordialidade e enxugou cuidadosamente a cabeça de Malvina. Malvina cerrava os olhos, parecia em êxtase, mas Daniel sabia que ela sofria. Deu-lhe uma palmadinha nos rins.

— Pronto — disse, levantando-se —, amanhã estará boa. Mas a safada deu-lhe uma bela unhada, sabe?

— Popeia? É uma peste — disse Mathieu, distraído.
E bruscamente:
— Marcelle está grávida.
— Grávida!

A surpresa de Daniel não durou, mas teve que lutar contra um acesso de riso. Era isso! Isso! É verdade: "Mija sangue todos os meses lunares e, ainda por cima, é prolífica como uma arraia!" Pensou com repugnância que ia vê-la naquela noite. "Não sei se terei coragem de tocar-lhe a mão."

— Estou terrivelmente aporrinhado — disse Mathieu com uma expressão objetiva.

Daniel encarou-o e observou, sóbrio:
— Compreendo.

Depois apressou-se em virar-lhe as costas, a pretexto de guardar o vidro de arnica no armário. Tinha medo de cair na gargalhada na cara dele. Pôs-se a pensar na morte de sua mãe, dava sempre resultado nessas ocasiões. E a coisa restringiu-se a dois ou três soluços convulsivos. Mathieu continuava a falar gravemente:

— O pior é que isso a humilha. Você não a viu muitas vezes, não sabe, mas é uma espécie de Valquíria. Uma Valquíria fechada num quarto — acrescentou sem maldade. — Para ela é uma diminuição terrível.

— Sim — disse Daniel, com solicitude. — E para você não é nada agradável. Pode fazer o que quiser, ela deve te inspirar horror agora. Sei que, em mim, isso mataria o amor.

— Eu não lhe tenho mais amor — disse Mathieu.
— Não?

Daniel estava profundamente espantado e divertido. "Haverá esporte esta noite", pensou. Indagou:
— Já lhe disse?
— Não, evidentemente.
— Por que evidentemente? Terá que dizer-lhe um dia. Vai...
— Não, não quero abandoná-la, se é o que quer dizer.
— Então?

Daniel divertia-se muito. Tinha agora pressa em ver Marcelle.
— Então nada. Pior para mim. Não é culpa dela se não a amo mais.

— É culpa sua?
— É — disse Mathieu brevemente.
— E você vai continuar a vê-la às escondidas e a...
— Que tem isso?
— Pois se continuar muito tempo com esse jogo, acabará odiando-a.

Mathieu parecia duro e obstinado.
— Não quero que ela se aporrinhe...
— Prefere sacrificar-se — disse Daniel, com indiferença.

Quando Mathieu bancava o quacre ele o odiava.
— Que grande sacrifício! Irei ao colégio, verei Marcelle, escreverei um conto de dois em dois anos. É exatamente o que faço!

Acrescentou com uma amargura a que Daniel não estava habituado:
— Sou um escritor de domingo. Aliás, eu quero bem a ela e ficaria aborrecido se não a visse mais. Só que é mais ou menos como um laço de família.

Houve um silêncio. Daniel sentou-se na poltrona em frente a Mathieu.
— Mas é preciso que você me ajude — disse Mathieu. — Tenho um endereço, mas não tenho dinheiro. Empreste-me cinco mil pratas.
— Cinco mil pratas — disse Daniel, indeciso.

Sua carteira de negociante sujo estava recheada, explodia no bolso interno. Bastava abri-la e tirar de dentro as cinco notas. Mathieu lhe prestara muitos favores outrora.
— Eu devolverei a metade no fim do mês — disse Mathieu. — E a outra metade em 14 de julho, quando receber meus vencimentos de agosto e setembro.

Daniel olhou o rosto terroso de Mathieu e pensou: "Esse sujeito está realmente aborrecido." Depois pensou nos gatos e sentiu-se impiedoso.
— Cinco mil francos! — disse, com voz desolada. — Mas não tenho, meu velho, isso me chateia muitíssimo...
— Você me disse outro dia que ia fazer um bom negócio.

— Pois bem, meu velho, o bom negócio foi um malogro. Você sabe como é a Bolsa. Aliás, é simples, estou cheio de dívidas.

Não pusera muita sinceridade na voz porque não desejava convencer. Mas quando viu que Mathieu não acreditava, tornou-se colérico: "Que vá se foder! Acredita-se profundo, imagina que lê em mim. Por que é que eu o ajudaria? Ele que vá procurar os seus pares." O que lhe parecia insuportável era aquele ar normal e assentado que Mathieu não perdia nunca, mesmo na aflição.

— Bem — disse Mathieu aparentando bom humor —, então você não pode realmente?

Daniel pensou: "É preciso que tenha muita necessidade para insistir assim."

— Realmente, meu velho. Sinto muito.

Perturbava-se com a perturbação de Mathieu, mas isso não lhe era desagradável. Era como se tivesse quebrado uma unha. Daniel gostava das situações falsas.

— Tem necessidade urgente? — indagou com solicitude. — Não poderá arranjar com outro?

— Você sabe, eu preferia evitar falar com Jacques.

— É verdade — disse Daniel, um pouco decepcionado. — Tem seu irmão. Então não há perigo de você não conseguir o dinheiro.

Mathieu mostrou-se desanimado.

— Não é certo. Ele enfiou na cabeça que não devia me emprestar mais nada, que isso seria me prestar um mau serviço. "Na sua idade", disse-me, "você deveria ser independente".

— Oh! Mas num caso como este ele te emprestará certamente — disse Daniel, conciliante. Espichou a ponta da língua e pôs-se a lamber devagar o lábio superior. Soubera encontrar de cara o tom de otimismo superficial e animado que enfurecia os outros.

Mathieu tinha corado.

— Exatamente nesse caso é que não lhe posso pedir.

— É verdade — afirmou Daniel. Refletiu um instante. — De qualquer maneira ainda sobram os institutos, esses que emprestam aos funcionários. Por certo, na maior parte das vezes, a gente cai nas mãos dos usurários. Mas afinal que importam os juros, se você tem o dinheiro?

Mathieu pareceu interessado e Daniel pensou, aborrecido, que o havia acalmado.

— Que espécie de gente é essa? Empresta dinheiro na hora?

— Ah! não — disse Daniel, com vivacidade. — Uns dez dias. Precisam fazer um levantamento.

Mathieu calou-se. Meditava. Daniel sentiu repentinamente um pequeno choque mole. Malvina lhe saltara nos joelhos e se instalava ronronando. "Esta é uma que não tem rancor", pensou com nojo. Pôs-se a acariciá-la negligentemente. Os animais e os homens não chegavam a odiá-lo. Por causa de sua inércia bonachona e talvez de seu rosto. Mathieu absorvera-se em seus pequenos cálculos miseráveis. Também não tinha rancor. Daniel inclinou-se sobre Malvina e coçou-lhe o crânio. Sua mão tremia.

— No fundo — disse, sem olhar Mathieu —, estou quase contente de não ter o dinheiro. Acabo de pensar: você, que quer tanto ser livre, está aí uma oportunidade maravilhosa para um ato de liberdade.

— Um ato de liberdade? — Mathieu parecia não entender. Daniel ergueu a cabeça.

— Sim, casar com Marcelle.

Mathieu encarou-o franzindo as sobrancelhas. Estaria sendo caçoado? Daniel sustentou o olhar com um ar de gravidade modesta.

— Está maluco? — perguntou Mathieu.

— Por quê? Uma simples palavra e você muda toda a sua vida. Isso não acontece todos os dias.

Mathieu pôs-se a rir. "Ele prefere rir", pensou Daniel, agastado.

— Você não consegue me tentar — disse Mathieu. — Principalmente neste momento.

— Pois é, mas... precisamente — continuou Daniel, com o mesmo tom de displicência —, deve ser muito divertido fazer, propositadamente, o contrário do que se quer. A gente se transforma.

— E que transformação! — disse Mathieu. — Você quer que eu arranje três filhos pelo prazer de me sentir outra pessoa quando os levar ao Luxemburgo? Imagino que isso me mudaria mesmo se eu me tornasse um fodido completo...

"Nem tanto", pensou Daniel, "nem tanto quanto você pensa", e acrescentou:

— No fundo não deve ser tão desagradável ser um tipo fodido, mas fodido até a medula, enterrado. Um sujeito casado, com três filhos, como você diz. Como isso deve acalmar!

— De fato — disse Mathieu. — Tipos assim eu encontro todos os dias. Os pais dos alunos que vêm me procurar. Quatro filhos, cornudos, membros das associações dos pais dos alunos. Parecem calmos. Benignos até.

— Têm também uma espécie de alegria — disse Daniel. — Me dão vertigem. Mas não te tenta a experiência? Vejo você muito bem, casado; você seria como eles, gordo, bem-tratado, com olhos de celuloide e um trocadilho sempre na ponta da língua. Eu acho que não detestaria.

— É bem de seu feitio — disse Mathieu, sem se comover. — Mas eu ainda prefiro pedir os cinco mil a meu irmão.

Levantou-se. Daniel pousou Malvina no chão e levantou-se igualmente. "Ele sabe que tenho o dinheiro e não me odeia; mas que é preciso então para que me odeiem?"

A carteira ali estava. Bastava a Daniel pôr a mão no bolso. Diria: "Aqui está, meu velho, quis te chatear um pouco, para me divertir." Mas teve medo de se desprezar.

— Lamento — disse, hesitante —, se achar um meio, escreverei.

Acompanhara Mathieu até a porta.

— Não se incomode — disse Mathieu —, eu me arranjarei.

Fechou a porta. Quando Daniel ouviu o passo de Mathieu na escada pensou: "É irreparável." Estava angustiado. Mas não durou. "Em nenhum momento sequer ele deixou de ser ponderado, disposto, em perfeito acordo consigo mesmo. Está aporrinhado, mas por fora. Dentro está à vontade." Foi olhar seu belo rosto no espelho e pensou: "Puxa, como seria formidável se ele fosse obrigado a casar com Marcelle."

VIII

Agora fazia tempo que ela estava acordada. Remoendo-se.
Era preciso confortá-la, tranquilizá-la, dizer-lhe que em nenhuma hipótese iria lá. Mathieu reviu com ternura o pobre rosto atormentado da véspera e ela lhe pareceu repentinamente de uma fragilidade pungente. "Preciso telefonar-lhe..." Mas resolveu passar antes pela casa de Jacques. "Assim, talvez tenha uma boa notícia para ela." Pensava com irritação na atitude que Jacques assumiria. Uma expressão divertida e sábia, para além da censura e da indulgência, a cabeça inclinada de lado e os olhos semicerrados: "Como? Mais dinheiro ainda?" Mathieu sentia arrepios. Atravessou a rua e pensou em Daniel. Não lhe tinha rancor. Era assim, ninguém tinha rancor de Daniel. Mas de Jacques, sim. Parou diante de um edifício atarracado da rua Réaumur e leu, agastado, como lhe acontecia sempre: Jacques Delarue, tabelião, 2º andar. Tabelião! Entrou, tomou o elevador. "Espero que Odette não esteja", pensou.

Estava. Mathieu percebeu-a através da porta envidraçada da sala de estar. Estava sentada num sofá, elegante, alta e limpa até a insignificância. Lia. Jacques dizia de bom grado: "Odette é uma das poucas mulheres de Paris que acham tempo para ler."

— O sr. Mathieu quer falar com a patroa? — indagou Rosa.

— Sim, quero dizer-lhe bom dia, mas, por favor, previna meu irmão de que irei vê-lo no escritório dentro de alguns minutos.

Empurrou a porta. Odette ergueu o belo rosto ingrato e pintado.

— Bom dia, Thieu — disse, contente. — É a mim que vem visitar?

— A você?

Ele contemplava com uma simpatia confusa aquela fronte alta e calma e aqueles olhos verdes. Era bela, sem dúvida, mas de uma beleza que parecia sonegar-se ao olhar. Acostumado a rostos como o de Lola, cujo sentido se impunha de imediato, brutalmente, Mathieu tentara cem vezes reter em conjunto aqueles traços escorregadios, mas escapavam, o conjunto desfazia-se a cada instante e o rosto de Odette guardava seu decepcionante mistério burguês.

— Gostaria de que a visita fosse para você — disse —, mas tenho que ver Jacques, preciso de um favor.

— Não tenha tanta pressa assim — disse Odette. — Jacques não vai fugir. Sente-se.

Arranjou-lhe um lugar ao lado dela.

— Cuidado — acrescentou, sorrindo. — Um desses dias vou zangar-me. Você me esquece. Tenho direito a uma visita pessoal. Você prometeu.

— Você é que prometeu receber-me um destes dias.

— Como você é delicado — disse ela, rindo —, não deve estar com a consciência tranquila.

Mathieu sentou-se. Gostava de Odette, mas não sabia nunca o que dizer-lhe.

— Como vai, Odette?

Pôs certo calor na voz para dissimular a pergunta sem jeito.

— Muito bem. Sabe aonde fui esta manhã? A Saint-Germain, com o carro, para ver Françoise. Fiquei encantada.

— E Jacques?

— Muito trabalho, ultimamente. Quase não o vejo mais. Porém, a saúde dele é extraordinária. Como sempre.

Mathieu sentiu bruscamente um profundo desprazer. "Ela pertence a Jacques", pensou. Contemplava com mal-estar o braço moreno e fino que saía de um vestido muito simples, apertado na cintura por um cordão vermelho, quase um vestido de mocinha. O braço, o vestido e o corpo por baixo do vestido, tudo pertencia a Jacques, como a poltrona, a escrivaninha de mogno, o sofá. Essa mulher discreta e pudica recendia a posse. Houve um silêncio e em seguida Mathieu voltou à voz quente e ligeiramente nasal que conservava para Odette.

— Muito bonito o seu vestido — observou.

— Oh! Escute — disse Odette com um riso indignado —, deixe o vestido em paz. Todas as vezes que você me vê fala de meus vestidos. Deixe isso e diga-me o que fez esta semana.

Mathieu riu. Sentia-se bem-disposto agora.

— Pois é justamente a propósito desse vestido que quero falar.

— Meu Deus, que será?

— Estou pensando se você não deveria usar brincos com ele.

— Brincos?

Odette olhou-o de um modo singular.

— Acha vulgar? — indagou Mathieu.

— Não, absolutamente. Mas tornam o rosto indiscreto. — E acrescentou, bruscamente, com uma risada: — Você estaria por certo muito mais à vontade comigo se eu usasse brincos.

— Por quê? Não creio — disse Mathieu vagamente.

Estava surpreso, pensava: "Realmente, não é nada tola." Mas a inteligência de Odette era como sua beleza. Tinha algo esquivo.

Houve um silêncio. Mathieu não soube mais o que dizer. No entanto, não tinha vontade de sair. Gozava uma espécie de quietude. Odette disse gentilmente:

— Não devo retê-lo mais. Vá ver Jacques. Você parece preocupado.

Mathieu levantou-se. Pensou em pedir dinheiro a Jacques e sentiu formigamentos na ponta dos dedos.

— Até logo, Odette — disse afetuosamente. — Não, não se levante. Voltarei para me despedir.

"Até que ponto será uma vítima?", indagava, batendo na porta de Jacques. "Com esse gênero de mulheres nunca se sabe."

— Entre — disse Jacques.

Levantou-se, atento e muito empertigado, e avançou para Mathieu.

— Bom dia, meu velho — disse com entusiasmo. — Como vai?

Parecia muito mais jovem do que Mathieu, embora fosse o mais velho. Mathieu achava que ele estava engordando na cintura. No entanto, devia usar cinta.

— Bom dia — disse Mathieu com um sorriso afável.

Sentia-se em falta. Há vinte anos se sentia em falta quando via o irmão ou pensava nele.

— Então, Mathieu, o que o traz aqui?

Mathieu fez um gesto de aborrecimento.

— Alguma coisa errada? — indagou Jacques. — Senta. Um uísque?

— Que seja — disse Mathieu. Sentou-se com um nó na garganta. Pensava: "Bebo o uísque e dou o fora sem dizer nada." Mas já era tarde. Jacques sabia muito bem o que ele queria e pensaria: "Não teve coragem de dar a facada." Jacques permanecia de pé. Pegou a garrafa e encheu dois copos.

— É a última garrafa — disse —, mas não comprarei outra antes do outono. Digam o que quiserem, um bom *gin fizz* é bem melhor com o calor, não acha?

Mathieu não respondeu. Olhava sem doçura aquele rosto rosado e fresco de rapaz, aqueles cabelos louros cortados curtinhos. Jacques sorria inocentemente, toda a sua pessoa recendia a inocência, mas os olhos eram duros. "Banca o inocente", pensou Mathieu com raiva. "Sabe muito bem por que vim e está se fazendo de desentendido."

Disse rispidamente:

— Você com certeza não se ilude, sabe que vim lhe dar uma facada.

Pronto, estava dito. Agora não podia mais recuar. Já o irmão arqueava as sobrancelhas com um ar de profunda surpresa. "Não me poupará nada", pensou Mathieu, consternado.

— Não, não imaginava isso, por que suspeitaria? Quer insinuar que essa é a única finalidade de suas visitas?

Sentou-se, sempre muito correto, cruzou as pernas com certa moleza como para compensar a rigidez do busto. Vestia um magnífico terno esporte de casimira inglesa.

— Não quero insinuar coisa alguma — disse Mathieu. Piscou e acrescentou apertando com força o copo: — Mas preciso de quatro mil francos de hoje para amanhã.

"Vai dizer não. Que recuse logo e que eu possa dar o fora!" Mas Jacques não se apressava. Era tabelião, tinha tempo.

— Quatro mil — disse, meneando a cabeça como um conhecedor. — Puxa!

Estendeu as pernas e olhou os sapatos com satisfação.

— Você me diverte, Thieu, você me diverte e você me instrui. Oh! Não leve a mal o que estou dizendo — atalhou diante de um gesto de Mathieu. — Não quero criticar o seu comportamento, mas afinal eu reflito, me interrogo, vejo isso de cima, como "filósofo", diria, se não estivesse falando com um filósofo. Sabe, quando penso em você fico mais convencido ainda de que não se deve ser um homem de princípios. Você está cheio de princípios, mas não se submete a eles. Em teoria não há ninguém mais independente. Isto é muito bom. Você está acima das classes. Mas eu me pergunto: que aconteceria se eu não existisse? Observe que eu fico muito feliz, eu que não tenho princípios, de poder te ajudar de vez em quando. Mas me parece que com as suas ideias eu faria questão de não dever nada a um burguês horroroso. Porque eu sou um burguês horroroso — acrescentou, rindo alegremente.

Continuou, sem parar de rir:

— E há pior, você, que cospe na família, você se aproveita do nosso parentesco para me dar facadas. Sim, porque afinal não viria a mim se eu não fosse seu irmão.

Assumiu um ar de sincero interesse:

— No fundo, bem no fundo, isso não te aborrece um pouco?

— Que posso fazer? — disse Mathieu, rindo igualmente.

Não ia travar uma discussão de ideias. Essas discussões acabavam sempre mal com Jacques. Mathieu perdia imediatamente o sangue-frio.

— Pois é — disse Jacques friamente. — Mas você não acha que com um pouco de organização...? Isso é contrário às suas ideias, sem dúvida. Não quero dizer que você seja culpado, veja bem. Para mim a culpa é dos seus princípios.

— Você sabe — retrucou Mathieu para dizer alguma coisa —, não ter princípios é ainda um princípio...

— Um mínimo! — disse Jacques.

"Agora", pensou Mathieu, "ele vai topar". Mas olhou o rosto cheio do irmão, sua fisionomia aberta, porém obstinada, e pensou com um aperto no coração: "Parece difícil." Felizmente Jacques retomava a palavra.

— Quatro mil — repetiu. — Uma necessidade súbita? Porque, afinal, na semana passada, quando você veio aqui... me pedir um pequeno favor, ainda não precisava.

— É — disse Mathieu —, desde ontem...

Pensou rapidamente em Marcelle, reviu-a sinistra e nua no quarto cor-de-rosa e acrescentou num tom angustiado que surpreendeu a si próprio:

— Jacques, preciso do dinheiro.

Jacques encarou-o com curiosidade e Mathieu mordeu os lábios. Os dois irmãos não tinham por hábito exprimir assim com tanta veemência seus sentimentos.

— A esse ponto? Engraçado. Você... de costume pede dinheiro porque não sabe ou não quer organizar a sua vida, mas eu nunca teria imaginado... Naturalmente, não te pergunto nada — acrescentou com uma expressão ligeiramente interrogativa.

Mathieu hesitava. "Digo que é para os meus impostos? Não. Ele sabe que os paguei em maio."

— Marcelle está grávida — disse bruscamente.

Sentiu que corava e deu de ombros. Por que não, afinal? Por que aquela terrível vergonha súbita? Olhou o irmão de frente, com olhos agressivos. Jacques pareceu interessar-se.

— Vocês queriam um filho?

Fingia não compreender.

— Não — disse Mathieu, num tom ríspido. — Foi um acidente.

— Estava espantado — disse Jacques —, mas afinal você podia ter desejado levar até o fim as suas experiências à margem da ordem estabelecida.

— Pois não foi isso, em absoluto.

Houve um silêncio e Jacques indagou, muito à vontade:

— E quando será o casamento?

Mathieu enrubesceu de cólera. Como sempre, Jacques se recusava a encarar honestamente o problema, girava obstinadamente em torno, e durante esse tempo seu espírito procurava um ninho de águia onde pudesse fixar um olhar agudo sobre a conduta dos outros. O que quer que se dissesse ou fizesse, o primeiro impulso dele era elevar-se acima do debate. Não sabia ver senão de cima, tinha paixão pelos ninhos de águia...

— Tomamos a decisão de fazê-la abortar — disse Mathieu, com brutalidade.

Jacques não pestanejou.

— Já encontrou um médico? — indagou em tom neutro.

— Já.

— Um médico seguro? Segundo o que você me disse, a saúde dessa mulher é delicada.

— Tenho amigos que me garantem.

— Sim — disse Jacques —, sim, evidentemente.

Fechou os olhos um instante, abriu-os e juntou as mãos pelas pontas dos dedos.

— Em suma — disse —, se compreendo bem, o que acontece é o seguinte: você acaba de saber que sua amiga está grávida. Não quer casar por questões de princípios, mas se considera com uma responsabilidade tão estrita quanto a do casamento. Não querendo nem casar nem prejudicar a reputação dela, você resolveu fazê-la abortar nas melhores condições possíveis. Seus amigos recomendaram um médico de confiança, o qual exige quatro mil francos. Você tem de arranjar o dinheiro. Não é isso?

— Exatamente! — disse Mathieu.

— E por que precisa do dinheiro de hoje para amanhã?

— O médico parte para a América dentro de oito dias.

— Bom — disse Jacques. — Compreendo.

Ergueu as mãos à altura dos olhos e encarou-as com a expressão precisa de quem fosse chegar às conclusões necessárias. Mas Mathieu não se iludiu. Um tabelião não conclui tão depressa assim. Jacques baixara as mãos e as pousara nos joelhos. Afundara na poltrona e seus olhos já não brilhavam. Disse com voz mole:

— São muito severos neste momento na repressão ao aborto.

— Eu sei — disse Mathieu —, de vez em quando ficam severos. Põem na cadeia uns pobres-diabos sem proteção, mas os grandes especialistas nunca são atingidos.

— Quer dizer com isso que há uma injustiça. Sou da mesma opinião. Mas não desaprovo inteiramente os resultados. Pela própria força das circunstâncias, pobres-diabos são charlatões ou "fazedores de anjos", que liquidam uma mulher com instrumentos sujos. As batidas estabelecem uma seleção. Já é alguma coisa.

— Enfim... — disse Mathieu, já irritado. — Venho te pedir quatro mil francos.

— E... — atalhou Jacques — você tem certeza de que o aborto está de acordo com os seus princípios?

— Por que não?

— Não sei, você é que deve saber. Você é pacifista por respeito à vida humana, e vai destruir uma vida.

— Estou decidido. Aliás, eu talvez seja pacifista, mas não respeito a vida humana. Você está confundindo.

— Ah! Pensei... — disse Jacques.

Considerava Mathieu com uma serenidade divertida.

— Quer dizer que te enfias na pele de um infanticida. Não te cai bem a fantasia, meu pobre Thieu.

"Tem medo de que me peguem", pensou Mathieu, "não me dará um cêntimo". Seria preciso dizer-lhe: "Se você pagar não correrá nenhum risco, irei ver um médico hábil e que não figura nas listas da polícia. Se recusar terei de mandar Marcelle a um charlatão e não garanto mais nada, porque a polícia os conhece a todos e pode de um momento para outro botar-lhes as mãos." Mas tais argumentos eram diretos demais para terem influência sobre Jacques. Mathieu disse simplesmente:

— Um aborto não é um infanticídio.

Jacques pegou um cigarro e acendeu.

— Sim — disse com displicência. — Um aborto não é um infanticídio, é um assassínio "metafísico".

Acrescentou com seriedade:

— Meu pobre Mathieu, não tenho objeções contra o assassínio metafísico, como não tenho contra outros crimes perfeitos. Mas que você cometa um assassínio metafísico, você, assim como você é... — Estalou a língua como uma censura. — Não, decididamente isso seria um desafinamento...

Acabou, Jacques recusava. Mathieu ia poder sair. Limpou a voz e indagou por desencargo de consciência:

— Então não pode me ajudar?

— Compreenda-me — disse Jacques. — Não me recuso a te ajudar. Mas seria realmente *ajudar*? Estou persuadido, de resto, de que você encontrará o dinheiro com facilidade.

Levantou-se subitamente como se tivesse tomado uma decisão e pousou amistosamente a mão sobre o ombro do irmão.

— Escuta, Thieu — disse com calor —, vamos dizer que recusei. Não quero ajudá-lo a mentir a si mesmo. Mas vou te propor outra coisa.

Mathieu, que ia se levantando, tornou a sentar na poltrona, e sua velha cólera fraternal o invadiu. Aquela suave e decidida pressão sobre o ombro era-lhe intolerável. Inclinou a cabeça para trás e viu o rosto de Jacques diminuído.

— Mentir a mim mesmo? Ora, Jacques, diga que não quer se meter num negócio de aborto, que não aprova, que não tem dinheiro. Está no seu direito e não terei rancor. Mas para que falar em mentira? Não há mentira nisso. Não quero um filho, aparece-me um, suprimo-o, eis tudo.

Jacques retirou a mão, deu alguns passos, refletiu. "Vai me fazer um discurso", pensou Mathieu, "eu não deveria ter topado a discussão".

— Mathieu — disse Jacques, com clareza —, te conheço melhor do que você pensa e agora estou assustado. Há muito eu temia algo semelhante. Essa criança que vai nascer é o resultado lógico de uma situação em que você se meteu voluntariamente, e quer suprimi-la porque não deseja arcar com todas as consequências de seus atos. Quer que lhe diga a verdade? Você talvez não minta a si mesmo neste instante preciso, mas é a sua vida inteira que se constrói sobre uma mentira.

— Não faça cerimônia — disse Mathieu —, esclareça-me acerca do que escondo a mim mesmo. — Ele estava sorrindo.

— O que você esconde — disse Jacques — é que é um burguês envergonhado. Eu voltei à burguesia depois de inúmeros erros, fiz um casamento de conveniência com ela, mas você é burguês por gosto, por temperamento, e é seu temperamento que te empurra para o casamento. Porque você está casado, Mathieu — disse ele com força.

— Isso é novidade — disse Mathieu.

— Sim, está casado, só que pretende o contrário por causa de suas teorias. Adquiriu hábitos com essa mulher. Quatro vezes por semana vai tranquilamente encontrá-la e passa a noite com ela. E isso dura sete anos. Não tem mais nada de aventura. Você a estima, sente que tem obrigações para com ela, não quer abandoná-la. Estou certo de que você não procura unicamente o prazer; por maior que tenha sido, deve ter-se embotado. Na realidade, você deve se sentar à noite junto dela e contar longamente os acontecimentos do dia, pedir conselhos nos momentos difíceis.

— Evidentemente — disse Mathieu, erguendo os ombros. Estava furioso consigo mesmo.

— Pois bem, pode me dizer em que isso difere do casamento? O fato de não morarem juntos?

— A abstenção da coabitação — disse Mathieu, ironicamente. — Um nada!

— Imagino muito bem que para você essa abstenção não deve ser um grande sacrifício.

"Nunca falou tanto", pensou Mathieu, "é um revide". Devia sair batendo a porta. Mas Mathieu sabia que ficaria até o fim. Sentia um desejo combativo e maldoso de conhecer a opinião do irmão.

— Para mim... — disse. — Por que diz que não deve ser um sacrifício para mim?

— Porque com isso você ganha a comodidade, uma aparência de liberdade. Tem todas as vantagens do casamento e se aproveita dos teus princípios para recusar os inconvenientes. Recusa regularizar a situação, o que é muito fácil e cômodo, pois, se alguém sofre, não é você.

— Marcelle partilha minhas ideias acerca do casamento — disse Mathieu, arrogante. Ouvia-se pronunciando cada palavra e se achava profundamente desagradável.

— Oh! — disse Jacques — Se não as partilhasse, o orgulho a impediria de confessá-lo. Sabe o que não entendo? Você, tão disposto sempre a profligar uma injustiça, você mantém essa mulher numa posição humilhante há anos, pelo mero prazer de afirmar para si mesmo que está de acordo com seus princípios. Se ainda fosse verdade, se você realmente subordinasse sua vida às suas ideias! Mas eu te repito, você está casado, tem um apartamento agradável, recebe bons vencimentos em dia certo, não tem nenhuma inquietação quanto ao futuro, já que o Estado te garante uma aposentadoria. E gosta dessa vida calma, regrada, uma vida de funcionário.

— Escuta — disse Mathieu —, há um mal-entendido entre nós; pouco me importa ser ou não burguês. O que eu quero apenas... — acabou a frase entre os dentes — é conservar a minha liberdade.

— Eu imaginava — disse Jacques — que a liberdade consistia em olhar de frente as situações em que a gente se meteu voluntariamente e aceitar todas as responsabilidades. Não é por certo a sua opinião: você condena a sociedade capitalista e, entretanto, é funcionário nessa sociedade. Proclama uma simpatia de princípio pelos comunistas, mas tem cuidado em não se comprometer. Nunca votou. Despreza a classe burguesa e, no entanto, é um burguês, filho e irmão de burgueses, e vive como um burguês.

Mathieu fez um gesto, mas Jacques não se deixou interromper.

— No entanto, você está na idade da razão, meu pobre Mathieu — disse com uma piedade ralhadora. — Mas isso você também esconde, quer fazer-se de mais moço. Aliás... talvez seja injusto. Talvez não tenha ainda a idade da razão, é uma idade moral, a que eu talvez tenha chegado antes de você.

"Pronto", pensou Mathieu, "vai-me falar de sua mocidade". Jacques era muito orgulhoso de sua juventude, era sua garantia, permitia-lhe defender o partido da ordem em boa consciência. Durante cinco anos macaqueara com aplicação as loucuras em voga, fora surrealista, tivera algumas aventuras lisonjeiras e chegara mesmo a cheirar por vezes, antes de fazer amor, um lenço embebido de éter. Um belo dia acertara o passo. Odette trazia-lhe seiscentos mil francos de dote. Ele escrevera a Mathieu: "É preciso ter a coragem de fazer como todo mundo para não ser como ninguém." E comprara um cartório.

— Não censuro tua mocidade — disse. — Ao contrário. Você teve a sorte de evitar alguns maus passos. Mas afinal não lamento a minha, tampouco. No fundo, tínhamos ambos que esbanjar os instintos daquele velho pirata que foi nosso avô. Só que eu os esbanjei por atacado e você os está gastando no varejo. Ainda tem que atingir o fundo. Acho que a princípio você era muito menos pirata do que eu. É o que te perde. Tua vida não passa de um perpétuo compromisso entre teu pendor, embora modesto, pela revolta e pela anarquia, e tuas tendências profundas que te empurram para a ordem, a saúde moral, a rotina quase. O resultado? Você se tornou um velho estudante irresponsável. Mas, meu velho, olha bem para você. Você tem 34 anos, seus cabelos já estão grisalhos — não tanto quanto os meus, é certo —, você nada mais tem de mocinho, não te vai bem a vida de boêmio. Aliás, o que é isso, a boemia? Era muito divertida há cem anos, agora não passa de um punhado de inofensivos desajustados que perderam o trem, simplesmente. Você está na idade da razão, Mathieu, ou deveria estar — repetiu distraidamente.

— Ora — disse Mathieu —, a tua idade da razão é a idade da resignação. Não me interessa, creia.

Mas Jacques não o escutava. Seu olhar tornou-se límpido e alegre, e ele acrescentou:

— Escuta. Como disse, vou fazer-lhe uma proposta. Se você recusar, não lhe será difícil encontrar os quatro mil francos; isso não me causa remorso. Ponho dez mil francos à sua disposição se você casar com a sua amiga.

Mathieu previra o golpe. De qualquer maneira aquilo lhe fornecia uma saída digna.

— Agradeço, Jacques — disse, levantando-se —, você é realmente muito bom, mas não serve. Não quero dizer que você esteja inteiramente errado, mas, se tiver de casar-me um dia, será quando sentir vontade; agora, seria uma cabeçada estúpida para sair do buraco.

Jacques levantou-se igualmente.

— Reflita. Não há pressa. Sua mulher será muito bem-recebida aqui; não preciso dizer. Confio na tua escolha e Odette se sentirá feliz em tratá-la como amiga. Aliás, minha mulher ignora por completo a tua vida íntima.

— Já refleti — disse Mathieu.

— Como queira — observou Jacques, cordialmente. "Será que ele está muito aborrecido?", pensou. E acrescentou: — Quando você aparece?

— Virei almoçar domingo — disse Mathieu. — Adeus.

— Adeus — disse Jacques. — E... você sabe, se voltar atrás, minha proposta está de pé!

Mathieu sorriu e saiu sem responder. Desceu a escada correndo. "Até que enfim! Até que enfim!" Não estava alegre, mas tinha vontade de cantar. Agora Jacques devia estar sentado à escrivaninha, o olhar perdido no vazio, com um sorriso triste e grave: "Esse rapaz me preocupa, entretanto está na idade da razão..." Ou talvez tivesse ido ver Odette. "Mathieu me preocupa. Não posso dizer por quê. Mas ele não é sensato." Que diria ela? Desempenharia o papel de esposa madura e reflectida ou se restringiria a aprovar discretamente sem tirar o nariz de cima do livro?

"Diabo!", pensou Mathieu, "esqueci de dizer adeus a Odette". Teve remorso; estava com predisposição para o remorso. "Será verdade, será que mantenho Marcelle numa posição humilhante?" Lembrou-se das violentas observações de Marcelle contra o casamento. "Aliás, eu lhe propus casamento certa vez... Há cinco anos." Não foi para valer, é verdade. Em todo caso, Marcelle caçoara dele. "Será que sinto um complexo de inferioridade diante de meu irmão?" Não, não era isso. Por maior que fosse seu sentimento de culpa, Mathieu nunca deixara de se considerar com razão perante Jacques. "Sim", pensou. "Mas eu gosto desse salafrário. Quando não me envergonho diante dele, sinto vergonha por ele. Ah!, a família nunca deixa a gente, é como a catapora, a gente tem quando criança e fica marcado para o resto da vida." Havia um boteco na esquina da rua Montorgueil. Entrou, pediu uma ficha no caixa. A cabina telefônica era num recanto sombrio. Sentia-se angustiado ao pegar o fone.

— Alô, alô, Marcelle?

Marcelle tinha telefone no quarto.
— É você?
— Sim.
— Então?
— A velha é impossível.
— Hum — murmurou Marcelle, com uma dúvida na voz.
— Juro. Ela estava quase bêbada, e a casa dela fede, é úmida. E as mãos, se você visse! E depois, é um animal.
— Então?
— Tenho alguém em vista. Indicado por Sarah. Alguém excelente.
— Ah! — disse Marcelle, com indiferença. E acrescentou: — Quanto?
— Quatro mil.
— Quanto? — repetiu Marcelle, incrédula.
— Quatro mil.
— Mas não é possível, você bem sabe. Terei de ir...
— Não, você não irá! Arranjo emprestado.
— Com quem? Jacques?
— Venho de lá. Ele recusa.
— Daniel?
— Recusa também, o salafrário! Eu o vi esta manhã; tenho certeza de que estava cheio da grana.
— Mas você não disse que era... para isso? — interrogou Marcelle, com vivacidade.
— Não.
— E que é que vai fazer agora?
— Não sei. — Sentiu que sua voz carecia de firmeza e acrescentou com força: — Não se incomode. Temos 48 horas. Eu encontrarei. Que diabo, quatro mil francos não é um absurdo, é coisa que se consegue.
— Então arranje — disse Marcelle num tom estranho. — Arranje.
— Eu telefonarei. Vejo você amanhã de noite?
— Sim.
— E você vai bem?

— Vou.
— Não está muito...
— Estou — disse Marcelle, com a voz seca. — Estou angustiada. — E acrescentou docemente: — Enfim, faça o que achar melhor, querido.
— Levarei os quatro mil francos amanhã à noite.
Hesitou e disse com esforço:
— Te amo.
Mathieu desligou sem responder.
Mathieu saiu da cabina. Atravessando o café, ouviu a voz seca de Marcelle. "'Estou angustiada.' Está magoada comigo. Mas faço o que posso. 'Humilhada...' Será que a humilho? E se..." Parou à beira da calçada. E se ela quisesse o filho? Então ia tudo por água abaixo, bastava pensar nisso um só instante e tudo tomava outro sentido, e ele próprio se transformava da cabeça aos pés. Mathieu não cessara de mentir a si próprio, era um sem-vergonha. Felizmente não era verdade, não podia ser verdade, ouvira-a muitas vezes caçoar das amigas casadas quando estavam grávidas: "Vasos sagrados", dizia, "arrebentam de orgulho porque vão botar..." "Quando se diz isso, não se tem o direito de mudar de opinião sem mais nem menos, seria um abuso de confiança. E Marcelle é incapaz de um abuso de confiança; ela teria dito, por que não o teria dito? Nós nos dizemos tudo. Oh!, e basta, basta! Estou cansado de girar em torno dessa história toda, Marcelle, Ivich, dinheiro, dinheiro, Ivich, Marcelle, farei o que for preciso, mas não quero mais pensar nisso, pelo amor de Deus, quero pensar em outra coisa." Pensou em Brunet. Mas isso era mais triste ainda. Uma amizade morta. Sentia-se nervoso e triste porque ia revê-lo. Viu uma banca de jornais e se aproximou:
— *Paris-Midi*, por favor.
Não havia. Pegou um jornal ao acaso: *Excelsior*. Pagou e foi embora. O *Excelsior* não era um jornal agressivo, tinha um papel gorduroso, triste e aveludado como tapioca. Não chegava a dar raiva, tirava simplesmente o gosto de viver enquanto era lido. Mathieu leu: "Bombardeio aéreo de Valença." Ergueu a cabeça vagamente irritado. A rua Réaumur era de cobre escurecido.

Duas horas. A hora do dia em que o calor era mais sinistro, e o calor torcia-se e chiava no meio da rua como uma faísca elétrica. "Quarenta aviões sobrevoam durante uma hora o centro da cidade e deixam cair 150 bombas. Ignora-se o número exato de mortos e feridos." Viu com o rabo dos olhos, sob o título, um terrível textozinho apertado, em itálico, que parecia linguarudo e bem-documentado: "Do nosso enviado especial." Citavam-se cifras. Mathieu virou a página. Não tinha vontade de saber mais nada. Um discurso de Flandin em Bar-le-Duc. A França ao abrigo atrás da linha Maginot... Stokóvski declara que não casará com Greta Garbo. Novas informações sobre o caso Weidmann. A visita do rei da Inglaterra: quando Paris aguarda o seu Príncipe Encantado. Todos os franceses... Mathieu sobressaltou-se e pensou: "Todos os franceses são uns canalhas." Gomez escrevera isso de Madri, certa vez. Fechou o jornal e pôs-se a ler na primeira página a reportagem do enviado especial. Já se contavam cinquenta mortos e trezentos feridos; e não parava por aí, havia seguramente cadáveres sob os escombros. Nem aviões nem defesa antiaérea. Mathieu sentia-se vagamente culpado. Cinquenta mortos e trezentos feridos, que significa isso exatamente? Um hospital cheio? Algo como um grave acidente de trem? Cinquenta mortos. Milhares de leitores na França teriam lido o jornal com ódio na garganta, cerrando os punhos e murmurando: "Sem-vergonhas, bandidos!" Mathieu cerrou os punhos e murmurou: "Bandidos!", e sentiu-se mais culpado ainda. Se ao menos tivesse descoberto em si uma emoção qualquer, pequena que fosse, bem viva e modesta, consciente de seus limites... Mas não: sentia-se vazio. À sua frente havia uma grande cólera, uma cólera desesperada, ele a via, teria podido tocá-la. Só que era inerte, aguardava para viver, para estourar, para sofrer, que ele lhe emprestasse o próprio corpo. Era a cólera dos outros. "Bandidos!" Cerrara os punhos, andava a passos largos, mas a coisa não vinha, a cólera ficava fora. "Eu estive em Valença, vi a *fiesta* em 1934 e uma grande tourada com Ortega e El Estudiante." Seu pensamento fazia círculos em cima da cidade, procurando uma igreja, uma rua, a fachada de uma casa, algo de que pudesse dizer: "Eu vi isso, eles o destruíram, não existe mais. Pronto!" O pensamento desceu sobre uma rua escura, esmagada por enormes monumentos. "Eu vi isso, passeava de manhã, sufocava numa sombra ardente, o céu flamejava muito alto acima das cabeças. Pronto!" *As bombas caíram nessa rua, sobre os monumentos cinzentos, a rua alargou-se desmedidamente, entra agora até o fundo das casas, não há mais sombra na rua, o céu em fusão caiu em cima dela e o sol dardeja sobre os escombros.* Algo se dispunha a nascer, uma tímida aurora de cólera. Pronto! Mas esvaziou-se, achatou-se, ele estava vazio, andava normalmente com a decência de um sujeito que acompanha um enterro em Paris, não em Valença, em Paris, possuído por um fantasma de cólera. Os vidros brilhavam, os automóveis deslizavam pela rua, ele caminhava no meio de homenzinhos vestidos de claro, de franceses que não olhavam para o céu, que não tinham medo do céu. No entanto, isso é real, lá, em algum lugar sob o mesmo sol, é real, os carros pararam, os vidros estouraram, mulheres estupefatas, mudas, se acocoraram com ares de galinhas mortas junto aos cadáveres de verdade, e elas erguem a cabeça de quando em quando, contemplam o céu, o céu venenoso, todos os franceses são safados. Mathieu estava com calor, era um calor real. Passou o lenço pela fronte e pensou: "Não se pode sofrer pelo que se quer." Lá havia uma história formidável e trágica a pedir que se sofresse por ela... "Não posso, não estou nesse negócio, estou em Paris, no meio de minhas presenças. Jacques atrás da escrivaninha dizendo 'não', Daniel escarnecendo, Marcelle no quarto cor-de-rosa, e Ivich, que eu beijei esta manhã. As presenças reais, nojentas de tão verdadeiras. Cada qual tem seu mundo, o meu é um hospital com Marcelle grávida, e o judeu a pedir quatro mil francos. Há outros mundos. Gomez. Esse estava no negócio. Partiu. Era o seu destino. E o sujeito de ontem. Não partiu. Deve andar por aí, como eu. Só que ele, se der com um jornal e ler 'Bombardeio de Valença', não precisará esforçar-se por sofrer, sofrerá lá, na cidade em ruínas. Por que estou eu neste mundo de 'facadas', de instrumentos cirúrgicos, de bolinações sonsas nos táxis, neste mundo sem Espanha? Por que não estou no negócio, com Gomez, com Brunet? Por que não tive vontade de lutar? Poderia escolher outro mundo? Ainda sou livre? Posso ir aonde quero, não encontro resistência, mas é pior: estou numa gaiola sem grades, separado da Espanha por... por nada, e no entanto esse outro mundo é intransponível." Olhou a última página do *Excelsior*: fotos do enviado especial. Corpos estendidos sobre a calçada, junto de um muro. No meio da rua, uma mulher gorda, deitada de costas, as saias repuxadas até as coxas. Sem cabeça. Mathieu dobrou o jornal e jogou-o na sarjeta.

Boris o espreitava à porta do prédio. Ao ver Mathieu tomou um ar afetado. Era seu ar de louco.

— Acabo de bater à sua porta — disse —, mas creio que o senhor não estava.

— Tem certeza? — respondeu Mathieu no mesmo tom.

— Não absoluta, mas o que lhe posso dizer é que o senhor não abriu.

Mathieu olhou-o hesitante. Eram duas horas e Brunet só chegaria dentro de meia hora.

— Suba comigo — disse. — Vamos tirar isso a limpo.

Subiram. Na escada, Boris disse na sua voz natural:

— Então, está de pé o Sumatra, hoje à noite?

Mathieu virou-se e fingiu procurar as chaves no bolso.

— Não sei se irei — disse. — Pensei... Lola talvez prefira ficar sozinha com você.

— Sim, é evidente — disse Boris —, mas que importa? Ela é educada. E depois, de jeito nenhum ficaríamos sós. Haverá Ivich.

— Viu Ivich? — perguntou Mathieu, abrindo a porta.

— Deixei-a agora.

— Entre — disse Mathieu, dando passagem.

Boris entrou na frente de Mathieu e dirigiu-se com uma familiaridade desenvolta para a escrivaninha. Mathieu olhou sem afeição as costas magras. "Viu-a", pensava.

— Vem ou não vem? — perguntou Boris.

Voltara-se e considerava Mathieu com um sorriso zombeteiro e terno.

— Ivich... não lhe disse nada para esta noite? — indagou Mathieu.

— Para esta noite?

— Sim. Eu queria saber se ela iria. Pareceu-me preocupada com o exame.

— Ela quer ir — afirmou Boris. — Disse-me que seria divertido nos encontrarmos os quatro.

— Os quatro? Ela falou os quatro?

— Pois então — disse Boris candidamente —, há Lola também.

— Então ela espera que eu vá?

— Naturalmente — disse Boris, espantado.

Houve um silêncio. Boris inclinara-se sobre o balcão da janela e olhava a rua. Mathieu aproximou-se e deu-lhe um tapa nas costas.

— Gosto da sua rua — disse Boris —, mas ao fim de algum tempo deve chatear. Não sei por que mora num apartamento.

— Por quê?

— É, não sei. Livre como você é, você deveria vender os móveis e viver num hotel. Imagine só! Um mês num quarto em Montmartre, um mês no Faubourg du Temple, um mês na rua Mouffetard...

— Ora — disse Mathieu, irritado —, isso não tem a menor importância...

— É — disse Boris, depois de um longo momento —, não tem mesmo. Estão tocando — acrescentou, contrariado.

Mathieu foi abrir. Era Brunet.

— Salve! — disse Mathieu. — Está adiantado.

— Pois é, isso te aborrece?

— Não, absolutamente.

— Quem é? — indagou Brunet.

— Boris Serguine — disse Mathieu.

— Ah!, o famoso discípulo? Não o conheço.

Boris inclinou-se com frieza e recuou até o fundo do quarto. Mathieu postara-se, com os braços pendentes, diante de Brunet.

— Detesta que o considerem meu discípulo.

— Está bem — disse Brunet, sem emoção.

Enrolava um cigarro, indiferente e sólido ante o olhar rancoroso de Boris.

— Sente-se — disse Mathieu —, pegue a poltrona.

Brunet sentou-se numa cadeira.

— Não — disse, sorrindo —, tuas poltronas corrompem...
Acrescentou:
— Então, velho traidor, é preciso vir até aqui no teu antro para te encontrar.
— Não é minha culpa. Procurei você mais de uma vez, mas você é difícil.
— É verdade — disse Brunet. — Eu me tornei uma espécie de caixeiro-viajante. Dão-me tanto trabalho que há dias em que eu mesmo tenho dificuldade em me encontrar.
Continuou com simpatia:
— É quando te vejo que me encontro melhor, parece-me que me deixei em depósito com você.
Mathieu sorriu, grato.
— Pensei muitas vezes que nos deveríamos ver mais. Creio que envelheceríamos menos depressa se nos pudéssemos encontrar de quando em quando os três juntos.
Brunet olhou-o com surpresa.
— Os três?
— Então? Daniel, você e eu.
— É verdade — disse Brunet, atônito. — Daniel! Mas ainda existe esse camarada? Você ainda o vê de vez em quando, não é?
A alegria de Mathieu murchou. Quando Brunet encontrava Portal ou Bourrelier devia dizer com aquele mesmo tom aborrecido: "Mathieu? É professor no Liceu Buffon, eu ainda o vejo de vez em quando."
— Ainda o vejo, sim. Imagine você! — disse ele, com amargura.
Fez-se um silêncio. Brunet pousara as mãos sobre os joelhos. Estava ali, pesado e maciço, sentado numa cadeira de Mathieu, inclinava a cabeça obstinadamente para a chama de um fósforo, o quarto se enchia com sua presença, com a fumaça de seu cigarro, com seus gestos lentos. Mathieu olhava as grandes mãos de camponês do seu amigo. Pensou: "Ele veio." Sentiu que a confiança e a alegria tentavam timidamente renascer-lhe no coração.
— E, fora isso, que tens feito?
Mathieu sentiu-se embaraçado. Na verdade não fazia nada.
— Nada — disse.

— Sei. Catorze horas de curso por semana e uma viagem ao estrangeiro durante as férias... não é?

— Isso mesmo — confirmou Mathieu, rindo. Evitou olhar para Boris.

— E teu irmão, continua *croix-de-feu**?

— Não — disse Mathieu. — Ele está mudado. Diz que os *croix-de-feu* não são muito dinâmicos.

— Caça para Doriot — disse Brunet.

— É o que se diz. A propósito, acabo de brigar com ele — acrescentou Mathieu sem refletir.

Brunet lançou-lhe um olhar rápido e penetrante.

— Por quê?

— Sempre a mesma coisa. Peço-lhe um favor e ele responde com um sermão.

— E então você o descompõe. Engraçado — disse Brunet com ironia. — E ainda espera mudá-lo?

— Claro que não — respondeu Mathieu, agastado.

Silenciaram um instante e Mathieu pensou tristemente: "Que cansaço." Se ao menos Boris tivesse a boa ideia de ir embora. Mas não parecia sequer pensar nessa solução; mantinha-se no seu canto, todo arrepiado, feito um cão de caça doente. Brunet sentara-se a cavalo na cadeira e olhava igualmente Boris com um olhar pesado. "Ele gostaria que Boris desse o fora", pensou Mathieu com satisfação. Pôs-se então a encarar fixamente o rapaz; talvez compreendesse, sob o fogo conjugado desses olhares. Boris não se mexia. Brunet pigarreou:

— Continua seus estudos de filosofia, jovem?

Boris fez que sim com a cabeça.

— Em que pé andam eles?

— Termino agora minha licenciatura — disse Boris, com rispidez.

— Sua licenciatura — atalhou Brunet numa expressão absorta. — Sua licenciatura, ainda bem...

---

* Literalmente, Cruz de Fogo: organização nazifascista existente na França à época. (N.T.)

Acrescentou, bonachão:

— Vai me odiar se eu lhe raptar Mathieu por um momento? Você tem a sorte de vê-lo diariamente, e eu... Vamos dar uma volta, Mathieu?

Boris adiantou-se, duro:

— Entendi — disse. — Fiquem, fiquem, eu me vou.

Inclinou-se ligeiramente. Estava ofendido. Mathieu acompanhou-o até a porta e indagou com ternura:

— Até a noite, não é? Estarei lá às 23 horas.

Boris sorriu lamentavelmente:

— Até a noite.

Mathieu fechou a porta e voltou a Brunet.

— Então? — disse esfregando as mãos. — Você liquidou o rapaz.

Riram. Brunet perguntou:

— Talvez tenha ido longe demais. Não se aborreceu com isso?

— Ao contrário — disse Mathieu, rindo. — Ele está acostumado, e depois estou contente por te ver a sós.

Brunet observou com voz calma:

— Eu estava com pressa porque tenho apenas 15 minutos.

Mathieu parou subitamente de rir.

— Quinze minutos! Eu sei, eu sei — acrescentou vivamente. — Você não dispõe do seu tempo. Já foi muito amável de sua parte ter vindo.

— Na verdade, estava ocupado o dia inteiro. Mas hoje de manhã, quando vi a tua cara, pensei: "Preciso falar com ele."

— Uma cara... abatida?

— Puxa, meu caro. Amarela demais, inchada, com um tique nas pálpebras e no canto dos lábios.

Acrescentou afetuosamente:

— Disse a mim mesmo: não quero que me estraguem esse rapaz.

Mathieu tossiu.

— Nunca imaginei que tivesse uma cara tão expressiva... Dormi mal, sem dúvida — insistiu, desconcertado. — Ando aborrecido, sim, como todo mundo, aliás. Simplesmente uma questão de dinheiro.

Brunet não parecia convencido.

— Tanto melhor — disse. — Se é apenas isso, você dará um jeito. Mas tinhas, creio, a cara de um sujeito que acaba de perceber que viveu de ideias que não rendem nada.

— Ora, as ideias... — disse Mathieu, com um gesto vago. Olhava Brunet com uma gratidão humilde e pensava: "Foi para isso que ele veio. Tem o dia inteiro tomado, uma porção de encontros importantes e se preocupou em vir dar-me o seu apoio moral." Apesar de tudo, seria melhor se Brunet tivesse vindo pelo mero prazer de vê-lo.

— Escute — disse Brunet —, não vamos complicar as coisas. Vou fazer-te uma proposta: quer entrar para o Partido? Se aceitares, levo-te comigo e em vinte minutos estará tudo terminado.

Mathieu estremeceu.

— Para o Partido?... Comunista?

Brunet pôs-se a rir. Suas pálpebras se haviam franzido e ele mostrava os dentes ofuscantes de brancura.

— Você não queria que eu te levasse para o partido de La Rocque?

Houve um silêncio.

— Brunet — perguntou suavemente Mathieu —, por que quer que eu me torne comunista? Para meu bem ou para o bem do Partido?

— Para teu bem — respondeu Brunet. — Não assumas um ar desconfiado, é bobagem. Não sou sargento recrutador do PC. E, depois, vejamos: o Partido não precisa de ti. Você representa apenas um pequeno capital de inteligência, e intelectuais temos para dar e vender. Mas você, você tem necessidade do Partido.

— Para meu bem — repetiu Mathieu. — Para meu bem... Escuta — acrescentou subitamente —, não esperava essa tua... essa proposta, estou engasgado... Mas desejaria que me dissesses o que pensas exatamente. Você sabe, vivo cercado de meninos que só se preocupam consigo próprios e me admiram por princípio. Ninguém jamais me fala de mim mesmo. Eu mesmo tenho dificuldade de me encontrar às vezes. Então? Acha que tenho necessidade de me engajar?

— Acho — disse Brunet, com força —, você tem essa necessidade. Não sente isso?

Mathieu sorriu tristemente. Pensava na Espanha.

— Você seguiu o seu caminho — disse Brunet. — Você é filho de burgueses, não podia vir a nós assim sem mais nem menos, teve que libertar-se. Agora já conseguiu. É livre. Mas para que te serve a liberdade, senão para tomar posição? Você gastou 35 anos na sua limpeza e o resultado dela é um vazio. És um corpo estranho, sabes? — continuou, com um sorriso amigo. — Vives no ar, cortaste os laços burgueses e não te ligaste ao proletariado, flutuas, és um abstrato, um ausente. Não deve ser muito divertido, todos os dias...

— Não — disse Mathieu —, nem sempre é divertido.

Aproximou-se de Brunet e sacudiu-o pelos ombros com força. Gostava imensamente dele.

— Meu caro aliciador de recrutas — disse —, minha cara puta velha, gosto que digas tudo isso.

Brunet sorriu distraído. Seguia sua ideia. Disse:

— Você renunciou a tudo para ser livre. Dê mais um passo, renuncie à própria liberdade. E tudo te será devolvido.

— Você fala como um bom padre — disse Mathieu, rindo. — Seriamente, meu caro, não seria um sacrifício, você sabe. Bem sei que tudo me seria devolvido: carne, sangue, paixões de verdade. Escuta, Brunet, acabei por perder o sentido da realidade, nada mais me parece inteiramente verdadeiro.

Brunet não respondeu. Meditava. Tinha um rosto pesado, cor de tijolo, de traços caídos, cílios ruivos, muito claros e compridos. Parecia um prussiano. A cada vez que o via, Mathieu sentia uma espécie de curiosidade inquieta nas narinas, fungava docemente, certo de perceber de repente um odor forte de animal. Mas Brunet não tinha cheiro.

— Você é bem real — disse Mathieu. — Tudo aquilo que você toca parece real. Desde que entraste no meu quarto ele parece verdadeiro e me enoja.

Acrescentou subitamente.

— És um homem.

— Um homem? — indagou Brunet, surpreso. — O contrário seria inquietante. Que quer dizer com isso?

— Nada, a não ser que escolheste ser um homem.

Um homem de músculos fortes e elásticos, que pensava por meio de curtas e severas verdades, um homem reto, sóbrio, seguro de si, terreno, refratário às angélicas tentações da arte, da psicologia, da política, um homem inteiro, um homem apenas. E Mathieu ali estava, diante dele, indeciso, mal-envelhecido, malcosido, assediado por todas as vertigens do inumano. E pensava: "Eu não pareço um homem."

Brunet levantou-se. Veio até Mathieu.

— Pois faz como eu — disse. — Que te impede de fazê-lo? Ou imaginas que poderás viver a vida inteira entre parênteses?

Mathieu olhou-o, hesitante.

— Evidentemente, evidentemente. E se escolher, escolherei vocês, não há outra escolha.

— Não há outra — repetiu Brunet. Esperou um pouco e perguntou: — Então?

— Deixe-me retomar o fôlego — disse Mathieu.

— Respira, respira, mas apressa-te. Amanhã serás velho demais, terás teus pequenos hábitos, serás o escravo da tua liberdade. E talvez o mundo esteja também velho demais.

— Não compreendo — disse Mathieu.

Brunet olhou-o e observou rapidamente:

— Teremos a guerra em setembro.

— Você está brincando.

— Acredite. Os ingleses sabem disso, o governo francês está prevenido. Na segunda quinzena de setembro os alemães invadirão a Tchecoslováquia.

— Essas informações — disse Mathieu, contrariado.

— Mas então você não entende nada? — indagou Brunet, agastado. E acrescentou docemente, voltando a si: — É verdade que se compreendesse não haveria necessidade de pingos nos is. Escuta. Você é mobilizável, como eu. Vamos admitir que você parta nesse estado de espírito, arrisca-se a estourar como uma bolha. Terás sonhado durante 35 anos e um belo dia uma granada fará explodir os teus sonhos. Vais morrer sem acordar. Você foi um funcionário abstrato, será um herói irrisório e tombará sem compreender, a fim de que Schneider conserve suas ações nas fábricas de Skoda.

— E você? — perguntou Mathieu. E acrescentou sorrindo: — Não creio que o marxismo o preserve das balas.

— Não o creio tampouco — disse Brunet. — Sabes para onde me mandarão? Adiante da linha Maginot; para dar com o rabo na cerca não há melhor.

— Então?

— Não é a mesma coisa. É um risco assumido. Agora nada mais pode tirar o sentido de minha vida, nada pode impedi-la de ser um destino. — Acrescentou com vivacidade: — Como a de todos os camaradas, aliás.

Dir-se-ia que tinha medo de pecar por orgulho.

Mathieu não respondeu. Foi apoiar-se ao balcão. Meditava. "Disse certo." Brunet tinha razão. A vida dele era um destino. A idade, a classe, a época, tudo lhe fora devolvido, ele escolhera a arma que lhe golpearia a fronte, a granada alemã que lhe perfuraria as tripas. Tomara partido, renunciara à liberdade, era apenas um soldado. E tudo que lhe fora devolvido, inclusive a liberdade. "É mais livre do que eu. Está de acordo consigo mesmo e com o Partido." E ali estava ele, em carne e osso, real, com um gosto real de fumo na boca, as cores e formas com que se enchiam os seus olhos eram mais verdadeiras, mais densas do que as que Mathieu podia ver, e no entanto, no mesmo momento, ele se espalhava pela terra toda, sofrendo e lutando com os proletários de todos os países. "Nesta hora, neste instante, há sujeitos que se matam nos arredores de Madri, há judeus austríacos que agonizam nos campos de concentração, há chineses nos escombros de Nanquim e eu aqui, fresquinho, livre, dentro de 15 minutos porei o chapéu e irei passear no Luxemburgo." Voltou-se para Brunet e encarou-o com amargura. "Sou um irresponsável", pensou.

— Bombardearam Valença — disse subitamente.

— Sei — atalhou Brunet. — Não havia um só canhão de defesa antiaérea em toda a cidade. Jogaram bombas num mercado.

Não cerrara os punhos, não abandonara o tom sereno, sua maneira de falar ligeiramente mole, e no entanto era ele o bombardeado, eram seus irmãos e irmãs, seus filhos os mortos. Mathieu foi sentar-se numa poltrona. "Tuas poltronas corrompem." Ergueu-se com vivacidade e sentou-se na ponta da mesa.

— Então? — disse Brunet.

Parecia de tocaia.

— Você tem sorte — disse Mathieu.

— Sorte de ser comunista?

— É.

— Essa é boa! A gente escolhe, meu caro.

— Eu sei. Você tem sorte de ter podido escolher.

O rosto de Brunet fez-se mais duro:

— Isso quer dizer que não terás essa sorte?

Pronto. Era preciso responder. Sim ou não. Entrar para o Partido, dar um sentido à vida, escolher ser um homem, agir, acreditar. Seria a salvação. Brunet não despregava os olhos dele.

— Recusas?

— Recuso — disse Mathieu, desesperado. — Recuso.

Pensava: "Veio oferecer-me o que tem de melhor!" Acrescentou:

— Não é coisa definitiva. Mais tarde...

Brunet deu de ombros.

— Mais tarde? Se você aguarda uma revelação interior para escolher, você se arrisca a esperar muito. Você pensa que eu estava convencido quando entrei para o Partido? A convicção forma-se...

Mathieu sorriu tristemente.

— Eu sei. Põe-te de joelhos e terás fé. Talvez você tenha razão. Mas eu, eu quero acreditar primeiro.

— Naturalmente — disse Brunet, com impaciência. — Vocês são todos iguais, vocês, os intelectuais. Tudo se desmorona, os fuzis vão disparar sozinhos e vocês, serenos, reivindicam o direito de ser convencidos. Ah!, se ao menos você pudesse ver-se com os meus olhos, compreenderia que o tempo urge.

— E então? Sim, o tempo urge, e daí?

Brunet deu uma palmada de indignação na coxa.

— Muito bem! Finges lamentar o teu ceticismo, mas não te desfazes dele. É teu conforto moral. Quando o atacam, a ele te apegas avidamente, como teu irmão se apega ao dinheiro.

Mathieu indagou docemente:

— Achas que pareço apegar-me a alguma coisa neste momento?

— Não quero dizer...

Houve um silêncio. Brunet parecia mais calmo. "Se ele pudesse compreender-me", pensou Mathieu. Fez um esforço: convencer Brunet era o único meio que lhe restava para convencer a si próprio.

— Não tenho nada a defender; não me envaideço de minha vida e não tenho um níquel. Minha liberdade? Ela me pesa. Há anos que sou livre à toa. Morro de vontade de trocá-la por uma convicção. De bom grado trabalharia com vocês, isso me afastaria de mim mesmo e tenho necessidade de me esquecer um pouco. E depois, penso como você, que não se é homem enquanto não se encontra alguma coisa pela qual se está disposto a morrer.

Brunet levantara a cabeça.

— Então? — indagou quase alegremente.

— Apesar de tudo não posso tomar partido, não tenho razões suficientes para isso. Revolto-me, como vocês, contra a mesma espécie de indivíduos, contra as mesmas coisas, mas não o bastante. Não posso fazer nada. Mentiria se dissesse que me sentiria satisfeito em desfilar de punho erguido ao som da "Internacional".

Brunet assumiu sua expressão mais maciça, mais camponesa; parecia uma torre. Mathieu olhou-o com desespero.

— Você me compreende, Brunet? Diga, você me compreende?

— Não sei se te compreendo muito bem — disse Brunet —, mas, como quer que seja, não precisas justificar-te. Ninguém te acusa. Você se reserva para melhor oportunidade, está no seu direito. Espero que essa oportunidade se apresente o mais cedo possível.

— Eu também espero.

Brunet olhou-o com curiosidade.

— Tens certeza de que o desejas?

— Sim.

— Sim? Tanto melhor. Mas receio que não se apresente tão cedo.

— Também já pensei nisso — disse Mathieu. — Já pensei que não viria nunca ou tarde demais. Talvez não haja oportunidade.

— E então?

— Nesse caso eu serei um pobre coitado. Eis tudo.

Brunet levantou-se.

— Aí está... — disse. — Aí está... Não faz mal, estou contente por ter visto você.

Mathieu levantou-se igualmente.

— Você não vai... sair assim. Ainda tem um minuto?

Brunet olhou o relógio.

— Já estou atrasado.

Calaram-se. Brunet esperava polidamente. "Não pode sair assim, preciso falar-lhe", pensou Mathieu. Mas não tinha nada a dizer.

— Não me deves querer mal — disse precipitadamente.

— Mas não te quero mal — disse Brunet. — Você não é obrigado a pensar como eu.

— Não é verdade — disse Mathieu, desolado. — Eu conheço bem vocês; vocês acham que a gente deve pensar como vocês, a menos que seja um salafrário. Você me acha um salafrário, mas não quer dizê-lo porque julga o caso perdido.

Brunet teve um ligeiro sorriso.

— Não te considero um salafrário — disse. — Acho apenas que você está menos libertado de sua classe do que eu imaginava.

Ao mesmo tempo que falava, aproximara-se da porta. Mathieu disse-lhe:

— Você não pode imaginar como me comoveu você ter vindo oferecer-me sua ajuda, simplesmente porque eu estava com uma cara horrível esta manhã. Você tem razão, eu preciso de ajuda. Mas é do teu apoio pessoal que eu preciso... não de Karl Marx. Desejaria ver-te sempre e falar contigo, é possível?

Brunet desviou os olhos.

— Também gostaria — disse —, mas não tenho muito tempo.

Mathieu pensava: "Evidentemente. Teve pena de mim, de manhã, mas eu o decepcionei. Voltamos a ser estranhos um para o outro. Não tenho nenhum direito sobre o seu tempo."

Disse, sem querer:

— Brunet, ainda se lembra? Você foi o meu melhor amigo.

Brunet brincava com o trinco.

— Por que teria vindo se não lembrasse? Se você tivesse aceitado, poderíamos trabalhar juntos.

Calaram-se. Mathieu pensou: "Está com pressa. Louco para ir embora." Brunet acrescentou sem olhá-lo:

— Gosto muito de você ainda. De seu focinho, de suas mãos, de sua voz. E depois, há as recordações. Mas isso não modifica a coisa. Meus únicos amigos agora são os camaradas do Partido. Com esses eu tenho um mundo em comum.

— E acha que agora não temos mais nada em comum?

Brunet ergueu os ombros sem responder. Bastava uma palavra, uma só, e tudo seria devolvido a Mathieu, a amizade de Brunet, razões de viver. Era tentador como o sono. Mathieu endireitou-se repentinamente.

— Não quero segurá-lo — disse. — Venha visitar-me quando tiver tempo.

— Certamente — disse Brunet. — E você, se mudar de ideia, mande-me um recado.

— Certamente — disse Mathieu.

Brunet abrira a porta. Sorriu para Mathieu e foi-se. Mathieu pensou: "Era meu melhor amigo."

Foi-se. Ia pelas ruas gingando um pouco, como um marinheiro, e as ruas uma por uma se tornavam reais. Mas a realidade do quarto desaparecera com ele. Mathieu olhou a poltrona verde, corruptora, as cadeiras, as cortinas verdes e pensou: "Ele não se sentará mais nas minhas cadeiras, não olhará mais para as minhas cortinas, enrolando os seus cigarros." O quarto era agora apenas uma mancha de luz verde que tremia quando passavam os ônibus. Mathieu chegou-se à janela e apoiou-se ao balcão. Pensava: "Eu não podia aceitar", e o quarto atrás dele era uma água tranquila, e somente sua cabeça saía dela, o quarto corruptor estava atrás dele, e ele mantinha a cabeça fora da água e olhava a rua pensando: "Seria verdade? Seria verdade que não podia aceitar?" Uma menina ao longe pulava corda, a corda erguia-se acima da cabeça como uma alça e chicoteava o solo sob os pés. Uma tarde de verão; a luz estava pousada na rua e nos tetos, fixa e fria, como uma verdade eterna. "Será verdade que sou um salafrário?

A poltrona é verde, a corda parece uma alça, isso é indiscutível. Mas em relação às pessoas pode-se sempre discutir, tudo o que fazem pode ser explicado, por cima ou por baixo, como se queira. Recusei porque quero permanecer livre. É o que posso dizer. Mas posso dizer também: tive medo, prefiro minhas cortinas verdes, prefiro tomar ar à tarde no meu balcão, e não desejaria que isso mudasse. Agrada-me indignar-me contra o capitalismo, mas não desejo que o suprimam, porque não teria mais motivos de indignação. Agrada-me sentir-me desdenhoso e solitário, agrada-me dizer 'não', sempre 'não', e teria medo que se tentasse construir para valer um mundo vivível porque teria de dizer 'sim' e fazer como os outros. Por cima ou por baixo: quem julgaria? Brunet já julgou. Acha que sou um salafrário. Jacques também. Daniel também. Todos decidiram que sou um salafrário. 'Este pobre Mathieu está perdido, é um salafrário.' E o que posso fazer contra todos eles? Devo decidir, julgar, mas decidir o quê?" Quando dissera "não", pouco antes, acreditara estar sendo sincero, um entusiasmo amargo brotara espontaneamente do seu coração. Mas quem poderia conservar nesta luz a menor parcela de entusiasmo? Era uma luz de fim de esperança, eternizava tudo o que tocava. A menina pularia corda eternamente, a corda se ergueria eternamente acima da cabeça dela e eternamente fustigaria a calçada aos seus pés. E Mathieu a contemplaria eternamente. Para que pular corda? Para c ê? Para que resolver ser livre? Sob essa mesma luz, em Madri e m Valença, havia homens às janelas, e olhavam ruas desertas e eternas, e diziam: "Para quê? Para que continuar a luta?" Mathieu voltou para dentro do quarto, mas a luz o seguiu. "Minha poltrona, meus móveis." Em cima da mesa havia um peso em forma de caranguejo. Mathieu pegou-o pelo dorso como se fosse vivo. "Meu peso. Para quê? Para quê?" Deixou cair o caranguejo sobre a mesa e sentenciou: "Estou fodido."

IX

Eram seis horas. Ao sair do escritório, Daniel olhara-se no espelho do vestíbulo e pensara: "Vai recomeçar", e tivera medo. Entrou pela rua Réaumur. Era fácil esconder-se ali, não passava de um saguão a céu aberto, uma antessala de tribunal. A tarde esvaziara os edifícios de escritórios. Isso permitia, pelo menos, fugir à tentação de imaginar intimidades atrás das vidraças escuras das janelas. Livre, o olhar de Daniel deslizava por entre aquelas falésias cavadas no espaço de céu rosado e baixo que elas cercavam no horizonte.

Não era muito cômodo esconder-se. Mesmo na rua Réaumur ele era muito notado. As mulheres pintadas que saíam das lojas lançavam-lhe olhares provocantes e ele sentia o próprio corpo: "Vadias", disse entre os dentes. Tinha medo de lhes respirar o odor. Por mais que se lavem, as mulheres recendem. Felizmente eram raras. Não era uma rua para mulheres e os homens não se preocupavam com ele. Liam seus jornais enquanto andavam ou limpavam com uma expressão de lassitude as lentes dos óculos, ou sorriam no vazio com espanto. Era uma multidão de verdade, embora rala, e caminhava devagar. Um pesado destino de multidão parecia esmagá-lo. Daniel seguiu a passo lento o desfile. Apropriando-se do sorriso morno dos homens, assumindo o mesmo destino vago e ameaçador, perdeu-se. Nada mais restou nele senão um ruído surdo de avalanches, era agora uma praia de luz esquecida. "Chegarei cedo demais à casa de Marcelle, tenho tempo de andar um pouco."

Empertigou-se, rígido e desconfiado. Voltara a encontrar-se. Nunca se perdia por um tempo. "Tenho tempo de andar um pouco." Isso queria dizer: "Vou dar uma volta pela quermesse", pois há muito Daniel já não era mais capaz de se iludir. Aliás, para quê? Queria ir à quermesse? Pois iria. Iria porque não tinha a menor vontade de se impedir de fazê-lo. De manhã, os gatos, a visita de Mathieu, depois quatro horas de trabalho odioso, à noite Marcelle, era intolerável, podia perfeitamente desejar uma ligeira compensação.

Marcelle era um pantanal. Deixava-se doutrinar durante horas, dizia sempre "sim, sim", e as ideias se atolavam na cabeça dela, ela só existia na aparência. Vale a pena divertir-se um instante com imbecis, dá-se corda, eles se erguem no ar, enormes e leves como elefantes de borracha, puxa-se a corda e eles voltam, flutuam a baixa altura, aturdidos, estupefatos, dançam a cada sacudidela do barbante, com saltos desajeitados. Mas é preciso mudar constantemente de imbecis, senão é a náusea. Além disso, Marcelle agora estava podre. Seu quarto estava irrespirável. Mesmo em tempos normais não se podia impedir de fungar, quando se entrava ali. Não cheirava a coisa alguma, mas nunca se estava seguro e se conservava sempre certa inquietude no fundo dos brônquios. Não raro provocava asma. "Irei até a quermesse." Não havia necessidade de desculpa; de resto, era inocente: queria observar a tática dos veados mariscando. A quermesse do bulevar Sebastopol era célebre no gênero, ali é que o inspetor de finanças Durat descobrira o canalhinha que o matara. Os malandros que se distraíam diante dos caça-níqueis à espera de freguês eram muito mais safados que seus colegas de Montparnasse; eram veados ocasionais, molecotes brutais e canalhas de voz rouca, manhas safadas, que procuravam apenas ganhar dez francos e um jantar. Quanto aos michês, eram de morrer de rir, ternos e sedosos, vozes de mel, algo de borboleteante, humilde e esgazeado no olhar. Daniel não suportava a humildade deles, tinham sempre um ar de se confessar culpados. Sentia vontade de bater neles. Um homem que condena a si próprio, a gente tem sempre vontade de dar pancada para liquidá-lo de vez, para partir em mil pedaços o pouco de dignidade que ainda lhe resta. De costume, encostava-se a uma coluna e os encarava fixamente enquanto batiam as asas sob os olhares maldosos e escarnecedores dos jovens amantes. Os michês tomavam-no por um tira ou por rufião de um dos meninos e ele lhes estragava todo o prazer.

Daniel foi tomado de uma súbita curiosidade e apertou o passo: "Vamos rir." Tinha a garganta seca, o ar seco queimava em torno dele. Não via nada, havia uma mancha na frente de seus olhos, a lembrança de uma luz espessa, cor de gema de ovo, e ela o repelia e atraía ao mesmo tempo, essa luz ignóbil, precisava vê-la, mas ela ainda estava longe, flutuava entre os muros baixos com um cheiro de porão. A rua Réaumur esvaiu-se, nada mais sobrava diante dele senão uma distância com obstáculos, as pessoas. Recendida a pesadelo. Só que nos verdadeiros pesadelos Daniel jamais atingia o fim da rua. Entrou no bulevar Sebastopol, calcinado pelo sol claro, e diminuiu o passo. Quermesse; viu a tabuleta, verificou se os rostos lhe eram desconhecidos e entrou.

Era uma longa viela poeirenta, com muros caiados de cinzento, e exibia a feiura severa e o odor vinoso de um entreposto. Daniel afundou na luz amarela que parecia mais triste ainda e mais cremosa que de costume, pois a claridade do dia amontoava-a no fundo da sala. Para Daniel era uma luz de enjoo, lembrava-lhe certa noite que passara, doente, a bordo do navio para Palermo. Na sala das máquinas, deserta, havia uma bruma amarelada semelhante; sonhava com ela às vezes e acordava sobressaltado, feliz por voltar às trevas. As horas que passava na quermesse lhe afiguravam ritmadas pelo martelar surdo das bielas.

Ao longo das paredes haviam disposto umas caixas grosseiras sobre quatro pés: eram os jogos. Daniel conhecia todos eles: os jogadores de futebol, 16 figurinhas de madeira pintada empaladas em braços de ferro; os jogadores de polo; o automóvel de lata que a gente tinha que fazer correr sobre uma estrada de pano, por entre casas e campos; os cinco gatinhos pretos no teto, ao luar, e que se deviam derrubar com cinco tiros de revólver; a carabina elétrica, os distribuidores de chocolate e perfume. No fundo da sala havia três fileiras de "kineramas" e os títulos dos filmes destacavam-se em letras negras: *Jovem casal*, *Criadinhas brejeiras*, *Banho de sol*, *Noite de núpcias interrompida*. Um senhor de lornhão aproximara-se sorrateiro de um desses aparelhos. Colocou um franco na fenda e aplicou os olhos no binóculo, com uma pressa desajeitada. Daniel sufocava: era aquela poeira, aquele calor e, além disso, tinham começado a dar socos, a intervalos regulares, do outro lado da parede. Viu a isca à esquerda. Uns rapazes pobremente vestidos se haviam agrupado em torno do pugilista negro, manequim de dois metros de altura que trazia sobre o ventre uma almofada de couro e um mostrador. Eram quatro: um louro, um ruivo e dois morenos. Tinham tirado o paletó, erguido as mangas da camisa sobre os bracinhos magros e batiam alucinadamente sobre a almofada. Uma agulha marcava no mostrador a força dos golpes. Lançaram olhares maliciosos para Daniel e continuaram a bater com entusiasmo. Daniel franziu o sobrecenho para mostrar-lhes que se enganavam de endereço e virou-lhe as costas. À direita, junto à caixa, contra a luz, viu um rapaz alto e de faces cinzentas que vestia um terno todo amarrotado, uma camisa de dormir e alpercatas. Não era por certo um canalha como os outros; aliás, parecia não os conhecer, teria entrado por acaso — Daniel daria sua cabeça para cortar —, e dir-se-ia absorto na contemplação de um guindastezinho. No fim de um instante, atraído sem dúvida pela lâmpada elétrica e pela Kodak que descansavam atrás dos vidros sobre uma pilha de balas, ele se aproximou lentamente e enfiou ardiloso uma moeda na fenda do aparelho. Depois afastou-se um pouco e pareceu voltar à sua meditação, acariciando as narinas, pensativo. Daniel sentiu um arrepio familiar percorrer-lhe a nuca. "Ele gosta", pensou, "gosta de se acariciar". Eram os mais atraentes, os mais românticos, aqueles cujo menor movimento revela um coquetismo inconsciente, um amor profundo e aveludado de si mesmo. O rapaz, num gesto vivo, tomou das alavancas e pôs-se a manobrá-las com competência. O guindaste girou sobre si mesmo com um ruído de engrenagem e estremecimentos senis. O aparelho tremia inteirinho. Daniel fazia votos para que ele ganhasse a lâmpada elétrica, mas o buraco cuspiu de repente um punhado de balas multicores, que tinham um aspecto avaro e estúpido de feijões. O rapaz não pareceu decepcionado, procurou nos bolsos e descobriu outra moeda. "São seus últimos níqueis", pensou Daniel, "ele não come desde ontem". Não, não devia. Não devia deixar-se levar a imaginar por trás daquele corpo magro e atraente, todo preocupado com seu próprio prazer, uma vida misteriosa de privações, de liberdade e de esperança. "Não hoje. Não aqui neste inferno, nesta luz sinistra com aqueles socos na parede, eu jurei aguentar, resistir." No entanto, Daniel compreendia muito bem que a gente podia ser abocanhada por um daqueles aparelhos, perder todo o dinheiro, e recomeçar, recomeçar sempre, a garganta seca de vertigem e de fúria. Daniel compreendia todas as vertigens. O guindaste pôs-se a girar com movimentos prudentes e obstinados. Aquele aparelho niquelado parecia satisfeito. Daniel teve medo; deu um passo à frente, morria de vontade de pousar a mão no braço do rapaz — já sentia o contato da fazenda áspera usada — e dizer-lhe: "Não jogue mais." Ia recomeçar o pesadelo, com aquele gesto de eternidade, aquele tantã vitorioso do outro lado da parede, aquela maré de tristeza resignada que subia nele, aquela tristeza infinita e familiar que ia submergir tudo. Seriam precisos dias e dias para safar-se... Mas um homem entrou e Daniel libertou-se. Empertigou-se, achou que ia estourar de rir. "Eis o homem", pensou. Estava ligeiramente desvairado, mas ainda assim contente por ter resistido.

O senhor adiantou-se, petulante, andava dobrando os joelhos, o busto reto e as pernas flexíveis. "Deve usar cinta", pensou Daniel. Teria uns cinquenta anos, bem barbeado, com um rosto compreensivo que parecia ter sido amorosamente moldado pela vida, uma tez de pêssego sob os cabelos brancos, um belo nariz florentino e um olhar um pouco mais duro e míope do que o necessário: o olhar de circunstância. Sua entrada causou sensação: os quatro moleques voltaram-se ao mesmo tempo, exibindo o mesmo ar de inocência viciada, depois recomeçaram a dar socos na barriga do negro, mas sem grande entusiasmo. O senhor pousou neles o olhar por um instante, com uma reserva que não excluía certa severidade. Em seguida virou as costas e aproximou-se do jogo de futebol. Fez girar as alavancas e examinou os bonecos com uma atenção sorridente, como se se divertisse com o capricho que o conduzia ali. Daniel viu o sorriso e sentiu um golpe de foice em pleno coração, aqueles negaceios e mentiras o horrorizavam e ele teve vontade de fugir. Mas foi apenas um instante. Um impulso sem consequências, costumeiro. Encostou-se comodamente à coluna e largou sobre o senhor um olhar pesado. À direita, o rapaz de camisa de dormir tirara do bolso um terceiro níquel e iniciava pela terceira vez a sua dança silenciosa em torno do guindastezinho. O belo senhor inclinou-se sobre o jogo e passeou o indicador sobre o corpo magro dos bonequinhos de madeira. Não queria abaixar-se dando o primeiro passo, considerava sem dúvida que, com seus cabelos brancos e sua roupa clara, era uma isca deleitável para aqueles peixinhos todos. Na verdade, após um rápido conciliábulo, o lourinho destacou-se do grupo. Jogara o paletó sobre os ombros, sem vesti-lo, e se aproximara devagar do michê com as mãos no bolso. Parecia farejar, temeroso, um olhar de cão sob as sobrancelhas espessas. Daniel considerou com nojo o traseiro rechonchudo, as gordas bochechas camponesas, mas cinzentas, que uma ligeira barba sujava. "Carne de mulher", pensou, "a gente amassa como massa de pão". O senhor o conduziria para casa, lhe daria um banho, o ensaboaria, o perfumaria talvez. Esse pensamento enfureceu Daniel. "Sem-vergonha!", murmurou. O rapaz parara a poucos passos do velho e fingia examinar também o aparelho. Inclinaram-se ambos sobre as alavancas e as inspecionaram sem se olhar, dissimulando interesse. O rapaz, ao fim de um instante, pareceu tomar uma decisão extrema: empunhou uma alavanca e a fez girar com rapidez. Quatro jogadores descreveram um semicírculo e pararam de cabeça para baixo.

— Sabe jogar? — perguntou o velho, com uma voz de massa de amêndoa. — Quer explicar-me? Eu não compreendo.

— Ponha um franco e puxe. As bolas saem, é preciso mandá-las no buraco.

— Mas precisam ser dois, não é? Eu tento mandar uma bola no buraco e você procura impedir, não é?

— Isso mesmo — disse o rapaz. Ao fim de um instante acrescentou: — Precisam ser dois: um de cada lado.

— Quer jogar uma partida comigo?
— Pois não.
Jogaram. O velho disse com uma voz de falsete:

— Mas você é muito hábil! Como conseguiu? Ganha sempre. Me ensine.

— Estou acostumado — respondeu o rapaz modestamente.

— Sim, sim, você treina! Vem sempre aqui, não é? Eu não. Às vezes entro por acaso, mas nunca o encontrei, eu me lembraria. Sim, sim, eu o teria notado, sou bom fisionomista e você tem um rosto interessante. É de Touraine?

— Exatamente — disse o rapaz, desconcertado.

O senhor parou de jogar e aproximou-se do rapaz.

— Mas a partida não acabou — disse o mocinho ingenuamente —, o senhor ainda tem cinco bolas.

— Pois jogaremos daqui a pouco. Prefiro conversar um pouco, se não vê mal nisso.

O rapaz sorriu forçadamente. O velho, para juntar-se a ele, teve que dar uma volta sobre si mesmo. Levantou a cabeça, passando a língua sobre os lábios finos, e deparou com o olhar de Daniel. Este fez um muxoxo de desprezo e o homem desviou os olhos precipitadamente, pareceu inquieto, esfregou as mãos com um jeito de padre. O rapaz não vira nada. Boca aberta, olhar vazio e deferente, aguardava que lhe dirigissem a palavra. Houve um silêncio e, afinal, o velho pôs-se a falar-lhe com unção, sem olhá-lo, em voz baixa. Por mais que Daniel prestasse atenção, ouviu apenas as palavras "rancho" e "bilhar". O rapaz assentiu com a cabeça, convicto.

— Deve ser batata! — disse em voz alta.

O velho não respondeu e lançou uma olhadela furtiva para o lado de Daniel. Daniel sentia-se reconfortado por uma cólera seca e deliciosa. Conhecia o ritual de partida: dir-se-iam adeus, o velho sairia na frente, apressado. O rapaz voltaria aos companheiros com displicência, daria um soco ou dois no ventre do negro, depois sairia por sua vez, arrastando os pés. Ia segui-lo, pois. E o velho, que estaria andando de um lado para o outro na rua vizinha, veria Daniel chegar de repente nos calcanhares de sua beldade. Que momento! Daniel gozava de antemão a cena, devorando com olhar de justiceiro o rosto delicado e gasto da presa. Suas mãos tremiam e sua felicidade seria perfeita se não sentisse a garganta tão seca: estava morrendo de sede. Se houvesse uma oportunidade, bancaria o delegado de costumes, tomaria o nome do velho e lhe daria um tremendo susto. "Se pedir minha carteira de inspetor, mostro-lhe meu documento de livre acesso da prefeitura."

— Bom dia, sr. Lalique — disse uma voz sumida. Daniel sobressaltou-se. Lalique era um nome de guerra que usava às vezes. Voltou-se bruscamente.

— Que está fazendo aqui? — perguntou com severidade. — Eu te havia proibido de botar os pés aqui de novo.

Era Bobby. Daniel colocara-o numa farmácia. Tornara-se gordo e grande, usava um terno novo, comprado pronto, não tinha o menor interesse. Bobby inclinara a cabeça sobre o ombro e se fingia de criança. Olhava Daniel sem responder, com um sorriso inocente e astuto, como se dissesse: "Cuco, estou aqui." Este sorriso enfureceu Daniel.

— Vamos, fale!

— Estou procurando o senhor há três dias — disse Bobby com sua voz lerda —, não sei o seu endereço. Pensei: "Um dia desses o sr. Daniel vai vir por aqui dar uma voltinha."

"Um dia desses! Insolente merdinha." Permitia-se julgar Daniel, fazer previsões: "Imagina que me conhece e pode manobrar-me." E não há nada a fazer, a não ser esmagá-lo como uma lesma, pois certa imagem de Daniel se achava incrustada ali, debaixo daquela fronte estreita, e ali ficaria para sempre. Apesar de sua repugnância, Daniel sentia-se solidário com aquela mancha flácida e viva: era ele que vivia assim na consciência de Bobby.

— Você está horroroso — afirmou —, engordou e essa roupa não te serve, onde foi pescá-la? É terrível como a tua vulgaridade transparece quando você está endomingado!

Bobby não pareceu se incomodar. Olhava Daniel arregalando os olhos gentilmente e continuava a sorrir. Daniel detestava aquela paciência inerte de pobre, aquele sorriso mole e tenaz de borracha, e que ainda continuaria na boca ensanguentada, mesmo que lhe fendessem os lábios a socos. Daniel deu uma olhadela furtiva para o belo senhor e viu com despeito que ele já não fazia cerimônia. Inclinava-se sobre o moleque louro e respirava-lhe os cabelos com um ar de bondade. "Era de esperar", pensou Daniel com fúria. "Ele me vê com esta bicha e me toma por um confrade. Estou sujo." Tinha horror a essa franco-maçonaria de mictórios. "Pensam que todos são. Em todo caso, preferiria o suicídio a me parecer com essa bicha velha."

— O que você quer? — indagou com brutalidade. — Estou com pressa. E vê se te afastas um pouco, estás fedendo a brilhantina.

— Desculpe — disse Bobby sem se apressar. — O senhor estava ali, encostado à coluna, e não parecia de modo algum apressado, daí eu ter tomado a liberdade...

— Puxa! Mas como fala bem agora! — disse Daniel numa gargalhada. — Compraste uma língua pronta junto com o terno?

Os sarcasmos não atingiam Bobby. Ele inclinara a cabeça para trás e olhava o teto com uma expressão de humilde volúpia através das pálpebras semicerradas. "Ele me agradou porque se assemelhava a um gato", pensou Daniel com um estremecimento de raiva. Sim, um dia Bobby lhe agradara. Mas isso lhe dava direitos para sempre?

O velho senhor tomara a mão do jovem amigo e conservava-a paternalmente entre as suas. Depois disse adeus, com um tapinha no rosto, deitou um olhar de cumplicidade para Daniel e saiu a passos largos e dançantes. Daniel mostrou-lhe a língua, mas o outro já havia virado as costas. Bobby pôs-se a rir.

— Que deu em você? — observou Daniel.

— Foi porque o senhor mostrou a língua para o veadão — disse Bobby. E acrescentou em tom carinhoso: — O senhor é sempre o mesmo, sr. Daniel, sempre brincalhão.

— Pode ser — disse Daniel, horrorizado.

Tomado de uma suspeita indagou:

— E a farmácia? Não está mais lá?

— Não tenho sorte — disse Bobby, queixoso.

Daniel encarou-o com nojo.

— Nem por isso deixou de engordar.

O sujeitinho louro saiu displicentemente da quermesse. De passagem, roçou de leve em Daniel. Os três companheiros seguiram-no logo depois, atropelavam-se, rindo muito alto. "Que estou fazendo aqui?", pensou Daniel. Procurou com o olhar o dorso arcado e a nuca magra do rapaz de camisa de dormir.

— Vamos, fale — disse, distraidamente. — O que você fez? Roubou?

— Foi a farmacêutica — respondeu Bobby. — Não gostava de mim.

O rapaz de camisa de dormir não estava mais lá. Daniel sentiu-se cansado e vazio. Tinha medo da solidão.

— Começou a ter raiva de mim porque eu via Ralph.

— Já lhe tinha dito para não se encontrar com Ralph, é um vadio à toa.

— Então a gente deve dar o fora nos amigos só porque teve um golpe de sorte? — atalhou Bobby, com indignação. — Eu o via menos, mas não queria deixá-lo assim de repente. "É um ladrão", dizia ela, "proíbo que ele entre na minha farmácia." Que fazer, essa mulher era uma salafrária. Então comecei a ver Ralph fora da farmácia, para não ser apanhado. Mas o estagiário nos viu juntos. Esse merdinha parece que gosta de certas coisas — disse Bobby, com pudor. — No princípio, quando entrei na farmácia, era só Bobby para cá, Bobby para lá, mas eu o mandei passear. "Você não perde por esperar", me disse ele. E então ele vomita tudo na farmácia: que nos viu juntos, que a gente fazia coisas, que as pessoas se escandalizavam, sei lá. "Que é que eu te disse?", falou a patroa. "Ou você não vê mais Ralph ou sai daqui." "Madame", disse eu, "na farmácia a senhora manda, mas lá fora não pode me dizer nada." Na cara!

A quermesse estava deserta, do outro lado da parede o martelamento cessara. A caixa levantou-se, era uma loura gorda. Dirigiu-se com passinhos curtos até um distribuidor de perfumes e olhou-se no espelho, sorrindo. Soaram sete horas.

— Na farmácia a senhora manda, mas lá fora não pode me dizer nada — repetiu Bobby, com agrado.

Daniel sacudiu-se.

— Então puseram você na rua? — indagou.

— Eu é que saí — disse Bobby, muito digno. — Eu falei: "Prefiro sair." E não tinha mais um níquel, hem? Eles não quiseram pagar o que me deviam, mas não faz mal. Eu sou assim. Durmo na casa de Ralph, durmo de dia porque à noite ele recebe uma grã-fina. É uma aventura séria. Não como desde anteontem.

Olhou Daniel carinhosamente.

— Eu disse a mim mesmo: vou ver se encontro o sr. Lalique, ele me compreenderá.

— Você é um idiota — disse Daniel. — Você não me interessa mais. Me arrebento para lhe arranjar um lugar e você consegue ser posto na rua no fim de um mês. E, depois, não pense que acredito em metade do que me contou. Você mente como um camelô.

— O senhor pode perguntar. Veja se não estou falando a verdade.

— Perguntar a quem?

— À patroa.

— Deus me livre! Não estou disposto a ouvir suas histórias. Aliás, não posso fazer nada por você.

Sentia-se acovardado, pensou: "Preciso ir embora", mas tinha as pernas entorpecidas.

— Estávamos com um projeto de trabalhar juntos, Ralph e eu... — disse Bobby, com displicência. — Queremos montar um negócio próprio.

— Sim? E veio me pedir dinheiro emprestado para as primeiras despesas? Guarde essas histórias para os outros. Quanto quer?

— O senhor é um anjo, sr. Lalique — disse Bobby, com voz humilde. — Eu dizia ainda hoje a Ralph: se eu encontrar o sr. Lalique, você verá como ele não me deixa em apuros.

— Quanto quer? — repetiu Daniel.

Bobby pôs-se a fazer trejeitos.

— Se o senhor pudesse me emprestar, *emprestar*, eu digo, eu devolveria no fim do primeiro mês.

— Quanto?

— Cem francos.

— Toma — disse Daniel —, toma cinquenta, são dados. E dá o fora.

Bobby embolsou o dinheiro sem falar e eles ficaram um diante do outro, indecisos.

— Dá o fora — disse Daniel molemente. Seu corpo parecia de algodão.

— Obrigado, sr. Lalique.

Deu uma falsa saída e voltou.

— Se o senhor quiser falar comigo, ou com o Ralph, nós moramos aqui perto. Na rua des Ours, 6, no sétimo andar. O senhor se engana com Ralph, ele gosta muito do senhor.

— Dá o fora.

Bobby afastou-se recuando e sorrindo sempre. Depois rodou nos calcanhares e foi-se. Daniel aproximou-se do guindaste e olhou. Ao lado da Kodak e da lâmpada elétrica havia um binóculo que não vira antes. Enfiou um níquel no aparelho e impulsionou as alavancas a esmo. O guindaste derrubou as pinças sobre o monte de balas e elas escorregaram desajeitadamente. Daniel colheu cinco ou seis na palma da mão e comeu.

*

O sol dependurava um pouco de ouro nos grandes edifícios escuros, o céu estava cheio de ouro, mas uma sombra suave e líquida subia a rua, as pessoas sorriam à carícia da sombra. Daniel estava com uma sede infernal, porém não queria beber; arrebenta, desgraçado! Arrebenta de sede! "Afinal", pensou, "não fiz nada que mereça castigo". Mas fora pior. Deixara-se roçar pelo Mal, tudo se permitira, menos a satisfação, não tivera sequer a coragem de se satisfazer. Agora carregava o Mal dentro de si como uma comichão tenaz, estava infectado por ele de alto a baixo do corpo, tinha ainda na vista aquela mancha amarela, seus olhos amarelavam tudo. Teria sido preferível deixar-se esmagar pelo prazer, pois, desse modo, esmagado seria o Mal também. É verdade que renascia sempre. Voltou-se bruscamente: "Ele é capaz de me seguir para ver onde moro", pensou. "Oh, queria que me tivesse seguido para ver a surra que eu ia lhe dar no meio da rua!" Porém, Bobby não aparecia. Ganhara o dia e devia ter voltado para casa. Ralph, rua des Ours, 6.

Daniel estremeceu: "Se pudesse esquecer esse endereço. Se fosse possível esquecer esse endereço..." Que bobagem! Cuidaria por certo de não esquecê-lo.

Ao lado dele as pessoas tagarelavam em paz com a consciência. Um senhor disse à mulher:

— Isso remonta a antes da guerra. Em 1912, não em 1913. Eu ainda estava com Paul Lucas.

"A paz da boa gente, da gente honesta, dos homens de boa vontade. Por que será a vontade deles a boa, e não a minha?" Assim era... Algo nesse céu, nessa luz, nessa natureza assim havia resolvido. Eles bem o sabiam, eles sabiam que tinham razão, que Deus, se existisse, estava com eles. Daniel olhou seus rostos: como eram duros apesar do aparente abandono. Bastaria um sinal para que esses homens se jogassem contra ele e o fizessem em pedaços. E o céu, a luz, as árvores, a natureza toda, tudo os aprovaria, como sempre. Daniel era um homem de má vontade.

No limiar da sua porta, um porteiro gordo e pálido, de ombros caídos, tomava ar fresco. Daniel viu-o de longe; pensou: "Eis o Bem." O porteiro estava sentado numa cadeira, as mãos sobre o ventre, como um Buda, olhava as pessoas passarem e de quando em quando assentia a alguém, com um meneio de cabeça. "Ser aquele sujeito", pensava Daniel, com inveja. Devia ter um coração reverencioso. Além disso, sensível às grandes forças naturais, ao frio, ao calor, à luz, à umidade. Daniel parou, fascinado pelos longos cílios estúpidos, pela malícia sentenciosa das bochechas cheias. Embrutecer-se até chegar àquele ponto, até ter na cabeça apenas uma massa branca com um perfumezinho de loção de barba. "Ele dorme todas as noites", pensou. Já não sabia se tinha vontade de matá-lo ou de deslizar confortavelmente dentro daquela alma bem regrada.

O homem levantou a cabeça e Daniel apertou o passo. "Com a vida que levo, resta-me a esperança de ficar gagá o mais cedo possível."

*

Lançou um olhar irritado sobre a pasta, não gostava de carregar aquilo, dava-lhe um jeito de advogado. Mas o mau humor logo se esvaiu porque ele se lembrou de que não a trouxera à toa. Ela lhe seria mesmo formidavelmente útil. Não se iludia sobre os riscos, mas estava calmo e frio, um pouco animado, apenas. "Se alcançar a calçada em 13 passos..." Deu os 13 passos e parou certinho na beira da calçada, mas o último passo fora muito maior do que os outros, fendera-se como um esgrimista. "Aliás, isso não tem a mínima importância, de qualquer jeito o negócio está no papo." Não podia falhar, era científico, era de perguntar como ninguém pensara antes naquilo. "O que acontece", pensou com severidade, "é que os ladrões são uns merdas". Atravessou a rua, definindo melhor sua ideia: "Há muito tempo deveriam ter-se organizado. Em sindicato, com os prestidigitadores." Uma associação para o conhecimento mútuo e a exploração dos processos técnicos, eis o que faltava. Com sede social, ética, tradições e biblioteca. Cinemateca também, e filmes que decomporiam, em câmara lenta, os movimentos mais difíceis. Cada novo aperfeiçoamento seria filmado, a teoria seria gravada em discos e traria o nome do inventor. Tudo seria classificado por categorias. Haveria, por exemplo, o roubo do mostruário pelo processo 1.673, ou "procedimento de Serguine", também denominado "ovo de Colombo" (porque é simples como água, mas tinha que ser descoberto). Boris concordaria em participar de um filme demonstrativo! "Ah!", pensou, "e cursos gratuitos de psicologia do roubo, é indispensável". Seu processo assentava quase inteiramente na psicologia. Viu com prazer um boteco de dois andares cor de abóbora e verificou que estava no meio da avenida de Orléans. Era espantoso como as pessoas pareciam simpáticas na avenida de Orléans entre as sete e as sete e meia da noite. A luz ajudava muito, certamente, era uma musselina ruiva bem-ajustada, e depois era delicioso encontrar-se nos limites de Paris, perto de uma de suas saídas. As ruas deslizavam sob os pés para o centro envelhecido e comercial da cidade, para o Halles, para as vielas sombrias de Saint-Antoine, a gente se sentia mergulhado no doce exílio religioso da noite e dos arrabaldes. Os transeuntes parece que saíram de casa para estar juntos, não se zangam quando são esbarrados, dir-se-ia até que gostam disso. E olham os mostruários com uma admiração inocente e inteiramente desinteressada. No bulevar Saint-Michel as pessoas olham também os mostruários, mas com a intenção de comprar. "Virei aqui todos os dias", resolveu Boris, entusiasmado. E no próximo verão alugaria um quarto numa dessas casas de três andares que parecem irmãs gêmeas e fazem pensar na Revolução de 1848. "Mas com janelas tão estreitas, como as mulheres se arranjaram para jogar os enxergões de suas camas sobre os soldados? Está preto de fumaça em torno das janelas, como se tivessem sido lambidas pelas chamas de um incêndio; não é triste, não, essas fachadas lívidas e furadas de buraquinhos negros, tem-se a impressão de manchas de tempestade num céu azul. Vejo as janelas, se pudesse subir sobre o teto da marquise do boteco, veria os armários de espelho no fundo dos quartos, como lagos verticais; a multidão passa através de meu corpo e eu penso em guardas municipais, nas grades douradas do Palais-Royal, no 14 de julho, não sei por quê. Que teria vindo fazer aquele comunista na casa de Mathieu?", pensou repentinamente Boris. Não gostava dos comunistas, eram sérios demais. Brunet, então, dir-se-ia um papa. "Me pôs pra fora", pensou. "Que vaca! Me pôs pra fora direitinho." E subitamente uma violenta e rápida borrasca desencadeou-se na sua cabeça, uma necessidade de ser mau. "Talvez Mathieu tenha percebido que seguia o caminho errado e vá entrar para o Partido." Divertiu-se durante um instante em enumerar as consequências incalculáveis de semelhante conversão. Mas logo parou, receoso. Certamente Mathieu não se enganara, seria demasiado grave agora que Boris se decidira. Na faculdade de filosofia sentira-se atraído pelo comunismo, mas Mathieu o desviara ensinando-lhe o que era a liberdade. Boris compreendera imediatamente: é um dever fazer o que se quer, pensar o que se bem entende, ser responsável perante si próprio apenas, analisar permanentemente o que se pensa de todo o mundo. Boris construíra sua vida sobre esses alicerces. Era escrupulosamente livre. Em particular colocava todos sempre em questão, à exceção de Mathieu e Ivich; com esses era inútil, porque eram perfeitos. Quanto à liberdade, também não era recomendável analisá-la demasiado, porque a gente então deixava de ser livre. Boris coçou a cabeça com perplexidade e perguntou-se de onde vinham aqueles impulsos de tudo subverter que o assaltavam de quando em vez. "No fundo eu devo ter um temperamento inquieto", pensou, com um espanto divertido. Pois, considerando friamente as coisas, Mathieu não era sujeito que se enganasse, isso era impossível. Boris sentia-se satisfeito e balançou alegremente a pasta. Perguntara-se também se era moral ter um temperamento inquieto. E entreviu os prós e os contras, mas não quis levar avante a investigação. Indagaria Mathieu. Boris achava indecente um homem da sua idade pretender pensar por si. Já se cansara, na Sorbonne, daqueles falsos ladinos, estudantes de óculos que tinham sempre em reserva uma teoria pessoal e acabavam desandando, de um modo ou de outro. Aliás, as teorias eram tolas, angulosas. Boris tinha horror ao ridículo, não queria desandar e preferia calar-se a passar por bobo: era menos humilhante. Mais tarde, sim, mas por ora confiava em Mathieu. Era seu ofício. Ademais, sempre se alegrava quando Mathieu se punha a pensar. Ele corava, contemplava os dedos, engasgava, gaguejava ligeiramente, mas era afinal um trabalho limpo e elegante. Às vezes, entretanto, Boris tinha uma ideiazinha, sem querer, e fazia o possível para que Mathieu não percebesse, mas ele percebia sempre, o safado, e lhe dizia: "Você está com alguma coisa na cachola", e o enchia de perguntas. Era um suplício, Boris tentava desviar a conversa, porém Mathieu era tenaz como um piolho. Boris acabava dizendo tudo, olhava para os pés, e o pior é que Mathieu ainda por cima o descompunha. "É completamente idiota, você raciocina como um cabo de vassoura", exatamente como se Boris se houvesse vangloriado de ter tido uma ideia de gênio. "Safado", repetiu Boris, rindo. Parou diante do espelho de uma bela farmácia vermelha e considerou a sua imagem com imparcialidade. "Sou um modesto", pensou. Achou-se simpático. Subiu na balança automática e pesou-se para ver se não tinha engordado desde a véspera. Uma lâmpada vermelha acendeu, o mecanismo funcionou com um ronco assobiante e cuspiu um bilhete: 57,5 kg. Teve um momento de tormento: quinhentos gramas! Mas percebeu que conservava a pasta na mão. Desceu da balança e continuou a andar. Cinquenta e sete quilos para um 1,73m estava bem. Sentia-se de excelente humor e como que aveludado por dentro. E depois, a atmosfera recendida à melancolia levíssima do dia envelhecido que agonizava devagar em torno dele, que o roçava com sua luz suave e seus perfumes cheios de saudades. Aquele dia, aquele mar tropical que recuava, deixando-o sozinho sob o céu empalidecido, era ainda uma etapa, mas uma pequenina etapa. A noite ia cair, ele iria ao Sumatra, veria Mathieu, veria Ivich, dançaria. E dali a pouco, exatamente nos gonzos entre o dia e a noite, haveria aquele furto, aquela obra-prima. Empertigou-se e apressou o passo. Ia ser preciso cuidado, por causa dos sujeitos que folheiam os livros, não têm jeito de nada e são detetives particulares. A livraria Garbure tinha seis deles. Boris sabia-o por intermédio de Picard, que desempenhara esse papel durante três dias depois de levar bomba em geologia. Tivera que fazê-lo porque os pais haviam cortado a mesada, mas largara logo, enojado. Não somente era preciso espionar, como um inspetor vulgar, mas ainda ficar de tocaia para pegar os ingênuos, os sujeitos de lornhão, por exemplo, que se aproximam timidamente do mostruário. Tinha de cair-lhes em cima de repente, acusando-os de terem tentado enfiar um livro no bolso. Naturalmente os infelizes perdiam a cabeça, eram então levados para o fundo de um corredor, num escritório sombrio, e lhes extorquiam cem francos sob a ameaça de processo. Boris sentiu-se "dopado"; vingá-los-ia; não o pegariam. "Essa gente não sabe fazer as coisas: de cem ladrões: oitenta improvisam." Ele não improvisava. Por certo não sabia tudo, mas o que sabia aprendera com método, pois sempre considerara que quem trabalha com a cabeça deve ter um ofício manual também, para se manter em contato com a realidade. Até agora não tirara nenhum proveito material de seus empreendimentos, pois não se podiam considerar lucro as 17 escovas de dentes que possuía nem os vinte cinzeiros, a bússola, a tenaz de lareira e o ovo de cerzir. O que lhe importava em cada caso era a dificuldade técnica. Mais valia, como na semana anterior, roubar uma caixinha de pastilhas de alcaçuz sob o olhar do farmacêutico do que uma carteira de marroquim numa loja vazia. O benefício do roubo era exclusivamente moral. Neste ponto estava de acordo com os antigos espartanos, era uma ascese. E depois havia um momento de inteira satisfação, era quando dizia: "Vou contar até cinco, no cinco é preciso que a escova esteja no meu bolso." Ficava-se com um nó na garganta e uma extraordinária impressão de lucidez e de força. Sorriu. Ia abrir uma exceção a seus princípios: pela primeira vez o lucro seria o motivo do roubo. Dentro de uma meia hora, no mais tardar, possuiria aquela joia, aquele tesouro indispensável. "Aquele *Thesaurus*!", murmurou, pois gostava da palavra *thesaurus*, que lhe lembrava a Idade Média, Abelardo, um herbário, Fausto e os cintos de castidade que se veem no Museu de Cluny. "Será meu, poderei consultá-lo a qualquer hora do dia ou da noite", ao passo que até agora era forçado a consultá-lo de passagem nos mostruários, rapidamente, e, como as páginas não estavam cortadas, às vezes as informações obtidas eram truncadas. Ia colocá-lo naquela mesma noite sobre a mesa de cabeceira e na manhã seguinte seu primeiro olhar seria para o livro. "Ora", disse, agastado, "durmo na casa de Lola esta noite". Em todo caso, ia levá-lo para a biblioteca da Sorbonne e, de vez em quando, interrompendo seu trabalho de revisão, daria uma olhadela para se distrair. Tomou a decisão de aprender uma locução e talvez até duas por dia. Em seis meses seriam seis vezes três, 18, multiplicados por dois: 360. Com as quinhentas ou seiscentas que já conhecia chegaria ao milhar, era o que se poderia chamar uma boa média. Atravessou o bulevar Raspail e entrou pela rua Denfert-Rochereau, com um vago desprazer. A rua Denfert-Rochereau o aborrecia muito, talvez por causa dos castanheiros. Aliás, era um recanto sem caráter, à exceção de uma tinturaria escura com cortinas cor de sangue que pendiam lamentavelmente como duas cabeleiras escalpadas. Boris lançou, ao passar, uma olhadela amável à tinturaria, e depois mergulhou no silêncio louro e distinto da rua. Uma rua? Era apenas um buraco com casas de ambos os lados. "Sim, mas o metrô passa aqui embaixo", pensou Boris, e tirou dessa verificação algum reconforto, imaginou que caminhava sobre uma fina camada de asfalto e que talvez ela cedesse. "Preciso contar isso a Mathieu, ele vai ficar besta." Não. O sangue subiu-lhe ao rosto, não contaria nada. A Ivich, sim, ela compreenderia. Se ela própria não roubava é porque não tinha jeito. Contaria também a história a Lola, para chatear. Mas Mathieu não se mostrava muito franco nessa história de furtos. Ria com indulgência quando Boris lhe falava, mas Boris não tinha muita certeza de que os aprovasse. Não sabia o que Mathieu podia censurar-lhe. Lola ficava louca da vida, mas era normal, não podia entender certas sutilezas, e depois era um pouco unha de fome. Ela dizia: "Você roubaria sua própria mãe, um dia me roubará também." E ele respondia: "Quem sabe, quem sabe, se houver uma oportunidade." Naturalmente, isso não tinha sentido, a gente não rouba os íntimos, é fácil demais, ele respondia "sim" para irritar, detestava a mania de Lola de ligar tudo a si própria. Mas Mathieu... Não era compreensível. Que podia invocar contra o roubo, desde que fosse efetuado dentro das regras? Essa censura tácita de Mathieu preocupou-o durante alguns instantes, depois sacudiu a cabeça e disse: "Engraçado!" Dentro de cinco, sete anos, teria suas ideias próprias, as de Mathieu lhe pareceriam ingênuas e antiquadas, ele seria seu próprio juiz. "Nem sei se nos veremos ainda." Boris não tinha nenhuma vontade de que esse dia chegasse e se achava perfeitamente feliz, mas não era desprovido de bom senso e sabia que isso era uma necessidade. Teria que mudar, que deixar para trás uma multidão de coisas e de gente, ele não estava ainda maduro. Mathieu era uma etapa, como Lola, e nos momentos em que Boris mais o admirava havia em sua admiração algo de provisório que a tornava imensa, mas sem servilismo. Mathieu era tão perfeito quanto possível, mas não podia mudar ao mesmo tempo que Boris, não podia mais mudar, era perfeito demais. Esses pensamentos aborreceram Boris e ele se sentiu satisfeito por chegar à praça Edmond Rostand. Era sempre agradável atravessá-la por causa dos ônibus que se precipitavam sobre as pessoas como enormes perus e a gente os evitava por um fio apenas, com um drible de corpo. "Que não tenham tido a ideia de guardar o livro justamente hoje!" Na esquina da rua Monsieur-le-Prince e do bulevar Saint-Michel, parou. Queria frear sua impaciência, não seria prudente chegar de rosto corado pela esperança, com olhos de lobo. Tinha como princípio agir friamente. Impôs-se a obrigação de permanecer imóvel diante da loja de um negociante de guarda-chuvas e de cutelaria, a olhar os objetos uns após os outros, metodicamente, na vitrina, sombrinhas verdes e vermelhas, cafonas, guarda-chuvas de cabos de marfim, alguns em forma de cabeça de buldogue, tudo triste, lamentável, e ainda por cima Boris pôs-se a pensar nas pessoas idosas que compram esses objetos. Ia atingir um estado de resolução fria e sem alegria quando viu de repente uma coisa que o mergulhou no júbilo de novo. "Uma navalha espanhola!", murmurou, tremendo de prazer. Era uma verdadeira navalha espanhola, lâmina espessa e comprida, trave, cabo de chifre preto, elegante como uma lua crescente. Havia duas manchas de ferrugem na lâmina, parecia sangue. "Oh!", gemeu Boris, com o coração contraído de desejo. A navalha descansava aberta sobre uma prancheta de madeira envernizada, entre dois guarda-chuvas. Boris contemplou-a longamente e o mundo se descoloriu em torno dele, tudo o que não era o brilho frio da lâmina cessou de interessá-lo; queria largar tudo, entrar na loja, comprar a navalha e fugir, como um ladrão, carregando seu ganho. "Picard me ensinará a jogá-la", mas o sentido do dever dominou-o. "Daqui a pouco. Comprarei daqui a pouco, como recompensa, se tiver bom êxito."

A livraria Garbure achava-se instalada na esquina da rua Vaugirard com o bulevar Saint-Michel, e tinha — o que auxiliava as intenções de Boris — uma entrada em cada rua. Diante da livraria haviam disposto seis mesas cheias de livros, em sua maioria de segunda mão. Boris verificou com uma olhadela onde se achava o senhor de bigodes ruivos que rondava amiúde por ali, que ele desconfiava ser um tira. Depois, aproximou-se da terceira mesa. O livro ali estava, enorme, tão grande que Boris ficou desanimado durante um instante. Setecentas páginas, *in quarto*, papel encorpado. "Vai ser preciso enfiar isto na pasta", pensou sucumbindo. Mas bastou-lhe olhar o título dourado que luzia docemente para sentir voltar-lhe a coragem. *Dicionário histórico e etimológico da linguagem popular e das gírias desde o século XIV até a época contemporânea*. "Histórico!", repetiu Boris, extasiando-se. Tocou na encadernação com a ponta dos dedos, num gesto familiar e terno. "Não é um livro, é um móvel", pensou com admiração. Atrás dele, por certo, o senhor de bigode tinha se virado, devia espioná-lo. Era necessário iniciar a comédia, folhear o volume, tomar uns ares de interessado que hesita e acaba por se deixar tentar. Boris abriu o dicionário ao acaso. Leu:

"Ser entendido. Locução usada comumente hoje em dia. Exemplo: 'O padre era entendido.' Traduza-se: o padre topava a brincadeira. Diz-se também 'ser invertido'. Esta locução parece vir do sudoeste da França."

As páginas seguintes não estavam cortadas. Boris largou a leitura e pôs-se a rir sozinho. Repetia enlevado: "O padre era entendido." Em seguida tornou-se repentinamente sério e começou a contar: "Um! dois! três! quatro!", enquanto uma alegria austera e pura lhe fazia o coração pular.

Uma mão pousou-lhe sobre o ombro. "Fui pilhado", pensou Boris, "mas agem cedo demais, não podem provar coisa alguma". Voltou-se devagar, com sangue-frio. Era Daniel Sereno, um amigo de Mathieu. Boris vira-o duas ou três vezes e o achava admirável. Mas tinha um ar safado, isso tinha.

— Bom dia — disse Sereno —, que está lendo? Parece fascinado.

Não tinha o ar safado habitual, mas era preciso desconfiar. Na verdade mostrava-se até amável demais. Devia estar preparando algum golpe sujo. E depois, como que de propósito, surpreendeu Boris folheando o dicionário de gírias e isso iria ter por certo aos ouvidos de Mathieu, que zombaria dele.

— Parei um pouco de passagem — respondeu de maneira embaraçada.

Sereno sorriu. Pegou o volume com as duas mãos e o ergueu até os olhos. Devia ser ligeiramente míope. Boris admirou-lhe a desenvoltura. De costume os que folheiam livros deixam-no sobre a mesa, com receio dos detetives particulares. Mas era evidente que Sereno considerava que tudo lhe era permitido. Boris murmurou com uma voz engasgada, mas fingindo displicência:

— É uma obra curiosa...

Sereno não respondeu; parecia mergulhado na leitura. Boris irritou-se e resolveu examiná-lo severamente. Por honestidade de espírito confessou que Sereno era perfeitamente elegante. Havia sem dúvida naquele terno de *tweed* quase rosa, naquela camisa de linho, naquela gravata amarela, uma ousadia calculada que chocava um pouco Boris. Boris apreciava a elegância sóbria e algo displicente, mas o conjunto era inatacável, apesar de suave como manteiga fresca. Sereno deu uma gargalhada. Tinha um riso quente e agradável, e Boris achou-o simpático porque abria inteiramente a boca, rindo.

— Ser entendido! — disse Sereno. — Ser entendido! É um achado de que me servirei oportunamente.

Largou o livro sobre a mesa.

— Você é entendido, Serguine?

— Eu... — disse Boris, desconcertado.

— Não fique vermelho — disse Sereno (Boris sentiu-se virar escarlate) —, e saiba que tal pensamento nem aflorou a meu espírito. Sei quando um sujeito é entendido — a expressão divertia-o visivelmente —, os gestos têm uma languidez natural que não engana. Ao passo que você não. Eu o estava observando há um bom momento e estava seduzido. Seus gestos são vivos e precisos, mas cheios de ângulos. Deve ser muito hábil.

Boris escutava atentamente. Era sempre interessante ouvir alguém explicar como vê a gente. E, ademais, Sereno tinha uma voz de baixo muito agradável. Os olhos incomodavam. À primeira vista pareciam velados de ternura, mas quando se olhava melhor descobria-se neles qualquer coisa de duro, quase de maníaco. "Está querendo me passar um trote", pensou Boris, e se manteve atento. Desejara perguntar a Sereno o que ele entendia por "gestos cheios de ângulos"; mas não ousou, pensou que convinha falar o menos possível. Além disso, sob aquele olhar insistente, sentia nascer dentro de si uma estranha e desconcertante doçura, tinha vontade de se sacudir, de pular, para que aquela vertigem de doçura se dissipasse. Virou a cabeça e houve um silêncio difícil. "Vai imaginar que sou idiota", pensou Boris resignadamente.

— Está estudando filosofia, creio — continuou Sereno.

— Sim, filosofia — respondeu Boris, atabalhoadamente.

Estava contente em ter um pretexto para romper o silêncio. Mas naquele instante o relógio da Sorbonne soou e Boris parou, gelado. Oito e quinze, pensou com angústia. "Se ele não se for imediatamente, estou fodido." A livraria Garbure fechava às 20h30. Sereno não parecia com vontade de ir embora, não estava apressado. Disse:

— Eu lhe confessarei que não entendo nada de filosofia. Você naturalmente entende...

— Um pouco — atalhou Boris, desesperado. Pensou: "Estou sendo mal-educado, mas por que é que não vai embora?" Aliás, Mathieu o prevenira. Sereno surgia sempre como se fosse de propósito, isso fazia parte da sua natureza demoníaca.

— Imagino que goste — continuou Sereno.

— Sim — disse Boris, que se sentiu corar pela segunda vez. Detestava falar daquilo de que gostava. Era impudico. Tinha a impressão de que Sereno desconfiava desse pudor e voluntariamente se mostrava indiscreto. Sereno olhou-o com uma expressão atenta e penetrante.

— Por quê?

— Não sei — disse Boris.

Era verdade, não sabia. No entanto, gostava muito. Até de Kant. Sereno sorriu e disse:

— Vê-se logo que não é um amor puramente cerebral.

Boris agastou-se e Sereno acrescentou com vivacidade:

— Estou brincando. Na realidade, acho que tem sorte. Eu estudei filosofia como todo mundo. Mas a mim não souberam torná-la agradável. Creio que foi Delarue quem me desgostou da filosofia. Ele sabe demais para mim. Pedi-lhe várias explicações, mas quando principiava a dá-las eu perdia pé, parecia-me que nem compreendia mais a minha própria pergunta.

Boris sentiu-se magoado com o tom irônico e suspeitou que Sereno queria induzi-lo a falar mal de Mathieu, a fim de contar-lhe mais tarde. Admirou Sereno por se mostrar tão gratuitamente safado, mas revoltou-se e disse em tom seco:

— Mathieu explica muito bem.

Sereno caiu na gargalhada e Boris mordeu os lábios de despeito.

— Não duvido, não duvido. Só que somos velhos amigos e eu imagino que ele reserva suas qualidades pedagógicas para os jovens. Recruta seus discípulos entre os próprios alunos, em geral.

— Eu não sou discípulo dele — disse Boris.

— Não estava pensando em você. Você não tem cara de discípulo. Pensava em Hourtiguère, aquele louro alto que partiu há dois anos para a Indochina. Você deve ter ouvido falar dele; há dois anos era a grande paixão de Mathieu, estavam sempre juntos.

Boris teve de reconhecer que o golpe atingia o alvo e sua admiração por Sereno aumentou, mas teria gostado de dar-lhe um soco na cara.

— Mathieu me falou dele — observou.

Detestava aquele tal de Hourtiguère, que Mathieu conhecera antes de conhecer a ele, Boris. Mathieu assumia por vezes um ar compenetrado quando Boris ia encontrá-lo no Dôme e dizia: "Preciso escrever a Hourtiguère." Depois ficava durante um bom momento a sonhar, aplicando-se como um recruta que escreve à pequena lá da terra, e desenhava silhuetas no ar com a caneta, por cima da folha branca. Boris punha-se a trabalhar ao lado de Mathieu, mas com ódio. Não tinha ciúme de Hourtiguère, evidentemente. Ao contrário, sentia por ele uma piedade misturada de ligeira repulsa (aliás, nada sabia do rapaz, vira apenas uma fotografia que o mostrava como um rapagão infeliz, vestido de calças de golfe, e uma dissertação filosófica, perfeitamente idiota, que ainda se arrastava em cima da mesa de Mathieu). Mas por nada deste mundo desejaria que Mathieu o tratasse mais tarde como tratava agora Hourtiguère. Teria preferido nunca mais ver Mathieu se pudesse pensar que um dia ele viesse a dizer a um jovem filósofo, com aquela expressão compenetrada e seguramente aporrinhada: "Hoje preciso escrever a Serguine." Admitia, se necessário, que Mathieu fosse apenas uma etapa em sua vida — e isso já era bem penoso —, mas não podia aceitar ser ele próprio uma etapa na vida de Mathieu.

Sereno parecia ter-se instalado. Apoiava-se com ambas as mãos à mesa, numa atitude indolente e cômoda.

— Lamento muitas vezes ser tão ignorante nesse terreno — continuou. — Os que estudaram filosofia me parecem ter tirado de seus estudos grande alegria.

Boris não respondeu.

— Um iniciador, foi o que me faltou. Um sujeito assim como você. Não um sábio ainda, mas que leva a coisa a sério.

Riu, como que assaltado por uma ideia agradável.

— Diga-me, não seria divertido se eu tomasse algumas aulas com você?

Boris olhou-o desconfiado. Devia ser uma armadilha. Não se via, absolutamente, dando aulas a Sereno, que devia ser muito mais inteligente do que ele próprio e lhe faria por certo um mundo de perguntas embaraçosas. Engasgaria de timidez. Pensou com uma resignação fria que deviam ser 20h25. Sereno continuava a sorrir, parecia encantado com a ideia. Mas tinha um olhar estranho. Boris mal conseguia encará-lo.

— Sou muito preguiçoso — disse Sereno. — Você precisaria exercer alguma autoridade sobre mim...

Boris não pôde impedir-se de rir e confessou francamente:

— Acho que não serviria de modo algum...

— Como não! — disse Sereno. — Tenho certeza de que sim.

— O senhor me intimidaria.

Sereno deu de ombros.

— Ora, vejamos, dispões de um minuto? Poderíamos tomar alguma coisa em frente, no Harcourt, e falaríamos de nosso projeto.

"Nosso" projeto... Boris observava com angústia um caixeiro da livraria Garbure que começava a empilhar livros. Desejaria acompanhar Sereno até o Harcourt. Era um sujeito esquisito e, além do mais, admiravelmente belo, e era divertido conversar com ele, porque tinha de jogar cerrado: era uma permanente impressão de estar em perigo. Debateu-se um instante, mas o sentimento do dever venceu:

— É que estou com pressa — disse num tom que a tristeza de não aceitar tornara cortante.

O rosto de Sereno mudou.

— Muito bem — disse —, não quero incomodá-lo. Desculpe tê-lo detido tanto tempo. Adeus, lembranças a Mathieu.

Voltou-se bruscamente e partiu: "Será que o magoei?", pensou Boris, constrangido. Acompanhou com um olhar inquieto os largos ombros de Sereno, que subia o bulevar Saint-Michel. Depois pensou que não podia perder mais um só minuto.

"Um, dois, três, quatro, cinco."

No cinco pegou ostensivamente o livro com a mão direita e dirigiu-se para o interior da livraria, sem se esconder.

*

Uma barafunda de palavras que fugiam de todos os lados. As palavras fugiam. Daniel fugia de um corpo frágil, ligeiramente arqueado, olhos cor de avelã, um rosto austero e atraente, um jovem monge, um monge russo. Alioscha. Passos, palavras, os passos soavam dentro da cabeça, ser apenas esses passos, essas palavras, tudo era preferível ao silêncio: pequeno imbecil, não me enganara. Meus pais me proibiram de falar com desconhecidos, quer uma bala, senhorita, mamãe não deixa... Ah!, um cabecinha oca, nada mais, não sei, não sei, não sei, gosta de filosofia, não sei, e como o saberia o pobre carneirinho pascal! Mathieu banca o sultão nas aulas, dignou-se de atraí-lo, leva-o ao café e o coitadinho engole tudo, o café com leite e as teorias, como hóstias. Ora, manda passear teus jeitinhos de filha de Maria; és afetado, preciosista como um burrico carregado de relíquias. Oh! Compreendi, eu não queria botar a mão em você, não sou digno. E aquele olhar que me lançou, quando lhe disse que não compreendia a filosofia, já não se dava mais ao trabalho de ser educado no fim. Tenho certeza — já o pressentira na época de Hourtiguère —, tenho certeza de que ele os previne contra mim. "Muito bem, foi bom", pensou satisfeito, "uma excelente lição, e barata, estou contente por ter me mandado passear; se tivesse cometido a loucura de me interessar um pouco por ele, de lhe falar com confiança, ele teria levado tudo quentinho a Mathieu e teriam rido de mim". Parou tão bruscamente que uma senhora se chocou com ele com um gritinho. "Ele lhe falou de mim!" Era uma coisa in-to-le-rá-vel, de fazer a gente suar de raiva, imaginá-los ambos bem-dispostos, felizes por estarem juntos, ele boquiaberto, naturalmente, arregalando os olhos e botando a mão em concha no ouvido para nada perderem do maná divino, num café de Montparnasse, um desses antros infectos que recendem a roupa suja... "Mathieu deve tê-lo olhado por baixo, com ar profundo, explicando o meu temperamento, é de morrer de rir." Daniel repetiu: "De morrer de rir", e enfiou as unhas na palma da mão. Tinham-no julgado, desmontado, dissecado, e ele não tinha defesa, não desconfiava de nada, pudera existir naquele dia como nos outros dias, como se fosse uma transparência, sem memória e sem consequência, como se ele só fosse, para os outros, um corpo ligeiramente gordo, com bochechas já pesadas, uma beleza oriental que fenecia, um sorriso cruel, e talvez... Não, ninguém. Mas Bobby sabe, Ralph sabe. Mathieu, não. Bobby é um bocó, não é uma consciência. Mora no nº 6 da rua des Ours, com Ralph. Ah! Se a gente pudesse viver entre cegos. Ele não é cego, sabe ver, vangloria-se disso, é um psicólogo, tem o direito de falar de mim, visto que me conhece há 15 anos e é meu melhor amigo. E não vai privar-se desse prazer... Quando encontra alguém são duas pessoas para as quais eu existo, e depois três, e depois nove, e depois cem. Sereno, Sereno, o corretor Sereno, que trabalha na Bolsa, Sereno isto, Sereno aquilo... Se pudesse arrebentar! Ah! Se pudesse morrer, mas em vez disso passeia livremente com a sua opinião a meu respeito dentro da cabeça e infecta todos os que se aproximam dele. Seria preciso correr por toda parte, raspar um por um, apagar, lavar bem lavado, eu raspei Marcelle até os ossos. Estendeu-me a mão da primeira vez, me olhando muito, e disse: "Mathieu me falou tanto do senhor." E eu olhei também fixamente, estava fascinado, estava lá dentro, eu existia naquela carne, por detrás daquela fronte obstinada, no fundo daqueles olhos, cadela! Agora ela já não acredita numa só palavra do que ele lhe diz de mim.

Sorriu com satisfação; tirava tanta vaidade dessa vitória que durante um segundo esqueceu de se dominar; produziu-se um rasgão na trama das palavras, rasgão que se ampliou aos poucos, estendeu-se, tornou-se silêncio. Silêncio pesado e vazio. Não deveria ter cessado de falar, não deveria. O vento caíra, a cólera hesitava; bem no fundo do silêncio havia o rosto de Serguine, como uma chaga. Doce rosto obscuro, que paciência, que fervor não seriam necessários para iluminá-lo ligeiramente. Pensou: "Eu teria podido..." Este ano ainda, hoje ainda, teria podido. Depois... Pensou: "Minha última oportunidade." Era a última e Mathieu lhe roubara, displicentemente. Ralphs e Bobbies, eis o que lhe deixavam. "E daquele pobre rapaz ele fará um macaco de circo sabido!" Caminhava em silêncio, somente seus passos ecoavam na sua cabeça, como em uma rua deserta pela madrugada. Sua solidão era tão total sob aquele céu, acariciante como uma consciência limpa, no meio daquela multidão atarefada, que ele se sentia estupefato de existir; ele devia ser o pesadelo de alguém, de alguém que acabaria acordando. Felizmente a cólera irrompeu, cobriu tudo, ele se sentiu reanimado por uma raiva alegre e a fuga recomeçou, o desfile de palavras recomeçou: odiava Mathieu. "Aí está um que deve achar muito natural existir, não se faz nenhuma pergunta, esta luz grega e bem dosada, este céu virtuoso foram feitos para ele, ele está em casa, nunca está só. Puxa, ele se toma por Goethe." Endireitou a cabeça, olhava os transeuntes nos olhos; acariciava seu ódio: "Mas cuidado, arranje discípulos, se isso o diverte, mas não contra mim, senão te prego uma boa." Uma nova onda de cólera se avolumou, soergueu-o, não pisava mais o chão, voava, entregue à alegria de se sentir terrível, e de repente a ideia surgiu, aguda, rutilante: "Mas, mas, mas... talvez eu pudesse ajudá-lo a refletir, a cair em si, dar um jeito de não lhe serem tão fáceis as coisas, seria um grande serviço que lhe prestaria." Recordava a expressão rude, masculina, com que Marcelle lhe dissera um dia: "Quando uma mulher está fodida, não lhe resta senão arranjar um filho." Seria por demais divertido se eles não fossem da mesma opinião a esse respeito, se, enquanto ele percorresse zeloso as lojas de ervanários, ela, no fundo de seu quarto cor-de-rosa, se moesse de vontade de ter um filho. Ela não ousaria lhe dizer... No entanto, se aparecesse alguém, um amigo comum para encorajá-la... "Sou mau", pensou, transbordando de alegria. A maldade era esta extraordinária impressão de velocidade, a gente se destacava de repente de si próprio e partia como uma flecha; a velocidade pegava a gente pela nuca, aumentava a cada minuto, era intolerável e delicioso, a gente desandava sem freios, de capota levantada, derrubando os frágeis obstáculos surgidos à direita e à esquerda — Mathieu, coitado, sou um salafrário, vou estragar-lhe a vida —, barreiras que se quebravam secamente como galhos mortos, e era embriagante essa alegria transpassada de temores, seca como um choque elétrico, essa alegria que não parava, não podia parar. "Terá discípulos ainda? Um pai de família não encontra facilmente quem tope. E a cara de Serguine quando Mathieu lhe viesse comunicar o casamento, o desprezo do rapaz, seu estupor liquidante. "Você se casa?" E Mathieu resmungaria: "A gente por vezes tem certos deveres." Mas os mocinhos não compreendem essa espécie de dever. Havia algo que tentava timidamente renascer. Era o rosto de Mathieu, seu rosto franco de boa-fé, mas a corrida continuou mais rápida ainda. A maldade só se mantinha em equilíbrio a toda a velocidade, como uma bicicleta. Seu pensamento pulou na frente dele, alerta, eufórico. "Mathieu é um homem de bem. Não é mau, não. É da raça de Abel, tem a consciência do seu lado. Pois então deve casar com Marcelle. Depois disso, que descanse sobre os louros, é jovem ainda, tem uma vida inteira para se felicitar pela boa ação."

 Era tão vertiginoso aquele repouso lânguido de uma consciência pura, de uma insondável consciência pura sob o céu indulgente e familiar, que ele não sabia se o desejava para Mathieu ou para si mesmo. Um sujeito acabado, resignado, calmo, afinal, calmo... "E se ela não quisesse... Mas se houvesse uma só possibilidade de ela desejar o filho, ela lhe pediria amanhã de noite que a desposasse." Sr. e sra. Delarue... O sr. e a sra. Delarue... têm a honra de participar... "Em suma", pensou Daniel, "eu sou o anjo da guarda deles, o anjo do lar...". Foi um Arcanjo, um Arcanjo de ódio, um Arcanjo justiceiro que enveredou pela rua Vercingétorix. Reviu, um instante, um corpo alto e desajeitado, gracioso, rosto magro inclinado sobre um livro, mas a imagem soçobrou logo e foi Bobby quem reapareceu. "Rua des Ours, 6." Sentia-se livre como o ar, concedia a si próprio todas as licenças. A grande mercearia da rua Vercingétorix ainda estava aberta, ele entrou. Quando saiu tinha na mão direita o gládio de fogo de são Miguel e na mão esquerda um pacote de balas para a sra. Duffet.

X

Dez horas soaram no pendulozinho. A sra. Duffet não pareceu ouvir. Ela olhava atentamente para Daniel, mas seus olhos se tinham avermelhado. "Não vai demorar em dar o fora", pensou ele. Ela lhe sorria com uma expressão maliciosa, porém uns sopros ecoavam através dos lábios entreabertos. Bocejava por baixo do sorriso. De repente levantou a cabeça e pareceu tomar uma decisão. Disse com alegria travessa:

— Pois bem, meus filhos, vou dormir. Não a mantenha acordada até muito tarde, Daniel, conto com você. Senão ela dorme até o meio-dia.

Ergueu-se e foi dar com sua mão esperta umas palmadinhas nos ombros de Marcelle. Marcelle estava sentada na beira da cama.

— Ouve, querida — disse, divertindo-se em falar ciciando. — Você dorme tarde demais, dorme até o meio-dia, assim engorda.

— Juro que sairei antes da meia-noite — afirmou Daniel.

Marcelle sorriu.

— Se eu deixar.

Ele voltou-se para a sra. Duffet fingindo-se de vítima:

— Que fazer?

— Bom, tenham juízo — disse a sra. Duffet. — E obrigada pelas balas deliciosas.

Levantou a caixa enfeitada de fitas à altura dos olhos com um gesto ligeiramente ameaçador.

— Você é muito gentil, me acostuma mal, vou acabar ficando zangada.

— Meu maior prazer é que as aprecie — disse Daniel, com voz profunda.

Inclinou-se sobre a mão da sra. Duffet e beijou-a. De perto, a carne era enrugada, com manchas violáceas.

— Arcanjo — disse a sra. Duffet, enternecida. — Bom, vou-me embora — acrescentou, beijando Marcelle na fronte.

Marcelle enlaçou-a pela cintura e a reteve durante um segundo. A sra. Duffet amarfanhou-lhe os cabelos e afastou-se, lépida.

— Vou arrumar a cama daqui a um minuto — disse Marcelle.

— Não, não, filha ingrata. Deixo-te com teu Arcanjo.

Fugiu com a vivacidade de uma menina e Daniel acompanhou com um olhar frio sua silhueta miúda. Tivera a impressão de que ela não sairia nunca. A porta fechou-se, mas ele não se sentiu aliviado; tinha um vago receio de ficar a sós com Marcelle. Virou-se para ela e viu que ela lhe sorria.

— Que é que a faz sorrir? — indagou.

— Sempre me diverte vê-lo com mamãe. Você é irresistível, meu querido Arcanjo; é uma vergonha você não poder impedir-se de seduzir os outros.

Olhava-o com uma ternura de proprietária, parecia satisfeita de tê-lo para ela sozinha. Ela está com "a máscara da gravidez", pensou Daniel, com rancor. Irritava-o que ela se mostrasse tão contente. Sempre sentia certa angústia ao encontrar-se à beira dessas conversas cochichadas e ao ser necessário mergulhar nelas. Pigarreou. "Vou ter asma", pensou. Marcelle era um odor espesso e triste, largado sobre o leito, embolado, e que se esvairia ao menor gesto.

Ela levantou-se.

— Quero mostrar-lhe uma coisa.

Foi buscar uma fotografia sobre a lareira.

— Você sempre quis saber como eu era quando jovem... — disse, estendendo-lhe a fotografia.

Daniel pegou-a. Era Marcelle com 18 anos. Parecia uma marafona de boca mole e olhos duros. E aquela mesma carne flácida, flutuando como um vestido largo demais. No entanto, era magra. Daniel ergueu os olhos e percebeu-lhe o olhar ansioso.

— Você era deliciosa — disse com prudência —, mas não mudou nada.

Marcelle riu.

— Mudei, sim. Você bem sabe que mudei, bajulador. Olhe que você não está com mamãe!

Acrescentou:

— Mas era um pedaço, não acha?

— Gosto mais de você agora — disse Daniel. — Você tinha um quê de mole na boca... Você é tão mais interessante!

— A gente nunca sabe quando você fala sério — disse ela, emburrada. Mas via-se que estava lisonjeada.

Empertigou-se ligeiramente e deu uma olhada no espelho. O gesto desajeitado e sem pudor agastou Daniel. Havia naquela vaidade uma boa-fé infantil e desarmada que contrastava com o rosto de mulher em dificuldades. Ele sorriu.

— Eu também vou perguntar por que sorri — disse ela.

— Porque você teve um gesto de menina para se olhar no espelho. É tão comovente quando, inadvertidamente, você se ocupa de si mesma.

Marcelle corou e bateu os pés.

— Não pode deixar de lisonjear!

Riram ambos e Daniel pensou, sem muito entusiasmo: "Vamos." A coisa se apresentava em boas condições, era o momento, mas ele se sentia vazio e mole. Pensou em Mathieu para se encorajar e ficou satisfeito de encontrar seu ódio intato. Mathieu era liso e seco como um osso, podia-se odiá-lo. Não se podia odiar Marcelle.

— Marcelle! Olhe para mim.

Avançara o busto e a encarava com uma expressão preocupada.

— Pronto — disse Marcelle.

Ela devolveu o olhar, mas tinha a cabeça agitada por pequenas sacudidelas rígidas; dificilmente sustentava o olhar de um homem.

— Você parece cansada.

Marcelle piscou.

— Estou um pouco tonta. É o calor.

Daniel inclinou-se um pouco mais e repetiu com sua expressão desolada:

— Muito cansada! Eu a observava há pouco enquanto sua mãe contava a viagem a Roma. Você parecia tão preocupada, tão nervosa...

Marcelle interrompeu-o com um riso indignado.

— Ora, Daniel, é a terceira vez que ela lhe conta essa viagem. E você escuta cada vez com o mesmo ar de interesse apaixonado; para ser franca, isso me irrita, não sei bem o que se passa na sua cabeça nesses momentos.

— Sua mãe me diverte — disse Daniel. — Conheço as histórias dela, mas gosto de ouvi-la contar, ela tem gestos que me encantam.

Fez um trejeito com o pescoço e Marcelle estourou de rir. Daniel sabia imitar muito bem quando queria. Mas logo se tornou novamente sério e Marcelle parou de rir. Ele a olhou com censura e ela estremeceu ligeiramente sob o olhar.

— Você é que está esquisito hoje! Que é que você tem?

Ele não se apressou em responder. Um silêncio incômodo pesou sobre ambos. O quarto era uma fornalha. Marcelle teve um risinho sem graça que morreu de imediato nos lábios. Daniel divertia-se muito.

— Marcelle — observou —, eu não lhe deveria dizer...

Ela inclinou-se para trás.

— O quê? O quê? Que é que há?

— Não se zangará com Mathieu?

Ela empalideceu.

— Ele... Oh! Ele me tinha jurado que não diria nada.

— Marcelle, é tão importante e você queria esconder-me? Não sou mais seu amigo?

Marcelle fez um trejeito

— É sujo.

"Pronto!", pensou ele. "Ei-la nua." Não era mais questão de Arcanjo nem de fotografias antigas; perdera a máscara de dignidade sorridente. Era apenas uma mulher grávida gorda, que recendia a carne. Daniel estava com calor, passou a mão pela fronte suada.

— Não — disse —, não é sujo.

Ela teve um gesto brusco de cotovelo e de antebraço que riscou o ar tórrido do quarto.

— Você deve ter horror de mim.

Ele riu jovialmente.

— Horror? Eu? Marcelle, você teria que procurar muito antes de achar alguma coisa que me leve a ter horror de você.

Marcelle não respondeu. Baixara o rosto tristemente. Acabou dizendo:

— Eu queria tanto manter você longe disso tudo!

Calaram-se. Havia agora um novo elo entre eles, como um cordão umbilical.

— Viu Mathieu depois que ele me deixou? — indagou Daniel.

— Ele me telefonou por volta de uma da tarde — respondeu Marcelle, constrangida.

Dominara-se e tornara-se dura, estava na defensiva, rígida, com as narinas afiladas. Sofria.

— Ele lhe disse que eu recusei o empréstimo?

— Disse que você não tinha dinheiro.

— Eu tinha.

— Tinha? — repetiu ela, espantada.

— Tinha, mas não quis emprestar. Não antes de tê-la visto, pelo menos.

Tomou fôlego e acrescentou.

— Marcelle, devo emprestar?

— Mas... — ficou embaraçada. — Não sei, você é que deve saber se pode.

— Posso perfeitamente, tenho 15 mil francos de que posso dispor sem preocupações.

— Então, sim — disse Marcelle —, sim, meu caro Daniel, você deve emprestar-nos.

Houve um silêncio. Marcelle amarfanhava o lençol e seus seios palpitavam.

— Você não entende — insistiu Daniel. — Quero dizer: deseja do fundo do coração que eu lhe empreste o dinheiro?

Marcelle ergueu a cabeça e olhou-o surpresa.

— Você está esquisito, Daniel, tem alguma coisa na cabeça. O quê?

— Eu queria saber simplesmente se Mathieu tinha consultado você.

— Naturalmente. Isto é — disse ela com um leve sorriso —, nós não nos consultamos, você sabe como somos. Um diz: fazemos isto ou aquilo, e o outro protesta se não está de acordo.

— Sei, sei — atalhou Daniel. — Isso é de grande vantagem para quem já tem opinião; o outro, em suma, é empurrado, acuado, não tem tempo para pensar.

— Talvez...

— Eu sei quanto Mathieu aprecia suas opiniões — disse. — Mas imagino muito bem a cena. Pensei nela a tarde inteira. Deve ter-se encolhido todo como faz nessas ocasiões e depois terá dito, engolindo a saliva: "Então apelamos para os grandes meios?" Não terá hesitado e aliás não podia hesitar. É homem. Só que... não terá sido um pouco precipitado tudo isso? Não devia você mesma saber o que queria?

Inclinou-se novamente para Marcelle.

— Não foi assim?

Marcelle não o olhava. Virara a cabeça para o lado da pia e Daniel só lhe via o perfil. Ela parecia sombria.

— Mais ou menos — disse.

Depois corou fortemente.

— Não falemos mais nisso, Daniel, por favor. Isso é... muito desagradável.

Daniel não a perdeu de vista. "Ela palpita", pensou. Mas já não sabia se o seu prazer vinha da humilhação que impunha a Marcelle ou de ser humilhado com ela. Disse para si mesmo: "Será mais fácil do que eu pensava."

— Marcelle — disse —, não se feche, eu te peço. Sei o quanto é penoso falar disso...

— Principalmente com você. Você é tão diferente, Daniel!

"Essa não!, eu sou sua pureza." Ela estremeceu de novo e apertou os braços sobre os seios.

— Não ouso mais olhá-lo — continuou. — Mesmo que não lhe repugne, tenho a impressão de tê-lo perdido.

— Eu sei — disse Daniel, com amargura. — Um arcanjo se assusta facilmente. Escute, Marcelle, não me faça mais desempenhar esse papel ridículo: nada tenho de arcanjo; sou simplesmente seu amigo, seu melhor amigo. E tenho o direito de uma opinião — acrescentou com firmeza —, porque posso ajudá-la. Marcelle, você tem realmente certeza de que não quer a criança?

Verificou-se uma rápida pequena desordem através do corpo de Marcelle. Dir-se-ia que ia desconjuntar-se. Depois esse prenúncio de desconjuntamento cessou, o corpo se amontoou à beira do leito, imóvel e pesado. Ela voltou a cabeça para Daniel; estava vermelha, mas o contemplava sem rancor, com um estupor desarmado. Daniel pensou: "Está desesperada."

— Basta uma palavra. Se tem certeza, Mathieu receberá o dinheiro amanhã cedo.

Desejava quase que ela dissesse que sim: "Estou segura de mim." Ele mandaria o dinheiro e tudo estaria acabado. Mas ela não dizia nada, voltara-se para ele e parecia esperar. Era preciso ir até o fim. "Caramba", pensou Daniel, com horror, "parece cheia de gratidão, palavra de honra!" Como Malvina, quando batia nela.

— Você! Você me perguntou isso, Daniel... E ele... Oh! Daniel, só você se interessa por mim nesse mundo!

Ele levantou-se, veio sentar-se perto dela, tomou-lhe a mão. Uma mão mole e febril como uma confidência. Ele a conservou nas dele, sem falar. Marcelle parecia lutar contra as lágrimas; olhava para os joelhos.

— Marcelle, é indiferente para você que se suprima a criança?

Marcelle teve um gesto de lassidão:

— Que fazer?

Daniel pensou: "Ganhei." Mas não sentiu nenhum prazer. Sufocava. Dir-se-ia que de perto Marcelle tinha um cheiro, era imperceptível, não chegava mesmo a ser um cheiro, era antes como se fecundasse o ambiente em torno dela. E depois havia aquela mão suando na dele. Esforçou-se por apertá-la mais fortemente, como que para lhe espremer todo o suco.

— Não sei o que se pode fazer — disse com voz seca. — Veremos mais tarde. Neste momento estou pensando apenas em você. Essa criança talvez seja um desastre, mas talvez uma sorte. Marcelle! É preciso que você não se acuse, depois, de não ter refletido.

— É... — disse Marcelle. — É...

Ela olhava o vazio com um ar de boa-fé que a rejuvenescia. Daniel pensou na jovem estudante que vira na fotografia. "É verdade! Já foi jovem..." Mas naquele rosto ingrato os próprios reflexos da mocidade não eram comoventes. Largou bruscamente a mão e afastou-se um pouco dela.

— Reflita — repetiu, pressuroso. — Tem realmente certeza?

— Não sei — disse, levantando-se. — Desculpe, preciso ir arrumar a cama da mamãe.

Daniel acedeu silenciosamente. Era o ritual. "Ganhei", pensou quando a porta se fechou. Limpou as mãos no lenço, ergueu-se rapidamente e abriu a gaveta da mesa de cabeceira. Havia por vezes cartas divertidas, bilhetes de Mathieu, bem conjugais, ou intermináveis lamentações de Andrée, que não era feliz. A gaveta estava vazia e Daniel tornou a sentar-se na poltrona e pensou: "Ganhei, morre de vontade de parir." Estava satisfeito de ficar só. Podia recuperar um pouco de ódio. "Juro que ele há de se casar com ela. Aliás, ele foi ignóbil, nem a consultou. Bobagem", refletiu, sorrindo, "bobagem odiá-lo por bons motivos; os outros me dão suficiente trabalho".

Marcelle voltou com uma expressão de desespero. Disse com voz alterada:

— E se eu tivesse vontade de ter a criança? De que adiantaria? Não posso dar-me ao luxo de ser mãe solteira, e ele jamais casará, não é?

Daniel erguera as sobrancelhas, espantado.

— Por que não? — indagou. — Por que não há de casar com você?

Marcelle encarou-o atônita, depois achou melhor rir.

— Mas Daniel! Afinal você bem sabe como nós somos!

— Eu não sei nada de nada — disse Daniel. — Sei apenas uma coisa. Se ele quiser, que faça o que deve fazer, como todo mundo, e dentro de um mês você será mulher dele. Foi você, Marcelle, que decidiu não casar nunca?

— Teria horror de vê-lo casar contra a vontade.

— Não é uma resposta.

Marcelle distendeu-se um pouco. Pôs-se a rir e Daniel compreendeu que estava no caminho errado. Disse:

— Não, realmente não ligaria a mínima chamar-me ou não sra. Delarue.

— Bem sei — disse Daniel, com vivacidade. — Mas se fosse esse o único meio de conservar a criança?

Marcelle pareceu desmantelar-se.

— Mas... nunca encarei a coisa por esse prisma.

Devia ser verdade. Era muito difícil fazê-la olhar as coisas de frente. Era preciso esfregar-lhe as coisas no nariz e mantê-la assim, sob pena de se dispersar em todas as direções. Ela acrescentou:

— Era... era uma coisa subentendida entre nós. O casamento é uma servidão e não o queríamos nem um nem o outro.

— Mas você quer a criança?

Ela não respondeu. Era o momento decisivo; Daniel repetiu com voz dura:

— Você quer, não é? Você quer a criança?

Marcelle apoiou-se com uma das mãos ao travesseiro, a outra, ela a largara sobre a coxa. Ergueu-se e levou essa mão ao ventre como se estivesse com dor de barriga. Era grotesco e fascinante. Ela disse com voz solitária:

— Sim, quero.

Ganhara. Daniel calou-se. Não podia tirar os olhos daquele ventre. Carne inimiga, carne gorda e nutriz, guarda-comida. Pensou que Mathieu a desejara e sentiu uma chama ligeira de satisfação. Era como se já se houvesse vingado um pouco. A mão morena cheia de anéis crispava-se sobre a seda, apertava o ventre. Que sentia por dentro aquela fêmea pesada e perturbada? Desejara ser ela. Marcelle disse com voz surda:

— Daniel, você me libertou. Eu não... não podia dizer isso a ninguém no mundo, acabara por imaginar que era um crime.

Olhou-o angustiada.

— Não é um crime?

Ele não pôde deixar de rir.

— Um crime? Mas isso é perversão, Marcelle, achar criminosos os seus desejos quando são naturais.

— Não. Eu quero falar em relação a Mathieu. É uma espécie de ruptura de contrato.

— Você precisa explicar-se com franqueza a ele, só isso.

Marcelle não respondeu. Parecia ruminar. De repente falou com paixão:

— Ah!, se eu tivesse um filho, não permitiria que ele desperdiçasse a vida como eu.

— Você não desperdiçou a vida.

— Desperdicei.

— Não, Marcelle, ainda não.

— Desperdicei. Não fiz nada e ninguém precisa de mim.

Ele não respondeu. Era verdade.

— Mathieu não precisa de mim. Se eu morresse... isso não lhe atingiria a medula. Você tampouco, Daniel. Você tem grande afeição por mim e talvez seja o que tenho de mais precioso na vida, mas você não precisa de mim; eu é que preciso de você.

Responder? Protestar? Era preciso desconfiar. Marcelle parecia estar numa de suas crises de clarividência cínica. Tomou-lhe a mão sem falar e a apertou de um modo significativo.

— Um filho — continuou Marcelle. — Um filho, sim, teria necessidade de mim.

Ele acariciou-lhe a mão.

— É a Mathieu que você deve dizer isso.

— Não posso.

— Por quê?

— Sinto-me amarrada. Espero que venha dele.

— Mas você sabe que não virá nunca. Ele não pensa nisso.

— Por que não pensa? Você pensou.

— Não sei.

— Pois então fica como está! Você emprestará o dinheiro e eu irei ao médico.

— Você não pode — exclamou bruscamente Daniel —, você não pode!

Parou repentinamente e olhou-a desconfiado. A emoção fizera-o deixar escapar aquela exclamação estúpida. Essa ideia o gelou, tinha horror ao abandono. Mordeu os lábios e assumiu uma atitude irônica, levantando uma sobrancelha. Vã defesa! Seria preciso não vê-la mais. Ela curvara os ombros, seus braços pendiam junto aos flancos. Ela aguardava, passiva e gasta, aguardaria assim durante anos, até o fim. Ele pensou: "Sua última possibilidade!", como pensara de si mesmo pouco antes. Entre trinta e quarenta anos a gente joga a última cartada. Ela ia jogar e perder. Dentro de alguns dias seria apenas uma grande miséria; era preciso evitar isso.

— E se eu falasse a Mathieu?

Uma enorme piedade lodosa invadira-o. Não tinha nenhuma simpatia por Marcelle e sentia profundo nojo de si mesmo, mas a piedade aí estava, irresistível. Teria feito tudo para se libertar. Marcelle levantou a cabeça; parecia pensar que ele estava louco.

— Falar com ele? Você? Mas, Daniel, é absurdo!

— Poderia dizer-lhe... que a encontrei.

— Onde? Não saio nunca. Mas, ainda que fosse verdade, iria assim, sem mais nem menos, contar isso a você?

— Não, evidentemente.

Marcelle pousou a mão sobre o joelho dele.

— Daniel, por favor, não se meta nisso. Estou furiosa com Mathieu, ele não devia ter contado...

Mas Daniel era tenaz, seguia sua ideia.

— Escute, Marcelle. Sabe o que vamos fazer? Dizer-lhe a verdade simplesmente. Eu lhe direi: é preciso que você perdoe um segredinho tolo. Eu e Marcelle nos víamos de vez em quando e não te dizíamos nada.

— Daniel — suplicou Marcelle —, não faça isso. Não quero que vocês falem de mim. Por nada no mundo quero que pensem que estou reclamando alguma coisa. Ele é que deve compreender.

Acrescentou com uma atitude conjugal:

— E depois, você sabe, ele não me perdoaria nunca não tê-lo dito eu mesma. Nós nos dizemos sempre tudo.

Daniel pensou: "Ela é formidável!", mas não teve vontade de rir.

— Não falaria em seu nome — disse. — Diria que a encontrei, que você parecia atormentada e que tudo não é assim simples como ele pensa. Tudo isso como se viesse de mim unicamente.

— Não quero — disse Marcelle, obstinada. — Não quero.

Daniel olhava os ombros e o pescoço dela com avidez. Aquela obstinação tola o aborrecia, queria quebrá-la. Estava possuído por um desejo enorme e desastrado. Violar aquela consciência, atolar-se com ela na humildade. Mas não era sadismo. Era mais sutil, mais úmido, mais carnal. Era bondade.

— É preciso, Marcelle. Olhe para mim!

Tomou-a pelos ombros e seus dedos afundaram numa manteiga morna.

— Se eu não falar com ele, você não o fará jamais e... você viverá junto dele em silêncio, acabará por odiá-lo...

Marcelle não respondeu, mas ele percebeu pela expressão rancorosa e abatida que ia ceder. Ela ainda repetiu:

— Eu não quero.

Ele largou-a.

— Se não me deixar fazer — disse zangado —, ficarei ressentido. Você terá desperdiçado a vida com as próprias mãos.

Marcelle movimentava o pé sobre o tapete.

— Seria preciso dizer-lhe... dizer-lhe coisas vagas — disse —, sugerir apenas...

— Naturalmente — disse Daniel.

Pensava: "Conte com isso."

Marcelle teve um gesto de despeito.

— Não é possível!

— Bom. Você já estava sendo razoável. Por que não é possível?

— Você seria obrigado a dizer que nos vemos.

— Pois direi — atalhou Daniel, agastado —, já lhe disse que o farei. Mas eu o conheço. Não se zangará. Vai se irritar um pouco, *pro forma*, mas em seguida, como se sentirá culpado, ficará muito satisfeito por ter alguma coisa a censurar-lhe. Aliás, eu lhe direi que nos vemos há apenas alguns meses e muito raramente. De qualquer maneira, teríamos que dizê-lo um dia.

— É verdade.

Mas não parecia convencida.

— Era nosso segredo — disse com profunda tristeza. — Escute, Daniel, era minha vida particular, eu não tinha outra.

Acrescentou com ódio:

— Só posso ter de meu o que escondo dele.

— É preciso experimentar. Pela criança...

Ela ia ceder, bastava esperar. Ela ia escorregar, impelida pelo seu próprio peso, para a resignação, para o abandono. Dentro de um instante estaria naturalmente aberta, sem defesa, farta, e lhe diria: "Faça como quiser, estou nas suas mãos." Ela o fascinava. Aquela chama gostosa que o devorava, ele não sabia mais se era o Mal ou o Bem. O Bem e o Mal, o Bem deles e seu próprio Mal; era a mesma coisa. Havia aquela mulher e aquela comunhão repugnante e vertiginosa.

Marcelle passou a mão pelos cabelos.

— Pois tentemos — disse num desafio. — Afinal, será uma prova. — Uma prova? — indagou Daniel. — É Mathieu que você quer pôr à prova?

— É.

— Acredita que ele fique indiferente? Que não se apresse em explicar?

— Não sei.

Acrescentou secamente:

— Tenho necessidade de estimá-lo.

O coração de Daniel pôs-se a bater com violência.

— Já não estima mais, então?

— Estimo... Mas não tenho a mesma confiança, desde ontem. Ele foi... você tem razão. Ele foi negligente demais. Não se preocupou comigo. E depois, o telefonema de hoje foi lamentável. Ele teve...

Corou.

— Ele achou-se na obrigação de dizer que me amava, ao desligar. Recendia a consciência pesada. Não posso te dizer o efeito que isso me causou! Se um dia deixasse de estimá-lo... Mas não quero pensar nisso. Quando fico ressentida com ele, é extremamente penoso. Ah!, se ele tentasse fazer-me falar amanhã, se me perguntasse uma só vez que fosse: "Em que está pensando?"

Calou-se, meneou a cabeça, tristemente.

— Eu falarei com ele — disse Daniel. — Ao sair daqui enviarei um recado e marcarei encontro para amanhã.

Ficaram silenciosos. Daniel pensava na entrevista do dia seguinte. Seria violenta e dura, provavelmente, e isso o lavaria daquela piedade viscosa.

— Daniel! — murmurou Marcelle. — Querido Daniel.

Ele ergueu a cabeça e viu o olhar dela. Era um olhar pesado e envolvente, que transbordava de gratidão sexual, um olhar de depois do amor. Fechou os olhos. Havia entre ambos algo mais forte do que o amor. Ela se abrira, ele entrara nela, eram um só.

— Daniel! — repetiu Marcelle.

Daniel abriu os olhos, tossiu penosamente. Estava com asma. Tomou-lhe a mão e beijou-a longamente, retendo a respiração.

— Meu Arcanjo — dizia Marcelle por cima da cabeça dele.

Ele passará a vida inclinado sobre essa mão perfumada e ela lhe acariciará os cabelos.

XI

Uma grande flor roxa subia para o céu, era a noite. Mathieu passeava nessa noite e pensava: "Estou fodido." Era uma ideia nova, fazia-se preciso virá-la e revirá-la, farejá-la com circunspecção. De quando em quando Mathieu a perdia, ficavam apenas as palavras e as palavras não eram desprovidas de certo encanto sombrio: "Estou fodido." A gente imaginava lindos desastres, suicídio, revolta, outras saídas extremas. Mas a ideia voltava depressa. Não era isso, não era absolutamente isso. Tratava-se de uma miséria pequenina, tranquila e modesta, e não de desespero. Ao contrário, talvez fosse confortável, até! Mathieu tinha a impressão de que acabariam de lhe conceder todas as licenças, como a um incurável. "Nada mais tenho a fazer senão deixar-me viver", pensou. Leu "Sumatra" em letras de fogo, e o negro precipitou-se a seu encontro com o boné na mão. No limiar da porta Mathieu hesitou. Ouviu ruídos, um tango; tinha o coração ainda cheio de preguiça e de noite. E de repente aconteceu, como pela manhã, quando a gente se vê de pé sem saber como se levantou. Abrira a cortina verde, descera os 17 degraus da escada, estava num porão vermelho e rumorejante, com manchas de um branco malsão: as toalhas. Recendia a homem, a sala estava cheia de homens, como numa missa. No fundo do porão, gaúchos de camisa de seda tocavam num palco. Diante dele havia pessoas de pé, imóveis e corretas, que pareciam esperar qualquer coisa: dançavam. Eram lúgubres, como presas de um interminável destino. Mathieu escrutou a sala com o olhar à procura de Boris e Ivich.

— Deseja uma mesa?

Um belo rapaz inclinava-se diante dele com um jeito de alcoviteiro.

— Procuro alguém — disse Mathieu.

O jovem reconheceu-o.

— Ah! É o senhor — disse cordialmente. — A srta. Lola está se vestindo. Seus amigos estão no fundo, à esquerda, vou acompanhá-lo.

— Obrigado. Eu os encontrarei facilmente sozinho. Está cheio hoje.

— Bastante. Holandeses. São um pouco barulhentos, mas gastam bem.

O rapaz desapareceu. Não era possível abrir passagem entre os casais dançarinos. Mathieu esperou. Ouviu o tango e o arrastar dos pés, contemplava os lentos deslocamentos daquele comício silencioso. Ombros nus, uma cabeça de preto, o brilho de um colarinho, mulheres soberbas e maduras, muitos homens de idade que dançavam com ar de quem pede desculpa. Os sons picantes do tango passavam por cima da cabeça deles; os músicos não pareciam tocar para eles. "Que é que vim fazer aqui?", pensou Mathieu. Seu paletó brilhava nos cotovelos, suas calças já não tinham vincos, ele não dançava bem, era incapaz de se divertir naquele ócio grave. Não se sentiu à vontade. Em Montmartre, apesar da simpatia dos *maîtres d'hôtel*, a gente nunca podia sentir-se à vontade. Havia uma crueldade inquieta e permanente na atmosfera.

As lâmpadas brancas acenderam-se novamente. Mathieu avançou pela pista, por entre os ombros em fuga. Numa reentrância havia duas mesas. Numa delas um homem e uma mulher falavam aos goles, sem se olhar. Na outra viu Boris e Ivich. Inclinavam-se um para o outro muito ocupados, com uma austeridade cheia de graça. "Parecem dois mongezinhos." Era Ivich quem falava, com gestos vivos. Nunca, mesmo nos momentos de maior abandono, oferecera ela a Mathieu um rosto assim. "Como são jovens!" Tinha vontade de dar meia-volta e sair. Aproximou-se, entretanto, porque não podia mais suportar a solidão, tinha a impressão de estar espiando pelo buraco da fechadura. Logo o veriam e lhe ofereceriam aquele rosto convencional que reservavam para os pais, os adultos; e no fundo de seus corações alguma coisa mudaria. Ele estava pertinho de Ivich agora, mas ela não o percebera. Ela se inclinava ao ouvido de Boris e segredava alguma coisa. Tinha, um pouquinho, o jeito de uma irmã mais velha e falava a Boris com uma condescendência maravilhada. Mathieu sentiu-se ligeiramente reconfortado. Mesmo com o irmão, Ivich não se entregava completamente, desempenhava o papel de irmã mais velha e não se esquecia de si jamais. Boris teve um riso curto.

— Umas bolas! — disse ele simplesmente.

Mathieu pousou a mão sobre a mesa. "Umas bolas!" Com estas palavras o diálogo terminava definitivamente. Era como a última réplica de um romance ou de uma peça de teatro. Mathieu olhava Boris e Ivich. Achava-os romanescos.

— Salve! — disse.

— Salve! — respondeu Boris, levantando-se.

Mathieu deu um rápido olhar a Ivich. Ela se inclinara para trás. Viu dois olhos pálidos e mornos. A verdadeira Ivich desaparecera. "E por que a verdadeira?", pensou irritado.

— Boa noite, Mathieu — disse Ivich.

Ela não sorriu, mas já não armara tampouco uma expressão de espanto ou de rancor. Parecia achar natural a presença de Mathieu. Boris mostrou a multidão num gesto rápido.

— Está cheio! — observou com satisfação.

— É — disse Mathieu.

— Quer o meu lugar?

— Não, não vale a pena. Reserve-o para Lola daqui a pouco.

Sentou-se. A pista estava deserta, não havia mais ninguém no palco. Os gaúchos haviam terminado a série de tangos. O *jazz* negro da Hijito's Band ia substituí-los.

— Que estão bebendo? — indagou Mathieu.

Vozes zumbiram em torno dele. Ivich não o recebera mal; sentia-se penetrado por um calor úmido, gozava a condensação feliz que dá o sentimento de ser um homem entre os outros homens.

— Uma vodca — disse Ivich.

— Como? Gosta disso agora?

— É forte — respondeu ela sem dar sua opinião.
— E isso? — indagou Mathieu por espírito de justiça, mostrando uma espuma branca no copo de Boris. Boris olhava-o com uma admiração jovial de basbaque. Mathieu sentia-se incomodado.
— É nojento — disse Boris —, é o coquetel da casa.
— Foi por gentileza que o pediu?
— Há três semanas o *barman* me aporrinha para experimentar. Não sabe fazer coquetel. Transformou-se em *barman* porque foi prestidigitador. Ele acha que o ofício é o mesmo, mas se engana.
— Suponho que seja por causa do *shaker* — disse Mathieu. — Ademais, para quebrar ovos é preciso ter mão.
— Então seria melhor que fosse malabarista. De jeito nenhum teria bebido essa mistura sórdida, mas pedi-lhe emprestado cem pratas esta noite.
— Cem francos — disse Ivich —, eu tinha!
— Eu também — disse Boris —, mas é porque ele é *barman*. A *barman*, a gente deve pedir dinheiro emprestado — explicou com um tom de austeridade.
Mathieu olhou o *barman*. Estava de pé atrás do balcão, todo de branco, de braços cruzados, e fumava um cigarro. Tinha um ar sereno.
— Gostaria de ser *barman* — disse Mathieu. — Deve ser engraçado.
— Isso lhe custaria caro — atalhou Boris —, você quebraria tudo.
Houve um silêncio. Boris olhava Mathieu e Ivich olhava Boris. "Estou sobrando", pensou Mathieu tristemente.
O *maître d'hôtel* apresentou-lhe a lista dos champanhes: era preciso tomar cuidado, só lhe restavam cerca de quinhentos francos.
— Um uísque — disse Mathieu.
Mas teve repentinamente nojo da economia e daquele maço magro de notas que jazia no fundo da sua carteira. Chamou o *maître d'hôtel*.
— Espere. Prefiro champanhe.
Olhou a lista. O Mumm custava 350 francos.
— Você tomará um pouco também — disse para Ivich.

— Não — respondeu ela. — Sim, pensando melhor, parece preferível.

— Um Mumm *cordon rouge*.

— Estou contente por beber champanhe — disse Boris. — Não gosto e é preciso que a gente se acostume.

— Vocês são uns pândegos — disse Mathieu. — Bebem sempre coisas de que não gostam.

Boris estava no sétimo céu. Adorava que Mathieu lhe falasse naquele tom. Ivich mordeu os lábios. "Não se pode lhes dizer nada", pensou Mathieu, com humor, "há sempre um que se escandaliza". Estavam ali, diante dele, atentos e severos; cada um deles tinha construído uma imagem pessoal de Mathieu e exigiam ambos que ele fosse fiel a ela. Só que as imagens não se conciliavam.

Calaram-se.

Mathieu estendeu as pernas e sorriu de prazer. Sons de trombeta, acidulados e gloriosos, chegavam-lhe às rajadas; não lhe passava pela cabeça descobrir neles uma melodia. Era um barulho apenas, mas dava-lhe um gosto grosseiro e azinhavrado à flor da pele. Por certo sabia perfeitamente que estava fodido, mas afinal naquele *dancing*, àquela mesa, no meio daqueles sujeitos igualmente fodidos, isso não tinha tanta importância e não era em absoluto desagradável. Virou a cabeça. O *barman* sonhava; à direita havia um sujeito de monóculo, sozinho, com ares de arrasado; outro mais longe, sozinho também diante de três consumações e uma bolsa de mulher. A mulher dele e o amigo deviam estar dançando e ele parecia aliviado. Bocejou longamente por detrás da mão e seus olhinhos piscaram com volúpia. Por toda parte rostos sorridentes e produzidos com olhos desalentados. Mathieu sentiu-se bruscamente solidário com aqueles sujeitos todos que fariam melhor voltando para casa, mas que já não tinham sequer força para isso, e continuavam ali a fumar cigarros e beber misturas de gosto de aço, a sorrir, os ouvidos agastados pela música, a contemplar com olhos vazios os farrapos de seu destino. Sentiu o apelo discreto de uma felicidade humilde e covarde: "Ser como eles..." Teve medo e sobressaltou-se. Voltou-se para Ivich. Apesar de rancorosa e distante era ainda o seu único apoio. Ivich olhava inquieta e vagamente o líquido transparente que sobrava no copo.

— Beba de um trago — disse Boris.

— Não faça isso — atalhou Mathieu —, vai incendiar-lhe a garganta.

— Vodca bebe-se de um trago — observou Boris com severidade.

Ivich pegou o copo.

— Prefiro beber de um trago, acabará mais depressa.

— Não, não beba, espere o champanhe.

— É preciso que eu engula isso — disse ela, irritada. — Quero divertir-me.

Inclinou-se para trás aproximando o copo dos lábios e deixou que lhe escorresse na boca todo o conteúdo. Era como se enchesse uma garrafa. Assim ficou um segundo, sem ousar engolir, com aquele pequeno pântano de fogo no fundo da goela. Mathieu sofria por ela.

— Engula — disse Boris. — Faça de conta que é água.

O pescoço de Ivich inchou e ela recolocou o copo na mesa com uma horrível careta. Tinha os olhos cheios de lágrimas.

A senhora morena do lado, abandonando um instante seu devaneio, lançou-lhe um olhar de censura.

— Uf! — disse Ivich. — Queima... é fogo!

— Eu te comprarei uma garrafa para que você treine — disse Boris.

Ivich refletiu um segundo.

— Será melhor treinar com aguardente; é mais forte.

Acrescentou com uma espécie de angústia:

— Acho que vou poder me divertir agora.

Ninguém respondeu. Ela voltou-se vivamente para Mathieu. Era a primeira vez que o olhava.

— Você aguenta o álcool?

— Ele? Ele é formidável — disse Boris. — Já o vi tomar sete uísques de uma vez, falando de Kant. No fim eu já não ouvia mais, estava bêbado por ele.

Era verdade. Mesmo bêbado Mathieu não perdia a cabeça. Enquanto bebia agarrava-se a alguma coisa. A quê? Reviu de repente Gauguin, um rosto forte e exangue de olhos desertos. Pensou: "À minha dignidade humana." Tinha medo, se se entregasse um instante, de encontrar na cabeça, perdido e flutuando como uma neblina de verão, um pensamento de mosca ou de barata.

— Tenho horror a embriagar-me — explicou humildemente. — Bebo, mas não entrego o corpo inteiro à embriaguez.

— Sim — disse Boris —, nesse ponto você é cabeçudo, pior que um asno.

— Não sou cabeçudo, sou tenso; não sei relaxar. É necessário que pense sempre no que me acontece. É uma defesa.

Acrescentou com ironia, como para si próprio:

— Sou um caniço pensante.

Como para si próprio. Não era verdade, não era sincero. No fundo desejava agradar Ivich. Pensou: "Já desci a isso?" Estava no ponto de se aproveitar da própria decadência, não desdenhava tirar-lhe pequenas vantagens, servia-se dela para fazer gentilezas às mocinhas! "Porco!" Mas parou apavorado; quando se tratava de porco não era sincero tampouco, não estava realmente indignado. Era um truque, uma compensação, imaginava salvar-se da abjeção pela "lucidez"; mas essa lucidez não lhe custava nada, antes o divertia. E esse juízo que emitia acerca de sua lucidez, esse jeito de subir nos próprios ombros... "Seria preciso mudar tudo, trocar tudo até a medula." Mas nada o ajudava. Todos os seus pensamentos estavam contaminados já na origem. De repente Mathieu abriu-se molemente como um ferimento. Viu-se por inteiro, escancarado: pensamentos, pensamentos sobre pensamentos, pensamentos sobre pensamentos de pensamentos, estava transparente até o infinito e podre até o infinito. Depois aquilo se apagou, ele se encontrou sentado diante de Ivich, que o contemplava com uma expressão estranha.

— Então — perguntou ele —, estudou esta tarde?

Ivich deu de ombros raivosamente:

— Não quero que me falem mais disso. Estou cheia, estou aqui para me divertir.

— Passou o dia no sofá, esgrouvinhada, com olhos do tamanho de um pires.

Boris acrescentou orgulhosamente, sem se preocupar com o olhar furioso da irmã:

— É notável! É capaz de morrer de frio em pleno verão.

Ivich teria tremido durante horas, soluçando talvez. Mas agora não se percebia mais nada. Pintara de azul as pálpebras e de vermelho-framboesa os lábios, o álcool inflamava-lhe o rosto, ela estava resplendente.

— Eu queria passar uma noite formidável — disse —, porque é minha última noite.

— Você é ridícula.

— É — disse com obstinação —, vou levar bomba, eu sei, e partirei imediatamente, não poderei ficar mais um dia sequer em Paris. Ou então...

Calou-se.

— Ou então?

— Nada, por favor, não falemos mais nisso. Sinto-me humilhada. Ah! Aí está o champanhe — disse ela alegremente.

Mathieu viu a garrafa e pensou: "Trezentos e cinquenta francos." O sujeito que o abordara na véspera, na rua Vercingétorix, também estava fodido. Porém, modestamente, sem champanhe nem belas loucuras; e ainda por cima estava com fome. Mathieu teve nojo da garrafa. Era pesada e negra, com um guardanapo branco em torno do gargalo. O garçom, inclinado sobre o balde de gelo, afetado e reverencioso, fazia-a girar com a ponta dos dedos com competência. Mathieu continuava a olhar a garrafa, a pensar no sujeito da véspera, e sentia o coração apertado por uma verdadeira angústia. Mas acontece que havia um rapaz muito digno no palco, cantando num alto-falante:

Il a mis dans le mille
Émile.*

E havia aquela garrafa que girava cerimoniosamente na ponta dos dedos pálidos, e toda aquela gente que se cozinhava em banho-maria, sem maiores preocupações. Mathieu pensou: "Fedia a

---

* "Ele acertou no milhar / Émile." (N.T.)

vinho tinto barato; em suma, dá na mesma. Aliás, eu não gosto de champanhe." O *dancing* inteiro pareceu-lhe um pequeno inferno, leve como uma bolha de sabão, e ele sorriu.

— De que está rindo? — indagou Boris, rindo também de antemão.

— Estou me lembrando de que eu também não gosto de champanhe.

Puseram-se a rir os três. O riso de Ivich era estridente. A vizinha virou a cabeça e mediu-a de alto a baixo.

— Somos gozados! — disse Boris.

Acrescentou:

— Pode-se jogar o champanhe no balde de gelo quando o garçom não estiver olhando.

— Se quiserem — disse Mathieu.

— Não — atalhou Ivich —, eu quero beber; eu bebo toda a garrafa, se ninguém quiser.

O garçom serviu e Mathieu levou melancolicamente o copo aos lábios. Ivich contemplava o dela, perplexa.

— Não seria ruim — observou Boris — se fosse servido bem quente.

As lâmpadas brancas apagaram-se. Acenderam-se novamente as vermelhas e um rufar de tambores advertiu o público. Um homenzinho, calvo e rechonchudo, de *smoking*, saltou para o palco e sorriu no alto-falante.

— Senhoras e senhores, a direção do Sumatra tem o grato prazer de apresentar Miss Ellinor pela primeira vez em Paris! Alô, Miss Ellinor!

Com os primeiros acordes da orquestra surgiu na sala uma mulher alta e loura. Estava nua; seu corpo, na luz vermelha, parecia um enorme pedaço de algodão. Mathieu virou-se para Ivich. Ela contemplava a moça nua com seus grandes olhos arregalados. Assumira sua expressão maníaca e cruel.

— Conheço-a — disse Boris.

A moça dançava, ansiosa por agradar; parecia inexperiente, lançava as pernas para a frente, uma depois da outra, com energia, e seus pés esticavam na ponta das pernas como dedos.

— Que puxada! — disse Boris. — Ela vai se arrebentar.

Na verdade, havia uma fragilidade inquietante em seus longos membros; quando pousava os pés no chão, as pernas estremeciam dos tornozelos até as coxas. Aproximou-se do palco e virou de costas. "Pronto", pensou Mathieu com enfado, "vai dar de bunda". O ruído das conversas cobria por momentos a música.

— Não sabe dançar — disse a vizinha de Ivich, mordendo os lábios. — Quando se cobra consumação de 35 francos deve-se cuidar melhor das atrações.

— Eles têm Lola Montero — observou o sujeito gordo.

— É! Mas isso eles pegaram na sarjeta, uma vergonha.

Bebeu um trago de coquetel e pôs-se a brincar com os anéis. Mathieu percorreu a sala com o olhar e só viu rostos severos e justiceiros. O público deleitava-se com a própria indignação, a moça parecia-lhes duplamente nua, porque era desajeitada. Dir-se-ia que ela sentia a hostilidade e esperava enternecê-los. Mathieu comovia-se com a boa vontade desesperada dela: ela lhes oferecia as nádegas entreabertas num impulso de dedicação que cortava o coração.

— Como ela se desgasta! — disse Boris.

— Não adianta — observou Mathieu —, eles querem que os respeitem.

— Eles querem principalmente ver belos cus!

— Sim, mas com arte em torno...

Durante um instante as pernas da dançarina escavaram o chão sob a impotência ridícula dos quadris, em seguida ela se endireitou com um sorriso, ergueu os braços e os sacudiu, provocando no ar tremores que deslizaram ao longo das escápulas até a reentrância dos rins.

— É espantoso como ela tem as ancas duras — disse Boris.

Mathieu não respondeu. Pensava em Ivich. Não ousava olhá--la, mas lembrava-se da expressão cruel; afinal, a menina sagrada era como todos os outros: duplamente defendida pela sua graça e pela roupa comportada, devorava com os olhos, com sentimentos canalhas, aquela pobre carne nua. Uma onda de rancor subiu aos lábios de Mathieu, envenenou-lhe a boca: "Para que toda aquela cerimônia hoje de manhã?..." Virou a cabeça e viu o punho crispado de Ivich sobre a mesa. A unha do polegar, carmesim e aguda, apontava para a pista como uma flecha indicadora. "Está só", pensou, "esconde sob os cabelos um rosto arrasado, aperta as coxas, goza". Essa ideia pareceu-lhe insuportável, quis levantar-se e desaparecer, mas não teve forças para fazê-lo, pensou apenas: "E dizer que gosto dela por sua pureza." A dançarina, de mãos nas ancas, deslocando-se de lado sobre os calcanhares, roçou a mesa deles. Mathieu quisera desejar aquela almofada satisfeita na ponta de uma espinha medrosa, para se distrair dos seus pensamentos, para pregar uma boa peça em Ivich. A moça se acocorava com as pernas ligeiramente abertas e balançava a bunda para a frente e para trás, como essas lanternas pálidas que oscilam de noite nas pequenas estações, na ponta de um braço invisível.

— Que nojo! — disse Ivich. — Não quero mais olhar.

Mathieu voltou-se espantado. Viu um rosto triangular, descomposto pela raiva e pela repugnância. "Não estava perturbada", pensou com gratidão. Ivich tremia, ele quis sorrir-lhe, mas a cabeça se encheu de guizos... Boris, Ivich, o corpo obsceno e a neblina vermelha deslizaram para fora de seu alcance. Estava só, ao longe um fogo de bengala, e na fumaça um monstro de quatro patas que rodava... Uma música de festa chegava-lhe aos ouvidos, aos sobressaltos, através de um murmúrio úmido de folhagem. "Que é que está acontecendo comigo?" Era como de manhã. Em torno dele, não havia senão um espetáculo, Mathieu estava em outro lugar.

A música parou, a mulher imobilizou-se, voltando o rosto para o público. Por cima do sorriso brilharam lindos olhos acuados. Ninguém aplaudia e houve algumas risadas ofensivas.

— Safados! — disse Boris.

Bateu palmas com força. Rostos espantados viraram-se para ele.

— Fica quieto — disse Ivich, furiosa. — Aplaudir isso?

— Ela fez o que pôde — disse Boris, aplaudindo.

— Mais um motivo para não aplaudir.

Boris deu de ombros.

— Conheço ela, jantamos eu, ela e Lola, é uma boa menina, mas não tem cabeça.

A moça desapareceu sorrindo e jogando beijos. Uma luz branca invadiu a sala e foi um acordar geral. Todos estavam contentes por se encontrarem juntos de novo após a sentença dada. A vizinha de Ivich acendeu um cigarro e teve um amuo terno para si própria. Mathieu não acordara, era um pesadelo branco, nada mais, os rostos se abriam em volta dele, com uma autossuficiência sorridente e flácida, em sua maioria não pareciam habitados. "O meu deve ser assim, deve ter essa pertinência dos olhos, dos cantos da boca, e apesar disso deve-se ver que é oco." Era uma personagem de pesadelo aquele homem que saltitava no palco e fazia gestos para exigir silêncio, com um ar de gozar de antemão o espanto que ia provocar, com a afetação de soltar no alto-falante, sem comentários, simplesmente, o nome célebre:

— Lola Montero!

A sala estremeceu de cumplicidade e entusiasmo, os aplausos estouraram e Boris pareceu encantado.

— Estão no cio, vai ser uma beleza!

Lola encostara-se à porta. De longe seu rosto achatado e sulcado parecia uma cabeça de leão. Seus ombros, brancura ondeada de reflexos verdes, eram uma folhagem de bétula numa noite de vento sob os faróis de um automóvel.

— Como está bonita! — murmurou Ivich.

Adiantou-se a passos largos e calmos, com um desespero desenvolto. Tinha mãos pequenas e encantos pesados de sultana, mas punha no andar uma generosidade de homem.

— Ela se impõe — disse Boris, com admiração. — Com ela ninguém se mete a besta!

Era verdade. As pessoas da primeira fila tinham recuado suas cadeiras, não ousavam sequer olhar de perto aquele rosto célebre. Um belo rosto de tribuno, volumoso e público, marcado pesadamente por uma vaga suposição de sua importância política. A boca conhecia seu ofício, estava habituada a abrir-se amplamente, os lábios salientes se espichavam para vomitar o horror e o nojo e para que a voz alcançasse longe. Lola imobilizou-se de repente. A vizinha de Ivich suspirou de escândalo e admiração. "Ela os domina", pensou Mathieu.

Sentia-se incomodado: no íntimo, Lola era nobre e apaixonada; no entanto, seu rosto mentia, apenas imitava a nobreza e a paixão. Ela sofria, Boris a desesperava, mas cinco minutos por dia ela se aproveitava de seu número de canto para sofrer espetacularmente. "E eu? Não estou também sofrendo espetacularmente, representando com acompanhamento de música o papel de fodido? No entanto", pensou, "é indiscutível que estou fodido". Em torno dele era a mesma coisa. Havia pessoas que não existiam, eram vapores, e outras que existiam um pouco demais. O *barman*, por exemplo. Pouco antes fumava um cigarro, vago e poético, como um jasmineiro; agora acordara, era demasiado *barman*, sacudia o *shaker*, abria-o, escorria uma espuma amarela nos copos, com gestos de uma precisão supérflua. Representava o papel de *barman*. Mathieu pensou em Brunet: "Talvez não possa ser de outro modo; talvez seja preciso escolher: não ser nada ou representar o que é. Isso seria terrível, essa trapaça com a nossa própria natureza."

Lola, sem se apressar, percorria a sala com o olhar. Sua máscara dolorosa se enrijecera, congelara-se, parecia ter sido esquecida sobre o rosto. Mas no fundo dos olhos, só eles vivos, Mathieu teve a impressão de surpreender uma chama de curiosidade áspera e ameaçadora que não era fingida. Ela viu Boris e Ivich e pareceu tranquilizar-se. Sorriu-lhes cheia de doçura e anunciou com uma voz de naufrágio:

— Uma canção de marinheiro: "Johnny Palmer."

— Gosto da voz dela — disse Ivich. — É um veludo grosso e lavrado.

— É.

Mathieu pensou: "Ainda 'Johnny Palmer'!"

A orquestra tocou o prelúdio e Lola ergueu os braços pesados, fez o sinal da cruz; viu-a abrir a boca sanguinolenta.

Qui est cruel, jaloux, amer?
Qui triche au jeu, sitôt qu'il perd?[*]

---

[*] "Quem é cruel, ciumento, amargo? / Quem trapaceia no jogo quando perde?" (N.T.)

Mathieu não escutou mais, sentia-se envergonhado diante daquela imagem de dor. Era apenas uma imagem, bem o sabia, mas assim mesmo... "Não sei sofrer, nunca sofro o bastante." O que havia de mais penoso no sofrimento era que se tratava de um fantasma, a gente passava o tempo a correr atrás dele, imaginava sempre que ia alcançá-lo, que se ia jogar dentro dele e sofrer de verdade rangendo os dentes, mas no momento em que pensava atingi-lo ele escapava, a gente não encontrava mais nada senão um fogo de artifício de palavras e milhares de raciocínios desvairados em minuciosa efervescência. "Essa tagarelice na minha cabeça, eu daria tudo para conseguir me calar." Olhou Boris com inveja. Aliás, naquela fronte obstinada devia haver enormes silêncios.

Qui est cruel, jaloux, amer?
C'est Johnny Palmer.[*]

"Minto." Sua decadência, suas lamentações eram mentiras, vazio, ele se empurrava para o vazio, à superfície de si mesmo, para fugir à pressão insustentável de seu mundo verdadeiro. Um mundo negro e terrível que fedia a éter. Naquele mundo Mathieu não estava fodido — muito pior. Era um atrevido e um criminoso. Marcelle é que estaria fodida se ele não conseguisse as cinco mil pratas dentro de dois dias. "Fodida de verdade." Sem lirismo. Teria o filho ou iria arriscar a vida nas mãos de um charlatão. Naquele mundo o sofrimento não era um estado de alma, não havia necessidade de palavras para exprimi-lo. Era uma expressão de coisas. "Casa com ela, falso boêmio, casa com ela, meu caro, por que não hás de casar?" "Aposto", pensou Mathieu, horrorizado, "que ela bate as botas com isso". Todos aplaudiram e Lola dignou-se sorrir. Inclinou-se e disse:

— Uma canção da *Ópera de quatro vinténs*: "A noiva do pirata."

"Não gosto dela nessa canção. Margo Lion era bem melhor. Mais misteriosa. Lola é uma racionalista, não tem mistério. É boa demais. Ela me odeia, mas de um ódio grosseiro, redondo,

---

[*] "Quem é cruel, ciumento, amargo? / É Johnny Palmer." (N.T.)

sadio, um ódio de homem de bem." Ouvia distraidamente esses pensamentos leves que corriam como camundongos no sótão. Embaixo havia um sono espesso e triste, um mundo espesso que aguardava no silêncio. Mathieu cairia nesse mundo mais cedo ou mais tarde. Viu Marcelle, viu a boca severa e os olhos esgazeados: "Casa com ela, falso boêmio, casa com ela, tu estás na idade da razão, deves casar."

Un navire de haut bord
Trent canons aux sabords
*Entrera dans le port.**

"Basta! Basta! Arranjarei o dinheiro, arranjarei afinal ou casarei com ela, pronto, não sou um porco imundo, mas esta noite, só por esta noite, quero que me deixem em paz, quero esquecer. Marcelle não esquece, está no quarto, deitada na cama, lembra-se de tudo, me vê, ouve os rumores de seu corpo. E que importa? Usará meu nome, terá minha vida inteira, se for preciso, mas esta noite é minha." Voltou-se para Ivich, lançou-se ao seu encontro, ela lhe sorriu, mas ele deu com o nariz num muro de vidro enquanto aplaudiam.

— Mais uma! Mais uma! — gritavam.

Lola não ligou para os pedidos; tinha outro número às duas horas da madrugada, ela se poupava. Saudou duas vezes e caminhou na direção de Ivich. Algumas cabeças se voltaram para a mesa de Mathieu. Mathieu e Boris levantaram-se.

— Boa noite, querida Ivich. Como vai?

— Boa noite, Lola — disse Ivich, com uma expressão covarde.

Lola acariciou o queixo de Boris com delicadeza.

— Como vai, coisinha à toa?

Sua voz calma e grave dava às palavras "à toa" uma espécie de dignidade. Dir-se-ia que a escolhera a dedo entre as palavras ridículas e patéticas de suas canções.

---

* "Um navio de mar alto / Trinta canhões nas portinholas / Entrará no porto." (N.T.)

— Boa noite, senhora — disse Mathieu.
— Ah! — respondeu ela. — Está aqui também!

Levantaram-se. Lola olhou para Boris. Parecia inteiramente à vontade.

— Disseram-me que vaiaram Ellinor.
— Estávamos falando disso.
— Veio chorar no meu camarim. Sarrunyan está furioso, é a terceira vez em oito dias.
— E não vai mandá-la embora? — perguntou Boris, com ar inquieto.
— Tem vontade; ela está sem contrato. Eu disse a ele: se ela sair, eu também saio.
— E ele?
— Disse que ela ficasse mais uma semana.

Percorreu a sala com o olhar e afirmou em voz alta:

— Péssimo público, hoje.
— Pois eu não diria o mesmo — observou Boris.

A vizinha de Ivich, que devorava Lola impudentemente com os olhos, estremeceu. Mathieu teve vontade de rir. Achava Lola muito simpática.

— É porque você não tem prática — disse Lola. — Quando entrei, logo vi que acabavam de se comportar como idiotas, pareciam aporrinhados. Você sabe, se a menina perder o lugar, não lhe restará senão cair na vida.

Ivich ergueu a cabeça bruscamente, parecia desvairada.

— Que se prostitua — disse com violência —, pouco me importa, e isso lhe há de convir melhor do que a dança.

Esforçava-se para manter a cabeça direita e conservar abertos os olhos rosados e sem brilho. Perdeu um pouco de segurança e acrescentou conciliante, como se estivesse acuada:

— Naturalmente compreendo que ela precisa ganhar a vida.

Ninguém respondeu e Mathieu sofreu por ela. Devia ser difícil sustentar a cabeça direita. Lola olhava-a placidamente. Como se pensasse: "Filhinha de mamãe." Ivich deu um risinho.

— Eu não preciso dançar — disse, com um arzinho de esperteza.

Mas seu riso murchou e a cabeça caiu.

— Puxa! — disse Boris tranquilamente. — Como está ruim, hoje.

Lola contemplava o crânio de Ivich com curiosidade. Passado um momento avançou a mãozinha gorda, pegou Ivich pelos cabelos e ergueu-lhe a cabeça. Parecia uma enfermeira.

— Que é que há, menina? Bebeu demais?

Afastava, como uma cortina, os cabelos louros de Ivich, pondo a nu as bochechas gordas e exangues. Ivich entreabria os olhos amortecidos e deixava a cabeça inclinar-se para trás. "Vai vomitar", pensou Mathieu sem se comover. Lola dava puxões nos cabelos de Ivich.

— Abra os olhos, vamos, abra os olhos, olhe para mim.

Os olhos de Ivich arregalaram-se. Brilhavam de ódio.

— Pois está aí — disse com uma voz cortante. — Estou olhando.

— Ah! — observou Lola. — Não está tão bêbada assim.

Largou os cabelos de Ivich. Ivich levantou vivamente as mãos, agitou os cachos sobre as bochechas, parecia modelar uma máscara e na verdade seu rosto triangular ressurgia sob os dedos, mas em torno da boca e dos olhos sobrou algo pastoso e gasto. Permaneceu um instante imóvel, com a expressão intimidante de um sonâmbulo, enquanto a orquestra tocava um *slow*.

— Vamos dançar — disse Lola.

Boris levantou-se e começaram a dançar. Mathieu seguiu-os com os olhos, não tinha vontade de falar.

— Essa mulher me censura — disse Ivich, sombria.

— Lola?

— Não, minha vizinha. Ela me censura.

Mathieu não respondeu. Ivich continuou.

— Queria tanto me divertir esta noite... e aí está. Detesto champanhe!

"Deve detestar-me também porque a fiz beber!" Viu com surpresa, entretanto, que ela pegava a garrafa e enchia de novo a taça.

— Que está fazendo?

— Acho que não tomei o bastante. Há um estado que a gente precisa atingir, depois se sente bem.

Mathieu pensou que deveria impedi-la de beber, mas não se mexeu. Ivich levou a taça aos lábios, fez uma careta de nojo.

— Como é ruim!

Boris e Lola passaram perto da mesa. Riam.

— Vai bem, menina?

— Muito bem agora — disse Ivich com um sorriso amável.

Tomou de novo a taça e esvaziou-a de um trago, sem despregar os olhos de Lola. Lola devolveu-lhe o sorriso e o par afastou-se dançando. Ivich parecia fascinada.

— Ela se aperta contra ele — disse com voz quase ininteligível.

— É... é ridículo. Ela tem uma cara de ogra.

"Está com ciúmes", pensou Mathieu, "mas de quem?" Ela estava semiembriagada, sorria com uma expressão de maníaca, interessada por Boris e Lola, e não dava a ele a menor bola, ele apenas lhe servia de pretexto para falar em voz alta. Seus sorrisos, seus gestos, todas as palavras que dizia, endereçava-os a ela mesma por intermédio dele. "Isso me deveria ser insuportável", pensou Mathieu, "mas deixa-me completamente indiferente".

— Dancemos! — disse bruscamente Ivich.

Mathieu sobressaltou-se:

— Você não gosta de dançar comigo.

— Não faz mal, estou bêbada.

Levantou-se cambaleando, quase caiu e segurou-se na mesa. Mathieu tomou-a nos braços e arrastou-a. Entraram num banho de vapor, a multidão fechou-se sobre eles, sombria e perfumada. Durante um segundo Mathieu viu-se perdido, mas achou-se logo, marcando passo atrás de um negro. Estava só, logo aos primeiros acordes Ivich levantara voo, não a sentia mais.

— Como é leve!

Baixou os olhos e viu uma porção de pés. "Há quem dance pior do que eu", pensou. Segurava Ivich a certa distância e não a olhava.

— Você dança corretamente — disse ela —, mas vê-se que não tem prazer nisso.

— Dançar me intimida — disse Mathieu.

Sorriu.

— Você é que é espantosa. Há pouco mal podia andar e agora dança como uma profissional.

— Posso dançar completamente bêbada — disse Ivich. — Posso dançar a noite inteira, nunca me canso.

— Gostaria de ser assim.

— Você não poderá jamais.

— Eu sei.

Ivich olhava em torno dela com nervosismo.

— Não vejo mais a ogra.

— Lola? À esquerda, atrás de você.

— Vamos para lá.

Esbarraram num casal magricela. O homem pediu desculpas e a mulher lançou-lhe um olhar de raiva. Ivich, com a cabeça inclinada para trás, arrastava Mathieu, recuando. Nem Boris nem Lola os haviam visto chegar. Lola fechava os olhos: suas pálpebras eram duas manchas azuis sobre o rosto duro. Boris sorria, perdido numa solidão angélica.

— E agora? — indagou Mathieu.

— Fiquemos por aqui; não há mais espaço.

Ivich tornara-se quase pesada, nem dançava, olhos fixos no irmão e em Lola. Mathieu via apenas uma ponta de orelha entre dois cachos. Boris e Lola aproximaram-se girando. Quando chegaram perto Ivich beliscou o cotovelo do irmão.

— Boa noite, Pequeno Polegar.

Boris arregalou os olhos, espantado.

— Ei! Ivich, não fuja! Por que me chama assim?

Ivich não respondeu, fez Mathieu dar meia-volta de modo a ficar ela própria de costas para Boris. Lola abrira os olhos.

— Você compreende por que ela me chama de Pequeno Polegar?

— Acho que sim — disse Lola.

Boris murmurou ainda algumas palavras, mas o ruído dos aplausos abafou-lhe a voz. O *jazz* calara-se, os negros apressavam-se em botar em ordem os instrumentos a fim de ceder lugar à orquestra argentina.

Ivich e Mathieu voltaram para a mesa.

— Estou me divertindo loucamente — disse Ivich.

Lola já estava sentada.

— Você dança muito bem — disse para Ivich.

Ivich não respondeu, fixava em Lola um olhar pesado.

— Você estava notável — disse Boris a Mathieu —, pensei que não dançasse nunca.

— Foi sua irmã que quis.

— Forte como é, deveria dedicar-se de preferência à dança acrobática.

Houve um silêncio difícil. Ivich emudecera, solitária e reivindicadora, e ninguém tinha de falar. Um pequenino céu local formara-se por cima de suas cabeças, redondo, seco e abafante. As lâmpadas acenderam-se de novo. Às primeiras notas do tango, Ivich dirigiu-se para Lola.

— Venha — disse com voz rouca.

— Não sei conduzir — respondeu Lola.

— Eu sei.

Acrescentou maldosamente, mostrando os dentes:

— Não tenha receio, danço como um homem.

Levantaram-se. Ivich abraçou brutalmente Lola e a empurrou para o meio da pista.

— São notáveis — disse Boris, enchendo o cachimbo.

— É.

Lola principalmente era engraçada. Parecia uma mocinha.

— Olhe — disse Boris.

Tirou do bolso um enorme canivete de cabo de chifre e pousou-o sobre a mesa.

— É uma navalha basca — explicou — com trava de segurança.

Mathieu pegou cortesmente o canivete e tentou abri-lo.

— Não assim, cuidado, você vai se machucar.

Retomou o canivete, abriu-o e colocou-o perto do copo.

— É uma arma de bandido — disse. — Está vendo estas manchas escuras? O sujeito que me vendeu garantiu que eram manchas de sangue.

Calaram-se. Mathieu contemplava a cabeça trágica de Lola ao longe, deslizando sobre um mar sombrio. "Eu não sabia que era tão alta." Desviou o olhar e viu no rosto de Boris uma satisfação ingênua que lhe doeu no coração. "Está contente porque está comigo," pensou, com remorsos, "e eu nunca encontro nada para lhe dizer".

— Olhe só para aquela mulher que acaba de chegar. À direita, terceira mesa — disse Boris.

— A loura cheia de pérolas?

— São falsas. Não dá bandeira, ela nos olha.

Mathieu olhou de esguelha para a moça alta e bela que tinha um ar distante.

— Que tal?

— Assim, assim...

— Conheci-a terça-feira passada, ela tinha tomado a droga, queria a todo instante me convidar para dançar. Além disso, me deu sua cigarreira de presente. Lola estava louca, mandou que o garçom a fizesse sair.

Acrescentou, sóbrio:

— Era de prata, incrustada de pedras.

— Ela está te comendo com os olhos.

— Acredito.

— Que vai fazer?

— Nada — disse ele, com desprezo —, é uma mulher amigada.

— E que tem isso? — indagou Mathieu, surpreso. — Você está ficando puritano.

— Não é isso — disse Boris rindo. — Não é isso, mas as piranhas, as dançarinas, as cantoras, afinal, são todas iguais. Ter uma é ter todas.

Pousou o cachimbo e disse gravemente:

— Aliás, sou um casto, não sou como você.

— Sei, sei...

— Você verá. Você verá e há de se espantar. Viverei como um monge quando tiver acabado com Lola.

Esfregava as mãos satisfeito. Mathieu disse:

— Não vai acabar tão cedo.

— Primeiro de julho. Aposta quanto?

— Nada. Você aposta todos os meses que vai romper no mês seguinte e perde sempre. Já me deve cem francos, um binóculo de corrida, cinco charutos Havana Corona-Corona e aquele barco na garrafa que vimos na rua de Seine. Você nunca pensou em romper, você está demasiado preso a Lola.

— É no íntimo que você machuca — explicou Boris.

— Está acima de suas forças — continuou Mathieu sem se perturbar. — Você não pode sentir-se comprometido, fica desvairado.

— Cale-se — disse Boris, furioso e divertido a um tempo —, pode esperar pelos charutos e pelo navio.

— Eu sei. Você nunca paga suas dívidas de honra; você é um pobre infeliz...

— E você um medíocre!

Seu rosto iluminou-se.

— Não acha uma injúria formidável? "Senhor, sois um medíocre!"

— Não é ruim, não.

— Ou então: "Senhor, sois um zero!"

— Não, isso não, você enfraqueceria a sua posição.

Boris reconheceu-o de bom grado.

— Tem razão — disse. — Você é odioso porque tem sempre razão.

Reacendeu o cachimbo cuidadosamente.

— Quero confessar-lhe tudo — disse com um ar confuso e maníaco. — Eu desejaria ter uma mulher grã-fina.

— Ora essa, mas por quê? — perguntou Mathieu.

— Não sei. Acho que deve ser um barato, elas devem ser cheias de poses! E, depois, é lisonjeiro... Algumas, às vezes, têm o nome na *Vogue*. Imagine só! Você compra a *Vogue*, olha as fotos e vê, de repente, a sra. condessa de Rocamadour, com seus seis lebréus, e você pensa: dormi com essa mulher ontem à noite. A gente deve sentir certa emoção.

— Olhe, ela lhe está sorrindo agora — disse Mathieu.

— É. Que topete! Pura vaidade, quer me roubar de Lola porque não vai com a cara dela. Vou virar-lhe as costas.

— Quem é o sujeito que está com ela?

— Um amigo. Dança no Alcazar. Bonito, não acha? Olhe só a cara dele. Trinta e cinco anos e com ares de querubim.

— Ora, você será assim aos 35 anos.

— Com 35 — disse Boris secamente — já terei arrebentado há muito.

— É fácil dizer.

— Estou tuberculoso.

— Já sei — uma vez Boris ferira as gengivas com a escova e cuspira sangue —, já sei. E então?

— Não me incomodo com isso — disse Boris. — Mas me repugnaria tratar-me. Acho que não devemos ultrapassar os trinta. Depois, a gente se torna uma ficha inútil.

Olhou para Mathieu.

— Não digo isso por você.

— Sei — disse Mathieu. — Mas você tem razão. Depois dos trinta a gente não vale mais nada.

— Eu desejaria ter dois anos a mais, e ficar nessa idade o resto da vida. Seria notável.

Mathieu encarou-o com uma simpatia escandalizada. A juventude era para Boris uma qualidade perecível e gratuita de que era preciso tirar proveito cinicamente e uma virtude moral de que carecia mostrar-se digno. Era mais ainda: uma justificação. "Que importa", pensou Mathieu, "ele sabe ser jovem". Ele só, talvez, no meio daquela gente toda, estava realmente ali, naquele *dancing*, naquela cadeira. "No fundo não é tão besta assim viver a mocidade a fundo até os trinta e estourar. Seja como for, depois dos trinta a gente está morto."

— Você parece aporrinhadíssimo — disse Boris.

Mathieu estremeceu. Boris corara, cheio de confusão, mas olhava Mathieu com uma solicitude inquieta.

— Isso se percebe?

— E como!

— Dificuldades de dinheiro.

— Você se defende mal — disse Boris, com severidade. — Se tivesse os seus vencimentos não precisaria pedir emprestado. Quer os cem francos do *barman*?

— Obrigado, eu preciso é de cinco mil.

Boris assobiou com um ar entendido.

— Desculpe! Seu amigo Daniel não empresta?

— Não pode.

— E seu irmão?

— Não quer.

— Merda — disse Boris, desolado. — Se você quisesse... — acrescentou embaraçado.

— O quê?

— Nada. Estava pensando que é um absurdo. Lola está cheia de dinheiro e não sabe o que fazer dele.

— Não quero pedir a Lola.

— Mas eu juro que ela não sabe o que fazer dele. Se se tratasse de dinheiro no banco, eu não diria nada: ela poderia comprar ações, investir na Bolsa, é claro que ela precisa do dinheiro dela. Mas ela tem sete mil francos em casa há quatro meses, não tocou neles, nem teve tempo de depositá-los no banco. Estão lá, jogados no fundo de uma maleta.

— Você não compreende — disse Mathieu, agastado. — Não quero pedir nada a Lola porque ela não me suporta.

Boris riu.

— Isso é verdade. Não suporta você.

— Então.

— Não impede que seja absurdo. Você aporrinhado por causa de cinco mil francos, tem-nos à mão e não os quer pegar. E se eu pedisse para mim?

— Não, não faça isso — disse Mathieu com vivacidade —, ela acabaria por saber. Estou falando sério — insistiu —, seria desagradável para mim que você lhe pedisse.

Boris não respondeu. Pegara o canivete entre dois dedos e o erguera devagar à altura da fronte, de ponta para baixo. Mathieu sentia-se perturbado. "Sou ignóbil", pensou, "bancar o cavalheiro à custa de Marcelle". Virou-se para Boris, ia dizer-lhe: "Peça o dinheiro a Lola", mas não conseguiu articular as palavras e o sangue lhe subiu às faces. Boris abriu os dedos. O canivete caiu, cravou-se no chão e o cabo pôs-se a vibrar.

Ivich e Lola voltaram a seus lugares. Boris apanhou a arma e a pousou sobre a mesa.

— O que é isso? — indagou Lola.

— Uma navalha espanhola — disse Boris —, para te fazer andar na linha.

— Você é um monstrinho.

A orquestra iniciara outro tango, Boris olhou Lola, sombrio.

— Vem dançar — disse, entre os dentes.

— Vocês vão me matar.

Seu rosto se iluminara, ela acrescentou com um sorriso feliz:

— Você é bom.

Boris levantou-se e Mathieu pensou: "Ele vai pedir o dinheiro, apesar de tudo." Estava envergonhadíssimo e covardemente aliviado. Ivich sentou-se ao lado dele.

— Ela é formidável — disse com sua voz enrouquecida.

— Sim, é bela!

— E o corpo! Como é comovente esse rosto devastado e o corpo desabrochado. Eu sentia o tempo voar e tinha a impressão de que ela ia murchar nos meus braços.

Mathieu acompanhava Boris e Lola com o olhar. Boris ainda não tocara no assunto. Parecia pilheriar, e Lola sorria-lhe.

— Ela é simpática — disse Mathieu distraidamente.

— Simpática? Ah, não! É uma mulher horrível, uma fêmea.

Acrescentou com orgulho:

— Eu a intimidava.

— Eu vi — disse Mathieu.

Cruzava e descruzava as pernas nervosamente.

— Quer dançar?

— Não — respondeu Ivich —, quero beber.

Encheu a taça pela metade e explicou:

— É conveniente beber quando se dança, porque a dança não deixa a gente se embriagar e o álcool te sustenta.

Acrescentou asperamente:

— É fantástico como me divirto aqui. Vou acabar bem.

"Pronto", pensou Mathieu, "ele está falando". Boris assumiu uma expressão séria, falava sem olhar para Lola. Lola não dizia nada. Mathieu sentiu que se tornava carmesim, estava irritado com Boris. Os ombros de um negro gigantesco esconderam-lhe por um instante o rosto de Lola, que ressurgiu com um ar fechado. E a música parou. A multidão entreabriu-se e Boris apareceu, provocante e mau. Lola seguia-o de longe, não parecia satisfeita. Boris inclinou-se para Ivich:

— Faz-me o favor, convida ela — disse ele rapidamente.

Ivich levantou-se sem mostrar espanto e atirou-se ao encontro de Lola.

— Oh! não — disse Lola —, não, Ivich querida, estou exausta.

Parlamentaram um minuto e Ivich a levou para a pista.

— Ela não quer? — indagou Mathieu.

— Não — disse Boris —, mas ela me paga.

Estava pálido, a carranca rancorosa e acovardada dava-lhe um ar de semelhança com a irmã. Uma semelhança perturbadora e desagradável.

— Não faça besteira, hem! — disse Mathieu, preocupado.

— Não ficou aborrecido comigo? — indagou Boris. — Você me proibiu de falar...

— Seria um salafrário se me zangasse. Você bem sabe que o deixei pedir... Por que ela recusou?

— Não sei — disse Boris, erguendo os ombros. — Ela fez uma cara de poucos amigos e disse que precisava do dinheiro. Ora essa! — acrescentou com um furor espantado —, por uma vez que lhe peço alguma coisa. Ela não está nem aí! Uma mulher da idade dela, que quer um sujeito de minha idade, deve pagar!

— Como é que você apresentou a coisa?

— Disse que era para um amigo que quer comprar uma garagem. Disse o nome: Picard. Ela o conhece e é verdade que ele quer comprar uma garagem.

— Não deve ter acreditado.

— Não sei, o que sei é que vai me pagar, e já.

— Sossegue — advertiu Mathieu.

— Ora — disse Boris com ar hostil —, isso é comigo.

Foi inclinar-se diante da louraça. Ela corou ligeiramente e levantou-se. No momento em que começava a dançar, Lola e Ivich passaram perto de Mathieu. A loura fazia caras e bocas, mas por baixo do sorriso estava de atalaia. Lola conservava a calma, ela avançava majestosa e os dançarinos abriam passagem para lhe demonstrar respeito. Ivich recuava com os olhos virados para o céu, inconsciente. Mathieu pegou o canivete pela lâmina e pôs-se a bater com o cabo na mesa. "Vai haver sangue", pensou.

Aliás, isso não lhe interessava em absoluto. Pensava em Marcelle: "Marcelle, minha mulher", e alguma coisa se fechou dentro dele marulhando. "Minha mulher, ela viverá na minha casa." Era natural, perfeitamente natural, como engolir a própria saliva. Aquilo o roçava de todos os lados. "Não te incomodes, não te irrites, sê maleável, natural. Em minha casa. Eu a verei todos os dias de minha vida." Pensou: "Tudo está claro, tenho uma vida."

"Uma vida." Olhava aqueles rostos avermelhados, aquelas luas ruivas que deslizavam sobre almofadas de nuvens. "Todos têm sua vida. Todos. Cada um a sua. Elas estendem-se através das paredes do *dancing*, através das ruas de Paris, pela França, entrecruzam-se, cortam-se e permanecem tão pessoais quanto uma escova de dentes ou uma lâmina de barbear, como os objetos de toalete que não se emprestam. Eu o sabia. Eu sabia que cada um tinha uma vida. Só não sabia que eu também tinha. Eu pensava: 'Não fazendo nada, escapo. Pois me enganava.'" Pousou o canivete na mesa, tomou a garrafa e inclinou-a em cima da taça. Estava vazia. Sobrava um pouco de champanhe na taça de Ivich; bebeu-o.

"Bocejei, li, fiz amor. E isso marcava! Cada um desses meus gestos suscitava, para além deles mesmos, no futuro, uma pequena espera obstinada que amadurecia. Essas esperas são eu, sou eu que me espero nas encruzilhadas, nos cruzamentos, na grande sala da *mairie*[*] do 14º distrito, sou eu que me espero lá sentado numa poltrona vermelha, espero que eu chegue, vestido de preto, com um colarinho duro, espero que eu venha morrer de calor e dizer: 'Sim, aceito-a como esposa.' Sacudiu violentamente a cabeça, mas sua vida ficou firme. 'Lentamente, mas com segurança, ao sabor de meu humor, de minhas preguiças, segreguei a minha concha, agora acabou, estou enterrado dentro. Sou eu por todo lado! No centro, o meu apartamento, e eu no meio, entre minhas poltronas de couro verde; fora, a rua da Gaîté, de mão única porque a desço sempre, a avenida do Maine e Paris inteira em torno de mim, norte na frente, sul atrás, o Panthéon à direita, a Torre Eiffel à esquerda, a porta de Clignancourt em frente de mim e no meio a rua Ver-

---
[*] Conselho municipal; pretoria. (N.T.)

cingétorix, um buraquinho forrado de cetim cor-de-rosa, o quarto de Marcelle, minha mulher, e Marcelle está lá dentro, nua, e me espera. E, em volta de Paris, a França sulcada de estradas de mão única, e mares tingidos de azul ou de preto, o Mediterrâneo de azul, o mar do Norte de preto, a Mancha cor de café com leite, e depois outros países, a Alemanha, a Itália — a Espanha é branca porque não fui combater por ela —, e as cidades redondas, a distâncias fixas de meu quarto. Tombuctu, Toronto, Casã, Nijni-Novgorod, estáveis como marcos quilométricos. Ando. Vou-me embora, passeio, erro, erro à vontade: férias de universitário, por onde ando levo a concha comigo, fico em casa, no meu quarto, entre meus livros, não me aproximo um centímetro sequer de Marrakech ou de Tombuctu. Mesmo se eu tomasse o trem, o barco, o carro, se fosse passar as férias no Marrocos, e se chegasse de repente a Marrakech, ainda estaria no meu quarto, ainda estaria em casa. Se fosse passear nas praças, nos mercados, se abraçasse um árabe para, por intermédio dele, tocar em Marrakech, ele estaria em Marrakech, eu não. Eu estaria sempre sentado no meu quarto, tranquilo e pensativo como escolhi ser, a três mil quilômetros do marroquino e de seu turbante. No meu quarto. Para sempre. Para sempre o ex-amante de Marcelle e, agora, marido dela, o professor, aquele que não aprendeu inglês, que não aderiu ao Partido Comunista, que não esteve na Espanha. Para sempre."

"Minha vida." Ela o envolvia. Era uma estranha coisa sem começo nem fim e que no entanto não era infinita. Ele a percorria com os olhos, de uma *mairie* a outra, da *mairie* do 18º distrito, onde fora examinado pelo serviço de recrutamento em outubro de 1923, à *mairie* do 14º distrito, onde ia casar com Marcelle no mês de agosto ou setembro de 1938. Ela tinha um sentido vago e hesitante como as coisas naturais, uma insulsez tenaz, um cheiro de poeira e de violetas.

"Levei uma vida desdentada", pensou. "Uma vida desdentada. Nunca mordi; esperava, preservava-me para mais tarde — e acabo de perceber que não tenho mais dentes. Que fazer? Quebrar a concha? É fácil dizer. Aliás, que me restaria? Uma pequena massa viscosa que se arrastaria na poeira, deixando atrás de si um rastro brilhante."

Ergueu os olhos e viu Lola. Tinha um sorriso mau nos lábios. Viu Ivich. Ela dançava, com a cabeça inclinada para trás, esgazeada, sem idade, sem porvir: "Ela não tem concha." Dançava, estava embriagada, não pensava em Mathieu. Absolutamente. Como se ele nunca tivesse existido. A orquestra tocava um tango argentino que Mathieu conhecia bem, "Mi caballo murió", mas ele olhava Ivich e lhe parecia que ouvia aquela melodia triste e rude pela primeira vez. "Nunca será minha, nunca entrará na minha concha." Sorriu, sentia uma dor humilde e refrescante, contemplou com ternura o corpinho rancoroso e frágil em que sua liberdade se atolara. "Minha querida Ivich, minha querida liberdade." E de repente uma consciência, pura consciência, pôs-se a planar sobre o seu próprio corpo empoeirado, a sua vida, uma consciência sem eu, um pouco de ar quente apenas. Planava lá em cima, era um olhar, contemplava o falso boêmio, o pequeno-burguês preso às comodidades, o intelectual malogrado, "não revolucionário, revoltado", o sonhador abstraído cercado de sua vida mole. E ela julgava: "Este sujeito está fodido, bem o mereceu." Mas não era solidária com ninguém, agitava-se numa bolha giratória, desvairada, sofredora, sobre o rosto de Ivich, ruidosa de música, efêmera e desolada. Uma consciência vermelha, um lamento sombrio. "Mi caballo murió", ela era capaz de tudo, de se desesperar de verdade pelos espanhóis, de resolver qualquer coisa. Se pudesse durar assim... Mas não podia durar. A consciência inchava, inchava, a orquestra calou-se, ela estourou. Mathieu encontrou-se a sós consigo mesmo, no fundo de sua vida, seco e duro. Nem se julgava mais, não se aceitava tampouco, era Mathieu, eis tudo: "Um êxtase a mais, e depois?" Boris voltou a seu lugar, não parecia muito orgulhoso de si. Disse a Mathieu:

— Puxa!
— O quê?
— A loura. É uma vaca.
— Que foi que ela fez?

Boris franziu as sobrancelhas e estremeceu sem responder. Ivich voltou a sentar-se perto de Mathieu. Estava só. Mathieu escrutou a sala e descobriu Lola junto dos músicos falando com Sarrunyan.

Ele parecia espantado. Depois lançou um olhar matreiro à louraça que se abanava displicentemente. Lola sorriu-lhe e atravessou a sala. Quando se sentou tinha uma expressão estranha. Boris olhou para o sapato direito com afetação e houve um silêncio pesado.

— É demais — gritou a loura —, o senhor não tem o direito, não vou embora.

Mathieu sobressaltou-se e todos olharam. Sarrunyan inclinara-se obsequiosamente para a loura, como um *maître d'hôtel* que aguarda o pedido. Falava-lhe em voz baixa, com um ar calmo e decidido. A loura levantou-se de repente.

— Vem — disse para o companheiro.

Procurou a bolsa. Os cantos da boca tremiam.

— Não — disse Sarrunyan —, é convite da casa.

A loura amarrotou uma nota de cem francos e jogou-a na mesa. O companheiro levantara-se, olhava a nota de cem francos com um ar de censura. Depois a loura tomou-lhe o braço e saíram os dois de cabeça erguida, rebolando do mesmo modo.

Sarrunyan aproximou-se de Lola assobiando baixinho.

— Não virá nunca mais — disse, com um sorriso divertido.

— Obrigada — respondeu Lola —, não pensei que fosse tão fácil.

Ele afastou-se. A orquestra argentina deixava a sala, os negros voltavam um a um com seus instrumentos. Boris fixou em Lola um olhar de raiva e admiração, depois virou-se bruscamente para Ivich.

— Vem dançar.

Lola contemplou-os calmamente, enquanto se levantavam. Mas, quando se afastaram, o rosto dela sulcou-se de repente. Mathieu sorriu-lhe.

— Você faz o que bem entende nesta boate — disse.

— Precisam de mim — respondeu Lola, com indiferença. — Essa gente vem aqui por minha causa.

Os olhos continuavam inquietos e ela tamborilava nervosamente na mesa. Mathieu não sabia mais o que lhe dizer. Felizmente ela se levantou depois de um instante.

— Desculpe.

Mathieu viu-a dar a volta na sala e desaparecer. Pensou: "Está na hora da droga." Ele estava só. Ivich e Boris dançavam, puros como uma melodia, apenas um pouco menos impiedosos. Virou a cabeça e ficou olhando para os pés. Passou algum tempo, para nada. Não pensava em nada. Uma espécie de queixa rouca o fez estremecer. Lola voltara, tinha os olhos cerrados, sorria. "Está no ponto", pensou. Ela abriu os olhos e sentou-se, sem cessar de sorrir.

— Sabia que Boris precisava de cinco mil francos?

— Não — disse ele. — Não sabia. Precisava de cinco mil francos?

Lola continuava a olhá-lo, oscilante. Mathieu percebia duas grandes íris verdes com pupilas minúsculas.

— Acabo de recusar — disse Lola. — Ele afirma que é para Picard. Pensei que fosse para o senhor.

Mathieu pôs-se a rir.

— Ele sabe que nunca tenho dinheiro.

— Então não estava a par? — indagou Lola, incrédula.

— Não.

— Estranho!

Tinha-se a impressão de que ela ia adernar, casco para o ar como um navio velho, ou então que a boca ia rasgar-se e largar um grito imenso.

— Esteve na sua casa à tarde? — indagou ela.

— Sim, lá pelas três horas.

— E não lhe disse nada?

— Não vejo nada de extraordinário nisso. Terá encontrado Picard mais tarde.

— Foi o que me disse.

— Então?

Lola deu de ombros.

— Picard trabalha durante o dia todo em Argenteuil.

Mathieu disse com indiferença:

— Picard precisava de dinheiro, deve ter passado pelo hotel de Boris. Não o encontrou e depois o viu no bulevar Saint-Michel, por acaso.

Lola olhou-o com ironia.

— Pensa que Picard iria pedir cinco mil francos a Boris, que tem apenas trezentos francos por mês de mesada?

— Então, não sei — disse Mathieu, exasperado.

Tinha vontade de dizer: "O dinheiro era para mim." Assim acabava logo com aquilo. Mas não era possível por causa de Boris. "Ela ficaria louca com ele e ele se transformaria em meu cúmplice." Lola tamborilava na mesa com as unhas escarlates, os cantos dos lábios levantaram-se bruscamente, tremiam e tornavam a cair. Ela espiava Mathieu com uma insistência inquieta, mas por baixo daquela cólera alerta Mathieu percebia uma profunda perturbação. Tinha vontade de rir.

Lola desviou o olhar e indagou:

— Não seria uma prova?

— Uma prova? — repetiu Mathieu, espantado.

— Sim, uma prova...

— Uma prova? Que ideia!

— Ivich vive a dizer a ele que sou sovina.

— Quem lhe contou isso?

— Estranha que eu saiba? — perguntou Lola, triunfante. — Ele é um menino leal. Não pensem que podem falar mal de mim diante dele sem que ele me conte. Aliás, eu o sinto já pelo modo de me olhar. Ou então me faz perguntas com ar de quem não quer. Mas eu percebo tudo. De longe. É mais forte que ele, quer ficar com a consciência limpa.

— E então?

— Quis ver se eu era mesmo pão-duro. Inventou essa história de Picard. A menos que alguém lhe tenha soprado a ideia.

— Mas quem haveria de soprar?

— Não sei. Não falta quem pense que já estou velha e que ele é um fedelho. Basta ver a cara das idiotas que andam por aqui quando estamos juntos.

— Acredita que ele se preocupa com elas?

— Não. Mas há também quem imagine fazer-lhe um benefício enchendo-lhe a cabeça.

— Ouça — disse Mathieu —, não adianta tanta cerimônia: se é para mim que diz isso, engana-se.

— Sei — disse Lola com frieza. — É possível.

Houve um silêncio e depois ela perguntou repentinamente:

— Como explica que haja sempre cenas quando vem aqui?

— Não sei. Não tenho culpa. Hoje eu nem queria vir... Imagino que gosta de cada um de nós de maneira diferente e que fica irritada quando nos encontra ao mesmo tempo um e outro.

Lola olhava diante de si com uma expressão sombria e tensa. Disse afinal:

— Tome nota. Não quero que me roubem o menino. Tenho certeza de que não faço mal a ele. Quando se cansar de mim poderá largar-me, e isso virá por certo bem mais cedo do que espero. Mas não quero que me roubem o menino.

"Ela se alivia", pensou Mathieu. Sem dúvida a influência do tóxico. Mas havia outra coisa. Lola detestava Mathieu e no entanto aquilo que lhe dizia agora não o dissera a ninguém. Entre ambos, apesar do ódio, havia uma espécie de solidariedade.

— Não pretendo roubá-lo — disse ele.

— Eu pensava.

— Pois bem, não pense mais. Suas relações com Boris não me interessam. E, caso me interessassem, eu acharia tudo muito certo.

— Eu pensava: ele se crê com responsabilidade porque é professor dele.

Calou-se e Mathieu compreendeu que não a convencera. Ela parecia escolher as palavras.

— Eu sei... sei que sou uma mulher velha... — continuou penosamente. — Não é preciso que me digam... Mas é por isso que posso ajudá-lo. Há coisas que eu posso ensinar a esse menino — acrescentou num desafio. — E depois, quem lhe disse que sou velha demais para ele? Ele gosta de mim como sou, é feliz comigo quando não lhe enchem a cabeça.

Mathieu permanecia mudo. Lola exclamou com uma violência inquieta:

— Deveria saber que ele gosta de mim! Deve ter-lhe dito; ele lhe diz tudo.

— Acho que ele gosta, de fato.

Lola volveu para ele seus olhos pesados.

— Já passei por tudo e não tenho ilusões, mas o que lhe digo é que esse menino é minha última oportunidade. Depois disso, faça o que bem entender.

Mathieu não respondeu imediatamente. Olhava Boris e Ivich dançarem e tinha vontade de dizer a Lola: "Não vamos brigar, você bem vê que somos iguais." Mas essa semelhança o enjoava ligeiramente. Viu no amor de Lola, apesar da violência e da pureza, algo viscoso e voraz. Entretanto murmurou:

— Diz isso pra mim... Mas eu o sei tão bem quanto você...

— Por que tão bem?

— Somos iguais.

— Que quer dizer com isso?

— Olhe para nós e olhe para eles.

Lola teve um muxoxo de desprezo.

— Nós não somos iguais — disse.

Mathieu deu de ombros e eles se calaram sem se reconciliar. Olhavam para Boris e Ivich. Boris e Ivich dançavam, eram cruéis sem percebê-lo. Talvez o percebessem vagamente. Mathieu estava sentado ao lado de Lola. Não dançavam porque aquilo já não era de sua idade. "Devem acreditar que somos amantes", pensou. Ouviu Lola murmurar para si mesma: "Se ao menos eu tivesse certeza de que é para Picard."

Boris e Ivich voltaram. Lola levantou-se com dificuldade. Mathieu pensou que ela fosse cair, mas ela se apoiou à mesa e respirou fundo.

— Vem — disse a Boris —, quero falar com você.

Boris não pareceu se sentir à vontade.

— Não pode falar aqui?

— Não.

— Bom, espere que a orquestra toque. Dançaremos.

— Não — disse Lola —, estou cansada. Venha ao meu camarim.

— Desculpe, Ivich.

— Estou bêbada — disse Ivich amavelmente.

— Voltaremos logo. Aliás, já está quase na hora de eu cantar.

Lola afastou-se e Boris acompanhou-a, de mau humor. Ivich deixou-se cair na cadeira.

— É verdade que estou bêbada — disse. — Veio de repente, dançando.

Mathieu não respondeu.

— Por que vão embora?

— Vão conversar. Lola acaba de tomar a droga. Depois da primeira dose é uma ideia fixa tomar outra. Acho que gostaria de tomar tóxicos.

— Naturalmente!

— Quem é que tem? — disse Ivich, indignada. — Se tiver de ficar em Laon a vida inteira, será uma distração.

Mathieu silenciou.

— Percebo — disse ela. — Você está zangado porque estou bêbada.

— Não estou zangado.

— Está. Está me censurando.

— Não, já disse! Aliás, você não está tão embriagada assim!

— Estou for-mi-da-vel-men-te bêbada — disse Ivich, com satisfação.

Os frequentadores começavam a sair. Deviam ser duas horas da madrugada. No camarim, um cômodo pequeno e sujo, forrado de veludo vermelho, com um velho espelho de moldura dourada, Lola ameaçava e implorava: "Boris, Boris, Boris! Você me enlouquece." E Boris baixava a cabeça, medroso e obstinado. Um vestido preto comprido, revoluteando entre as paredes vermelhas, o brilho negro do vestido no espelho e o contraste de dois lindos braços brancos retorcendo-se de desespero, numa cena patética fora de moda. Em seguida Lola passaria para trás do biombo e aí, com abandono, a cabeça inclinada como para impedir uma hemorragia nasal, aspiraria duas pitadas de pó branco. A fronte de Mathieu suava, mas ele não ousava enxugá-la, tinha vergonha de transpirar diante de Ivich. Ela dançara sem parar, ficara pálida, porém não transpirava. Dissera de manhã: "Tenho horror a essas mãos úmidas." Não soube mais o que fazer das próprias mãos. Sentia-se fraco e desanimado, não tinha mais nenhum desejo, não pensava em mais nada. De vez em quando dizia com seus botões que o sol ia levantar-se logo, que teria de recomeçar suas diligências, telefonar a Marcelle, a Sarah, viver do princípio ao fim um novo dia, e isso lhe parecia incrível. Gostaria de permanecer indefinidamente nessa mesa, sob aquelas luzes artificiais, ao lado de Ivich.

— Estou me divertindo muito — disse ela, com uma voz de bêbada.

Mathieu olhou-a. Estava nesse estado de exaltação que um incidente qualquer pode transformar em furor.

— Não estou nem aí para os exames — disse Ivich. — Se levar bomba ficarei satisfeita. Hoje de noite enterro minha vida de solteira.

Sorriu e afirmou em êxtase:

— Brilha como um pequeno diamante.

— O quê?

— Este momento. É redondinho, está suspenso no vazio como um diamante. Eu sou eterna.

Pegou o canivete de Boris pelo cabo, apoiou a lâmina contra o bordo da mesa e divertia-se fazendo-a curvar-se.

— Que é que ela quer, essa lambisgoia? — disse de repente.

— Quem?

— Essa mulher de preto ao meu lado. Desde que chegou não parou de me censurar.

Mathieu virou a cabeça. A mulher de preto olhava Ivich com o rabo do olho.

— Então — disse Ivich —, não é verdade?

— Acho que sim.

Percebeu o rosto mau de Ivich, os olhos rancorosos e vagos, e pensou: "Não devia ter falado." A mulher de preto compreendeu que falavam dela; assumiu uma atitude majestosa, seu marido acordava e olhava Ivich com olhos severos. "Que chateação", pensou Mathieu. Sentia-se preguiçoso e covarde, teria dado tudo para não ter complicações.

— Essa mulher me despreza porque é decente — murmurou Ivich, dirigindo-se ao canivete. — Eu não sou decente, estou me divertindo, estou bêbada, vou levar bomba. Odeio a decência — gritou de repente.

— Cale-se, Ivich, eu lhe peço.

Ivich olhou-o com uma expressão cortante.

— Está falando comigo, creio. É verdade, você também é decente. Não tenha medo. Quando eu ficar dez anos em Laon, com mamãe e papai, serei ainda mais decente do que você.

Estava largada na cadeira, apoiava obstinadamente a lâmina contra a mesa, e a forçava a curvar-se. Parecia louca. Houve um silêncio pesado e em seguida a mulher de preto voltou-se para o marido.

— Não compreendo como há gente que se comporta como essa menina — disse.

O marido olhou receoso para os ombros de Mathieu:
— Hum?

— Não é culpa dela — continuou a mulher —, culpados são os que a trouxeram aqui.

"Pronto", pensou Mathieu, "o escândalo". Ivich ouvira na certa, mas não disse nada. Estava quieta. Quieta demais. Parecia espiar alguma coisa, erguera a cabeça com um ar estranho, maníaco e contente a um tempo.

— Que foi que houve? — indagou Mathieu, inquieto.

Ivich tornara-se pálida.

— Nada. Eu... mais uma indecência para divertir a senhora. Quero ver como suporta a visão do sangue.

A vizinha de Ivich deu um gritinho e pôs-se a piscar. Mathieu olhou precipitadamente as mãos de Ivich. Segurava o canivete com a mão direita e rasgava a palma esquerda aplicadamente. A carne abrira-se desde o polegar até o mindinho e o sangue gotejava devagar.

— Ivich — gritou Mathieu —, suas mãos!

Ivich escarnecia esgazeada.

— Acha que ela vai desmaiar?

Mathieu estendeu a mão por cima da mesa e Ivich deixou-o tomar-lhe o canivete sem opor resistência. Mathieu estava desvairado, contemplava os dedos magros de Ivich, que se enchiam de sangue, e pensava na dor que ela sentia.

— Você é louca! Vamos ao toalete fazer um curativo.

— Um curativo? — Ivich riu maldosamente. — Está compreendendo o alcance do que me diz?

Mathieu levantou-se.

— Venha, Ivich, peço-lhe, venha depressa.

— É uma sensação muito agradável — disse Ivich sem se levantar. — Parece um pedaço de manteiga.

Erguera a mão à altura do nariz e a examinava com uma expressão crítica. O sangue escorria, dir-se-ia o vaivém de um formigueiro.

— Meu sangue. Gosto de ver meu sangue.

— Basta — disse Mathieu.

Pegou Ivich pelos ombros, mas ela se desvencilhou violentamente e uma gota pesada de sangue caiu sobre a toalha. Ivich olhava Mathieu com os olhos brilhando de ódio.

— Você toma a liberdade de tocar em mim?

Acrescentou com uma risada insultante:

— Deveria ter imaginado que você acharia isso excessivo! Escandaliza-se com o fato de a gente brincar com o próprio sangue.

Mathieu sentiu que empalidecia de raiva. Sentou-se de novo, estendeu a mão esquerda sobre a mesa e disse docemente:

— Excessivo? Não, Ivich, acho isso encantador. Um brinquedo para moças da nobreza, imagino.

Enfiou o canivete de um golpe na palma da mão e não sentiu quase nada. Quando largou, o canivete ficou enterrado na carne, de pé, cabo para o ar.

— Ah! ah! — exclamou Ivich convulsivamente — tire, tire!

— Está vendo? — disse Mathieu, cerrando os dentes. — Qualquer pessoa pode fazê-lo.

Sentia-se terno e maciço e receava desmaiar. Mas havia nele uma satisfação obstinada e uma má vontade deliciosa de miserável. Não fora apenas para enfrentar Ivich que dera o golpe, fora igualmente um desafio a Jacques, a Brunet, a Daniel, à vida. "Sou um imbecil", pensou, "Brunet tem razão de achar que sou uma criança velha". Mas não podia deixar de se sentir satisfeito. Ivich olhava a mão de Mathieu, que parecia pregada na mesa, e o sangue que se derramava em volta da lâmina. Depois, olhou para ele, que estava com o rosto completamente mudado. Disse docemente:

— Por que fez isso?

— E você? — indagou Mathieu secamente.

À esquerda ouvia-se um tumulto ameaçador. Era a opinião pública. Mathieu não lhe dava ouvidos. Olhava Ivich.

— Oh! — disse ela —, lamento... muito.

O tumulto ampliou-se e a mulher de preto pôs-se a gritar:

— Eles estão bêbados, vão se machucar, é preciso impedi-los, não posso ver isso.

Algumas cabeças se voltaram e o garçom acorreu:

— A senhora deseja alguma coisa?

A mulher de preto apertava o lenço sobre os lábios. Apontou Mathieu e Ivich sem dizer nada. Mathieu arrancou rapidamente o canivete do ferimento e doeu muito.

— Nós nos ferimos com esse canivete.

O garçom não se impressionou, tinha visto coisas piores.

— Se quiserem ir ao toalete — propôs —, há lá tudo quanto é necessário.

Desta vez Ivich levantou-se docilmente. Atravessaram a pista atrás do garçom com as mãos feridas levantadas. Era tão cômico que Mathieu deu uma gargalhada. Ivich contemplou-o inquieta e depois riu também. Riu tão alto que a mão tremeu. Duas gotas de sangue caíram no chão.

— Estou me divertindo! — disse Ivich.

— Deus meu — exclamou a funcionária do toalete —, como foi que fez isso? E o senhor?

— Estávamos brincando com uma faca.

— Aí está — observou a mulher. — Um acidente acontece à toa. Era uma faca da casa?

— Não.

— Ah! Estava estranhando. É profundo o corte — disse, examinando o ferimento de Ivich. — Não se preocupe, vou dar um jeito.

Abriu um armário e a metade de seu corpo desapareceu dentro dele. Mathieu e Ivich sorriram. A embriaguez de Ivich parecia ter passado.

— Nunca imaginei que você fosse fazer isso — disse a Mathieu.

— Bem vê que nem tudo está perdido...

— Dói, agora.

— Minha mão também.

Sentia-se feliz. Leu: "Senhoras", depois "Homens", em letras douradas sobre as portas esmaltadas de cinza-amarelado. Olhou o chão de ladrilhos brancos, respirou um cheiro de desinfetante e seu coração dilatou-se.

— Não deve ser muito desagradável trabalhar em toaletes — disse, alegre.

— Não mesmo — assentiu Ivich, encantada.

Ela o contemplava com uma expressão de ternura e selvageria, hesitou um instante, depois juntou a palma da mão esquerda à palma ferida de Mathieu. Ouviu-se um ruidozinho molhado.

— A mistura dos sangues — explicou. Mathieu apertou-lhe a mão sem falar e sentiu uma dor forte, a impressão de que uma boca se abria na mão.

— Você me machuca — gemeu Ivich.

— Eu sei.

A mulher do toalete saíra do armário ligeiramente congestionada. Abriu uma lata.

— Aqui está tudo — disse ela.

Mathieu viu um vidro de iodo, agulhas, tesouras, gazes.

— Não lhe falta nada — notou.

Ela meneou a cabeça gravemente.

— Há dias em que não é brincadeira. Anteontem uma senhora jogou o copo na cara de um dos nossos fregueses. Ele sangrava, tive medo por causa dos olhos, retirei-lhe um grande pedaço de vidro da sobrancelha.

— Puxa!

A mulher movimentava-se em torno de Ivich.

— Um pouco de paciência, vai arder, é iodo. Pronto. Acabou.

— Você... você me dirá que sou indiscreta. Mas queria saber em que pensava quando eu estava dançando com Lola — disse Ivich a Mathieu.

— Há pouco?

— Sim, quando Boris convidou a loura. Você estava sozinho no seu canto.

— Acho que pensava em mim.

— Eu olhava, você estava... quase bonito. Se pudesse conservar sempre essa expressão!

— Não se pode pensar sempre em si próprio!

Ivich riu.

— Eu creio que sempre penso em mim.

— Dê-me a sua mão, senhor — disse a mulher do toalete para Mathieu. — Cuidado, vai arder. Pronto. Acabou.

Mathieu sentiu o ardor, mas não prestou atenção, olhava Ivich, que se penteava desajeitadamente diante do espelho, segurando os cachos com a mão pesada. Acabou jogando os cabelos para trás e seu largo rosto apareceu inteiramente nu. Mathieu sentiu um desejo áspero e desesperado.

— Você está linda — disse.

— Não — atalhou Ivich rindo —, estou horrivelmente feia. É meu rosto secreto.

— Acho que gosto ainda mais dele do que do outro.

— Amanhã me pentearei assim.

Mathieu não achou o que responder. Inclinou a cabeça e calou-se.

— Pronto — disse a mulher do toalete.

Mathieu percebeu que ela tinha um buço cinzento.

— Obrigado, a senhora é hábil como uma enfermeira.

A mulher corou de prazer.

— Ora — disse —, nada mais natural. No nosso ofício, há muito trabalho delicado.

Mathieu pôs dez francos no pires e saíram ambos. Olhavam contentes para suas mãos dormentes e enfaixadas.

— É como se eu tivesse uma mão de madeira — disse Ivich.

O *dancing* estava quase vazio. Lola, de pé no meio do palco, ia cantar. Boris esperava-os à mesa. A mulher de preto e o marido tinham desaparecido. Sobre a mesa sobravam duas taças de champanhe pela metade e uma dúzia de cigarros num maço aberto.

— Derrotada — disse Mathieu.

— Sim — respondeu Ivich —, vinguei-me.

Boris olhou-os rindo.

— Vocês se machucaram?

— Foi o diabo desse teu canivete — disse Ivich, com humor.

— Parece que corta bem — observou Boris, fixando um olhar de amador nas mãos deles.

— E Lola? — indagou Mathieu.

Boris tornou-se sombrio.

— Vai mal. Fiz uma burrada.

— O quê?

— Disse que Picard viera em casa e que eu o recebera no meu quarto. Parece que eu tinha dito outra coisa antes, sei lá.

— Você tinha dito que o encontrou no bulevar Saint-Michel.

— Ai!

— Está zangada?

— Oh la la! Está uma fera. Olhe só!

Mathieu olhou. Ela exibia um rosto irritado e triste.

— Desculpe — disse Mathieu.

— Não há de quê. Foi culpa minha. Depois isso se ajeita, estou acostumado. Sempre se ajeita.

Calaram-se. Ivich contemplava com ternura a mão enfaixada. O sono, o frescor da alvorada haviam invadido a sala, imperceptivelmente; o *dancing* recendia a madrugada. "Um pequeno diamante", pensava Mathieu, "ela disse: 'Um pequeno diamante.'" Estava feliz, não pensava em nada de si mesmo, tinha a impressão de estar sentado fora, num banco. Fora do *dancing*, fora de sua vida. Sorriu. "Ela disse também: 'Sou eterna.'"

Lola começou a cantar.

XII

"No Dôme às dez horas." Mathieu acordou. O montinho de gaze branca em cima da cama era sua mão esquerda. Doía, mas o resto do corpo estava bem-disposto. "No Dôme às dez." Ela dissera ainda: "Estarei lá antes de você, não poderei fechar os olhos." Eram nove horas. Pulou da cama. "Vai mudar de penteado", pensou.

Empurrou as venezianas. A rua estava deserta, o céu baixo e cinzento, e o calor era menor do que na véspera. Uma manhã de verdade. Abriu a torneira da pia e mergulhou a cabeça na água. "Eu também levanto cedo." Sua vida caíra-lhe aos pés, dir-se-ia uma colcha pesada que o envolvia ainda, embaraçava-lhe os tornozelos, mas ele pularia por cima, e a deixaria atrás de si como uma pele inútil. A cama, a escrivaninha, a lâmpada, a poltrona verde... já não eram seus cúmplices, porém objetos anônimos de ferro e madeira, utensílios, passara a noite num quarto de hotel. Enfiou a roupa e desceu a escada assobiando.

— Uma carta expressa para o senhor — disse a porteira.

Marcelle! Mathieu sentiu um gosto amargo na boca. Esquecera Marcelle. A porteira entregou-lhe um envelope amarelo. Era de Daniel.

"Meu caro Mathieu", escrevia Daniel, "procurei com meus conhecidos, mas não pude mesmo juntar a importância de que necessita. Acredite que me aborrece muito. Quer passar na minha casa ao meio-dia? Desejaria conversar sobre o assunto. Do amigo Daniel".

"Bom", pensou Mathieu, "irei vê-lo. Ele não quer soltar o dinheiro, mas deve ter encontrado uma solução". A vida parecia-lhe fácil, era preciso que fosse fácil! Sarah daria um jeito de fazer o médico esperar alguns dias. Se necessário, mandaria o dinheiro para a América.

Ivich estava lá, num canto sombrio. Viu logo a mão enfaixada.

— Ivich! — disse com ternura.

Ela ergueu os olhos para ele, tinha o rosto mentiroso e triangular de sempre, sua maldosa pequena pureza, e os cabelos escondiam-lhe metade das bochechas. Não mudara de penteado.

— Dormiu um pouco? — indagou Mathieu tristemente.

— Quase nada.

Ele sentou-se. Ela percebeu que ele olhava para as mãos enfaixadas. Retirou lentamente a dela e a escondeu embaixo da mesa. O garçom aproximou-se. Conhecia Mathieu.

— Como vai, senhor?

— Bem. Traga-me um chá e duas maçãs.

Houve um silêncio de que Mathieu se aproveitou para enterrar as recordações noturnas. Quando sentiu que o coração estava deserto, levantou a cabeça.

— Você não parece muito alegre. É o exame?

Ivich só respondeu com um muxoxo de pouco caso e Mathieu não disse mais nada. Olhou as mesas vazias. Uma mulher lavava o chão, de joelhos. O Dôme acordava, era manhã. Quinze horas ainda até a hora de dormir! Ivich pôs-se a falar em voz baixa, com um ar atormentado.

— É às duas horas. São nove agora. Sinto as horas desmoronarem aos meus pés.

Recomeçara a puxar os cachos como uma maníaca; era insuportável.

Indagou:

— Acha que me aceitariam numa loja como balconista?

— Imagine, Ivich, isso é exaustivo.

— E manequim?

— Você é um pouco pequena, mas talvez...

— Faria qualquer coisa para não ficar em Laon. Lavarei pratos.

Acrescentou com uma expressão preocupada e envelhecida:

— Em casos como este a gente não põe anúncio nos jornais?

— Ouça, Ivich, teremos muito tempo para pensar nisso. E depois, você ainda não levou bomba.

Ivich deu de ombros e Mathieu continuou com vivacidade:

— Mas mesmo que levasse não estaria ainda perdida. Por exemplo: poderia passar dois meses em sua casa, enquanto eu procuraria; por certo encontraria alguma coisa.

Falava com uma expressão de convicção serena e bem-humorada, mas não nutria a menor esperança. Mesmo que lhe arranjasse um emprego, ela se faria despedir no fim de uma semana.

— Dois meses em Laon — disse Ivich com raiva. — Se vê que fala sem saber. É... insuportável.

— De qualquer maneira você teria passado as férias por lá.

— Sim, mas como vão me receber agora?

Calou-se. Ele a contemplou sem falar. Ivich tinha a tez amarelada que apresentava pela manhã, em todas as manhãs. A noite parecia ter deslizado sobre ela. "Nada influi sobre ela", pensou. Não pôde impedir-se de observar:

— Não ergueu os cabelos?

— Bem vê que não — respondeu Ivich secamente.

— Você me prometeu ontem — atalhou ele ligeiramente irritado.

— Estava bêbada.

Repetiu enérgica, como se desejasse intimidá-lo:

— Estava completamente embriagada.

— Você não parecia tão embriagada assim quando me prometeu.

— Ora — disse ela, impaciente —, que tem isso? Vocês são impossíveis com as promessas da gente.

Mathieu não respondeu. Tinha a impressão de que a todo instante lhe faziam perguntas exigindo respostas imediatas: "Como achar cinco mil francos antes da noite? Como fazer para trazer Ivich a Paris no próximo ano? Que atitude assumir com Marcelle?" Não tinha tempo de voltar às interrogações que desde a véspera forravam seu pensamento: "Quem sou? Que fiz de minha vida?" Virando a cabeça para afastar de si essa nova preocupação, viu ao longe a longa silhueta hesitante de Boris, que parecia procurá-lo no terraço.

— Boris! — disse, contrariado.

Indagou, tomado de repentina e desagradável suspeita:

— Foi você que lhe disse para vir?

— Não — respondeu Ivich, estupefata. — Devia encontrá-lo ao meio-dia porque... porque passou a noite com Lola. E olhe só o jeito que tem!

Boris os vira. Vinha em direção a eles. Tinha os olhos arregalados, o olhar esgazeado, estava lívido. Sorria.

— Salve! — disse Mathieu.

Boris ergueu dois dedos à altura da fronte para fazer o gesto habitual de saudação, porém não pôde ir até o fim. Abateu as mãos sobre a mesa e pôs-se a gingar sobre os calcanhares sem dizer nada. Sorria sempre.

— Que é que você tem? — indagou Ivich. — Parece Frankenstein.

— Lola morreu — disse Boris.

Olhava para a frente fixamente com uma expressão estúpida. Mathieu ficou alguns instantes sem compreender, e de repente viu-se invadido por um estupor escandalizado.

— O quê?

Encarou Boris. Não se podia pensar em interrogá-lo imediatamente.

Pegou-o pelo braço e forçou-o a sentar ao lado de Ivich. Ele repetiu maquinalmente:

— Lola morreu!

Ivich voltou para o irmão um olhar de imenso espanto.

Recuara um pouco como se tivesse medo de roçá-lo.

— Suicidou-se? — perguntou.

Boris não respondeu, mas as mãos dele começaram a tremer.

— Responda! — repetiu Ivich, nervosa. — Ela suicidou-se? Suicidou-se?

O sorriso de Boris abriu-se de um modo inquietante. Seus lábios dançavam. Ivich encarava-o fixamente, puxando os cachos. "Ele não se dá conta da coisa", pensou Mathieu com irritação.

— Deixe — disse —, você contará depois. Não fale agora.

Boris pôs-se a rir:

— Se vocês... se vocês...

Mathieu deu-lhe uma bofetada seca e silenciosa com a ponta dos dedos. Boris parou de rir, olhou-o resmungando, depois se encolheu um pouco, boquiaberto, o ar estúpido. Calavam-se os três e a morte estava entre eles, anônima e sagrada. Não era um acontecimento, era uma atmosfera, uma substância pastosa através da qual Mathieu via a xícara de chá, a mesa de mármore e o rosto nobre e maldoso de Ivich.

— E para o senhor? — perguntou o garçom.

Aproximara-se e contemplava Boris com ironia.

— Depressa, um conhaque — disse Mathieu com naturalidade. — O rapaz está com muita pressa.

O garçom afastou-se e voltou com uma garrafa e um cálice. Mathieu sentia-se mole e vazio. Só então começava a perceber os efeitos da noitada.

— Bebe — disse para Boris.

Boris bebeu docilmente. Largou o cálice e murmurou como para si mesmo:

— Que história!

— Meu querido! — disse Ivich, aproximando-se dele. — Meu querido!

Ela sorriu com ternura, segurou-o pelos cabelos e sacudiu-lhe a cabeça.

— Oh! Você está aqui, suas mãos estão quentes — suspirou Boris, aliviado.

— Agora conta — disse Ivich. — Tem certeza de que ela morreu?

— Drogou-se esta noite — explicou Boris com dificuldade. — Tínhamos brigado.

— Então ela se envenenou?

— Não sei.

Mathieu olhava para Ivich com estupor. Ela acariciava ternamente a mão do irmão, mas seu lábio superior arreganhava-se de modo estranho sobre os dentes miúdos... Boris tornou a falar com voz surda. Não parecia dirigir-se a eles.

— Subimos para o quarto e ela tomou a droga. Já tomara antes, no camarim, durante a discussão.

— Essa já devia ser a segunda vez — observou Mathieu. — Parece-me que ela cheirou cocaína quando você dançou com Ivich.

— Então — disse Boris com lassidão — foram três vezes. Nunca tomava tanto assim. Deitamos sem nos falar. Ela pulava na cama, e eu não podia dormir. De repente ficou quieta e eu adormeci.

Esvaziou o copo e continuou:

— Acordei cedo porque sufocava. Era o abraço dela. Estava esticada na cama por cima de mim. Eu disse: "Tire o braço, você me sufoca." Ela não tirava. Pensei que fosse para fazer as pazes e peguei o braço. Estava gelado. Perguntei: "Que é que você tem?" Não respondeu. Então empurrei o braço com toda a força e ela quase caiu no chão. Eu pulei da cama, peguei-a pelo pulso e puxei-a para endireitá-la. Seus olhos estavam abertos. Vi os olhos dela — murmurou com uma espécie de raiva —, nunca mais esquecerei.

— Pobre querido — disse Ivich.

Mathieu esforçava-se por ter pena de Boris, mas não conseguia. Boris desconcertava-o ainda mais do que Ivich. Dir-se-ia que odiava Lola por ter morrido.

— Peguei minhas coisas, vesti-me — continuou Boris com voz monótona. — Não queria que me encontrassem no quarto dela. Ninguém me viu sair, não havia ninguém na porta. Tomei um táxi e vim.

— Está triste? — perguntou Ivich docemente. Ela se inclinara sobre ele, porém sem compaixão excessiva. Parecia pedir uma informação. Disse: — Olhe para mim! Está triste?

— Eu... — olhou-a e disse bruscamente: — Isto me apavora.

Chamou o garçom.

— Outro conhaque.

— Tão urgente quanto o primeiro? — perguntou o garçom sorrindo.

— Vá, sirva depressa — observou Mathieu secamente.

Boris o enojava vagamente. Nada mais lhe restava daquela graça seca e rígida. Seu novo rosto assemelhava-se por demais ao de Ivich. Mathieu pôs-se a pensar no corpo de Lola, estendido num leito de hotel. Uns homens de chapéu-coco iam entrar no quarto. Contemplariam o corpo suntuoso com um misto de concupiscência e de interesse profissional, dobrariam as cobertas, levantariam a camisola para verificar se havia ferimentos, pensando que por vezes a profissão tinha suas vantagens. Teve um arrepio.

— Mora sozinha? — indagou.

— Sim, acho que descobrirão ao meio-dia — disse Boris com um ar preocupado. — A criada costuma acordá-la a essa hora.

— Daqui a duas horas — observou Ivich.

Ela reassumira suas atitudes de irmã mais velha. Acariciava os cabelos do irmão com uma expressão de piedade e triunfo. Boris deixava-se acariciar. Bruscamente gritou:

— Com os diabos!

Ivich sobressaltou-se. Boris falava comumente em gíria, mas não tinha o hábito de praguejar.

— Que foi que aconteceu? — perguntou, inquieta.

— Minhas cartas! Que cretino, deixei com ela as cartas.

Mathieu não compreendia o porquê do susto.

— Cartas que lhe escreveu?

— É.

— E que tem isso?

— O médico! O médico vai saber que morreu intoxicada!

— Você falava da droga nas cartas?

— Falava — respondeu Boris, abatido.

Mathieu tinha a impressão de que ele representava.

— Você também tomava cocaína? — indagou. Estava ligeiramente ressentido porque Boris nunca lhe dissera isso.

— Eu... uma vez ou duas, por curiosidade. Mas falo de um sujeito que vendia, um sujeito da Boule-Blanche, de quem comprei, certa vez, para Lola. Não desejaria que ele fosse em cana por minha causa.

— Boris! Você é louco! — disse Ivich. — Como foi escrever essas coisas?

Boris levantou a cabeça.

— Que escândalo!

— Talvez não as encontrem — disse Mathieu.

— É a primeira coisa que encontrarão. Na melhor das hipóteses, serei chamado como testemunha.

— Papai! — atalhou Ivich. — Vai ficar danado!

— É capaz de me chamar de volta a Laon e me enfiar num banco.

— Você me fará companhia — observou Ivich com uma voz sinistra.

Mathieu contemplou-os com dó. "São assim! É só isso que são!" Ivich perdeu seu ar vitorioso. Encolhidos um ao lado do outro, lívidos e descompostos, pareciam duas velhinhas. Houve um silêncio e em seguida Mathieu percebeu que Boris o olhava de esguelha, com uma expressão de astúcia na boca, uma pobre astúcia desarmada. "Há qualquer coisa no ar", pensou Mathieu, agastado.

— Você disse que a criada vai acordá-la ao meio-dia? — indagou.

— Sim. Ela bate até que Lola responda.

— Pois bem. São dez e meia. Você tem tempo de ir sossegadamente buscar as suas cartas. Tome um táxi, se quiser, mas poderá ir até de ônibus.

Boris desviou o olhar.

— Não posso voltar lá.

"Estava demorando", pensou Mathieu. Indagou:

— Isto lhe é realmente impossível?

— Não posso.

Mathieu viu que Ivich o observava:

— Onde estão as cartas?

— Numa mala preta, diante da janela. Em cima da mala há outra maleta, é só empurrar. Você verá logo uma porção de cartas, as minhas estão amarradas com uma fita amarela.

Demorou um pouco e acrescentou, afetando indiferença:

— Tem grana também. Notas.

Notas. Mathieu assobiou baixinho. Pensava: "Não perde a cabeça o rapaz, prevê tudo, até o pagamento."

— A maleta está fechada?

— Está, a chave está na bolsa de Lola, sobre a mesa de cabeceira. Você vai encontrar um molho de chaves e uma chavezinha chata. É essa.

— Qual é o número do quarto?
— Vinte e um, no terceiro andar, segundo quarto à esquerda.
— Bem — disse Mathieu —, vou lá.

Levantou-se. Ivich continuava a olhá-lo. Boris parecia aliviado. Jogou os cabelos para trás com sua graça reencontrada e disse, sorrindo de leve:

— Se alguém lhe perguntar alguma coisa, diga que vai ver Bolívar, é o negro do Kamtchatka. Eu o conheço, mora também no terceiro.

— Esperem-me aqui — advertiu Mathieu.

Falara em tom de comando. Acrescentou mais baixo:

— Estarei de volta dentro de uma hora.
— Esperaremos — disse Boris.

E acrescentou, com um ar de admiração e imensa gratidão:

— Você é um sujeito fabuloso.

Mathieu deu alguns passos no bulevar Montparnasse; sentia-se contente de estar só. Ivich e Boris iam agora começar a cochichar, iam reconstituir seu mundo irrespirável e precioso. Mas não se importava. Em torno dele havia as preocupações da véspera, do amor a Ivich, a gravidez de Marcelle, o dinheiro, e no meio uma mancha negra: a morte. Disse "ufa!" repetidas vezes, passando a mão no rosto e esfregando as faces. "Pobre Lola, gostava dela." Mas não lhe cabia lamentá-la. Aquela morte era maldita porque não recebera nenhuma sanção e não lhe competia sancioná-la. Ela caíra pesadamente dentro de uma pequenina alma enlouquecida e a perturbava. A essa pequenina alma tão somente cabia a responsabilidade esmagadora de pensar nela e de redimi-la. Se Boris tivesse tido ao menos uma vaga tristeza... Mas só sentia horror. A morte de Lola ficaria eternamente à margem do mundo, eternamente desclassificada, como uma censura. "Morreu como um cão!" Era um pensamento insuportável.

— Táxi — gritou Mathieu.

Quando se sentou no carro, sentiu-se mais calmo. Experimentava mesmo um sentimento de tranquila superioridade, como se, de repente, tivesse alcançado de si próprio perdão por não ter mais a idade de Ivich, ou melhor, como se a mocidade subitamente não tivesse mais valor. "Dependem de mim", pensou com amarga vaidade. Era melhor que o táxi não parasse em frente ao hotel.

— Na esquina da rua Navarin com a rua des Martyrs — avisou.

Mathieu contemplava o desfile dos grandes edifícios tristes do bulevar Raspail. Repetiu: "Dependem de mim." Sentiu-se sólido e até um pouco pesado. Depois os vidros escureceram, o táxi entrou no estreito gargalo da rua do Bac, e repentinamente Mathieu se inteirou de que Lola morrera, de que ia entrar no quarto dela, ver os grandes olhos abertos e o corpo branco. "Não olharei." Estava morta. A consciência dela se aniquilara. Mas não a vida. Abandonada pelo animal mole e sentimental que a habitara durante tanto tempo, aquela vida deserta parara simplesmente; flutuava, cheia de gritos sem ecos e de esperanças ineficazes, de brilhos sombrios, de figuras e de perfumes mortos, flutuava à margem do mundo, entre parênteses, inesquecível e definitiva, mais indestrutível do que um mineral, e nada podia impedi-la de ter sido; acabava de sofrer a última metamorfose. Seu futuro coagulara-se. "Uma vida", pensou Mathieu, "é feita com futuro, como os corpos são feitos com vácuo". Baixou a cabeça. Pensava na própria vida. O futuro penetrara-a até a medula. Tudo estava nela em suspenso, em *sursis*.* Os dias mais recuados de sua infância, o dia em que dissera "Serei livre", o dia em que dissera "Serei grande", apareciam-lhe, ainda agora, com seu futuro particular, como um pequenino céu pessoal e bem redondo em cima deles, e esse futuro era ele, ele tal e qual era agora, cansado e amadurecido. Tinham direitos sobre ele e através de todo aquele tempo decorrido mantinham suas exigências, e ele tinha amiúde remorsos abafantes, porque o seu presente negligente e cético era o velho futuro dos dias do passado. Era a ele que eles tinham esperado vinte anos, era dele, desse homem cansado, que uma criança dura exigira a realização de suas esperanças; dependia dele que os juramentos infantis permanecessem infantis para sempre, ou se tornassem os primeiros sinais de um destino. Seu passado sofria sem cessar os retoques do presente; cada dia vivido destruía um pouco mais os

---

* Prorrogação; espera. (N.T.)

velhos sonhos de grandeza, e cada novo dia tinha um novo futuro; de espera em espera, de futuro em futuro, a vida de Mathieu deslizava docemente... em direção a quê?

Em direção a nada. Pensou em Lola. Estava morta e a vida dela, como a de Mathieu, não fora senão uma espera. Houvera por certo, num antigo verão qualquer, uma menina de cachos ruivos, que jurara ser grande cantora, e também lá por volta de 1923 uma jovem cantora impaciente por se tornar um cartaz. E o amor a Boris, esse grande amor de velha, por causa do qual tanto sofrera, ficara em suspenso desde o primeiro dia. Ainda ontem, obscuro e vacilante, ele esperava seu sentido do porvir, ainda ontem ela esperava viver e ser amada um dia por Boris; os momentos mais cheios, mais pesados, as noites de amor que lhe haviam parecido mais eternas não passavam de esperas.

Não houvera o que esperar. A morte desabara sobre todas essas esperas, sustando-as. Elas estavam imóveis, mudas, sem objetivo, absurdas. Não houvera o que esperar; ninguém jamais saberia se Lola teria sido, afinal, amada por Boris; a questão não tinha sentido. Lola estava morta, não havia mais um gesto a fazer, nem carícia, nem prece; nada mais havia senão esperas de esperas, nada mais senão uma vida esvaziada, de cores confusas, e que se abatia sobre si mesma. "Se eu morresse hoje", pensou repentinamente Mathieu, "ninguém saberia se estava realmente fodido ou se tinha ainda possibilidade de me salvar".

O táxi parou. Mathieu desceu.

— Espere — disse ao motorista.

Atravessou a rua em diagonal, empurrou a porta do hotel, entrou no vestíbulo escuro e perfumado. Em cima de uma porta envidraçada, à esquerda, havia um retângulo de esmalte: "Gerência". Mathieu lançou uma olhadela através do vidro. O cômodo parecia vazio, ouvia-se apenas o tique-taque do relógio. A freguesia habitual do hotel, cantoras, dançarinos, negros do *jazz*, deitava-se tarde e acordava tarde. Tudo ainda dormia. "É preciso que eu não suba depressa demais", pensou. Ouvia as batidas do coração e tinha as pernas bambas. Parou no patamar do terceiro andar e olhou em torno de si. A chave estava na porta. "E se houver alguém aí dentro?" Escutou atento um momento e bateu. Ninguém respondeu. No quarto andar um hóspede puxou a descarga da privada, Mathieu ouviu o ruído da água descendo, um barulho líquido e uma espécie de assovio. Empurrou a porta e entrou.

O quarto estava escuro e conservava ainda um cheiro úmido de sono. Mathieu escrutou a penumbra, estava ansioso por ler a morte no rosto de Lola, como se fosse um sentimento humano. A cama situava-se à direita, no fundo do quarto. Mathieu viu Lola, muito branca, olhando. — Lola — disse em voz baixa. Lola não respondeu. Tinha um rosto extraordinariamente expressivo, porém indecifrável. Os seios estavam à mostra, um de seus belos braços, rígido, se estendia sobre o leito, o outro estava debaixo das cobertas. — Lola — repetiu Mathieu, avançando para o leito. Não podia arredar o olho daquele busto orgulhoso, tinha vontade de tocá-lo. Ficou durante alguns instantes à beira da cama, hesitante, inquieto, o corpo envenenado por um desejo ácido, depois virou-se, pegou rapidamente a bolsa na mesa de cabeceira. A chave chata estava lá. Mathieu tomou-a e dirigiu-se à janela. Uma luz cinzenta filtrava-se através da cortina, o quarto estava cheio de uma presença imóvel. Mathieu ajoelhou-se diante da maleta; a presença irremediável ali estava, atrás dele, como um olhar. Introduziu a chave na fechadura. Ergueu a tampa, mergulhou as duas mãos na maleta e sentiu uns papéis se amarfanharem entre seus dedos. Eram notas, muitas notas. Notas de mil francos. Sob um monte de recibos e de notas, Lola escondera um pacote de cartas amarrado com uma fita amarela. Mathieu levou o pacote à luz, examinou a letra e murmurou: "Ei-las." Depois enfiou o pacote no bolso. Mas não podia ir embora, estava de joelhos, o olhar fixo nas notas. No fim de um instante remexeu nervosamente nos papéis, virando a cabeça sem olhar, escolhendo pelo tato. "Estou pago", pensou. Atrás dele, havia aquela mulher alta e branca, alucinada, cujos braços pareciam poder abrir-se ainda e cujas unhas vermelhas dir-se-ia que ainda arranhavam. Levantou-se, limpou os joelhos com a mão direita. A esquerda segurava um maço de notas. Pensou: "Saí do buraco", e observou as notas com perplexidade. "Saí do buraco." Escutava atentamente, sem querer, e ouvia o corpo silencioso de Lola, sentia-se pregado no lugar. — Bom — murmurou resignado. Os dedos abriram-se e as notas caíram girando dentro da maleta. Mathieu fechou-a, pôs a chave no bolso e saiu do quarto pé ante pé.

A luz ofuscou-o. "Não peguei o dinheiro", lembrou-se espantado.

Permanecia imóvel, a mão no corrimão da escada, pensava: "Sou um fraco." Esforçava-se por tremer de raiva, mas não se pode ter raiva de verdade contra si próprio. Subitamente pensou em Marcelle, na ignóbil velha de mãos de estranguladora, e teve medo de verdade. "Bastava um gesto para que não sofresse, para que evitasse essa coisa sórdida que ia marcá-la. E eu não pude. Sou delicado demais. Bom rapaz! Depois disso", pensou, olhando a mão enfaixada, "posso dar-me uns bons golpes de canivete na mão para bancar o trágico diante das mocinhas; nunca mais conseguirei levar-me a sério". Ela iria ao consultório da velha, não havia outra solução; caberia a ela mostrar-se corajosa, lutar contra a angústia e o horror, enquanto isso ele se daria ânimo bebendo nos botecos. "Não. Ela não irá. Eu casarei com ela, só sirvo mesmo para isso." Pensou, premindo com força a mão ferida sobre o corrimão: "Eu casarei com ela", e pareceu-lhe que se afogava. Murmurou: "Não, não", sacudindo a cabeça, depois respirou fundo, girou sobre os calcanhares e entrou de novo no quarto. Encostou a porta como da primeira vez e tentou acostumar os olhos à escuridão.

Nem tinha certeza de poder roubar. Deu alguns passos incertos e discerniu afinal o rosto pálido de Lola e os olhos arregalados que o contemplavam.

— Quem está aí? — indagou Lola.

Era uma voz fraca, mas irritada. Mathieu sentiu um arrepio percorrer-lhe o corpo da cabeça aos pés. "Cretininho!", pensou.

— É Mathieu.

Houve um silêncio demorado. Em seguida Lola perguntou:

— Que horas são?

— Quinze pras onze.

— Estou com dor de cabeça — disse ela. Puxou as cobertas até o queixo e ficou imóvel, os olhos pregados em Mathieu. Ainda parecia morta. — Onde está Boris? Que está fazendo aqui?

— A senhora esteve doente — explicou Mathieu, precipitadamente.

— Que é que tive?

— Estava rígida, de olhos arregalados. Boris lhe falava e a senhora não respondia. Ele teve medo.

Lola não parecia ouvir. Subitamente pôs-se a rir de modo desagradável. Mas logo se calou de novo. Disse com esforço:

— Ele pensou que eu tivesse morrido?

Mathieu não respondeu.

— Não foi isso? Pensou?

— Teve medo — disse Mathieu evasivamente.

— Uf!

Houve novo silêncio. Ela fechou os olhos, os maxilares tremiam. Parecia fazer um esforço para voltar a si. Disse afinal, com os olhos fechados:

— Dê-me a minha bolsa, está na mesa de cabeceira.

Mathieu estendeu-lhe a bolsa, ela tirou uma caixinha de pó de arroz e olhou-se no espelhinho, com repugnância.

— É verdade, pareço morta.

Pousou a bolsa na cama com um suspiro de exaustão e acrescentou:

— Aliás, não valho muito mais.

— Sente-se mal?

— Bastante. Mas sei o que é. Passará no decorrer do dia.

— Precisa de alguma coisa? Quer que eu vá chamar um médico?

— Não, fique quieto. Então foi Boris quem o mandou?

— Foi. Ele estava desvairado.

— Está lá embaixo? — perguntou Lola erguendo-se ligeiramente.

— Não... eu estava no Dôme, ele foi me procurar. Tomei um táxi.

A cabeça de Lola recaiu no travesseiro.

— Obrigada.

Pôs-se a rir. Um riso penoso, dispneico.

— Em suma, ele teve um pavor louco, o coitado. Deu o fora sem querer saber de mais nada. E mandou-o aqui para ver se eu estava morta de verdade, não é?

— Lola!

— Ora, nada de histórias.

Fechou novamente os olhos e Mathieu pensou que fosse desmaiar. Mas continuou secamente depois de um momento:

— Diga-lhe que se tranquilize. Não estou em perigo. São coisas que me acontecem por vez, quando... Enfim, ele sabe. É o coração que fraqueja. Diga-lhe que venha já. Eu o espero. Ficarei aqui até de noite.

— Bem — disse Mathieu —, não precisa mesmo de nada?

— Não. À noite estarei refeita. Irei cantar.

Acrescentou:

— Ainda terá de me aturar um bocado!

— Então, até logo.

Dirigiu-se para a porta, mas Lola o chamou. Disse com uma voz suplicante:

— Promete que o manda vir? Nós brigamos ontem, diga-lhe que não estou mais zangada, que não se falará mais disso. Mas que venha! Peço-lhe que venha! Não posso suportar a ideia de que me julgue morta.

Mathieu estava comovido.

— Está certo. Vou mandá-lo logo.

Saiu. O pacote de cartas que enfiara no bolso interno do paletó pesava-lhe fortemente sobre o peito. "A cara que ele vai fazer!", pensou, "tenho que lhe entregar a chave, ele que se arranje para recolocá-la na bolsa". Tentou repetir alegremente: "Tive faro em não pegar o dinheiro!" Mas não estava alegre, pouco importava que sua covardia tivesse tido consequências favoráveis, o que importava era não ter tido a coragem de pegar o dinheiro. "Assim mesmo, estou satisfeito de que não tenha morrido."

— Ei, senhor — gritou o motorista —, aqui!

Mathieu voltou-se espantado.

— Que é? Ah! — disse, reconhecendo o táxi. — Leve-me ao Dôme.

Sentou-se e o táxi zarpou. Quis afugentar do pensamento sua humilhante derrota. Pegou o pacote de cartas, desfez o laço e começou a ler. Eram frases curtas, secas, que Boris enviara de

Laon durante as férias de Páscoa. De quando em vez havia alusões à cocaína, mas tão veladas que Mathieu se surpreendeu. "Não imaginei que ele fosse prudente." As cartas começavam todas por: "Querida Lola", em seguida tornavam-se breves relatórios de suas atividades. "Nado. Discuti com meu pai. Conheci um antigo lutador que vai ensinar-me o *catch*.* Fumei um Henry Clay até o fim sem deixar cair a cinza." Boris terminava sempre assim: "Te amo muito, te beijo. Boris." Mathieu imaginou sem dificuldades em que estado de espírito Lola devia ter lido aquelas cartas, a decepção prevista de antemão e, no entanto, renovada, e o esforço que devia fazer, a cada vez, para se dizer com alegria: "No fundo ele me ama, não sabe é dizê-lo." Pensou: "E as guardou assim mesmo." Amarrou-as de novo cuidadosamente e recolocou o pacote no bolso. "Boris terá que se arranjar para botá-las na maleta sem que ela o perceba." Quando o táxi parou, pareceu a Mathieu que ele era o aliado natural de Lola. Mas não podia pensar nela senão no passado. Ao entrar no Dôme, teve a impressão de que ia defender a memória de uma morta.

Dir-se-ia que Boris não fizera um movimento desde a saída de Mathieu. Estava sentado de lado, os ombros recurvos, a boca aberta, as narinas crispadas. Ivich falava-lhe ao ouvido com animação. Mas calou-se ao ver Mathieu. Este aproximou-se e jogou o pacote de cartas na mesa.

— Aí estão.

Boris pegou-as e fê-las desaparecer no bolso. Mathieu olhava-o sem amizade.

— Não foi muito difícil? — indagou Boris.

— Nada difícil, só que Lola não morreu.

Boris ergueu os olhos para ele, parecia não entender.

— Lola não morreu — repetiu estupidamente.

Prostrou-se ainda mais, dir-se-ia que estava esmagado. "Ora", pensou Mathieu, "já começava a acostumar-se."

Ivich olhava Mathieu com olhos faiscantes.

— Teria apostado — disse. — O que é que teve então?

---

* Modalidade de luta livre. (N.T.)

— Simples desmaio — respondeu Mathieu secamente.

Calaram-se. Boris e Ivich custavam a digerir a notícia. "Que farsa", pensou Mathieu. Boris levantou afinal a cabeça. Tinha os olhos vidrados.

— Foi... foi ela que devolveu as cartas?

— Não. Estava ainda desmaiada quando as peguei.

Boris bebeu um trago de conhaque e pousou o cálice na mesa.

— Essa é boa!

— Ela disse que isso lhe acontece às vezes quando toma cocaína. Disse que você devia saber.

Boris não respondeu. Ivich parecia ter recuperado o sangue-frio.

— O que ela disse? — indagou, curiosa. — Deve ter ficado transtornada ao ver você ao pé da cama!

— Não muito. Eu disse que Boris tivera medo e me viera chamar. Naturalmente, eu disse que viera apenas ver o que acontecera. Lembre-se disso, Boris. Não vá embrulhar tudo. E arranje-se para pôr as cartas no lugar, sem que ela veja.

Boris passou a mão pela fronte.

— Não sei o que fazer, vejo-a morta.

Mathieu estava farto.

— Ela quer que você vá vê-la imediatamente.

— Eu... eu pensei que estivesse morta — repetiu Boris como para se desculpar.

— Pois não está — disse Mathieu, exasperado. — Tome um táxi, vá vê-la.

Boris não se mexeu.

— Está ouvindo? Ela está sofrendo, é uma desgraçada.

Estendeu a mão para pegar o braço de Boris, mas Boris safou-se numa sacudidela violenta.

— Não! — disse com voz tão alta que uma mulher, na mesa da calçada, virou-se para ver. Ele continuou, mais baixo, com uma obstinação mole e invencível: — Não vou.

— Mas... — disse Mathieu, espantado — a história de ontem acabou, ela prometeu não falar mais nisso.

— Oh!, as histórias de ontem — atalhou Boris, dando de ombros.

— Então?

Boris olhou-o com uma expressão maldosa:

— Ela me inspira horror!

— E por que pensou que estivesse morta? Boris, volte a si, toda a história é absurda. Você se enganou, eis tudo.

— Acho que Boris tem razão — disse Ivich com vivacidade.

E acrescentou, com uma intenção que Mathieu não compreendeu:

— No lugar dele eu faria o mesmo.

— Mas não vê que ele vai matá-la de verdade?

Ivich meneou a cabeça, exibia seu rostinho irritado e sinistro. Mathieu lançou-lhe um olhar de ódio. "Ela está enchendo a cabeça dele", pensou.

— Se ele voltar será por piedade — disse Ivich. — Você não pode exigir isso dele, não pode haver nada mais repugnante, mesmo para ela.

— Que ele experimente pelo menos vê-la.

Ivich fez um muxoxo, impaciente.

— Há coisas que você não sente — disse.

Mathieu ficou estupefato e Boris valeu-se da vantagem.

— Não quero revê-la — afirmou obstinado. — Para mim está morta.

— Mas isso é idiota!

Boris olhou-o sombrio.

— Não queria dizer-lhe, mas se a tornar a ver terei de tocá-la. E isso — observou com nojo —, isso eu não posso.

Mathieu sentiu-se impotente. Olhou com desânimo aquelas duas cabecinhas hostis.

— Então — disse —, espere um pouco... até que a recordação se apague. Prometa-me revê-la amanhã ou depois de amanhã.

Boris pareceu aliviado.

— É isso — atalhou hipocritamente —, amanhã.

Mathieu quis dizer "Pelo menos telefone para avisá-la", mas reteve-se, pensando: "Ele não telefonará, vou eu mesmo telefonar." Levantou-se.

— Preciso ir à casa de Daniel — disse a Ivich. — Quando saberá do resultado? Às duas horas?

— É.
— Quer que vá ver?
— Não, obrigada. Boris irá.
— E quando a verei?
— Não sei.
— Mande-me um recado imediatamente, para dizer se passou.
— Mando.
— Não se esqueça — disse Mathieu afastando-se. — Adeus!
— Adeus! — responderam os dois ao mesmo tempo.

Mathieu desceu ao subsolo do Dôme e folheou a lista telefônica. "Pobre Lola! Amanhã, sem dúvida, Boris voltaria ao Sumatra. Mas este dia que ela vai viver à espera! Não desejaria estar no lugar dela!"

— Quer me dar Trudaine 00-35? — pediu à telefonista gorda.
— As duas cabinas estão ocupadas, tem que esperar.

Enquanto Mathieu esperava, por entre duas portas abertas via os ladrilhos brancos dos toaletes. Na véspera, noutro toalete... Estranha recordação de amor.

Sentia-se cheio de rancor contra Ivich. "Eles têm medo da morte", pensou. "Por mais fresquinhos e limpinhos que sejam, têm almas sinistras, porque têm medo. Medo da morte, da doença, da velhice. Agarram-se à juventude como um moribundo à vida. Quantas vezes vi Ivich apalpar o rosto na frente de um espelho. Já treme diante da possibilidade das rugas. Vivem a ruminar sua juventude, só fazem projetos a curto prazo, como se só tivessem diante de si cinco ou seis anos. Depois... Depois, Ivich fala em suicidar-se, mas estou tranquilo, não ousará jamais; não morrerão tão cedo. Afinal, eu tenho rugas, uma pele de crocodilo, músculos retorcidos, mas ainda tenho muitos anos para viver... Começo a crer que nós é que fomos jovens. Queríamos bancar os homens feitos, éramos ridículos, mas eu me pergunto se o único meio de salvar a juventude não será esquecê-la." Entretanto, não estava à vontade, sentia-os lá em cima, juntinhos, cochichantes e cúmplices, mas fascinantes, apesar de tudo.

— Posso ligar ou não? — indagou.
— Um instante — respondeu a telefonista, asperamente. — Alguém pediu Amsterdã.

Mathieu virou-se e deu alguns passos. "Não pude pegar o dinheiro!" Uma mulher descia a escada, viva e leve, uma dessas que dizem com uma expressão de menina: "Vou fazer meu pipizinho." Viu Mathieu, hesitou, continuou a andar com passos deslizantes, fez-se toda espírito, toda perfume, entrou flor na privada. "Não pude pegar o dinheiro, minha liberdade é um mito — Brunet tinha razão — e minha vida constrói-se por debaixo desse mito com um rigor mecânico, um vazio, o sonho orgulhoso e sinistro de não ser nada, de ser sempre outra coisa diferente do que sou. É para não ser da minha idade que há um ano venho brincando com esses dois fedelhos. Em vão. Sou um homem, um adulto, e foi esse homem que beijou a menina Ivich num táxi. É para não ser de minha classe que escrevo nas revistas de esquerda. Em vão. Sou um burguês, não pude tomar o dinheiro de Lola, os tabus deles me impediram. É para fugir de minha vida que durmo por toda parte, com licença de Marcelle, com quem me recuso a casar. Em vão. Sou casado, vivo como casado." Abrira a lista e folheava distraidamente. Leu: "Hollebecque, autor dramático, Nord 77-80." Sentia náuseas. Pensou: "Querer ser o que sou, eis a única liberdade que me resta. Minha única liberdade. Querer casar com Marcelle." Estava tão cansado de ser jogado de um lado para o outro, oscilando entre correntes contrárias, que quase se sentiu reconfortado. Cerrou os punhos e pronunciou interiormente, com uma gravidade de adulto, de burguês, de homem direito, de chefe de família: "Quero casar com Marcelle."

"Qual! Palavras, uma opção infantil e vã. Isso também é mentira; não preciso de vontade para casar; basta deixar-me levar." Fechou a lista. Olhava, acabrunhado, os destroços de sua dignidade humana. E subitamente pareceu-lhe ver sua liberdade. Estava fora de alcance, cruel, jovem e caprichosa como a graça. Ela lhe ordenava simplesmente que largasse Marcelle. Foi um instante apenas. Essa inexplicável liberdade que assumia as aparências do crime, ele a entreviu apenas. Ela o amedrontava. E estava tão longe. Encostou-se obstinadamente à sua vontade demasiado humana, a estas palavras demasiado humanas: "Casarei com ela!"

— Sua vez, senhor — disse a telefonista. — Segunda cabina.

— Obrigado.

Entrou.

— Retire o fone.

Mathieu ergueu docilmente o fone.

— Alô! Trudaine 00-35? Um recado para a sra. Montero. Não, não a incomode. Pode transmiti-lo mais tarde. É da parte do sr. Boris. Ele não poderá ir.

— Sr. Maurice? — disse a voz.

— Não, não é Maurice. É Boris. B de Bernard, O de Octave... Não poderá ir. É só isso. Obrigado.

Saiu. Pensou, coçando a cabeça: "Marcelle deve estar aflita, deveria telefonar, aproveitar a ocasião." Olhou a telefonista, indeciso.

— Quer outra ligação?

— Sim... dê-me Ségur 25-64.

Era o número de Sarah.

— Alô, Sarah, é Mathieu.

— Bom dia — respondeu a voz rude de Sarah. — Então? Arranjou?

— Não — disse Mathieu. — Essa gente não solta os cobres. É exatamente por isso que lhe queria pedir. Você não poderia dar um pulo na casa do sujeito e solicitar um crédito até o fim do mês?

— Mas no fim do mês ele estará longe.

— Eu mandarei o dinheiro para a América.

Houve um breve silêncio.

— Posso tentar — disse Sarah sem entusiasmo. — Mas será difícil. É um velho pão-duro e atravessa uma crise de hipersionismo; detesta tudo o que não é judeu desde que foi expulso de Viena.

— Tente assim mesmo, se não se incomoda.

— Não me incomodo, absolutamente. Irei logo depois do almoço.

— Obrigado, Sarah, você é fabulosa!

XIII

— Ele é injusto demais — disse Boris.
— É — respondeu Ivich. — Imagina que prestou serviço a Lola.

Deu uma risadinha seca e Boris calou-se satisfeito. Ninguém o compreendia como Ivich. Virou a cabeça para a escada dos toaletes e pensou com severidade: "Foi longe demais, não se deve falar a ninguém como me falou. Não sou Hourtiguère." Olhava a escada, esperava que Mathieu lhe sorrisse ao subir. Mathieu apareceu de volta, saiu sem um olhar e Boris sentiu um nó na garganta.

— Como é orgulhoso — disse.
— Quem?
— Mathieu. Acaba de sair.

Ivich não respondeu. Assumira um ar de neutralidade, olhava a mão enfaixada.

— Está zangado — continuou Boris —, acha que não sou moral.
— É — disse Ivich —, mas isso passa. — Deu de ombros. — Não gosto dele quando se torna moral.
— Eu gosto — atalhou Boris. Acrescentou depois de certa reflexão: — Mas eu sou mais moral do que ele.
— Ora! — disse Ivich.

Balançou-se sobre o banquinho, tinha uma expressão tola e bochechuda e disse de um modo cínico:

— A moral, eu sento em cima; que importa a moral!

Boris sentiu-se só. Gostaria de se aproximar de Ivich, mas Mathieu ainda estava ali, entre ambos. Disse apenas:

— Ele é injusto. Não me deixou explicar.

Ivich observou conciliante e justiceira:

— Há coisas que a gente não pode explicar-lhe.

Boris não protestou por hábito, mas pensava que se podia explicar tudo a Mathieu, contanto que ele tivesse boa vontade. Parecia-lhe sempre que não falavam do mesmo Mathieu. O de Ivich era mais insosso.

Ela sorriu de leve.

— Como você está obstinado! Parece uma mula.

Boris não respondeu. Ruminava o que deveria ter dito a Mathieu. Que não era um estúpido egoísta e que tivera um choque terrível ao pensar que Lola estava morta. Sentira mesmo por um momento que ia sofrer e isto o havia escandalizado. Achava o sofrimento imoral e, de resto, não o podia realmente suportar. Fizera então um esforço de domínio sobre si mesmo. Por moralidade. Mas alguma coisa fora bloqueada, houve uma pane, era preciso esperar que se normalizasse.

— Engraçado — disse —, quando penso em Lola, agora, tenho a impressão de uma velha qualquer.

Ivich riu e Boris ressentiu-se. Acrescentou, por espírito de justiça:

— Ela é que não deve estar achando nada engraçado isso tudo.

— Ah, não!

— Não quero que ela sofra.

— Pois então vá vê-la — disse Ivich num tom cantante.

Ele compreendeu que ela lhe preparava uma armadilha e respondeu vivamente:

— Não irei. Depois... continuo a vê-la morta. E não quero que Mathieu imagine que pode me fazer de palhaço.

Nesse ponto não cederia, não era Hourtiguère. Ivich disse com doçura:

— E é bem verdade que ele faz de você o que quer.

Era uma maldade; Boris o constatou sem zangar-se. Ivich tinha boas intenções, ela queria que ele rompesse com Lola. Para o bem dele. Todos tinham sempre em mente o bem de Boris, só que esse bem variava segundo as pessoas.

— Eu finjo aceitar tudo — respondeu ele com serenidade. — É minha tática com ele.

Mas ela pusera o dedo na ferida e ele teve raiva de Mathieu. Mexeu-se um pouco no banquinho e Ivich olhou-o inquieta.

— Meu querido, você pensa demais. Basta imaginar que morreu de verdade.

— Seria cômodo, mas não consigo.

Ivich pareceu achar divertido.

— Esquisito — disse —, eu consigo. Quando não vejo mais as pessoas, elas deixam de existir.

Boris admirou a irmã e calou-se. Não se sentia capaz de tal fortaleza de alma. No fim de um instante disse:

— Será que pegou o dinheiro? Estaríamos feitos!

— Que dinheiro?

— O dinheiro de Lola. Ele precisava de cinco mil francos.

— Ah, é?

Ivich pareceu descontente e intrigada com a história. Boris pensou que teria feito melhor se tivesse segurado a língua. É certo que se diziam tudo, mas de vez em quando devia haver algumas exceções à regra.

— Você parece estar zangada com Mathieu.

Ivich mordeu os lábios.

— Ele me enerva. Agora de manhã ele bancava o homem diante de mim.

— Sei...

Não entendia o que Ivich queria dizer, mas não o demonstrou. Deviam compreender-se por meias palavras ou o encanto se rompia. Houve um silêncio e em seguida Ivich acrescentou bruscamente:

— Vamos. Não suporto mais o Dôme.

— Nem eu — disse Boris.

Levantaram-se e saíram. Ivich pegou Boris pelo braço. Boris sentiu uma ligeira e tenaz vontade de vomitar.

— Acha que ele vai ficar zangado muito tempo?

— Não — disse Ivich, com impaciência.

Boris acrescentou maliciosamente:

— Também está zangado com você.

Ivich riu.

— É possível. Pensarei nisso mais tarde; tenho outras preocupações na cabeça.

— É verdade — disse Boris, confuso —, você está chateada.
— Muito.
— Por causa do exame?

Ivich deu de ombros e não respondeu. Andaram um momento calados. Ele perguntava a si mesmo se seria realmente por causa do exame. Desejava que fosse porque seria mais moral.

Ergueu os olhos. O bulevar Montparnasse estava delicioso sob aquela luz cinzenta. A gente se imaginava em outubro. Boris gostava muito do mês de outubro. Pensou: "Em outubro passado ainda não conhecia Lola." E imediatamente sentiu-se libertado: "Ela vive." Pela primeira vez, desde que abandonara seu cadáver na escuridão do quarto, sentia que ela vivia, era uma ressurreição. Pensou: "Não é possível que Mathieu fique sentido muito tempo, já que ela não morreu." Até agora sabia que ela sofria, que o esperava angustiada, mas esse sofrimento e essa angústia só se afiguravam irremediáveis e imutáveis como os sofrimentos e a angústia das pessoas que morrem desesperadas. Mas era um erro. Lola vivia, descansava de olhos abertos na sua cama, estava habitada por uma colerazinha viva, como quando ele chegava atrasado ao encontro marcado. Uma cólera que não era nem mais nem menos respeitável do que as outras, apenas mais violenta, talvez. Não tinha para com ela essas obrigações incertas e temíveis que os mortos impõem, mas tão somente deveres de família. Boris pôde assim evocar sem horror a imagem de Lola. Não foi um rosto de defunto que acorreu, mas aquele rosto ainda jovem e carrancudo que lhe mostrara na véspera, quando lhe gritava: "Mentira! Você não viu Picard." Mas ao mesmo tempo sentiu dentro de si um sólido rancor contra aquela falsa morta que provocara todas essas catástrofes.

— Não voltarei ao meu hotel, ela é capaz de ir lá procurar-me.
— Vá dormir na casa de Claude.
— É.

Ivich teve uma ideia.
— Você deveria escrever-lhe. É mais decente.
— A Lola? Oh, não!
— Sim.

— Não saberia o que dizer.
— Eu faço a carta, bobo.
— Mas para dizer o quê?

Ivich olhou-o espantada.

— Pois você não quer romper com ela?
— Não sei.

Ivich pareceu agastar-se, mas não insistiu. Nunca insistia; era notável isso. Mas, como quer que fosse, entre Ivich e Mathieu, Boris precisava mover-se com habilidade. Por enquanto, não tinha mais vontade de largar Lola do que de vê-la.

— Veremos — disse —, não vale a pena pensar nisso.

Sentia-se feliz nesse bulevar, os transeuntes tinham boas caras, conhecia-os quase todos de vista, e havia um raiozinho de sol que acariciava as vidraças da Closerie des Lilas.

— Estou com fome. Vou almoçar. — disse Ivich.

Entrou na mercearia Demaria. Boris esperou do lado de fora. Sentia-se fraco e enternecido como um convalescente e não sabia o que poderia fazer para se outorgar um pequeno prazer. Sua escolha recaiu no *Dicionário histórico e etimológico da gíria*. Alegrou-se. O dicionário estava agora sobre a sua mesa de cabeceira, era só o que se via. "É um móvel", pensou, entusiasmado, "foi um golpe de mestre". E como uma felicidade nunca vem sozinha, pensou no canivete espanhol, tirou-o do bolso e abriu-o. "Que sorte!" Comprara-o na véspera e ele já tinha uma história, ferira as duas pessoas que lhe eram mais caras. "Corta pra burro", pensou.

Uma mulher que passava olhou-o com insistência. Estava extremamente bem-vestida. Ele voltou-se para vê-la de costas. Ela também se virara e eles se contemplaram com simpatia.

— Pronto, estou de volta — disse Ivich.

Trazia duas maçãs canadenses. Esfregou uma delas no traseiro e quando a viu brilhante mordeu-a, estendendo a outra a Boris.

— Não — disse Boris —, estou sem fome. — Acrescentou: — Você me choca.

— Por quê?
— Esfregar a maçã assim no traseiro.
— É para limpar — disse Ivich.

— Olhe só a mulher que vai lá adiante. Ficou caidinha.
Ivich comia serenamente.
— Mais uma? — disse com a boca cheia.
— Não aí — disse. — Atrás de você.
Ivich voltou-se para ver e arqueou as sobrancelhas.
— É bonita — disse simplesmente.
— Viu o vestido? Ainda hei de ter uma mulher assim. Uma mulher da alta. Deve ser notável.
Ivich olhava a mulher que se afastava. Tinha uma maçã em cada mão e parecia oferecer-lhas.
— Quando eu me cansar dela, eu a passarei para você — disse Boris generosamente.
Ivich mordeu a maçã.
— Quero só ver!
Tomou-lhe o braço e arrastou-o bruscamente. Do outro lado do bulevar Montparnasse havia uma loja japonesa. Atravessaram e pararam diante da vitrina.
— Veja as tacinhas — disse Ivich.
— É para saquê — explicou Boris.
— Que é isso?
— Aguardente de arroz.
— Virei comprar. Para tomar chá.
— É pequena demais.
— A gente enche várias vezes.
— Você poderia encher seis ao mesmo tempo!
— É — disse Ivich, satisfeitíssima. — Porei seis tacinhas cheias diante de mim e beberei ora numa ora noutra.
Recuou ligeiramente e disse com uma expressão apaixonada, dentes cerrados:
— Queria comprar tudo isso!
Boris não apreciava o gosto da irmã por essas bugigangas. Mesmo assim, quis entrar na loja. Ivich não deixou.
— Não hoje. Vamos.
Subiram a rua Denfert-Rochereau, e Ivich disse:
— Era bem capaz de me vender a um velho para ter um quarto cheio desses bibelôs! Mas um quarto inteirinho!

— Não — disse Boris, com severidade. — Você não poderia. É um ofício que se aprende.

Andavam devagar, um minuto de felicidade. Por certo Ivich esquecera o exame, parecia alegre. Nesses momentos Boris tinha a impressão de que eram uma só pessoa. No céu havia grandes pedaços de azul e nuvens brancas que ferviam. A folhagem das árvores estava pesada de chuva, havia um cheiro de fogo de lenha, como na rua principal de uma aldeia.

— Gosto deste tempo — observou Ivich, iniciando a segunda maçã. — É úmido, mas não cola. E não fere os olhos. Sinto-me com forças para andar vinte quilômetros a pé.

Boris verificou discretamente se não havia um café nas proximidades. Quando Ivich falava em fazer vinte quilômetros a pé, acontecia-lhe fatalmente pedir para se sentar logo depois.

Ela olhou o leão de Belfort e disse extasiada:

— Gosto desse leão. Tem algo de feitiçaria.

— Hum.

Respeitava os gostos da irmã, embora não os partilhasse. Aliás, Mathieu já dissera, uma ocasião: "Sua irmã tem mau gosto, mas é melhor do que o melhor gosto. É um mau gosto profundo." Nessas condições, não havia o que discutir. Pessoalmente, Boris era mais sensível à beleza clássica.

— Vamos pelo bulevar Arago?
— Qual?
— Aquele.
— Vamos — disse Ivich. — Está brilhante...

Andaram em silêncio. Boris observou que a irmã se tornava sombria, se enervava, propositadamente torcia o pé. "Vai começar a agonia", pensou resignado. Ivich entrava em agonia cada vez que aguardava o resultado de um exame. Ergueu os olhos e viu quatro jovens operários que vinham ao seu encontro e os encaravam rindo. Boris estava habituado a essas expansões e as considerou com simpatia. Ivich tinha a cabeça baixa e não os parecia ter visto. Ao chegarem junto deles os rapazes separaram-se. Dois passaram à esquerda de Boris e dois à direita de Ivich.

— Um sanduíche? — propôs um deles.

— Cara de peido! — disse Boris gentilmente.

Nesse momento Ivich pulou e deu um grito agudo, logo abafado com a mão na boca.

— Eu me comporto como uma cozinheira — disse, vermelha de confusão. Os operários já iam longe.

— Que foi?

— Ele me bolinou — disse Ivich. — O sem-vergonha!

Acrescentou com severidade:

— Não faz mal, eu não devia ter gritado.

— Qual deles? — indagou Boris, indignado.

Ivich segurou-o.

— Fique quieto. São quatro. E, depois, já fui suficientemente ridícula.

— Não é porque ele te bolinou — explicou Boris. — Mas não posso suportar que te façam isso quando você está comigo. Quando você está com Mathieu, ninguém mexe. Tenho cara de quê?

— É isso mesmo, queridinho — disse Ivich melancolicamente.

— Eu também não te protejo. Nós não somos respeitáveis.

Era verdade. Boris estranhava sempre. Porque, quando olhava no espelho, se achava intimidante.

— Não somos respeitáveis — repetiu.

Apertaram-se um contra o outro e se sentiram órfãos.

— Que é isso? — indagou Ivich.

Mostrava um muro comprido e escuro entre os castanheiros.

— A Santé — disse Boris —, uma prisão.

— Notável — afirmou Ivich —, nunca vi uma coisa tão sinistra. Há quem fuja daí?

— Difícil. Li uma vez que um preso pulou de cima do muro. Segurou-se no galho de um castanheiro e deu o fora.

— Deve ser aquele ali. Que tal se sentássemos no banco? Estou cansada. E talvez vejamos outro preso tentando fugir.

— Talvez — disse Boris sem convicção. — Acho que fazem isso de noite, compreende?

Atravessaram a rua e foram sentar-se. O banco estava molhado. Ivich disse contente:

— Está fresco.

Mas quase imediatamente começou a agitar-se e a puxar os cachos. Boris teve que dar-lhe um tapa na mão para que não arrancasse os cabelos.

— Sinta minha mão — disse Ivich —, está gelada.

Era verdade. E Ivich estava lívida, parecia sofrer, todo o corpo tremia. Boris achou-a tão triste que tentou pensar em Lola, por simpatia.

Ivich levantou a cabeça bruscamente. Parecia ter tomado uma resolução sombria:

— Tem os dados? — perguntou ela.

— Tenho.

Mathieu dera a Ivich um pôquer de dados num saquinho de couro. Ivich o passara a Boris e jogavam juntos por vezes.

— Joguemos — disse.

Boris tirou os dados do saquinho. Ivich acrescentou:

— Duas partidas e a negra, se for preciso. Comece.

Afastaram-se. Boris sentou-se a cavalo no banco e jogou. *Four* de reis.

— Em uma — disse.

— Eu te odeio.

Franziu as sobrancelhas e antes de agitar os dados soprou os dedos resmungando. Era uma mandinga. "É sério", pensou Boris, "está jogando o resultado do exame". Ivich jogou e perdeu: trinca de damas.

— Segunda partida — disse, olhando para Boris com olhos faiscantes. Virou uma trinca de ases.

— Em uma — disse.

Boris jogou e viu que ia obter *four* de ases, mas antes que os dados parassem ele avançou a mão como para evitar que caíssem e virou dois com a ponta do indicador e do anular. Dois reis surgiram.

— Dois pares — proclamou, fingindo despeito.

— Ganhei a segunda — disse Ivich, triunfante. — Vamos à negra.

Boris não sabia se ela o vira fazer trapaça. Mas não tinha grande importância. Ivich só levava em conta o resultado. Ganhou a negra com dois pares, sem que ele precisasse intervir.

— Bem — disse ela simplesmente.
— Quer jogar mais?
— Não. Estava jogando para saber se passaria.
— Não sabia — disse Boris. — Então passou?

Ivich deu de ombros.

— Não acredito.

Calaram-se, ficaram ali sentados lado a lado, de cabeça baixa. Boris não olhava para Ivich, mas a sentia tremer.

— Estou com calor — disse ela. — Que horror: tenho as mãos úmidas e estou suando de angústia.

Na verdade, sua mão direita, pouco antes gelada, estava agora fervendo. A mão esquerda, enfaixada, jazia inerte sobre o joelho.

— Esta faixa me repugna. Pareço um ferido de guerra, vou arrancá-la.

Boris não respondeu. Ouviu-se um relógio ao longe. Ivich sobressaltou-se.

— Meio-dia e meia? — indagou, desvairada.
— Uma e meia — disse Boris, consultando o relógio. Olharam-se e Boris observou:
— Agora preciso ir ver.

Ivich apertou-se contra ele, abraçando-o.

— Não vá, Boris, meu querido, não quero saber, volto para Laon hoje de noite... Não quero saber.
— Você está delirando — disse Boris com doçura. — Você precisa ver o que aconteceu para dizer lá em casa...

Ivich deixou cair os braços.

— Então vá. Mas volte logo. Espero aqui.
— Aqui? — disse Boris, estupefato. — Não prefere que a gente vá junto um pedaço? Você espera num café do Quartier Latin.
— Não, não, espero aqui.
— Como quiser. E se chover?
— Boris, não me torture, vá depressa. Ficarei aqui, mesmo que chova, mesmo que a terra trema. Não posso me pôr de pé, não posso levantar um dedo.

Boris levantou-se e saiu andando a passos largos. Depois de atravessar a rua, voltou-se. Viu Ivich de costas. Curvada no banco, a cabeça enfiada entre os ombros, parecia uma velhinha pobre. "Afinal, talvez ela passe", pensou. Deu alguns passos e viu de repente o rosto de Lola. O rosto de verdade. Pensou: "Ela está sofrendo", e seu coração pôs-se a bater violentamente.

XIV

Dentro em pouco. Dentro em pouco, começaria a busca infrutífera. Dentro em pouco, assombrado pelos olhos rancorosos de Marcelle, pelo rosto matreiro de Ivich, pela máscara mortuária de Lola, tornaria a sentir um gosto de febre na boca, a angústia viria pesar-lhe no estômago. Dentro em pouco. Afundou-se na poltrona e acendeu o cachimbo. Estava solitário e calmo, entregava-se ao frescor sombrio do bar. Havia aquele tonel envernizado que servia de mesa, aquelas fotografias de atrizes e aqueles gorros de marinheiros pendurados à parede, o rádio invisível que cochichava como um repuxo, os senhores gordos e ricos no fundo da sala, fumando charutos e bebendo vinho do Porto — últimos fregueses, homens de negócios; os outros já tinham ido almoçar, há muito. Devia ser uma e meia, mas parecia manhã ainda, o dia ali estava tranquilo, como um mar inofensivo. Mathieu diluía-se nesse mar sem paixão, sem ondas, era um *spiritual** negro apenas perceptível, um tumulto de vozes distintas, uma luz cor de ferrugem e o embalo de todas aquelas lindas mãos cirúrgicas que oscilavam com seus charutos, como caravelas carregadas de especiarias. Aquele ínfimo fragmento de vida beata, bem sabia que lho emprestavam apenas, que seria preciso devolvê-lo dentro em pouco, mas gozava-o agora sem amargura. Aos fodidos, a vida ainda outorga inúmeros pequenos prazeres, é mesmo para esses sujeitos que ela reserva boa parte de suas graças efêmeras, com a condição de que gozem modestamente. Daniel estava sentado à sua esquerda, solene e

---

* Literalmente, "espiritual"; tipo de música americana. (N.T.)

silencioso. Mathieu podia contemplar à vontade o belo rosto de xeque árabe e isso também era um prazer para os olhos. Mathieu esticou as pernas e sorriu para si mesmo.

— Recomendo o xerez — disse Daniel.

— Bem, se você oferecer. Estou duro.

— É claro. Mas quer que te empreste duzentos francos? Tenho vergonha de oferecer tão pouco...

— Não — disse Mathieu —, não vale a pena.

Daniel voltou para ele os grandes olhos acariciantes. Insistiu:

— Não faça cerimônia. Tenho quatrocentos francos para terminar a semana. Vamos dividir.

Era preciso não aceitar, não estava dentro das regras do jogo.

— Não — disse Mathieu. — Muito obrigado.

Daniel pousou nele um olhar cheio de solicitude.

— Não precisa mesmo de nada?

— Sim — respondeu Mathieu —, preciso de cinco mil francos. Mas não agora. Agora só desejo um xerez e a sua conversa.

— Espero que a minha conversa esteja à altura do xerez.

Não se referia ainda à carta expressa nem às razões que o haviam levado a convocar Mathieu. Mathieu era-lhe grato pela discrição. A coisa viria, de qualquer maneira, cedo demais. Disse:

— Sabe que vi Brunet ontem?

— É verdade? — disse Daniel, cortês.

— Acho que desta vez tudo acabou entre nós.

— Brigaram?

— Pior do que isso.

Daniel manifestava grande aborrecimento. Mathieu não pôde deixar de rir.

— Você não liga para Brunet!

— É certo que nunca fui tão íntimo com ele como você. Eu o estimo muito, mas se tivesse alguma autoridade eu o mandaria empalhar e colocar no Museu do Homem, seção século XX.

— Seria um belo espécime.

Daniel mentia. Gostara muito de Brunet outrora. Mathieu provou o xerez.

— Bom.

— É — disse Daniel —, é o que há de melhor. Mas as provisões estão se esgotando, não se pode mais renová-las por causa da guerra da Espanha.

Pousou o copo vazio e pegou uma azeitona no pires.

— Vou te confessar uma coisa.

Estava acabado. Aquela felicidade humilhante e leve acabava de escorregar no passado. Mathieu olhou Daniel com o rabo do olho. Daniel exibia um ar nobre e compenetrado.

— Desembucha — disse Mathieu.

— Estou pensando no efeito que vai fazer em você — continuou Daniel, hesitante. — Ficaria triste se a coisa te aborrecesse.

— Fala, e logo saberás — disse Mathieu, sorridente.

— Pois bem... sabe quem vi ontem?

— Quem você viu ontem? Como hei de saber? Você vê tanta gente.

— Marcelle Duffet.

— Marcelle?

Mathieu não estava surpreso. Daniel e Marcelle não tinham se encontrado muitas vezes, mas Marcelle parecia ter simpatia por Daniel.

— Tem sorte — disse —, ela não sai nunca. Onde a encontrou?

— Na casa dela... — disse Daniel, sorrindo. — Onde quer que a encontre, se não sai?

Acrescentou, baixando as pálpebras modestamente:

— Devo dizer-lhe que nos vemos de vez em quando.

Houve um silêncio. Mathieu contemplava os cílios negros e compridos de Daniel. Tremiam ligeiramente. O relógio bateu duas vezes, uma voz de negro cantava baixinho "There's a cradle in Caroline". "Nós nos vemos de vez em quando." Mathieu virou a cabeça e fixou o olhar no botão vermelho de um gorro de marinheiro.

— Vocês se veem... — repetiu sem compreender direito. — Mas onde?

— Na casa dela, acabo de te dizer — observou Daniel, vagamente agastado.

— Na casa dela? Quer dizer que você vai à casa dela?

Daniel não respondeu. Mathieu perguntou:

— Que ideia foi essa? Como é que isso aconteceu?

— Muito simplesmente. Sempre tive grande simpatia por Marcelle Duffet. Admiro muito sua coragem e generosidade.

Calou-se um instante e Mathieu repetiu com espanto: "A coragem de Marcelle, sua generosidade." Não eram as qualidades que mais apreciava em Marcelle. Daniel continuou:

— Estava entediado certa vez e me veio a ideia de ir à casa dela. Ela me acolheu muito amavelmente. Eis tudo. Daí por diante, continuamos a nos ver. Nossa culpa está em não termos dito nada a você.

Mathieu mergulhou no perfume espesso, na atmosfera algodoada do quarto cor-de-rosa. Daniel estava sentado na poltrona, olhava para Marcelle com seus grandes olhos doces e Marcelle sorria perturbada, desajeitada, como se fossem tirar uma fotografia. Mathieu sacudiu a cabeça. Não, não dava, era absurdo e chocante, eles nada tinham em comum, não podiam entender-se.

— Você vai à casa dela e ela me escondeu isso?

Acrescentou serenamente:

— É uma brincadeira.

Daniel ergueu os olhos e encarou Mathieu com uma expressão sombria.

— Mathieu! — disse com voz mais grave. — Você há de convir que nunca me permiti a menor brincadeira nesse assunto de suas relações com Marcelle. É coisa muito séria isso.

— Eu sei, eu sei, mas, assim mesmo, é uma piada.

Daniel deixou os braços caírem, desanimado.

— Bom — disse tristemente. — Não falemos mais.

— Não, continue, você é muito divertido. Só que não entro na onda. Eis tudo.

— Não me facilitas a tarefa — disse Daniel com um ar de censura. — Já é bastante penoso acusar-me diante de você.

Suspirou:

— Preferia que acreditasse em mim, sob palavra. Mas como exige provas...

Tirou do bolso uma carteira cheia de notas. Mathieu viu o dinheiro e pensou: "Salafrário!" Mas *pro forma* tão somente.

— Olhe — disse Daniel.
Entregou uma carta a Mathieu. Era letra de Marcelle. Leu:

Tem razão, querido Arcanjo. Eram de fato pervincas. Mas não compreendo uma só palavra do que me escreve. Que seja sábado, uma vez que não está livre amanhã. Mamãe disse que vai dar-lhe uma bronca por causa das balas. Venha logo, querido Arcanjo. Esperamos com impaciência a sua visita.

Marcelle.

Mathieu olhou para Daniel.
— É verdade, então?
Daniel fez que sim com a cabeça; mantinha-se ereto, fúnebre e distinto como uma testemunha de duelo. Mathieu releu a carta do começo ao fim. Trazia a data de vinte de abril. "Escreveu isso." Aquele estilo frívolo e displicente nada tinha dela! Esfregou o nariz, perplexo, depois desandou numa gargalhada.
— Arcanjo! Ela te chama de Arcanjo. Eu jamais teria encontrado essa expressão. Um Arcanjo decaído, um sujeito do gênero de Lúcifer. E você vê também a velha. É admirável.
Daniel parecia desconcertado.
— Ainda bem — disse. — Pensei que você se zangaria.
Mathieu virou a cabeça e o fixou com indecisão. Viu que Daniel esperava a sua cólera.
— É verdade, deveria zangar-me. Seria normal. E talvez me zangue ainda. Mas por enquanto estou apenas tonto.
Esvaziou o copo, espantando-se por sua vez de não se sentir irritado.
— Você a encontra com frequência?
— Sem regularidade, duas vezes por mês mais ou menos.
— Mas que podem dizer vocês, sobre o que conversam?
Daniel sobressaltou-se e seus olhos brilharam. Disse com voz demasiado doce:
— Você teria alguns temas a propor-nos?
— Não se zangue — disse Mathieu, conciliante. — Tudo isso é tão novo, tão imprevisto... Quase me divirto. Mas não tenho más

intenções. Então é verdade? Gostam de conversar? Mas... não se aborreça, não, estou procurando entender... sobre o que falam vocês?

— De tudo — disse Daniel friamente. — Evidentemente, Marcelle não espera de mim conversas muito elevadas, mas isso a descansa.

— É incrível! Vocês são tão diferentes!

Não conseguia afastar a imagem absurda. Daniel, todo cerimonioso, cheio de gentilezas malandras e nobres, com seus ares de Cagliostro e seu largo sorriso africano, e Marcelle diante dele, rígida, sem jeito, leal. Leal? Rígida? Não devia ser assim tão rígida. "Venha, Arcanjo, aguardamos sua visita." Fora Marcelle quem escrevera isso, fora ela quem se espraiara naquelas gentilezas grosseiras. Pela primeira vez Mathieu sentiu-se roçado por uma espécie de cólera. "Ela mentiu para mim", pensou com estupor, "mente há seis meses." Indagou:

— Estranho realmente que Marcelle me tenha escondido alguma coisa.

Daniel não respondeu.

— Foi você quem lhe disse para calar-se?

— Fui eu. Não queria que você fiscalizasse as nossas relações. Agora já a conheço bastante, já não tem mais tanta importância.

— Foi você quem pediu — repetiu Mathieu, mais calmo. — E ela não opôs dificuldades?

— Espantou-se apenas.

— É, mas não recusou.

— Não. Não devia achar grande mal nisso. Riu, lembro-me, e disse: "É um caso de consciência." Ela pensa que gosto de me cercar de mistério.

Acrescentou com uma ironia velada que desagradou muito Mathieu:

— A princípio chamava-me Lohengrin, depois, como vês, a escolha recaiu em Arcanjo.

— É — disse Mathieu. Pensou: "Ele se diverte à custa dela." E se sentiu humilhado por Marcelle. Seu cachimbo apagou-se. Estendeu a mão e pegou maquinalmente uma azeitona. Era grave. Não se sentia suficientemente abatido. Um estupor intelectual, sim, como quando a gente descobre que se enganou redondamente. Outrora, porém, alguma coisa dentro dele sangraria. Disse apenas, com voz morna:

— Nós nos dizíamos tudo...

— É o que você pensava. Será que se pode dizer tudo?

Mathieu ergueu os ombros irritado, mas estava zangado sobretudo consigo mesmo.

— E essa carta! "Nós aguardamos sua visita"! Parece-me que descubro outra Marcelle.

Daniel pareceu atemorizar-se.

— Outra Marcelle, não exagere. Não vá tomar a sério uma infantilidade!

— Você me censurava há pouco por não tomar a sério as coisas.

— É que você passa de um extremo a outro — disse Daniel. Continuou com uma expressão de compreensão afetuosa: — O que acontece é que você confia demasiado nas suas opiniões sobre as pessoas. Esta história prova apenas que Marcelle é mais complicada do que você imaginava.

— Talvez — disse Mathieu —, mas há outra coisa.

Marcelle se tornara culpada, mas ele não desejava querer-lhe mal. "Não devia perder a confiança nela hoje — hoje, em que talvez fosse obrigado a sacrificar-lhe a própria liberdade. Precisava estimá-la, senão seria muito difícil."

— Aliás — continuou Daniel —, sempre tivemos intenção de te dizer, mas era divertido bancar os conspiradores, nós adiávamos sempre.

Nós! Ele dizia "nós". Alguém podia dizer "nós" a Mathieu falando de Marcelle. Mathieu olhou para Daniel sem amizade. Teria sido o momento de odiá-lo, mas Daniel desarmava, como sempre. Mathieu disse-lhe bruscamente:

— Daniel, por que ela fez isso?

— Ora, já te disse — respondeu Daniel. — Porque lhe pedi. E depois, acho que ter um segredo devia diverti-la.

Mathieu meneou a cabeça.

— Não. Há outra coisa. Ela sabia muito bem o que fazia. Por que o fez?

— Imagino que não era muito cômodo viver sempre à luz de tua irradiação. Procurou um recanto de sombra.

— Ela me acha... totalitário?

— Nunca pôs nesses termos, mas creio que pensa assim. O que você queria? — acrescentou, sorrindo. — Você é uma força. Observe-se que ela te admira; admira esse jeito que você tem de viver dentro de uma casa de vidro e dizer abertamente aquilo que a gente costuma guardar para si. Mas isso a exaure. Não lhe falou de minhas visitas porque teve receio de que você a forçasse a pôr um rótulo no sentimento que teria por mim, de que você o desmontasse para devolvê-lo em pedacinhos bem analisados... Sabe, é um sentimento que precisa de obscuridade... É algo hesitante, maldefinido.

— Ela te disse isso?

— Disse. Disse mais: "O que me diverte em você é que não sei para onde vou. Com Mathieu sei sempre."

"Com Mathieu sei sempre." Ivich dizia: "Com você não há imprevistos." Mathieu sentiu o estômago embrulhar-se.

— Por que ela nunca me falou isso tudo?

— Ela diz que você nunca lhe pergunta nada.

Era verdade. Mathieu baixou a cabeça. Cada vez que se tratava de compreender o sentimento de Marcelle via-se tomado de uma preguiça invencível. Quando por vezes acreditara discernir uma sombra nos olhos dela, dera de ombros: "Ora, se houvesse alguma coisa ela me diria, ela me diz tudo." "E era isso que eu intitulava minha confiança nela! Estraguei tudo."

Sacudiu-se e disse bruscamente:

— Por que me diz isso hoje?

— Tinha que dizer um dia ou outro.

Aquele ar evasivo era proposital. Para espicaçar a curiosidade. Mathieu não se enganou.

— Por que hoje e por que você? Teria sido... mais normal que ela falasse em primeiro lugar.

— Ora — disse Daniel, representando —, talvez me tenha enganado... Mas pensei que fosse útil a ambos.

Bom. Mathieu empertigou-se: "Cuidado, é agora." Daniel continuou:

— Vou dizer toda a verdade. Marcelle ignora que te falei e ainda ontem não estava resolvida a te pôr a par tão cedo. Eu te serei grato se não lhe disser nada da nossa conversa, por enquanto.

Mathieu riu sem querer.

— Satanás! Como você é diabólico! Semeia segredos por toda parte. Ontem conspirava com Marcelle contra mim e hoje pede a minha cumplicidade contra ela! Que estranho traidor.

Daniel sorriu.

— Não tenho nada de um diabo. O que me levou a falar foi a inquietação real que se apossou de mim ontem. Pareceu-me que havia um mal-entendido muito grave entre vocês. Naturalmente, Marcelle é orgulhosa demais para falar.

Mathieu apertou com força o copo nas mãos. Começava a entender.

— É a propósito do seu... do seu acidente — disse Daniel.

— Ah! — atalhou Mathieu — Você lhe disse que estava a par?

— Não, não disse nada. Foi ela quem falou primeiro.

— Ah!

"Ontem, ao telefone, ela parecia temer que eu contasse e, à noite, ela própria é quem falava. Mais uma comédia."

Acrescentou:

— E então?

— Então há qualquer coisa que não está certo.

— Que é que te permite dizer isso? — indagou Mathieu, com um nó na garganta.

— Nada de especial... é antes a maneira como me contou a coisa.

— Então? Ela tem raiva de mim porque lhe arranjei um filho?

— Não, não por isso. É por causa de sua atitude ontem. Ela me falou disso com rancor.

— Que foi que eu fiz?

— Não o saberia dizer exatamente. O que ela me disse foi, entre outras coisas, isto: "Sempre é ele quem resolve, e se não estou de acordo devo protestar. Só que isso é uma vantagem para ele, já tem opinião sobre as coisas e não me dá tempo para formar a minha." Não garanto a exatidão das palavras.

— Mas não tinha nenhuma decisão a tomar — atalhou Mathieu, espantado. — Sempre estivemos de acordo sobre o que se faria em semelhante circunstância.

— Sim, mas você procurou saber a opinião dela anteontem?

— Não, por certo. Estava convencido de que ela pensava como eu.

— Bom, você não lhe perguntou nada. E quando encararam pela última vez essa eventualidade?

— Não sei, há uns dois ou três anos.

— Dois ou três anos. E você não acredita que ela tenha mudado de opinião?

No fundo da sala os senhores distintos levantavam-se, congratulavam-se sorridentes. Um menino trouxe os chapéus, três feltros pretos e um chapéu-coco. Saíram com um gesto amistoso para o *barman* e o garçom desligou o rádio. O bar caiu num silêncio seco. Havia no ar um gosto de desastre. "Isso vai acabar mal", pensou Mathieu. Não sabia exatamente o que ia acabar mal. O dia pesado e borrascoso, aquela história de aborto, Marcelle... Não. Era algo mais vago e mais amplo. Sua vida, a Europa, a paz insossa e sinistra. Reviu os cabelos ruivos de Brunet. "Em setembro teremos a guerra." Naquele momento, no bar deserto e escuro, a gente quase acreditava. Havia alguma coisa de podre na sua vida, naquele verão.

— Ela tem medo da operação? — indagou.

— Não sei — disse Daniel com um ar distante. — Tem vontade de se casar comigo?

Daniel riu.

— Não sei, meu caro, você pergunta demais. Isso não pode ser assim tão simples. Você deveria falar com ela à noite. Sem se referir a mim, evidentemente; como se tivesse tido escrúpulos. A julgar pelo que vi ontem, ela te diria tudo. Parecia tão acabrunhada.

— Está certo. Tentarei falar com ela.

Houve um silêncio. Daniel continuou meio esquerdo:

— Enfim, aí está. Eu te avisei.

— Sei, obrigado!

— Não me queira mal.

— Absolutamente. Aliás, é bem o tipo de serviço que você pode prestar: uma telha na cabeça.

Daniel caiu na gargalhada. Abriu a boca, mostrando os dentes brilhantes e o fundo da garganta.

*

Eu não devia... segurando o fone ela pensava, não devia, nós sempre nos dizíamos tudo. Ele está ruminando: Marcelle me dizia tudo. Ah! Ele pensa, ele sabe. Sabe agora, um estupor acabrunhado na cabeça e uma vozinha: Marcelle sempre me dizia tudo! Ela está lá, nesse momento, ela está lá nesse momento na sua cabeça, é intolerável, preferiria mil vezes que me odiasse, mas ele está lá, sentado no banquinho do café, de braços abertos como se tivesse deixado cair alguma coisa. O olhar fixo no chão como se essa coisa tivesse acabado de quebrar. A conversa já aconteceu. Eu não estava presente, eu não soube nada, mas ela está, ela esteve, as palavras foram ditas e eu nada sei, a voz subia como uma fumaça para o teto do café, a voz virá de lá, a bela voz grave que sempre faz tremer o auscultador do telefone, e a voz virá e dirá pronto. Meu Deus, meu Deus, que vai dizer? Estou nua, grávida, e essa voz sairá vestida do fone, não deveríamos, teria quase detestado Daniel se fosse possível detestá-lo, mas foi tão generoso, tão bom, foi o único a se preocupar comigo, tomou minha causa a peito, o Arcanjo emprestou à minha causa a sua voz extraordinária. Uma mulher, uma pobre mulher, fraca e defendida no mundo dos homens e dos vivos por uma voz grave e quente, a voz sairá daí, ela dirá: "Marcelle me dizia tudo", pobre Mathieu, querido Arcanjo! Pensou: "Arcanjo" e seus olhos se encheram de lágrimas, doces lágrimas, lágrimas de abundância e fertilidade, lágrimas de mulher de verdade, após oito dias tórridos, de doce mulher defendida. Tomou-me em seus braços, acariciou-me, defendeu-me, a gota de água trêmula nos olhos, e a carícia em sulco sinuoso no rosto, o tremor nos lábios... Durante oito dias ela fixara um ponto ao longe, olhos secos e vazios: vão matá-lo, durante oito dias ela fora para ele Marcelle, a precisa, Marcelle, a dura, Marcelle, a razoável, Marcelle, a masculina, ele diz que sou um homem e agora a água, a mulher frágil, a chuva nos olhos, por que resistir, amanhã serei dura e razoável, uma só vez as lágrimas, e remorsos, a doce piedade de si, a humilde mais doce ainda, essas mãos de veludo sobre as minhas ancas, sobre as minhas nádegas, tenho vontade de abraçar Mathieu e pedir perdão, perdão de joelhos. Pobre Mathieu, meu pobre querido. Uma vez, uma vez só, ser defendida, perdoada, é tão bom! Subitamente uma ideia a dominou, um pouco de vinagre correu-lhe nas veias. "Esta noite, quando ele chegar, quando eu lhe puser os braços em torno do pescoço e o beijar, ele saberá tudo, e eu terei de fingir que ignoro isso. Ah!, nós lhe mentimos", pensou com desespero, "nós lhe mentimos, ainda, lhe dizemos tudo, mas nossa sinceridade está envenenada. Ele sabe, chegará à noite, verei seus olhos bons, pensarei: 'Ele sabe', e como poderei suportá-lo, meu querido, meu pobre querido, pela primeira vez na vida te fiz sofrer, ah!, aceitarei tudo, irei ver a velha, matarei a criança, tenho vergonha, farei o que ele quiser, o que você quiser".

O telefone tocou entre seus dedos. Ela crispou a mão no fone:

— Alô — disse ela —, é Daniel?

— Sim — respondeu a bela voz calma —, quem fala?

— É Marcelle.

— Bom dia, querida Marcelle.

— Bom dia — disse Marcelle. Seu coração batia fortemente.

— Dormiu bem? — a voz grave ecoava-lhe no ventre, era insuportável e delicioso. — Deixei-a muito tarde ontem. A sra. Duffet deve ter ficado zangada. Mas espero que não tenha sabido.

— Não — disse Marcelle, arquejante —, não soube de nada. Dormia como uma pedra quando você saiu...

— E você — insistia a voz terna —, dormiu?

— Eu? Mais ou menos. Estou um pouco enervada, você sabe.

Daniel riu. Era uma bela risada de luxo, tranquila e forte. Marcelle sentiu-se melhor.

— Não deve enervar-se — disse ele. — Tudo foi muito bem.

— Tudo? É verdade?

— É verdade. Melhor do que eu esperava. Nós havíamos menosprezado Mathieu, minha cara Marcelle.

Marcelle sentiu-se tomada de um áspero remorso. Disse:

— Não é verdade? Não é verdade que nós o menosprezamos?

— Ele me deteve já nas primeiras palavras — disse Daniel. — Disse que compreendia muito bem, que percebeu que havia qualquer coisa e que isso o atormentara todo o dia de ontem.

— Você... você disse que nos víamos? — perguntou Marcelle com a voz estrangulada.

— Naturalmente — respondeu Daniel, espantado. — Não estava combinado?

— Sim, sim, que fez ele?

Daniel pareceu hesitar:

— Foi tudo bem, afinal. A princípio não quis acreditar.

— Deve ter-lhe dito: "Marcelle me dizia tudo."

— De fato — Daniel parecia divertir-se —, disse-o exatamente nesses termos.

— Daniel, tenho remorsos.

Ouviu novamente a risada profunda e alegre.

— Engraçado! Ele também. Saiu cheio de remorsos. Se vocês dois estão com essas disposições, eu queria estar escondido no quarto para ver quando vocês se encontrarem. Será delicioso.

Riu de novo e Marcelle pensou com humilde gratidão: "Está caçoando de mim." Mas a voz voltara a ser grave e o fone vibrava como um órgão.

— Não, falando sério, Marcelle, tudo vai bem. Estou satisfeito por você. Ele não me deixou falar, interrompeu-me logo às primeiras palavras e disse: "Pobre Marcelle, sou um grande culpado, tenho ódio de mim, mas eu arranjarei tudo, acha que ainda posso reparar o mal?" E seus olhos estavam vermelhos. Como ele gosta de você!

— Oh, Daniel! — dizia Marcelle. — Oh! Daniel... Oh! Daniel...

Houve um silêncio e Daniel continuou:

— Disse-me que queria falar-lhe hoje à noite, com o coração aberto. "Espremer o abscesso." Agora tudo está nas suas mãos. Ele fará o que você quiser.

— Oh, Daniel! Oh, Daniel!

Tomou fôlego e acrescentou:

— Você foi tão bom, foi... quero vê-lo o mais cedo possível, tenho tanta coisa a contar-lhe e não posso falar sem ver seu rosto. Pode ser amanhã?

A voz fez-se mais seca. Perdeu a harmonia.

— Amanhã, não. Naturalmente, desejo muito vê-la. Telefonarei, Marcelle, é mais fácil.

— Está certo — disse Marcelle —, telefone logo. Ah, Daniel, querido Daniel!

— Até logo, Marcelle, seja hábil hoje à noite...

— Daniel!

Mas ele tinha desligado.

Marcelle recolocou o fone no gancho e passou o lenço nos olhos úmidos: "O Arcanjo! Fugiu depressa para que eu não agradecesse." Aproximou-se da janela e contemplou os transeuntes: mulheres, crianças, operários, pareceu-lhe que tinham um ar de felicidade. Uma jovem senhora corria pelo meio da rua com o filho no colo, falava-lhe arquejante, e ria. Marcelle seguiu-a com o olhar. Depois aproximou-se do espelho e mirou-se com espanto. Sobre a prateleira da pia havia três rosas vermelhas num copo. Marcelle pegou uma com hesitação, virou-a timidamente entre os dedos, depois fechou os olhos e enfiou a rosa na cabeleira escura: "Uma rosa em meus cabelos." Abriu as pálpebras e olhou-se no espelho, arranjou os cabelos e sorriu para si mesma, cheia de confusão.

XV

— Queira esperar aqui, senhor — disse o homenzinho.
Mathieu sentou-se num banco. Era uma sala de espera escura que recendia a repolho. À esquerda via-se uma luz fraca através de uma porta envidraçada. Tocaram e o homenzinho foi abrir. Uma mulher jovem entrou vestida com uma decência miserável.
— Queira sentar-se, senhora.
Acompanhou-a obsequioso até o banco em que ela se sentou, encolhendo as pernas.
— Já estive aqui — disse a mulher —, é para um empréstimo.
— Sim, senhora, certamente.
O homenzinho falava-lhe no rosto.
— É funcionária pública?
— Eu, não. Meu marido.
Pôs-se a procurar na bolsa. Não era feia, mas tinha uma expressão dura e acuada. O homenzinho olhava-a com gula. Ela tirou da bolsa dois ou três papéis cuidadosamente dobrados; ele os tomou, chegou à porta envidraçada para ter mais luz e examinou-os longamente:
— Muito bem — disse, devolvendo-os. — Muito bem. Dois filhos? Parece tão moça... A gente os espera com impaciência, não é? Mas quando chegam desorganizam um pouco as finanças. Está ligeiramente atrapalhada, não é?
A jovem senhora corou e o homenzinho esfregou as mãos, satisfeito.
— Pois bem — disse —, vamos dar um jeito nisso, vamos dar um jeito nisso, é para isso que estamos aqui.

Contemplou-a pensativo e sorridente durante um instante, depois afastou-se. A jovem senhora lançou um olhar hostil a Mathieu e pôs-se a brincar com o fecho da bolsa. Mathieu não estava à vontade; introduzira-se entre os pobres de verdade e era o dinheiro deles que ia buscar, um dinheiro cinzento e triste, que recendia a repolho. Baixou a cabeça e olhou o chão entre os pés. Viu as notas sedosas e perfumadas na maleta de Lola. Não era o mesmo dinheiro.

A porta envidraçada abriu-se e surgiu um senhor alto, de bigode branco. Tinha os cabelos prateados cuidadosamente penteados para trás. Mathieu acompanhou-o ao escritório. O senhor apontou-lhe afavelmente uma poltrona de couro já gasto e sentaram-se ambos. O senhor apoiou os cotovelos na mesa e juntou as belas mãos brancas. Usava uma gravata verde-escura, alegrada discretamente por uma pérola.

— Deseja recorrer aos nossos serviços? — indagou com naturalidade.

— Sim.

Examinou o rosto de Mathieu; os olhos azul-claros projetavam-se ligeiramente para fora do rosto.

— Senhor...?

— Delarue.

— Não ignora que os estatutos de nossa sociedade estabelecem um serviço de empréstimo destinado exclusivamente aos funcionários públicos?

A voz era bela e neutra, um pouco gorda, como as mãos.

— Sou funcionário — disse Mathieu. — Professor.

— Oh, muito bem! — disse o homem, com interesse. — Temos muito prazer em auxiliar os universitários. É professor de ginásio?

— Sim. No colégio Buffon.

— Muito bem — continuou o homem, com desembaraço. — Pois vamos então às formalidades de praxe. Em primeiro lugar eu lhe pedirei um documento de identidade. Qualquer que seja, passaporte, certificado de reservista, título de eleitor...

Mathieu entregou-lhe os documentos. O senhor tomou-os, examinou-os distraidamente.

— Muito bem. E de quanto vai precisar?
— Seis mil francos — disse Mathieu.
Ele refletiu um pouco e disse:
— Ponhamos sete mil.

Mathieu estava agradavelmente surpreendido. Pensou: "Não imaginava que fosse tão fácil."

— Conhece as nossas condições? Emprestamos por seis meses, sem possibilidade de renovação. Somos obrigados a exigir vinte por cento de juros porque temos despesas enormes e corremos riscos sérios.

— Está bem — atalhou Mathieu rapidamente.

O senhor tirou da gaveta duas folhas impressas.

— Quer ter a bondade de preencher estes formulários? Assine ao final.

Era um formulário de pedido de empréstimo em duas vias. Tinha que indicar a idade, o estado civil, o endereço. Mathieu escreveu.

— Muito bem — disse o senhor, percorrendo as folhas: — Nascido em Paris... 1905... pai e mãe franceses... Bem, é tudo por ora. Na entrega dos sete mil francos nós exigiremos um recibo selado, reconhecendo a dívida. O selo é por sua conta.

— Na entrega do dinheiro? Não pode entregá-lo agora?

O senhor pareceu estranhar muito.

— Agora? Mas, meu caro professor, necessitamos de 15 dias pelo menos para reunir as informações!

— Que informações? Já viu meus documentos.

O senhor considerou Mathieu com uma indulgência divertida.

— Ah! — disse —, os universitários são todos iguais. Todos idealistas. Observe-se que no caso particular não ponho em dúvida a sua palavra. Mas, de um modo geral, quem nos prova que os seus documentos não são falsos? (Sorriu tristemente.) Quando se mexe com dinheiro, aprende-se a desconfiar. É um sentimento feio, concordo, mas não temos o direito de ser confiantes. Por isso faremos o nosso pequeno inquérito, dirigindo-nos diretamente ao ministério. Mas não tenha receio, agiremos com a máxima discrição. Porém, o senhor sabe, cá entre nós, como são as administrações. Duvido muito que possa contar com nosso auxílio antes de cinco de julho.

— É impossível — disse Mathieu, angustiado. — Preciso do dinheiro para hoje à noite ou amanhã cedo o mais tardar, é uma necessidade urgente. Não se poderia... com um juro mais elevado?

O senhor mostrou-se escandalizado. Ergueu as belas mãos e disse:

— Não somos usurários, meu caro senhor! Nossa sociedade tem o apoio moral do Ministério de Obras Públicas. É uma instituição por assim dizer oficial. Cobramos os juros normais, estabelecidos de acordo com as despesas e os riscos, e não nos podemos prestar a nenhum negócio desse tipo!

Acrescentou com severidade:

— Se tinha pressa, devia ter vindo antes. Não leu os nossos avisos?

— Não — disse Mathieu, levantando-se. — Foi coisa repentina.

— Lamento — disse o senhor friamente. — Devo rasgar o formulário?

Mathieu pensou em Sarah: "Terá seguramente obtido um prazo."

— Não rasgue — disse —, vou dar um jeito até a data da entrega.

— Pois é — observou o senhor afavelmente —, há de encontrar um amigo que lhe adiante o dinheiro por 15 dias. O endereço está certo? — indagou ainda, assinalando-o no formulário. — Rua Huyghens, 12?

— Sim.

— Pois bem, nos primeiros dias de julho mandamos-lhe um chamado.

Levantou-se e acompanhou Mathieu até a porta.

— Até logo, senhor — disse Mathieu. — Obrigado.

— Às suas ordens — respondeu o senhor, inclinando-se. — E muito prazer.

Mathieu atravessou a sala de espera a grandes passadas. A jovem senhora ainda estava ali. Mordia a luva com um olhar esgazeado.

— Queira entrar, minha senhora — disse o homem por trás de Mathieu.

Lá fora um clarão vegetal tremia no ar cinzento. Mas agora Mathieu tinha sempre a impressão de estar enterrado. "Mais um desastre", pensou. Só restava Sarah.

Estava no bulevar Sebastopol. Entrou num café e pediu uma ficha.

— Os telefones ficam ao fundo, à direita.

Enquanto discava pensou: "Tomara que ela tenha conseguido, tomara que ela tenha conseguido." Era quase uma prece.

— Alô, alô, Sarah?

— Alô — disse uma voz. — É Weymuller.

— Aqui é Mathieu Delarue. Posso falar com Sarah?

— Ela saiu.

— Ora, que diabo, sabe quando volta?

— Não. Quer deixar algum recado?

— Não adianta. Diga-lhe somente que telefonei.

Desligou e saiu. Sua vida já não dependia dele, estava nas mãos de Sarah. Só lhe restava esperar. Fez sinal ao ônibus, tomou-o e sentou-se junto a uma velha que tossia no lenço. "Entre judeus, se entendem sempre", pensou. "Ele topa, ele topa."

— Denfert-Rochereau?

— Três seções — disse o cobrador.

Mathieu pagou e pôs-se a olhar pelo vidro. Pensava em Marcelle com um rancor melancólico. Os vidros tremiam, a velha tossia, as flores dançavam no seu chapéu de palha negra. O chapéu, as flores, a velha, Mathieu, tudo era transportado pela enorme máquina. A velha não tirava o nariz do lenço e tossia. Tossia na esquina da rua des Ours com o bulevar Sebastopol, tossia na rua Réaumur, tossia na rua Montorgueil, tossia na Pont-Neuf, em cima das águas calmas e escuras. "E se o judeu não topar?" Mas esse pensamento não chegou a arrancá-lo de seu torpor. Já não passava de um saco de carvão empilhado com outros sacos no fundo de um caminhão. "Tanto faz, pelo menos acaba, eu lhe digo hoje à noite que caso com ela." O ônibus enorme e infantil transportava-o, fazia-o virar à direita e à esquerda, sacudia-o, machucava-o; os acontecimentos batiam de encontro aos vidros, ao banco, ele era embalado pela rapidez de sua vida. Pensava: "Minha vida não me pertence mais, minha vida é apenas um destino." Via surgirem um por um os pesados edifícios sombrios da rua des Saints-Pères, olhava sua vida desfilar. "Caso, não caso: não tenho mais nada com isso, é cara ou coroa."

O ônibus parou numa freada brusca. Mathieu endireitou-se e olhou angustiado as costas do motorista. Toda a sua liberdade acabava de refluir sobre ele. Pensou: "Não, não é cara ou coroa. O que quer que aconteça é por mim que há de acontecer."

Ainda que se deixasse levar, desamparado, desesperado, mesmo que se deixasse transportar como um saco de carvão, teria escolhido a sua perdição. Era livre, livre, inteiramente, com liberdade de ser um animal ou uma máquina, de aceitar, de recusar, de tergiversar, casar, dar o fora, arrastar-se durante anos com aquela cadeia aos pés. Podia fazer o que quisesse, ninguém tinha o direito de aconselhá-lo. Só haveria para ele Bem e Mal se os inventasse. Em torno dele as coisas se haviam agrupado, aguardavam sem um sinal, sem a menor sugestão. Estava só em meio a um silêncio monstruoso, só e livre, sem auxílio nem desculpa, condenado a decidir-se sem apelo possível, condenado a ser livre para sempre.

— Denfert-Rochereau — gritou o cobrador.

Mathieu levantou-se e desceu. Tomou pela rua Froidevaux. Estava cansado e nervoso, via sem cessar uma maleta aberta, no fundo de um quarto escuro, e, na maleta, notas perfumadas e sedosas. Era como um remorso. "Devia ter roubado."

— Uma carta para o senhor — disse a zeladora. — Acaba de chegar.

Mathieu pegou a carta, rasgou o envelope. No mesmo instante os muros que o cercavam desabaram e pareceu-lhe que mudava de mundo.

Havia três palavras no meio da página. Uma letra grandalhona e inclinada para baixo:

"Reprovada. Inconsciente. Ivich."

— Não são más notícias, ao menos? — indagou a zeladora.

— Não.

— Bem, porque o senhor ficou tão assustado.

Reprovada. Inconsciente. Ivich.

— É um aluno meu que foi reprovado.

— Ah! Os exames vão se tornando cada vez mais puxados, dizem.

— Muito mais.

— Imagine! Todos esses jovens que estudam. Têm títulos, e que se vai fazer deles?

— Pois é, que se vai fazer!

Leu pela quarta vez a carta. Impressionava-se com a grandiloquência inquietante. "Reprovada, inconsciente... deve estar fazendo alguma asneira. É claro que está."

— Que horas são?

— Seis horas.

"Seis horas. Soube do resultado às duas horas. Há quatro horas que está largada por aí, nas ruas de Paris." Enfiou a carta no bolso.

— Sra. Garinet, empreste-me cinquenta francos — disse à zeladora.

— Não sei se tenho — respondeu ela, espantada. Mexeu na gaveta da mesa de costura.

— Tenho cem, o senhor me dará o troco mais tarde.

— Está bem. Obrigado.

Saiu: "Onde estará?" Tinha a cabeça vazia e as mãos trêmulas. Um táxi passou, Mathieu chamou-o:

— Lar do Estudante, 173, rua Saint-Jacques, depressa.

— Certo.

"Onde estará? Na melhor das hipóteses terá partido para Laon; na pior... E quatro horas de atraso!" Estava dobrado para a frente e apoiava fortemente o pé sobre o tapete como para acelerar o carro.

O táxi parou. Mathieu desceu e tocou a campainha.

— A srta. Ivich Serguine está?

A mulher olhou-o desconfiada.

— Vou ver.

Voltou logo.

— A srta. Serguine não voltou desde esta manhã. Tem recado?

— Não.

Mathieu subiu no carro novamente.

— Hotel de Pologne, rua Sommerard.

No fim de um instante bateu no vidro.

— Ali, à esquerda.

Pulou e empurrou a porta envidraçada.

— O sr. Serguine está?

O criado gordo, albino, estava na caixa. Reconheceu Mathieu e sorriu.

— Não voltou, não veio dormir.

— E a irmã... uma moça loura, não passou por aqui?

— Oh! Conheço a srta. Ivich! Não, não veio. Somente a sra. Montero é que telefonou duas vezes para chamar o sr. Boris, quer que ele vá vê-la assim que chegar. Se o encontrar, pode dar o recado?

— Está certo.

Saiu. Onde ela estaria? No cinema? Pouco provável. Nas ruas? Em todo caso não tinha ainda deixado Paris, pois teria passado antes pelo Lar para pegar a bagagem. Mathieu tirou a carta do bolso e examinou o envelope. Fora enviada da agência da rua Cujas, mas isso não queria dizer nada.

— Aonde vamos? — indagou o motorista.

Mathieu olhou-o indeciso, mas de repente entendeu: "Para me mandar isso precisava estar bêbada."

— Ouça — disse —, vamos subir devagar o bulevar Saint-Michel, desde o cais, preciso entrar em todos os cafés, estou procurando alguém.

Ivich não estava no Biarritz, nem no Source, nem no Harcourt, no Biard, no Palais du Café. No Capoulade viu um estudante chinês que a conhecia. Correu. O estudante tomava uma dose de vinho do Porto, trepado no banquinho do bar.

— Desculpe — disse Mathieu. — Acho que conhece a srta. Serguine. Não a viu hoje?

— Não — disse o chinês. Falava com dificuldade. — Aconteceu algum desastre...

— Aconteceu um desastre! — exclamou Mathieu.

— Não. Estou perguntando se aconteceu algum desastre.

— Não sei — disse Mathieu, virando-lhe as costas.

Nem pensava em proteger Ivich dela mesma; sentia apenas uma necessidade dolorosa e violenta de revê-la. "E se ela tivesse tentado suicidar-se? É bem capaz disso", pensou com furor. Mas, afinal, talvez estivesse simplesmente em Montparnasse.

— Carrefour Vavin — disse.

Subiu no táxi. Suas mãos tremiam; enfiou-as nos bolsos. O táxi fez a volta da fonte Médicis, e Mathieu viu Renata, a amiga italiana de Ivich. Saía do Luxemburgo com uma pasta debaixo do braço.

— Pare! Pare!

Pulou do táxi e correu para ela.

— Viu Ivich?

Renata tomou um ar digno.

— Bom dia — disse.

— Bom dia. Viu Ivich?

— Ivich? Vi, sim.

— Quando?

— Há uma hora mais ou menos.

— Onde?

— No Luxemburgo. Estava com uma gente bem esquisita. Sabe que ela foi reprovada, a coitada?

— Sim. Para onde foi?

— Queriam ir ao *dancing*. Ao Tarentule, creio.

— Onde é isso?

— Rua Monsieur-le-Prince. É uma casa de discos, o *dancing* é no porão.

— Obrigado.

Deu alguns passos, depois voltou:

— Desculpe, esqueci também de lhe dizer adeus.

— Adeus.

Mathieu voltou ao táxi.

— Rua Monsieur-le-Prince, aqui perto. Devagar, eu aviso.

"Tomara que ainda esteja aí, senão terei que correr todos os chás dançantes do Quartier Latin."

— Pare. É aí. Espere um momento.

Entrou na casa de discos.

— O Tarentule? — indagou.

— No subsolo. Desça pela escada.

Mathieu desceu, sentiu um cheiro de mofo, empurrou uma porta de couro e recebeu um golpe no estômago; Ivich estava ali, dançava. Encostou-se ao batente e pensou: "Enfim."

Era uma adega deserta e antisséptica, sem uma sombra. Uma luz filtrada caía dos lustres de papel oleoso. Mathieu viu umas 15 mesas com toalhas, espalhadas no fundo deste mar morto de luz. Sobre as paredes bege haviam pregado papelões multicores, formando plantas exóticas, que já se despregavam sob a ação da umidade. Os cactos estavam inchados com bolhas. Um *pickup* invisível difundia um *paso doble* e essa música em conserva tornava a sala mais nua ainda.

Ivich apoiava a cabeça no ombro do dançarino e se colava a ele. Ele dançava bem. Mathieu reconheceu-o. Era o jovem moreno e alto que estava com Ivich na véspera, no bulevar Saint-Michel. Respirava os cabelos de Ivich e de quando em quando os beijava. Ela afastava então a cabeça e ria, muito pálida, de olhos fechados, enquanto ele lhe cochichava ao ouvido. Estavam sós no meio da pista. No fundo quatro rapazes e uma moça muito pintada batiam palmas e gritavam "olé". O moreno alto reconduziu Ivich à mesa deles, segurando-a pela cintura. Os estudantes cercaram-na e lhe fizeram festa; tinha um jeito esquisito, a um tempo familiar e empertigado. Envolviam-na a distância com gestos cordiais e ternos. A moça pintada mostrava-se reservada. Estava de pé, pesada e mole, com o olhar parado. Acendeu um cigarro e disse, pensativa:

— Olé!

Ivich deixou-se cair numa cadeira, entre a moça e um lourinho de barba. Ria como uma louca.

— Não, não — dizia, agitando a mão diante do rosto —, nada de álibis! Não preciso de álibi!

O barbudo levantou-se atenciosamente para ceder lugar ao belo dançarino moreno. "Fantástico", pensou Mathieu, "reconhecem-lhe o direito de sentar-se ao lado dela". O belo moreno parecia achar a coisa muito natural. Era, aliás, o único à vontade.

Ivich apontou o barbudo.

— Foge porque eu prometi beijá-lo — disse rindo.

— Desculpe — disse o barbudo com dignidade —, não prometeu, ameaçou.

— Pois bem, não te beijarei. Beijarei Irma.

— Você quer me beijar, Ivich? — disse a moça, surpresa e lisonjeada.

— Quero, vem. — E puxou-a pelo braço, autoritária.

Os outros se afastaram, escandalizados. Alguém disse: "Ivich!", com uma voz docemente ralhadora. O belo moreno olhava-a friamente com um leve sorriso. Esperava. Mathieu sentiu-se humilhado. Para aquele rapaz elegante Ivich não passava de uma presa, ele a despia com um olhar sensual de conhecedor, ela já estava nua diante dele, ele adivinhava-lhe os seios, as coxas e o cheiro da carne... Mathieu sacudiu-se bruscamente e avançou para Ivich. Tinha as pernas moles. Percebera que a desejava pela primeira vez, vergonhosamente, através do desejo de outro.

Ivich fizera mil trejeitos antes de beijar sua vizinha. Finalmente tomara-lhe o rosto entre as mãos e a beijara na boca. Mas empurrara-a logo.

— Cheira a catechu — disse com asco.

Mathieu plantou-se diante da mesa.

— Ivich!

Ela o olhou de boca aberta e ele ficou duvidando que o reconhecesse. Mas ela ergueu lentamente a mão esquerda e mostrou-a.

— É você — disse. — Olha.

Arrancara o curativo. Mathieu viu uma crosta avermelhada e pegajosa com pequenos pontos brancos de pus.

— Você conservou o seu — disse Ivich, decepcionada. — É verdade que você é prudente.

— Ela o arrancou contra a nossa vontade — desculpou-se a moça. — É um demônio.

Ivich ergueu-se subitamente e olhou Mathieu com um ar sombrio.

— Leve-me daqui, estou me avacalhando.

Os rapazes se entreolharam.

— Creia — disse o barbudo —, não a fizemos beber, quisemos até impedi-la.

— Isso é verdade — afirmou Ivich com nojo —, verdadeiras babás...

— Menos eu, Ivich — disse o belo dançarino —, menos eu.

— Menos este, que é um cafajeste.

— Venha — disse Mathieu docemente.

Tomou-a pelos ombros e conduziu-a. Ouviu atrás de si um ruído de consternação. No meio da escada Ivich tornou-se mais pesada.

— Ivich!

Ela sacudiu os cachos, escarnecendo.

— Quero sentar-me aqui.

— Eu lhe peço, Ivich...

Ela se pôs a rir e levantou a saia acima do joelho.

— Quero sentar-me aqui.

Mathieu pegou-a pela cintura e carregou-a. Na rua largou-a. Não se debatera. Ela piscou e olhou em torno, melancólica.

— Quer voltar para casa? — propôs Mathieu.

— Não! — gritou Ivich.

— Quer ir para a casa de Boris?

— Ele não está em casa.

— Onde está ele?

— Sei lá.

— Para onde quer ir?

— Sei lá. Você é que deve saber. Você me trouxe de onde eu estava.

Mathieu refletiu.

— Bem — disse.

Levou-a até o táxi.

— Rua Huyghens, 12. Levo-a para minha casa — explicou. — Poderá deitar-se no sofá e eu farei um pouco de chá.

Ivich não protestou. Subiu com dificuldade no carro e largou-se em cima da almofada.

— Não está bem?

Estava lívida.

— Estou doente.

— Vou mandar parar numa farmácia.

— Não — disse, violentamente.

— Então, recoste-se e feche os olhos, chegaremos já.

Ivich gemeu um pouco. De repente ficou verde e pendurou-se à janela. Mathieu viu as costas magras sacudidas pelo vômito. Estendeu o braço e segurou o trinco, tinha medo de que a porta se abrisse. Depois de um instante a náusea cessou. Mathieu jogou-se para trás, tomou o cachimbo, encheu-o e fingiu estar absorto. Ivich tornou a encostar-se na almofada e Mathieu guardou o cachimbo.

— Chegamos — avisou.

Ivich ergueu-se penosamente.

— Tenho vergonha — disse.

Mathieu desceu primeiro e deu-lhe a mão para ajudá-la, mas ela recusou e pulou com vivacidade na calçada. Ele pagou ao motorista apressadamente e voltou-se para ela. Ela olhava-o com uma expressão neutra. Um cheiro azedo de vômito exalava de sua boca tão pura. Mathieu respirou apaixonadamente esse cheiro.

— Está melhor?

— Não estou mais embriagada — disse Ivich, sombria. — Mas a cabeça dói.

Mathieu conduziu-a devagar pela escada.

— Cada degrau é uma pancada na minha cabeça — disse ela, hostil. No segundo patamar parou para tomar fôlego. — Agora lembro-me de tudo.

— Ivich!

— Tudo. Andei com aquela gente imunda, dei um espetáculo. E... fui reprovada.

— Venha. Só mais um andar.

Subiram em silêncio. Ivich disse subitamente:

— Como me encontrou?

Mathieu inclinou-se para enfiar a chave na fechadura.

— Eu estava procurando você e encontrei Renata.

Ivich resmungou atrás dele:

— Estava esperando que viesse.

— Entre — disse Mathieu, afastando-se. Ela o roçou ao passar e ele teve vontade de tomá-la nos braços.

Ivich deu alguns passos incertos e entrou no quarto. Olhou em torno dela com um olhar morto.

— É sua casa?

— É.

Era a primeira vez que a recebia em seu apartamento. Olhou as poltronas de couro verde e sua mesa de trabalho. Viu-as com os olhos de Ivich e teve vergonha.

— Aí está o sofá. Deite-se.

Ivich jogou-se no sofá sem dizer uma palavra.

— Quer chá?

— Estou com frio.

Mathieu foi buscar uma coberta e a estendeu sobre as pernas dela. Ivich fechou os olhos e pousou a cabeça numa almofada. Sofria. Três pequenas rugas verticais sulcavam-lhe a fronte, na raiz do nariz.

— Quer chá?

Ela não respondeu. Mathieu pegou a chaleira elétrica e foi enchê-la na torneira da pia. No armário descobriu metade de um limão, já murcho, com a casca seca, mas apertando bem talvez se arranjasse ainda uma gota ou duas. Colocou-o em cima de uma bandeja com duas xícaras e voltou ao quarto.

— Botei água para ferver — disse.

Ivich não respondeu. Dormia. Mathieu puxou uma cadeira para junto do sofá e sentou-se sem ruído. As três rugas haviam desaparecido. A fronte estava lisa e pura, ela sorria de olhos fechados. "Como é jovem", pensou. Pusera toda a sua esperança numa criança. Era tão fraca e tão leve sobre o sofá, não podia auxiliar ninguém, antes seria preciso que alguém a ajudasse a viver. E Mathieu não podia auxiliá-la. Ivich partiria para Laon, se embruteceria lá, passaria um inverno ou dois e surgiria um sujeito — um jovem — e a levaria consigo. "Eu casarei com Marcelle." Mathieu levantou-se e foi devagarinho ver se a água estava fervendo. Depois voltou e sentou-se junto de Ivich. Olhava com ternura o corpinho doente e maculado que permanecia tão nobre no sono; pensou que amava Ivich e espantou-se: não parecia amor, não era uma emoção específica nem um matiz especial de seus sentimentos, dir-se-ia uma maldição pregada no horizonte, uma promessa de desgraça. A água pôs-se a chiar na chaleira e Ivich abriu os olhos.

— Estou fazendo chá — disse Mathieu —, quer?

— Chá? — indagou Ivich, perplexa. — Mas você não sabe fazer chá.

Endireitou os cabelos com a palma da mão e ergueu-se, esfregando os olhos.

— Me dê o pacote — disse —, vou fazer chá à moda russa. Só que preciso de um samovar.

— Só tenho uma chaleira — respondeu Mathieu, entregando o pacote de chá.

— Oh! Chá do Ceilão? Enfim, paciência.

Passou a ocupar-se com a chaleira.

— E o bule?

— É verdade.

Correu para buscar o bule na cozinha.

— Obrigada.

Estava ainda sombria, porém mais animada. Pôs a água no bule e voltou a sentar-se.

— É preciso esperar um pouco para fazer a infusão — disse.

Houve um silêncio.

— Não gosto de seu apartamento.

— Já o sentia. Se estiver melhor, podemos sair.

— Ir aonde? Não. Estou contente aqui. Todos esses cafés giravam em torno de mim. E, depois, aquela gente toda! Um pesadelo! Aqui é feio, mas calmo. Não poderia fechar as cortinas? Acenderíamos esta lâmpada pequena.

Mathieu levantou-se, foi fechar as venezianas e soltou as amarras das cortinas. As pesadas cortinas verdes se juntaram. Acendeu a lâmpada da escrivaninha.

— É noite — disse Ivich, encantada.

Encostou-se às almofadas do sofá.

— Como é macio; é como se o dia tivesse terminado. Quero que seja noite quando sair, tenho medo de rever o dia.

— Ficará aqui quanto quiser. Não espero ninguém. Aliás, se vier alguém, deixaremos que toque, não abriremos. Estou inteiramente livre.

Não era verdade. Marcelle esperava-o às 23 horas. Pensou com rancor: "Que espere."

— Quando parte?

— Amanhã. Há um trem ao meio-dia.

Mathieu ficou um momento sem falar. Depois disse, controlando a voz:

— Eu a acompanharei à estação.

— Não — atalhou Ivich. — Detesto isso. Detesto os adeuses moles que se esticam como borracha. E, depois, estarei morta de cansaço.

— Como queira. Telegrafou a seus pais?

— Não. Boris queria, mas não deixei.

— Então terá de comunicar, você mesma, a coisa?

Ivich baixou a cabeça:

— Terei.

Calaram-se. Mathieu olhava a cabeça baixa de Ivich e seus ombros frágeis. Parecia-lhe que ela o abandonava aos poucos.

— Então — disse —, é nossa última noitada do ano?

— Ah! — respondeu ela, irônica —, do ano!...

— Ivich, você não deve... Irei visitá-la em Laon.

— Não quero. Tudo o que toca Laon fica sujo.

— Pois bem, você voltará.

— Não.

— Há novo exame em novembro, seus pais não podem...

— Você não os conhece.

— Não. Mas não é possível que lhe estraguem a vida para puni-la por ter fracassado uma vez.

— Não pensarão em punir. Será pior. Vão desinteressar-se de mim, sairei da cabeça deles, simplesmente. É, aliás, o que mereço. Não sou capaz de aprender um ofício e prefiro passar o resto da vida em Laon a tornar a fazer esse exame.

— Não diga isso — atalhou Mathieu, alarmado. — Não se resigne assim. Você tem horror de Laon.

— É, tenho horror! — disse ela, de dentes cerrados.

Mathieu levantou-se para ir buscar o bule e as xícaras. Subitamente o sangue subiu-lhe ao rosto. Voltou-se para ela e murmurou sem olhá-la:

— Ouça, Ivich, você vai partir amanhã, mas dou-lhe minha palavra que voltará. Em fins de outubro. Daqui até lá eu me arranjarei.

— Você se arranjará? — indagou Ivich, surpresa e cansada. — Mas você não tem nada que arranjar, já lhe disse que sou incapaz de aprender um ofício.

Mathieu ousou erguer os olhos para ela, mas não se sentia tranquilizado. Como encontrar palavras que não a ferissem?

— Não é o que queria dizer... se você... se quisesse autorizar-me a auxiliá-la.

Ivich não parecia entender, e Mathieu acrescentou:

— Terei algum dinheiro.

Ivich levou um susto.

— Ah! É isso?

Observou secamente.

— Totalmente impossível.

— Não, de jeito nenhum — disse Mathieu, com calor —, não é absolutamente impossível. Ouça, durante as férias eu economizarei. Odette e Jacques me convidam sempre para passar o mês de agosto em Juan-les-Pins e eu nunca aceitei, mas um dia terei de ir. Pois irei este ano, isso me divertirá e eu farei economias... Não recuse sem saber; será um empréstimo.

Interrompeu-se. Ivich afundara no sofá e o olhava por baixo com uma expressão má.

— Não me olhe assim, Ivich!

— Ah!, não sei como estou olhando, só sei que estou com dor de cabeça — disse Ivich, aborrecida.

Baixou os olhos e continuou:

— Quero ir dormir.

— Ivich, ouça. Eu arranjarei dinheiro, você viverá em Paris. Não diga "não" sem pensar. Isso não pode aborrecê-la, você há de reembolsar-me quando ganhar sua vida.

Ivich deu de ombros e Mathieu acrescentou vivamente:

— Então Boris me pagará.

Ivich não respondeu. Enterrou o rosto nos cabelos. Mathieu permanecia plantado à frente dela, agastado e infeliz.

— Ivich!

Ela continuava calada. Teve vontade de pegar-lhe o queixo e erguer-lhe a cabeça à força.

— Ivich, responda. Por que não responde?

Ivich continuava calada. Mathieu pôs-se a andar de um lado para outro. Pensava: "Ela vai aceitar, não a largarei enquanto não aceitar. Darei aulas, corrigirei provas."

— Ivich, você vai me dizer por que não aceita.

Era possível vencer Ivich pelo cansaço; para isso era preciso espicaçá-la com perguntas, mudando de tom cada vez.

— Por que não aceita? Diga, por que não aceita?

Ivich murmurou afinal, sem erguer a cabeça:

— Não quero o seu dinheiro.

— Por quê? Não aceita o de seus pais?

— Não é a mesma coisa.

— De fato, não é. Você me disse cem vezes que os detestava.

— Não tenho motivos para aceitar o seu dinheiro.

— E tem motivos para aceitar o deles?

— Não quero que sejam generosos comigo. Com meus pais não preciso ser grata.

— Ivich, que orgulho é esse? Você não tem o direito de desperdiçar a vida por uma questão de dignidade. Pense na existência que terá em Laon, você há de lamentá-la todos os dias, todas as horas. Vai arrepender-se de ter recusado.

Ivich descompôs-se:

— Deixe-me! Deixe-me!

Acrescentou em voz baixa e rouca:

— Que suplício não ser rica! Em que situações abjetas a gente se mete!

— Não a compreendo — falou Mathieu, com doçura. — Você me disse no mês passado que o dinheiro era uma coisa vil com a qual a gente não se devia preocupar. Você dizia: não me importa de onde venha, contanto que o tenha.

Ivich ergueu os ombros. Mathieu via-lhe apenas o alto da cabeça, um pedacinho da nuca entre os cachos e a gola da blusa. A nuca era mais morena do que a pele do rosto.

— Você não disse isso?
— Não quero que me dê seu dinheiro.

Mathieu perdeu a paciência.

— Ah, então é porque sou um homem! — disse com um riso nervoso.
— Que é que está dizendo?

Encarou-o com um ódio frio:

— É grosseiro. Nunca pensei nisso... e pouco me importa. Nem imagino...
— Então? Pense nisto: pela primeira vez na sua vida seria totalmente livre; haveria de morar onde quisesse e faria o que lhe agradasse. Você me disse que gostaria de estudar filosofia, pois poderia tentar. Eu e Boris a ajudaríamos.
— Por que deseja me fazer bem? Nunca lhe fiz bem. Sempre fui insuportável com você e agora você tem pena de mim.
— Não tenho pena de você.
— Então, por que quer me dar dinheiro?

Mathieu hesitou e depois disse, desviando o olhar:

— Não posso suportar a ideia de não vê-la mais.

Houve um silêncio e Ivich perguntou num tom estranho:

— Quer... quer dizer que... é por egoísmo que me oferece ajuda?
— Por puro egoísmo — disse Mathieu secamente. — Tenho vontade de vê-la, eis tudo.

Ousou encará-la. Ela o olhava arqueando as sobrancelhas, a boca entreaberta. Depois, subitamente, pareceu acalmar-se.

— Então, talvez — murmurou, com indiferença. — Nesse caso, isso é com você. Afinal, você tem razão. Que o dinheiro venha de um lado ou de outro...

Mathieu respirou. "Ora!" Mas não estava ainda sossegado. Ivich continuava emburrada.

— Que vai dizer a seus pais? — indagou, para comprometê-la um pouco mais.

— Qualquer coisa. Acreditarão, ou não. Que importa, se não são eles que pagam?

Baixou a cabeça com um ar sombrio.

— Preciso voltar lá.

Mathieu esforçou-se para esconder sua irritação.

— Mas se você vai voltar...

— Oh... — disse ela — utopia... Digo não, digo sim, mas não chego a acreditar. Está tão longe. Ao passo que Laon, sei que estarei lá amanhã à tarde...

Tocou a garganta com o dedo.

— Sinto-o aqui. Mas tenho que arrumar as malas. A noite inteira...

Levantou-se.

— O chá deve estar pronto. Vamos tomá-lo.

Ela encheu as xícaras. Estava escuro como café.

— Eu lhe escreverei — disse Mathieu.

— Eu também — respondeu ela—, só que não terei nada para lhe dizer.

— Você me descreverá a casa, o quarto. Quero poder imaginá-la em Laon.

— Não gostaria de falar nisso. Basta vivê-lo.

Mathieu pensou nas cartinhas secas de Boris a Lola. Mas foi apenas um instante. Olhou as mãos de Ivich, suas unhas vermelhas e pontudas, seus pulsos magros, e pensou: "Vou tornar a vê-la."

— Que chá esquisito! — disse Ivich.

Mathieu estremeceu. Acabavam de tocar a campainha. Não disse nada. Esperava que Ivich não tivesse ouvido.

— Não tocaram? — indagou ela.

Mathieu fez sinal com os dedos nos lábios.

— Já dissemos que não abriríamos.

— Abriremos, sim — disse Ivich, com voz clara. — Talvez seja importante. Vá depressa abrir.

Mathieu dirigiu-se à porta. Pensava: "Tem horror de parecer minha cúmplice." Abriu a porta. Era Sarah, que ia tocar pela segunda vez.

— Olá — falou ela, arquejante. — Puxa, você me fez correr. O ministro que está lá em casa me disse que você me telefonou e eu vim. Nem pus o chapéu.

Mathieu olhou-a espantado. No seu horrível *tailleur* verde-maçã, rindo com seus dentes todos estragados, os cabelos despenteados e sua expressão de bondade malsã, ela cheirava a catástrofe.

— Bom dia — disse com vivacidade. — Sabe, estou com... — Sarah empurrou-o afavelmente e espiou por cima dos ombros dele.

— Quem está aí? — perguntou com uma curiosidade gulosa. — Ah, é Ivich Serguine! Como vai?

Ivich levantou-se e fez uma espécie de reverência. Parecia decepcionada. Sarah também, de resto. Ivich era a única pessoa que Sarah não suportava.

— Como está magrinha — disse Sarah. — Aposto que não come direito, você não tem juízo.

Mathieu colocou-se diante de Sarah e a encarou fixamente. Sarah riu.

— Mathieu me olha feio — disse alegremente. — Não quer que lhe fale de regime.

Voltou-se para Mathieu.

— Cheguei tarde. Não achei Waldmann. Há vinte dias que está em Paris e já se meteu em tudo que é negócio escuso. Só às seis horas dei com ele.

— Você foi muito boa, Sarah, obrigado.

E Mathieu acrescentou, alegre:

— Falaremos disso depois. Venha tomar uma xícara de chá.

— Não, não, não posso, preciso correr à Livraria Espanhola, querem ver-me urgentemente; "um amigo de Gomez" chegou a Paris.

— Quem? — indagou Mathieu para ganhar tempo.

— Não sei ainda. Disseram-me: "um amigo de Gomez". Vem de Madri.

Ela olhou Mathieu com ternura. Seus olhos pareciam inundados de bondade.

— Meu pobre Mathieu, más notícias para você. Ele recusa.

— Hem?

Ainda assim Mathieu teve forças para dizer:
— Deseja sem dúvida me falar em particular?
Franziu as sobrancelhas repetidas vezes. Mas Sarah nem olhava para ele:
— Não vale a pena — disse tristemente. — Não tenho quase nada a dizer — acrescentou com a voz carregada de mistério. — Insisti o quanto pude. Nada. É preciso que a pessoa em questão esteja lá amanhã de manhã com o dinheiro.
— Bem — disse Mathieu. — Tanto pior. Não falaremos mais nisso.
Acentuou as últimas palavras, mas Sarah queria justificar-se.
— Fiz o possível, supliquei, ele perguntou-me se ela era judia. Disse que não. Então ele falou: "Não faço crédito. Se quer que eu opere, que pague. Do contrário, não faltam clínicas em Paris."
Mathieu ouviu o sofá ranger. Sarah continuava:
— Disse ainda: "Nunca mais lhes fiarei, eles nos fizeram sofrer demais." E é verdade, eu quase o compreendo. Falou-me dos judeus de Viena, dos campos de concentração. Eu não podia acreditar... — sua voz se estrangulou: — Martirizaram-nos.
Calou-se e houve um silêncio pesado. Continuou, meneando a cabeça:
— Que vai fazer?
— Não sei.
— Não pensa em...
— Penso — disse Mathieu tristemente —; acho que acabará assim.
— Meu caro Mathieu — disse Sarah, comovida.
Ele olhou-a duramente e ela se calou, desconcertada. E ele viu acender-se nos olhos dela algo que se assemelhava a um clarão de consciência.
— Bem — disse ela no fim de um momento —, vou-me embora. Telefone amanhã sem falta, quero saber.
— Certo. Adeus, Sarah.
— Adeus, Ivich — gritou Sarah, da porta.
— Adeus, senhora — disse Ivich.
Quando Sarah saiu, Mathieu voltou a andar de um lado para outro no quarto. Estava com frio.

— Essa mulher é um furacão — disse, rindo. — Entra como uma borrasca, derruba tudo e sai, como um pé de vento.

Ivich não respondeu. Mathieu sabia que ela não responderia. Foi sentar-se ao lado dela e disse sem olhá-la:

— Ivich, vou casar com Marcelle.

Houve um silêncio. Mathieu contemplava as pesadas cortinas verdes. Estava cansado. Explicou a Ivich, baixando a cabeça:

— Ela me disse anteontem que está grávida.

As palavras saíam com dificuldade. Não ousava olhar para Ivich, mas sabia que ela o olhava.

— Não sei por que me diz isso — observou ela, com voz gelada. — Não tenho nada com isso.

Mathieu deu de ombros.

— Mas você sabia que ela...

— Era sua amante? — disse Ivich com arrogância. — Não me ocupo muito com essas coisas.

Hesitou e continuou, como se estivesse distraída:

— Não sei por que se aniquila com isso. Se casa é porque quer, sem dúvida. Segundo me disseram, há muitos meios de...

— Não tenho dinheiro — disse Mathieu. — Procurei por toda parte.

— Foi por isso que encarregou Boris de pedir cinco mil francos a Lola?

— Ah! Você sabe? Eu não... pois bem; foi para isso.

— É sórdido — disse Ivich com uma voz descolorida.

— É.

— Aliás, não tenho nada com isso. Você deve saber o que lhe cabe fazer.

Acabou de tomar o chá e indagou:

— Que horas são?

— Quinze para as nove.

— Está escuro?

Mathieu abriu as janelas e as cortinas. Uma luz suja ainda filtrava-se através das venezianas.

— Ainda não.

— Não faz mal — disse Ivich, levantando-se. — Vou-me embora assim mesmo. Tenho que fazer as malas — gemeu.

— Então, até breve — disse Mathieu.

Não tinha vontade de retê-la.

— Até breve.

— Vejo você em outubro?

Fora sem querer. Ivich teve um estremecimento violento.

— Em outubro? — disse ela com um olhar faiscante. — Em outubro! Não e não.

Depois riu-se.

— Desculpe, mas você é tão engraçado. Nunca pensei em aceitar o seu dinheiro. Nem tem o bastante para o casamento.

— Ivich! — gritou Mathieu pegando-lhe o braço.

Ivich deu um berro e se desvencilhou violentamente.

— Me largue! Não me toque.

Mathieu largou-a. Sentia uma raiva desesperada subir dentro de si.

— Bem que eu percebera — continuou Ivich, arquejante. — Ontem de manhã... quando você ousou me tocar... eu pensei: são modos de homem casado...

— Chega! — disse Mathieu com dureza. — Não precisa insistir. Já compreendi.

Ela se postara diante dele, vermelha de ódio e com um sorriso insolente. Ele teve medo de si próprio. Atirou-se para fora, esbarrando nela, e bateu a porta atrás de si.

XVI

*Tu ne sais pas aimer, tu ne sais pas
En vain je tends les bras.**

O café dos Três Mosqueteiros brilhava com todas as suas luzes na noite ainda indecisa. Uma multidão desocupada agrupara-se diante das mesas na calçada. Logo a renda luminosa da noite se estenderia sobre Paris, café por café, vitrina por vitrina. As pessoas aguardavam a noite ouvindo música, pareciam felizes e se juntavam ali, como se estivessem com frio, diante daqueles primeiros fogos vermelhos noturnos. Mathieu contornou a multidão lírica: a doçura crepuscular não era para ele.

*Tu ne sais pas aimer, tu ne sais pas
Jamais, jamais tu ne sauras.***

Uma rua reta e comprida: atrás dele, num quarto verde, uma conscienciazinha cheia de ódio o repelia com toda a força. Diante dele, num quarto cor-de-rosa, uma mulher imóvel o aguardava sorrindo de esperança. Dentro de uma hora entraria escondido naquele quarto cor-de-rosa e se deixaria envolver por aquela doce esperança, por aquela gratidão, por aquele amor. Para toda a vida, para sempre! A gente se suicida por muito menos.
— Cretino!

---

* "Não sabes amar, não sabes/ Em vão estendo os braços." (N.T.)
** "Não sabes amar, não sabes/ Jamais, jamais saberás." (N.T.)

Mathieu jogou-se para a frente a fim de evitar o automóvel, bateu de encontro ao meio-fio e se viu no chão. Caíra sobre as mãos.

— Merda!

Levantou-se. As palmas ardiam. Olhou com gravidade as mãos sujas de lama. A direita estava preta, com alguns arranhões. A esquerda doía; a lama maculava o curativo. "Só faltava essa", murmurou seriamente, "só faltava essa". Tirou o lenço, molhou-o com saliva e esfregou as mãos com uma espécie de ternura. Tinha vontade de chorar. Durante um segundo ficou suspenso, olhando espantado. Depois deu uma gargalhada. Ria de si mesmo, de Marcelle, de Ivich, do ridículo tombo, da vida, de suas miseráveis paixões. Recordava as antigas esperanças e ria porque tinham dado nisso, nesse homem grave que quase chorava porque levara um tombo. Olhava-se sem vergonha, com uma curiosidade divertida, fria, e pensava: "Dizer que me levava a sério." O riso parou, depois de algumas sacudidelas: não havia mais ninguém para rir.

Um vazio. O corpo retorna à marcha arrastando os pés, pesado e quente, com arrepios, ardores de raiva na garganta e no estômago. Ninguém mais o habita, porém. As ruas se esvaziaram como por um ralo de pia; aquilo que ainda há pouco as enchia desapareceu. As coisas ficaram ali, intatas, mas o ramalhete desfez-se, elas caem do céu como enormes estalactites, sobem do chão como menires absurdos, todas as suas pequenas solicitações costumeiras, todos os seus miúdos cantos de cigarra se dissiparam no ar. Elas se calam. Havia outrora um futuro de homem que se interpunha entre elas e que elas refletiam num leque de tentações diversas. O futuro morreu.

O corpo vira à direita, mergulha num gás luminoso a dançar no fundo de uma greta imunda, entre blocos de gelo riscados de clarões. Massas sombrias arrastam-se rangendo. No nível dos olhos, flores peludas balançam. Entre as flores, no fundo da fenda, uma transparência desliza e se contempla com uma paixão gelada.

"Irei buscá-las." O mundo reformou-se, barulhento e ativo, com carros, gente, vitrinas. Mathieu encontrou-se no meio da rua Départ. Mas não era o mesmo mundo nem exatamente o mesmo

Mathieu. No fim do mundo, para além dos edifícios e das ruas, havia uma porta fechada. Tirou da carteira uma chave. Lá longe a porta fechada, aqui a chave chata. Eram os únicos objetos do mundo. Entre eles não havia nada senão um monte de obstáculos e distâncias. "Dentro de uma hora. Posso ir a pé." Uma hora, o tempo de chegar até a porta e abri-la; além dessa hora não havia nada. Mathieu andava com um passo regular, em paz consigo mesmo, sentia-se malvado e sereno: "E se Lola tiver ficado na cama?" Pôs a chave no bolso e pensou: "Que importa! Pego o dinheiro assim mesmo."

*

A lâmpada iluminava mal. Perto da janela que dava para o telhado, entre a fotografia de Marlene Dietrich e a de Robert Taylor, havia um calendário com um pequeno espelho já manchado de ferrugem. Daniel aproximou-se, abaixando-se ligeiramente, e começou a dar o nó na gravata; tinha pressa em acabar de se vestir. No espelho, atrás dele, quase apagado pela penumbra e a sujeira branca do espelho, viu o perfil magro e duro de Ralph, e suas mãos puseram-se a tremer. Tinha vontade de apertar aquele pescoço fino com o pomo de adão saliente e de esfrangalhá-lo entre os dedos. Ralph voltara a cabeça para o lado do espelho e olhava para Daniel com um olhar estranho. Não sabia que Daniel podia vê-lo. "Cara de assassino", pensou Daniel com um arrepio, talvez de prazer. "Está humilhado o machinho, me odeia." Demorou-se em dar o nó na gravata. Ralph continuava a olhá-lo e Daniel gozava aquele ódio que os unia, um ódio requentado, que parecia ter vinte anos de velhice, uma possessão; aquilo o purificava. "Um dia um sujeito como esse me apunhala pelas costas." O rosto jovem cresceria no espelho e seria o fim, a morte infame que merecia. Voltou-se e Ralph baixou os olhos de repente. O quarto era um forno.

— Não tem uma toalha?

Daniel tinha as mãos úmidas.

— Veja dentro do jarro.

Dentro do jarro havia uma toalha sujíssima. Daniel enxugou cuidadosamente as mãos.

— Nunca teve água nesse jarro. Vocês não parecem muito amigos da água.

— Nós nos lavamos na pia do corredor — disse Ralph, chateado. Explicou, depois de um silêncio.

— É mais cômodo.

Sentado à beira da cama estreita, calçava os sapatos inclinando o busto, o joelho direito erguido. Daniel contemplava o dorso magro, os braços jovens e musculosos saindo de uma camisa Lacoste de mangas curtas. "Tem certa graça", pensou com imparcialidade. Mas tinha horror àquela graça. Dentro de um minuto, estaria lá fora e isso seria passado. Mas bem sabia o que o aguardava lá fora. Na hora de vestir o paletó, hesitou. Tinha os ombros e o peito inundados de suor, e pensava apreensivo no peso do paletó que ia colar a camisa de linho contra a carne úmida.

— Seu quarto é terrivelmente quente!
— É debaixo do telhado...
— Que horas são?
— Nove horas, acabam de soar.

Dez horas ainda, antes da manhã! Não se deitaria. Quando se deitava depois, era muito mais penoso. Ralph ergueu a cabeça:

— Queria perguntar-lhe, sr. Lalique, foi o senhor quem aconselhou Bobby a voltar para a farmácia?

— Aconselhou? Não. Só lhe disse que era tolice tê-la deixado.

— Bom, não é a mesma coisa. Ele veio me dizer hoje de manhã que ia pedir desculpas, que o senhor queria, não me parecia muito franco.

— Eu não quero coisa alguma — disse Daniel —, e não lhe disse para pedir desculpas.

Sorriram ambos com desprezo. Daniel quis vestir o paletó, mas não teve coragem.

— Eu disse: "Faça o que quiser." Não é da minha conta — explicou Ralph, abaixando-se. — Se foi o sr. Lalique quem te aconselhou... mas estou vendo o que é agora.

Fez um movimento irritado para dar o nó no laço do sapato do pé esquerdo.

— Não vou dizer nada. Ele é assim. Precisa mentir sempre. Mas tem um que juro que vou pegar na esquina.

— O farmacêutico?

— Sim. Mas não a velha. O bestinha.

— O estagiário?

— É. Aquele safado. O que foi abrir a boca sobre Bobby e eu! Bobby não tem vergonha. Voltar para aquela arapuca! Mas não tenha medo, eu irei esperar o sujeito na saída uma noite dessas.

Sorriu, maldoso. Comprazia-se no seu ódio.

— Vou chegando de mãos nos bolsos, com um arzinho de poucos amigos. "Está me conhecendo? Está? Então ouça: que é que foi contar de mim, hem? Que é que foi contar? Ah! Vai ver só." "Não disse nada, não disse nada." "Ah, não disse nada? Pois toma." E zás no estômago. Jogo-o no chão, pulo em cima dele e bato com a cabeça dele na calçada.

Daniel olhava-o com uma irritação irônica. Pensava: "Todos iguais." Todos, menos Bobby, que era uma femeazinha. Depois todos falam em quebrar a cara de alguém. Ralph entusiasmara-se, os olhos brilhavam, as orelhas escarlates. Tinha necessidade de fazer gestos vivos e bruscos. Daniel não soube resistir ao desejo de humilhá-lo mais um pouco.

— Eh, talvez seja ele quem te liquide!

— Ele? — Ralph riu maldosamente. — Pode vir. Pergunte só para o garçom do Oriental. Ele sabe. Um cara de trinta anos e com braços assim. Queria me pôr pra fora, era o que ele dizia.

Daniel sorriu com insolência.

— E você o engoliu inteiro, naturalmente.

— Pergunte! Pergunte só! — disse Ralph, queimado. — Tinha uns dez olhando. "Venha cá fora", disse eu. Bobby estava lá, e um altão que eu já vi com o senhor. E Corbin, do matadouro. Ele saiu: "Quer ensinar a viver a um pai de família?" Foi o que ele disse. Mas dei-lhe uma! Uma bolacha no olho para começar, e de passagem limpei-lhe o focinho com o cotovelo: assim. Em cheio.

Levantara-se, arremedando as fases da luta. Virou sobre os pés, mostrando as nádegas duras, moldadas pela calça azul. Daniel sentiu-se inundado de furor. Desejava espancá-lo.

— Mijava sangue — continuou Ralph. — Puxa vida! Uma rasteira e se esborrachou no chão. Não sabia mais onde dar com a cabeça o pai de família.

Calou-se, sinistro e gabarola, coberto de glória. Parecia um inseto. "Eu o esmagaria", pensou Daniel. Não acreditava muito naquelas histórias, mas mesmo assim achava humilhante que Ralph tivesse dominado um homem de trinta anos. Pôs-se a rir.

— Bancando o tal, hem? — disse penosamente. — Um dia você cai de quatro.

Ralph riu também e eles se aproximaram um do outro.

— Não quero bancar o tal, mas não são os grandalhões que me metem medo.

— Então — continuou Daniel —, você não tem medo de ninguém, não é? Não tem medo de ninguém?

Ralph estava vermelho.

— Tamanho não é documento — disse.

— Vamos ver se você tem força — e Daniel deu-lhe um empurrão. — Vamos ver.

Ralph abriu a boca espantado, mas os olhos faiscaram de raiva.

— Com o senhor, só para brincar, é claro — disse, com um assovio na voz. — O senhor não ganharia.

Daniel pegou-o pela cintura.

— Vou te mostrar, moleque.

Ralph era duro e ágil. Os músculos escorregavam nas mãos de Daniel. Lutaram em silêncio e Daniel começou a arquejar. Tinha a impressão vaga de ser um sujeito gordo e de bigode. Ralph conseguiu erguê-lo, mas Daniel enfiou-lhe as mãos na cara e ele largou. Encontraram-se novamente um diante do outro, sorridentes e raivosos.

— Ah, o senhor está querendo de verdade! — disse Ralph, com um tom estranho. — Está querendo mesmo?

Atirou-se subitamente sobre Daniel, de cabeça. Daniel desviou-se e pegou-o pela nuca. Estava já sem fôlego. Ralph não demonstrava nenhum cansaço. Juntaram-se de novo e principiaram a girar no meio do quarto. Daniel sentiu um gosto áspero e febril no fundo da boca. "Preciso acabar, ou então ele me pega." Empurrou Ralph com toda a força, mas Ralph resistiu. Uma raiva louca invadiu Daniel, ele pensou: "Estou sendo ridículo", abaixou-se de repente e pegou Ralph pelos rins, levantou-o, jogou-o na cama e caiu por cima dele. Ralph debateu-se, tentou unhar, mas Daniel segurou-lhe os pulsos e apertou-lhe os braços sobre o travesseiro. Ficaram assim um bom momento; Daniel estava cansado demais para se levantar. Ralph estava pregado na cama, impotente, esmagado sob aquele peso de homem, de pai de família. Daniel contemplava-o satisfeito. Os olhos de Ralph estavam cheios de ódio. Estava bonito.

— Quem ganhou? — indagou Daniel, ainda arquejante. — Quem ganhou, moleque?

Ralph sorriu imediatamente e disse com voz de falsete:

— O senhor é forte, sr. Lalique.

Daniel largou-o e pôs-se de pé. Estava arquejante e humilhado. O coração batia como se fosse estourar.

— Já fui forte — disse. — Agora não tenho fôlego.

Ralph estava de pé, arranjava o colarinho da camisa e não arquejava. Tentou rir, mas desviava os olhos de Daniel.

— O fôlego não é nada — disse como bom perdedor. — Questão de treino.

— Você luta direito — observou Daniel —, mas há a diferença de peso.

Riram ambos, contrafeitos. Daniel tinha vontade de pegar Ralph pelo pescoço e encher-lhe a cara de socos. Vestiu o paletó; a camisa molhada de suor colou-se à pele.

— Bom — disse —, vou indo. Boa noite.

— Boa noite, sr. Lalique.

— Escondi uma coisa para você no quarto. Procure que achará.

A porta fechou-se, Daniel desceu as escadas, as pernas moles. "Antes de mais nada", pensou, "vou me lavar dos pés à cabeça". Ao transpor o limiar da porta, um pensamento veio-lhe repentinamente. Parou. Barbeara-se pela manhã, antes de sair, e deixara a navalha aberta sobre a lareira...

*

Ao abrir a porta, Mathieu fez soar uma campainha surda. Não observara isso pela manhã, pensou: "Talvez liguem só de noite, depois das nove." Olhava de viés pelo vidro da porta do escritório e viu uma sombra. Havia alguém. Caminhou sem se apressar até o quadro das chaves. Quarto 21. A chave estava ali, Mathieu pegou-a rapidamente e a enfiou no bolso, depois deu meia-volta e dirigiu-se para a escada. Uma porta abriu-se atrás dele: "Vão me chamar." Mas não teve medo, estava previsto.

— Ei! Aonde vai? — perguntou uma voz áspera.

Mathieu virou-se. Era uma mulher alta e magra, de lornhão. Parecia importante e mostrava-se inquieta. Mathieu sorriu-lhe.

— Aonde vai? — repetiu ela. — Não pode avisar na caixa?

Bolívar. O nome do negro era Bolívar.

— Vou ver o sr. Bolívar, no terceiro andar — disse Mathieu tranquilamente.

— Bom. Vi o senhor mexer no quadro das chaves — disse a mulher, desconfiada.

— Estava vendo se a chave estava lá.

— Não está?

— Não, ele não saiu.

A mulher aproximou-se do quadro. Uma possibilidade em duas.

— É — disse aliviada. — Não saiu.

Mathieu pôs-se a subir sem responder. No patamar do terceiro andar parou um instante, depois enfiou a chave na porta do 21 e abriu.

O quarto estava escuro. Uma escuridão avermelhada que recendia a febre e perfume. Fechou a porta a chave e avançou para a cama. A princípio estendia os braços para se proteger contra os possíveis obstáculos, mas já se acostumara à escuridão. A cama estava desarrumada e havia dois travesseiros ainda amassados pelo peso das cabeças. Mathieu ajoelhou-se diante da maleta e abriu-a. Sentia uma vaga vontade de vomitar. As notas que ele largara pela manhã tinham recaído sobre os pacotes de cartas. Pegou cinco, não queria roubar para si. "Que vou fazer da chave?" Hesitou, depois resolveu deixá-la na fechadura da maleta. Ao levantar-se, percebeu no fundo do quarto, à direita, uma porta que não vira de manhã. Abriu-a. Era o toalete. Mathieu riscou um fósforo e viu surgir no espelho o seu rosto avermelhado pela chama. Contemplou-se até que a chama se extinguiu, depois largou o fósforo e voltou para o quarto. Agora distinguia com nitidez os móveis, os vestidos de Lola, o pijama, o chambre, o *tailleur*, cuidadosamente dispostos sobre as cadeiras. Teve um risinho mau e saiu.

O corredor estava vazio, mas ouviam-se passos e risos. Havia gente subindo a escada. Fez um movimento para voltar ao quarto. Não. Pouco lhe importava ser surpreendido. Enfiou a chave na fechadura e fechou a porta com duas voltas. Quando virou viu uma mulher com um soldado.

— É no quarto andar — disse ela.

E o soldado respondeu:

— É alto.

Mathieu deixou-os passar. Depois desceu. Pensava, divertido, que o mais difícil ainda estava por fazer: pôr a chave no lugar.

No primeiro andar parou e inclinou-se sobre o corrimão. A mulher estava perto da porta de entrada e voltava as costas para o quadro das chaves. Mathieu desceu os últimos degraus sem fazer barulho, depositou a chave e voltou para a escada pé ante pé até o patamar, descendo-a ruidosamente. A mulher virou-se e ele a cumprimentou.

— Até logo, senhora.

— Até logo — resmungou ela.

Saiu. Sentia o olhar da mulher ferindo-lhe as costas. Tinha vontade de rir.

*

Morta a serpente, morre o veneno. Anda a passos largos, pernas moles. Tem medo, a boca seca. As ruas são azuis demais, a temperatura é demasiado suave. *A chama corre ao longo do estopim, o barril de pólvora está no fim.* Sobe a escada de quatro em quatro degraus. Custa a encontrar a fechadura, a mão treme. Dois gatos passam-lhe entre as pernas. Tem muito medo agora. *Morta a serpente...*

A navalha está ali, sobre a mesa de cabeceira, aberta. Pega-a pelo cabo e a contempla. O cabo é preto, branca a lâmina. *A chama corre ao longo do estopim.* Passa o dedo pelo fio da navalha e sente na ponta do dedo um gosto ácido de corte. Arrepia-se. "Minha mão é que tem de fazer tudo. A navalha não ajuda, é coisa inerte, pesa tanto quanto um inseto na mão." Dá alguns passos no quarto, procura um ajutório, um socorro, um sinal. Tudo é inerte e silencioso. A mesa é inerte, as cadeiras são inertes, flutuam na luz imóvel. Só ele de pé, só ele vivo na luz azul demais. "Nada me auxiliará, nada acontecerá." Os gatos arranham a cozinha. Agora apoia a mão na mesa, ela responde à pressão com uma pressão igual, nem mais nem menos. As coisas são servis. Dóceis. Manejáveis. "Minha mão fará tudo sozinha." Boceja de angústia e tédio. De tédio mais ainda que de angústia. Está sozinho naquele cenário. Nada o impele a decidir-se; nada o impede. Tem que decidir sozinho. Seu ato não é senão uma ausência. Aquela flor vermelha entre as pernas não está ali; aquela poça vermelha no assoalho não está ali. Olha o assoalho. É liso, unido, não tem lugar para mancha. "*Estarei deitado no chão, inerte, a braguilha aberta e melada, a navalha estará no chão, vermelha, cega, inerte.*" Contempla fascinado a navalha, o assoalho; se pudesse imaginar nitidamente a poça vermelha e o ardor, de um modo suficientemente nítido para que se realizassem por si, sem que precisasse fazer o gesto! "A dor eu aguento. Quero-a, chamo-a. Mas é o gesto, o gesto." Contempla o assoalho, depois a lâmina. Em vão. A temperatura é suave, o quarto está docemente iluminado, a navalha brilha docemente, pesa docemente na mão. Um gesto. É preciso um gesto, e o presente cai com a primeira gota de sangue. "Minha mão, minha mão é que deve fazer tudo."

Vai até a janela, olha o céu. Puxa as cortinas. Com a mão esquerda acende a lâmpada. Com a mão esquerda. Passa a navalha para a mão esquerda. Pega a carteira. Tira cinco notas de mil francos. Pega um envelope na escrivaninha, põe o dinheiro dentro. Escreve: "Sr. Delarue, rua Huyghens, 12." Coloca o envelope bem à vista sobre a mesa. Levanta-se, anda, carrega a serpente presa ao ventre, ela lhe chupa o sangue, ele sente. Sim ou não. Está preso na armadilha. Tem de resolver. Tem a noite toda para isso. Sozinho consigo mesmo. A noite toda. A mão direita apossa-se novamente da navalha. Tem medo da mão, fiscaliza-a. Está rígida na ponta do braço. Ele diz: "Vamos!" E um arrepio irônico percorre-lhe as costas da nuca aos rins. "Vamos, acabemos com isso!" Se pudesse encontrar-se mutilado, como a gente se encontra de pé, de manhã, depois que o despertador toca, sem saber como se levantou. Mas é preciso fazer primeiramente o gesto obsceno, gesto de mictório, desabotoar-se com paciência. A inércia da navalha contamina-lhe a mão, o braço. Um corpo vivo e quente com um braço de pedra. Um enorme braço de estátua, inerte, gelado, com uma navalha na ponta. Abre os dedos: a navalha cai em cima da mesa.

A navalha está ali, sobre a mesa, aberta. Nada mudou. Pode estender a mão e pegá-la. A navalha obedecerá, inerte. Tem tempo ainda. Nunca será tarde demais, tem a noite toda. Anda de um lado para outro no quarto. Não se odeia mais, não deseja mais nada, flutua. A serpente ali está, entre as pernas, reta, dura, imundície! Se tens tanta repugnância assim, menino, a navalha aí está, na mesa. *Morta a serpente...* A navalha. A navalha. Gira em torno da mesa sem despregar os olhos da navalha. Nada o impedirá de pegá-la? Nada. Tudo está inerte e tranquilo. Estende a mão, toca a lâmina. "Minha mão fará tudo." Pula para trás, abre a porta e lança-se escada abaixo. Um gato desvairado rola a escada com ele.

Daniel corria na rua. Lá em cima a porta ficara aberta, a lâmpada acesa, a navalha sobre a mesa. Os gatos erravam pela escada escura. Nada o impedia de retroceder, de voltar. O quarto esperava-o docilmente. Nada estava resolvido, nada seria jamais resolvido. Era preciso correr, fugir, o mais longe possível, mergulhar no ruído, nas luzes, entre a gente da rua, voltar a ser um homem entre os outros, ser olhado por outros homens. Correu até o Roi Olaf. E empurrou a porta pondo os bofes para fora.

— Um uísque — pediu, arquejante.

As pancadas violentas do coração repercutiam nas pontas dos dedos e sentia um gosto de tinta na boca. Sentou-se no fundo do café.

— Parece cansado — disse o garçom respeitosamente.

Era um norueguês alto, que falava francês sem sotaque. Olhava amavelmente para Daniel, e Daniel sentiu que se tornava um freguês rico, com um quê de maníaco, e que dava boas gorjetas. Sorriu:

— Não estou muito bem — explicou. — Estou um pouco febril.

O garçom meneou a cabeça e foi embora. Daniel voltou à solidão. Seu quarto o esperava, pronto, a porta estava escancarada e a navalha brilhava em cima da mesa. "Não poderei jamais voltar para casa." Beberia quanto fosse necessário. Lá pelas quatro horas o garçom, junto com o *barman*, o levaria para casa. Como sempre.

O garçom voltou com um copo pela metade e uma garrafa de Perrier.

— Exatamente como gosta — disse.

— Obrigado.

Daniel era o único freguês deste bar tranquilo. A luz loura espumava em torno dele; a madeira clara dos tabiques brilhava docemente, embebida num verniz grosso que colava na mão. Virou um pouco de água Perrier no copo e o uísque ferveu durante um segundo; bolhas apressadas subiam à superfície, como comadres atarefadas. Em seguida a pequena agitação cessou. Daniel olhou o líquido amarelo sobre o qual flutuava um pouco de espuma. Dir-se-ia cerveja com espuma. No bar, invisíveis, o garçom e o *barman* falavam norueguês.

— Beber de novo!

Varreu o copo com um tapa. Espatifou-se no ladrilho. O *barman* e o garçom calaram-se subitamente. Daniel inclinou-se por cima da mesa. O líquido escorria lentamente sobre os ladrilhos, deitando seus pseudópodes em direção ao pé de uma cadeira.

O garçom acorrera.

— Sou um desastrado — disse Daniel, sorrindo.

O garçom abaixara-se para enxugar o chão e pegar os cacos.

— Trago-lhe outro?

— Traga. Não — disse bruscamente. — É um aviso — acrescentou em tom de piada. — Não devo beber esta noite. Dê-me meia Perrier com limão.

O garçom afastou-se. Daniel sentia-se mais calmo. Um presente opaco reconstituía-se em volta dele. O odor de gengibre, a luz loura, os tabiques de madeira...

— Obrigado.

O garçom abrira a garrafa e enchera o copo pela metade. Daniel bebeu e pousou o copo. Pensou: "Eu sabia! Sabia que não o faria." Andando a passos largos pela rua e subindo as escadas de quatro em quatro degraus, já sabia que não iria até o fim. Sabia quando pegara a navalha, não se iludira um só instante. Pobre hipócrita! Só no fim conseguira amedrontar-se, fugira então. Pegou o copo e apertou-o com raiva, queria ter nojo de si, não havia melhor oportunidade. "Porco! Hipócrita e covarde. Porco!" Houve um momento em que pensou que ia consegui-lo, mas não, eram palavras. Seria preciso... qualquer pessoa, um juiz qualquer! Qualquer juiz, aceitaria qualquer um, menos ele próprio, não aquele atroz desprezo por si mesmo, sem força suficiente, aquele fraco e moribundo desprezo, que parecia sempre no ponto de se aniquilar e que não passava nunca. Se alguém soubesse, se pudesse sentir pesar sobre ele o desprezo de outrem... "Mas não poderei nunca, ainda prefiro castrar-me." Olhou o relógio, 23h, oito ainda por viver antes da manhã. O tempo não passava.

Onze horas! Sobressaltou-se. "Mathieu está na casa de Marcelle. Ela está falando com ele. Neste momento ela lhe fala, abraça-o, acha que ele não se declara suficientemente depressa... Isso também fui eu quem fez." Pôs-se a tremer: "Cederá, sim, tem que ceder, eu lhe estraguei a vida."

Largou o copo. Está de pé, o olhar fixo. Não pode desprezar-se, nem esquecer de si. Desejaria estar morto e existe, continua a fazer-se existir, obstinadamente. Desejaria estar morto, pensa que desejaria estar morto, pensa que pensa que desejaria estar morto... "*Há um meio.*"

Falara alto. O garçom acorreu.

— Chamou?

— Sim — disse Daniel, distraído. — Tome, para você.

Jogou cem francos na mesa. "Há um meio. Um meio de arranjar tudo." Empertigou-se e dirigiu-se apressadamente para a porta. "Um meio notável." Riu. Sempre se alegrava com a oportunidade de uma boa farsa.

XVII

Mathieu fechou a porta devagar, erguendo-a ligeiramente sobre os gonzos, para que não rangesse. Depois pôs o pé no primeiro degrau da escada, curvou-se e desamarrou o sapato. Seu peito roçava o joelho. Tirou os sapatos, segurou-os na mão esquerda, endireitou-se e pousou a mão direita sobre o corrimão, de olhos erguidos para uma neblina rósea que parecia suspensa nas trevas. Não se julgava mais. Subiu lentamente na escuridão, evitando que os degraus estalassem.

A porta do quarto estava entreaberta. Empurrou-a. A atmosfera era pesada. Todo o calor do dia se depositara no fundo daquele cômodo, como uma borra. Sentada na cama uma mulher contemplava-o sorridente, era Marcelle. Vestira seu belo roupão branco de cordão dourado, pintara-se cuidadosamente, tinha um ar solene e alegre. Mathieu fechou a porta e ficou imóvel, de braços caídos, tomado por uma insuportável doçura de existir que lhe apertava a garganta. Ele estava ali, ali desabrochava, junto daquela mulher sorridente, inteiramente mergulhado naquele cheiro de doença, de balas e de amor. Marcelle inclinara a cabeça para trás e observava-o maliciosamente através das pálpebras semicerradas. Ele sorriu também e foi guardar os sapatos no armário. Uma voz inchada de ternura suspirou atrás dele:

— Meu querido!

Voltou-se subitamente e encostou-se no armário.

— Salve — disse em voz baixa.

Marcelle ergueu a mão até a fronte e mexeu os dedos.

— Salve, salve!

Ela se levantou, veio passar-lhe os braços em torno do pescoço e beijou-o, deslizando a língua por entre os lábios dele. Pusera sombra azul nas pálpebras e tinha uma flor nos cabelos.

— Você está quente — disse ela, acariciando-lhe a nuca.

Ela o olhava de baixo para cima, a cabeça inclinada de leve, mexendo a ponta da língua entre os dentes com uma expressão animada e feliz... Estava bela. Mathieu pensou, de coração triste, na feiura magra de Ivich.

— Está bem-disposta — disse. — No entanto, ontem ao telefone você não parecia muito valente.

— Não. Estava estúpida. Mas hoje estou bem, muito bem mesmo.

— Dormiu bem?

— Admiravelmente. Um sono só.

Ela beijou-o de novo e ele sentiu sobre os lábios o veludo rico daquela boca e aquela nudez glabra, quente e esperta da língua. Desvencilhou-se docemente. Marcelle estava nua por baixo do roupão. Viu os seios formosos e passou-lhe pela boca um gosto de açúcar. Ela tomou-lhe a mão e puxou-o para a cama.

— Senta perto de mim.

Ele sentou-se. Ela continuava a segurar-lhe a mão e a apertava de quando em vez, desajeitadamente, e Mathieu sentia que o calor daquelas mãos lhe subia até as axilas.

— Como está quente aqui! — disse.

Ela não respondeu. Devorava-o com os olhos, os lábios entreabertos, uma expressão de humildade e confiança. Ele deslizou devagar a mão esquerda diante do estômago e a enfiou matreiramente no bolso direito da calça para pegar o fumo. Marcelle viu a mão, de passagem, e exclamou:

— Que é que você fez na mão?

— Cortei-me.

Marcelle largou a mão direita de Mathieu e pegou a outra; virou-a como uma panqueca e examinou a palma com um olhar crítico.

— Mas o curativo está imundo. Isso vai infeccionar! Tem lama em cima, que foi isso?

— Levei um tombo.

Ele deu uma risada indulgente e escandalizada:

— Cortei-me, levei um tombo. Onde já se viu!

— Mas que foi que você andou fazendo? Espera, vou ajeitar esse curativo; não pode ficar assim.

Desfez a faixa e meneou a cabeça:

— Que ferida feia, como conseguiu cortar-se desse modo? Estava embriagado?

— Não. Foi ontem à noite no Sumatra.

— No Sumatra?

"Rosto largo e lívido, cabelos de ouro, amanhã, amanhã eu me pentearei assim para você." Aquilo voltava.

— Uma fantasia de Boris — respondeu. — Comprou um canivete e me desafiou duvidando que eu tivesse coragem de enfiá-lo na mão.

— E você, naturalmente, se apressou em demonstrar o contrário. Você é completamente tantã, querido, esses meninos fazem o que querem de você. E essa pobre pata!

A mão de Mathieu repousava, inerte, entre as mãos quentes dela. O ferimento era repugnante, com a crosta escura e mole. Marcelle levantou devagar aquela mão à altura do rosto e olhou-a de perto, e subitamente inclinou-se e apoiou os lábios no ferimento, num impulso de humildade. "Que é que lhe aconteceu?", pensou Mathieu. Ele puxou-a para si e beijou-lhe a orelha.

— Está bem comigo? — indagou Marcelle.

— Naturalmente.

— Não parece.

Mathieu sorriu sem responder. Ela se levantou para buscar os apetrechos no armário. Virava-lhe as costas, erguera-se nas pontas dos pés e levantava os braços para alcançar a prateleira de cima. As mangas caíram. Mathieu olhou aqueles braços nus que tantas vezes acariciara e seus antigos desejos giraram-lhe em torno do coração. Marcelle tornou a ele alerta e lentamente.

— Dá a pata.

Embebera a esponja no álcool e pusera-se a lavar-lhe a mão. Ele sentia junto ao quadril o calor daquele corpo tão conhecido.

— Lambe!

Marcelle apresentava-lhe um pedacinho de esparadrapo. Pôs a língua e lambeu docilmente a casquinha rósea. Marcelle acertou-a na ferida. Depois pegou o curativo sujo, suspendeu-o na ponta dos dedos e considerou-o com asco:

— Que vou fazer desse horror? Quando você sair, vou jogá-lo no lixo.

Enfaixou rapidamente a mão com umas tiras brancas de gaze.

— Então Boris te desafiou? E você retalhou a mão? Que criança! E ele também se cortou?

— Não.

Marcelle riu.

— Pregou-te uma boa!

Ela segurava um alfinete de gancho na boca e rasgava a gaze com as mãos. Disse, apertando nos lábios o alfinete:

— Ivich estava lá?

— Quando me cortei?

— É.

— Não, dançava com Lola.

Marcelle enfiou o alfinete na faixa. Sobre o aço ficara um pouco de batom.

— Pronto. Divertiram-se muito?

— Mais ou menos.

— É bonito o Sumatra? Sabe o que eu queria? Que você me levasse lá um dia.

— Mas isso te aborreceria, te cansaria — disse Mathieu, contrariado.

— Ora, uma vez... Será uma festa, um passeio, há tanto tempo que não saio com você.

"Sair! Um passeio!" Mathieu repetia essa palavra conjugal. Marcelle não era feliz em suas expressões.

— Sim? — insistiu Marcelle.

— Não pode ser antes do outono — disse. — Agora você precisa descansar seriamente, depois a boate fecha, como todo ano. Lola parte em turnê para o Norte da África.

— Então iremos no outono. Promete?

— Prometo.

Marcelle tossiu constrangida.

— Percebo que você está um tanto zangado comigo — disse.

— Eu?

— É... fui desagradável anteontem.

— Não. Por quê?

— Fui. Estava nervosa.

— E tinha razão. É tudo culpa minha, querida.

— Você não tem culpa — disse ela, confiante. — Nunca tive nada que censurar em você.

Ele não ousou voltar-se para ela, imaginava bem demais a expressão do seu rosto, e não podia compreender aquela confiança inexplicável e sem merecimento. Houve um longo silêncio, ela esperava sem dúvida uma palavra de ternura, de perdão, Mathieu não se aguentou mais.

— Olha — disse.

Tirou a carteira do bolso e pousou-a nos joelhos. Marcelle esticou o pescoço e apoiou o queixo no ombro de Mathieu.

— Que devo olhar?

— Isto.

Tirou as notas da carteira.

— Uma, duas, três, quatro, cinco — disse, fazendo-as estalar triunfantemente. Tinham conservado o perfume de Lola. Mathieu esperou um instante, com o dinheiro em cima do joelho, e como Marcelle não falasse, virou-se. Ela erguera a cabeça e olhava as notas piscando. Não parecia compreender. Disse lentamente:

— Cinco mil francos.

Mathieu teve um gesto displicente para colocar as notas em cima da mesa de cabeceira.

— Pois é, cinco mil. E que me deram trabalho.

Marcelle não respondeu. Mordia o lábio inferior e olhava as notas, incrédula. Envelhecera de repente. Fixou o olhar em Mathieu com uma expressão triste, mas ainda confiante. Disse:

— Pensei...

Mathieu interrompeu-a, categórico:

— Agora você vai poder ir ao judeu. Parece que é um craque. Centenas de mulheres, em Viena, passaram pelas mãos dele. E gente da alta, gente rica.

Os olhos de Marcelle apagaram-se.

— Tanto melhor, tanto melhor.

Pegara outro alfinete de gancho no cestinho, abria-o e fechava-o nervosamente. Mathieu acrescentou:

— Deixo com você. Penso que Sarah te levará à casa dele. Você pagará. Ele quer que pague adiantado, o salafrário.

Houve um silêncio e Marcelle indagou:

— Onde arranjou este dinheiro?

— Adivinhe.

— Daniel?

Ele deu de ombros. Ela sabia muito bem que Daniel não quisera emprestar.

— Jacques?

— Não. Já te disse ao telefone, ontem.

— Então não sei — falou secamente. — Quem?

— Ninguém me deu o dinheiro.

Marcelle sorriu, irônica.

— Não me vá dizer que o roubou.

— Roubei.

— Roubou? Não é verdade.

— É. Roubei de Lola.

Houve um silêncio. Mathieu enxugou a fronte suada.

— Eu te contarei um dia.

— Você roubou! — disse lentamente Marcelle. Seu rosto tornava-se cinzento. Observou, sem olhar para ele:

— Que vontade de se ver livre da criança!

— Tinha vontade principalmente de que você não fosse ver a velha.

Ela refletia. A boca exibia de novo aquele sulco duro e cínico. Ele perguntou:

— Você me censura o roubo?

— Não me interessa.

— Então, que é que há?

Marcelle fez um gesto brusco e os apetrechos de farmácia se espalharam pelo assoalho. Olharam ambos e Mathieu os empurrou com o pé. Marcelle virou lentamente a cabeça para ele, parecia espantada.

— Então, que é que há? — repetiu Mathieu.

Ela teve um riso seco.

— Por que ri?

— Caçoo de mim mesma — disse.

Tirara a flor dos cabelos e a fazia girar nos dedos. Murmurou:

— Fui tola demais.

O rosto endurecera. Continuava com a boca aberta como se tivesse vontade de falar, mas as palavras não saíam. Parecia amedrontada com o que ia dizer. Mathieu tomou-lhe a mão, mas ela a retirou e disse sem olhar para ele:

—Já sei que você viu Daniel.

Bom, era isso. Ela se inclinara para trás e crispara as mãos no lençol; parecia espavorida e aliviada. Mathieu também sentia-se aliviado. As cartas estavam todas sobre a mesa, era preciso ir até o fim. Tinham a noite inteira para isso.

— Sim, eu o vi — disse Mathieu. — Como soube? Foi você quem o mandou? Tinham combinado tudo?

— Não fale tão alto — disse Marcelle —, vai acordar minha mãe. Não fui eu, mas eu sabia que ele queria ver você.

Mathieu disse tristemente:

— Feio isso!

— Sim, é feio! — concordou Marcelle, com amargura.

Calaram-se; Daniel estava ali, sentado entre os dois.

— Pois bem — disse Mathieu —, expliquemo-nos francamente. Precisamos fazer isso.

— Não há o que explicar. Você viu Daniel, ele disse o que tinha a dizer e, ao deixá-lo, você foi roubar os cinco mil francos de Lola.

— Sim, e você há meses recebe Daniel escondido. Bem vê que há explicações necessárias. Escute, que foi que houve anteontem?

— Anteontem?

— Sim, não finja que não entende. Daniel me disse que você censurou a minha atitude de anteontem.

— Oh! Deixe para lá. Não se preocupe.

— Eu te peço, Marcelle, não seja teimosa. Juro que estou com boa vontade, que saberei reconhecer meus erros. Mas diga o que houve anteontem. Seria muito melhor se pudéssemos ter de novo um pouco de confiança um no outro.

Ela hesitava, triste e menos tensa.

— Eu te peço — disse ele, tomando-lhe a mão.

— Pois bem... foi como sempre, você pouco se incomodou com o que eu tinha na cabeça.

— E que é que você tinha na cabeça?

— Por que quer que eu diga? Você sabe muito bem.

— É verdade — disse Mathieu —, acho que sei.

Pensou: "Está acabado, casarei." Era evidente. "Era preciso que eu fosse muito safado para imaginar que escapava." Ela estava ali, sofria, estava infeliz e má, e bastava um gesto para acalmá-la. Disse:

— Quer que nos casemos, não é?

Ela puxou a mão e ergueu-se de um salto. Ele olhou-a com estupor. Estava lívida e seus lábios tremiam:

— Foi Daniel quem disse isso?

— Não — respondeu Mathieu, surpreso. — Foi o que me pareceu...

— Foi o que lhe pareceu — disse ela, rindo. — Foi o que lhe pareceu! Daniel te disse que eu estava aborrecida e você entendeu que eu queria casar, te obrigar a casar comigo. E é o que pensa de mim, Mathieu, depois de sete anos!

As mãos também tremiam agora. Mathieu teve vontade de tomá-la em seus braços, mas não ousou.

— Tem razão, não devia ter pensado nisso.

Ela parecia não ter ouvido. Ele insistiu:

— Há circunstâncias atenuantes. Daniel acabava de me comunicar que você se encontrava com ele e não me dizia nada.

Ela continuou a não responder. Ele acrescentou docemente:

— É a criança que você quer?

— Ah! — disse Marcelle — Isso não é da sua conta. O que eu quero não é mais da sua conta.

— Calma — disse Mathieu —, ainda está em tempo.

Ela sacudiu a cabeça.

— Não, não está mais.
— Mas por quê, Marcelle? Por que não conversar calmamente comigo? Uma hora só e tudo se acerta, tudo se esclarece.
— Eu não quero.
— Mas por quê? Por quê?
— Porque já não te estimo o bastante e você não me ama mais.

Falara com segurança, mas mostrava-se surpresa e amedrontada com o que dissera. Não havia mais em seus olhos senão uma interrogação inquieta. Continuou tristemente:

— Para pensar de mim o que pensou, é preciso que tenha deixado de me amar...

Era quase uma pergunta. Se ele a abraçasse, se lhe dissesse que a amava, tudo ainda poderia salvar-se. Casaria com ela, teriam a criança, viveriam juntos o resto da vida. Ele se levantara. Ia dizer: "Eu te amo." Hesitou e disse com voz clara:

— É verdade... não a amo mais.

Durante longo tempo ficou ouvindo a frase, estupefato. Pensou: "Está acabado, está tudo acabado." Marcelle se jogara para trás com um grito de triunfo, mas imediatamente tapou a boca com a mão e fez-lhe sinal para calar:

— Minha mãe — murmurou, ansiosa.

Escutaram, mas só ouviram o ruído longínquo dos automóveis. Mathieu disse:

— Marcelle, eu te quero muito ainda.

Marcelle riu altivamente.

— Sim, só que é de outro jeito... não é?

Ele tomou-lhe a mão e disse:

— Ouça...

Ela retirou a mão num gesto seco.

— Chega! — disse. — Já sei o que queria saber.

Levantou umas mechas de cabelos, molhados de suor, que lhe pendiam da fronte. Subitamente sorriu, como se se lembrasse de alguma coisa.

— Mas — atalhou com uma alegria nervosa — não foi o que você me disse ontem ao telefone. Você disse: "Eu te amo." E ninguém te perguntava nada.

Mathieu não respondeu. Ela acrescentou como que esmagada:
— Como você deve me desprezar...
— Eu não te desprezo — disse Mathieu. — Eu...
— Vá. Vá embora.
— Está louca. Não posso. Preciso explicar-te...
— Vá — repetiu ela com voz surda, olhos cerrados.
— Mas eu guardei para você toda a minha ternura! — gritou, desesperado. — Não quero te abandonar. Quero ficar perto de você a vida inteira, quero casar-me com você, quero...
— Vá — disse ela —, vá, não posso mais te ver. Vá ou faço uma loucura, vou começar a berrar...

Pusera-se a tremer. Mathieu avançou um passo, mas ela o repeliu violentamente.
— Se não sair, chamo minha mãe.

Ele abriu o armário e retirou os sapatos. Sentia-se ridículo e odioso. Ela disse:
— Pegue o seu dinheiro.

Ele voltou-se.
— Não. Isso, não. Não há razão...

Ela pegou as notas na mesa de cabeceira e jogou-as na cara dele. As notas voaram pelo quarto e caíram no tapete perto da cama, perto da caixa de primeiros socorros. Mathieu não as apanhou. Olhava Marcelle. Ela ria, soluçando, de olhos fechados. E dizia:
— Ah! Que tola, eu que pensava...

Ele quis aproximar-se, mas ela abriu os olhos e se jogou para trás mostrando-lhe a porta. "Se ficar, ela vai berrar", pensou. Deu meia-volta e saiu do quarto de meias, com os sapatos na mão. No pé da escada, calçou-se, parou um instante, escutando com a mão no trinco. Ouviu de repente a risada de Marcelle, uma gargalhada profunda e sombria que se alçava com um rincho e recaía em cascata!
— Marcelle! Que foi, Marcelle?

Era a mãe. O riso parou subitamente e o silêncio se fez de novo. Mathieu escutou ainda e, como não ouvisse mais nada, abriu a porta e saiu.

XVIII

Pensava: "Sou um porcalhão", e isso o espantava enormemente. Não havia mais nada nele, senão fadiga e estupor. Parou no patamar do segundo andar para tomar fôlego; suas pernas estavam moles. Dormira apenas seis horas em três dias, talvez nem isso: "Vou deitar-me." Jogaria a roupa ao acaso, iria titubeando até a cama e se deixaria cair. Mas sabia que ficaria acordado a noite toda, de olhos abertos no escuro. Subiu. A porta do apartamento ficara aberta. Ivich devia ter fugido desvairada. Na escrivaninha, a lâmpada estava acesa.

Entrou e viu Ivich. Estava sentada no sofá, muito dura.

— Não viajei — disse.

— Estou vendo — respondeu Mathieu secamente.

Ficaram silenciosos um momento. Mathieu ouvia o ruído forte e regular de sua própria respiração. Ivich disse, virando a cabeça:

— Fui odiosa.

Mathieu não respondeu. Olhava os cabelos de Ivich e pensava: "Será que foi por ela que fiz isso?" Ela baixara a cabeça, ele contemplava-lhe a nuca morena e doce com uma ternura aplicada. Gostaria de verificar que a queria mais do que tudo no mundo para que seu ato tivesse ao menos uma justificação. Mas não sentia nada, a não ser um ódio sem objetivo, e o ato estava atrás dele, nu, escorregadio, incompreensível. Roubara, abandonara Marcelle grávida, à toa, para nada.

Ivich fez um esforço e disse, cortês:

— Eu não devia ter me metido a dar palpites...

Mathieu deu de ombros.

— Acabo de romper com Marcelle.

Ivich levantou a cabeça. Observou com uma voz neutra:

— Deixou-a... sem dinheiro?

Mathieu sorriu: "Naturalmente", pensou, "se o tivesse feito ela me censuraria agora".

— Não. Eu me arranjei.

— Arranjou dinheiro?

— Arranjei.

— Onde?

Ele não respondeu. Ela olhou-o inquieta.

— Você não...

— Sim. Roubei. É o que quer dizer? De Lola. Subi ao quarto durante a ausência dela.

Ivich piscou nervosa e Mathieu continuou:

— Mas devolverei. É um empréstimo... forçado.

Ivich tinha uma expressão estúpida. Repetiu lentamente, como Marcelle havia feito pouco antes:

— Roubou de Lola.

A expressão compenetrada irritou Mathieu. Ele atalhou com vivacidade:

— Sim, não é lá muito glorioso. Havia uma escada a subir e uma porta a abrir.

— Por que fez isso?

Mathieu deu uma risada seca.

— Se eu soubesse!

Ela levantou-se bruscamente e seu rosto tornou-se duro e solitário como quando se voltava na rua para seguir, com o olhar, uma mulher bonita ou um belo rapaz. Mas desta vez era Mathieu que ela olhava. Mathieu sentiu que corava. Disse, por escrúpulo:

— Não queria abandoná-la. Queria só dar o dinheiro para não ser obrigado a casar.

— Compreendo — disse Ivich.

Ela não parecia compreender, ela tão somente o olhava. Ele insistiu, desviando os olhos.

— A coisa está feita. Foi ela que me mandou embora. Entendeu mal, não sei o que esperava.

Ivich não respondeu e Mathieu calou-se, angustiado. Pensava: "Não quero que me recompense."

— Você fica bonito assim — disse Ivich.

Mathieu sentiu, acabrunhado, renascer aquele áspero amor dentro dele. Pareceu-lhe que abandonava Marcelle pela segunda vez. Não disse nada. Sentou-se perto de Ivich e pegou-lhe a mão. Ela insistiu:

— É formidável como você parece só.

Ele teve vergonha. Acabou dizendo:

— Não sei o que pensa, Ivich. Tudo isso é lamentável. Roubei por desvario e agora tenho remorsos.

— Estou vendo que tem remorsos — disse Ivich, sorrindo. — Creio que também teria, em seu lugar; é impossível evitar, da primeira vez.

Mathieu apertava com força a mãozinha áspera de unhas pontudas. Disse:

— Você se engana, eu não sou...

— Cale-se.

Retirou a mão num gesto brusco, puxou os cabelos para trás, descobrindo o rosto e as orelhas. Bastaram-lhe alguns movimentos rápidos e, quando baixou as mãos, sua cabeleira estava penteada e seu rosto se mostrava nu.

— Assim — disse.

Mathieu pensou: "Quer tirar tudo de mim, até meus remorsos." Estendeu o braço, atraiu Ivich a si. Ela deixou. Ele ouvia dentro de si uma melodia viva e alegre cuja lembrança pensara ter perdido. A cabeça de Ivich rolou no seu ombro, ela lhe sorriu de lábios entreabertos. Ele devolveu-lhe o sorriso e beijou-a de leve, depois olhou-a e a melodia cessou repentinamente. "Mas é uma criança!" E sentiu-se inteiramente só.

— Ivich! — disse docemente.

Ela olhou-o surpreendida.

— Ivich... fiz mal.

Ela franziu as sobrancelhas e sua cabeça agitava-se com minúsculas sacudidelas. Mathieu deixou cair o braço e murmurou com lassidão:

— Não sei o que quero de você.

Ivich teve um sobressalto e desvencilhou-se rapidamente. Seus olhos faiscaram, mas ela os velou e assumiu uma atitude triste e terna. Somente as mãos continuavam furiosas; borboleteavam em torno dela, abatiam-se sobre o crânio e puxavam os cabelos. Mathieu sentia a garganta seca, mas considerava aquela cólera com indiferença. Pensava: "Também isso eu estraguei", e no entanto estava quase contente. Era uma expiação. Continuou, procurando o olhar que ela desviava obstinadamente.

— Não devo tocá-la.

— Ora, não tem importância — disse, vermelha de ódio. E acrescentou num tom cantante: — Parecia tão orgulhoso de ter tomado uma decisão, pensei que viesse buscar a recompensa.

Ele sentou-se perto dela e tomou-lhe docemente o braço um pouco acima do cotovelo. Ela não o retirou.

— Mas eu amo você, Ivich.

Ivich se empertigou.

— Não quero que imagine...

— Que imagine o quê?

Ele sabia. Largou o braço.

— Eu... não o amo — disse Ivich.

Mathieu não respondeu. Pensava: "É um revide. Está certo." Aliás, era verdade sem dúvida. Por que o amaria? Não desejava mais nada, senão permanecer um bom momento silenciosamente ao lado dela e que ela se fosse, afinal, sem falar. Disse, no entanto:

— Voltará no próximo ano?

— Voltarei.

Ela lhe sorriu quase ternamente, devia considerar que a honra estava salva. Era o mesmo rosto que lhe mostrara na véspera enquanto a mulher do toalete lhe enfaixava a mão. Olhou-a hesitante, sentiu renascer seu desejo. Um desejo triste e resignado que não era desejo de nada. Tomou-lhe o braço, percebeu sob os dedos a carne fresca e disse:

— Eu...

Interrompeu-se. Acabavam de tocar. Um toque primeiro, depois outro, depois muitos, ininterruptamente. Mathieu sentiu-se gelar. Pensou: "Marcelle." Ivich empalidecera, tivera por certo a mesma ideia. Olharam-se.

— É preciso abrir — cochichou ela.

— Acho que sim.

Não se mexeu. Agora batiam violentamente na porta. Ivich disse num estremecimento:

— É horrível pensar que há alguém atrás da porta.

— É. Quer... Quer entrar na cozinha? Fecharei a porta, ninguém a verá.

Ela olhou-o com um ar de calma autoridade.

— Não. Fico.

Mathieu foi abrir e viu na penumbra um rosto trágico. Dir-se-ia uma máscara. Era Lola. Ela empurrou-o para entrar mais depressa.

— Onde está Boris? Ouvi a voz dele.

Mathieu nem se deu ao trabalho de fechar a porta, entrou no escritório atrás de Lola. Lola avançara para Ivich, ameaçadora.

— Diga-me onde está Boris.

Ivich olhava-a aterrorizada. No entanto Lola não parecia dirigir-se a ela — nem a ninguém —, nem era certo que a visse. Mathieu colocou-se entre ambas:

— Não está aqui.

Lola voltou para ele seu rosto desfigurado. Tinha chorado.

— Ouvi a voz dele.

— Além deste escritório — disse Mathieu, tentando encontrar o olhar de Lola —, há, no apartamento, uma cozinha e um banheiro. Pode verificar, se quiser.

— Onde está, então?

Conservara o vestido de seda preta e a maquilagem de teatro. Seus grandes olhos escuros pareciam coagulados.

— Deixou Ivich às três horas — disse Mathieu. — Não sabemos o que fez depois disso.

Lola pôs-se a rir como uma cega. As mãos amarfanhavam uma bolsa pequena de veludo preto que parecia conter um objeto pesado e duro. Mathieu olhou para a bolsa e teve medo. Era preciso mandar Ivich embora imediatamente.

— Pois se não sabem por onde andou, posso dizer-lhes. Subiu ao meu quarto lá pelas sete horas, no momento em que eu saía. Abriu minha porta, arrombou uma maleta e me roubou cinco mil francos.

Mathieu não ousava olhar para Ivich, mas disse-lhe docemente, com os olhos fixos no assoalho:

— Ivich, é melhor sair. Preciso falar com Lola... Vejo-a ainda esta noite?

Ivich estava descomposta.

— Oh! Não! — disse. — Quero ir para casa, fazer minhas malas, dormir. Preciso tanto dormir.

Lola indagou:

— Vai partir?

— Vai. Amanhã cedo.

— Boris vai também?

— Não.

Mathieu pegou a mão de Ivich.

— Vá dormir, Ivich. Foi um dia pesado. Não quer mesmo que eu vá à estação?

— Não, não gosto.

— Bom, então até o ano que vem.

Olhava-a na expectativa de descobrir nos olhos dela um sinal de ternura, mas só havia pânico.

— Até o próximo ano — disse ela.

— Eu lhe escreverei, Ivich — disse Mathieu tristemente.

— Sim, sim.

Dispunha-se a sair. Lola interceptou-lhe a passagem.

— Perdão! Quem me prova que não vai juntar-se a Boris?

— E se for? — disse Mathieu. — Ela é livre, creio.

— Fique — disse Lola, apertando o pulso de Ivich.

Ivich deu um grito de dor e ódio.

— Largue, não me toque. Não quero que me toquem.

Mathieu empurrou violentamente Lola, que deu três passos para trás, resmungando. Ele olhava a bolsa.

— Mulher horrível! — murmurou Ivich, entredentes. Apalpava o pulso entre o indicador e o polegar.

— Lola — disse Mathieu sem tirar os olhos da bolsa —, deixe-a partir, tenho muito a lhe dizer, mas deixe-a partir primeiro.

— Vai me dizer onde está Boris?

— Não, mas vou explicar a história do roubo.

— Pois vá — disse Lola. — E se encontrar Boris, diga que dei queixa.

— A queixa será retirada — disse Mathieu à meia voz, sempre de olho na bolsa. — Adeus, Ivich, vá depressa.

Ivich não respondeu e Mathieu ouviu aliviado o ruído leve dos passos dela. Não a viu sair, mas o ruído se extinguiu e ele sentiu um aperto no coração. Lola deu um passo à frente e gritou:

— Diga-lhe que se enganou! Que é ainda muito criança para me passar a perna.

Voltou-se para Mathieu. Aquele olhar incomodativo que parecia não ver!

— Então — disse ela asperamente. — Vamos à história.

— Ouça, Lola.

Lola pôs-se a rir.

— Não nasci ontem. Ah, não! Já disseram mais de uma vez que podia ser mãe dele.

Mathieu avançou.

— Lola!

— Ele deve ter pensado: "Está louca por mim, a velha, ainda se sentirá muito feliz por eu lhe roubar a grana, ainda vai agradecer." Ele não me conhece! Não me conhece!

Mathieu segurou-a pelos braços e sacudiu-a como se faz com os loucos, enquanto ela gritava, rindo:

— Não me conhece!

— Vai se calar!

Lola acalmou-se e pela primeira vez pareceu vê-lo.

— Fale.

— Lola — perguntou Mathieu —, deu realmente queixa?

— Dei. Que tem a dizer?

— Fui eu que roubei.

Lola olhava-o com indiferença. Ele teve que repetir:

— Fui eu que roubei os cinco mil francos!

— Ah! Você?

Deu de ombros.

— A gerente o viu.

— Como pode tê-lo visto se fui eu?

— Ela viu — disse Lola, agastada. — Ele subiu às sete horas, se escondendo. Ela deixou porque eu dera ordem. Esperei o dia inteiro e havia dez minutos que eu descera. Devia estar me espiando na rua. Subiu logo que saí.

Falava rapidamente, mas de um modo monótono, e parecia exprimir uma convicção absoluta. "Dir-se-ia que tem necessidade de acreditar nisso", pensou Mathieu, desanimado. Indagou:

— A que horas voltou ao hotel?

— Da primeira vez, às oito.

— As notas ainda estavam na maleta.

— Já disse que Boris subiu às sete.

— Pode ser, talvez quisesse vê-la. Mas você não olhou na maleta.

— Olhei.

— Olhou às oito horas?

— Olhei.

— Lola, você está mentindo. Eu sei que você não olhou. Eu sei. Às oito horas eu estava com a chave e você não a teria aberto. Aliás, se você tivesse descoberto o roubo às oito horas, não teria aguardado a meia-noite para vir aqui. Às oito horas você se arrumou, pôs seu belo vestido e foi ao Sumatra. Não é verdade?

Lola olhou-o obstinada.

— A gerente o viu subir.

— Sei, mas você não olhou na maleta. Às oito horas o dinheiro estava ainda lá. Eu subi às dez horas e o peguei. Havia uma velha no escritório, ela me viu, pode testemunhar, você percebeu o roubo à meia-noite.

— É — disse Lola, cansada. — Foi à meia-noite. Mas dá na mesma. Senti-me mal no Sumatra e voltei para casa. Deitei-me e pus a maleta a meu lado, continha... continha as cartas que eu queria reler.

Mathieu pensou: "É verdade, as cartas. Por que esconde que lhe roubaram as cartas?" Tinham-se calado ambos. De quando em quando Lola oscilava como se estivesse dormindo em pé. Finalmente pareceu acordar.

— Você me roubou?

— Eu.

Ela riu.

— Conte a história ao juiz, se quer pegar seis meses no lugar dele.

— Mais uma prova, Lola. Por que arriscaria pegar seis meses se fosse Boris o ladrão?

Ela fez um muxoxo.

— Sei lá o que vocês fazem juntos!

— É absurdo, Lola. Juro que fui eu. A maleta estava diante da janela, debaixo de outra mala. Peguei o dinheiro e deixei a chave na fechadura.

Os lábios de Lola tremiam e ela apertava convulsivamente a bolsa.

— É tudo o que tem a dizer? Então vou-me embora.

Quis passar, mas Mathieu segurou-a.

— Lola, você não quer ser convencida.

Lola empurrou-o com o ombro.

— Não está vendo o meu estado? Por quem me toma, com essa história de maleta? Estava embaixo de outra mala, diante da janela — repetiu ela, arremedando Mathieu. — Boris esteve aqui, pensa que não sei? Vocês combinaram o que deviam dizer à velha. Vamos, deixe-me ir — disse ela, de um jeito terrível. — Deixe-me ir...

Mathieu quis pegá-la pelos ombros, mas Lola safou-se e tentou abrir a bolsa. Mathieu arrancou-a das mãos dela e jogou-a no sofá.

— Estúpido!

— Vitríolo ou revólver? — perguntou Mathieu, sorrindo.

Lola começou a tremer inteirinha. "É a crise de nervos", pensou Mathieu. Tinha a impressão de um sonho sinistro e absurdo. Mas era preciso convencer Lola. Ela parara de tremer, encostara-se na janela e o espiava com olhos brilhantes de ódio impotente. Mathieu virou a cabeça; não tinha medo do ódio, mas havia naquele rosto uma aridez desolada que era insuportável.

— Subi ao seu quarto hoje de manhã — explicou calmamente. — Peguei a chave na sua bolsa. Quando você acordou, eu ia abrir a maleta. Não tive tempo de recolocar a chave no lugar e foi isso que me deu a ideia de voltar esta noite.

— Tolices! Eu vi você entrar de manhã. Quando eu lhe falei você não tinha chegado ao pé da cama.

— Já tinha entrado e saído uma primeira vez.

Lola deu uma risada de escárnio e ele observou a contragosto:

— Por causa das cartas.

Ela pareceu não ter ouvido. Era inútil falar das cartas, ela só queria pensar no dinheiro, precisava pensar no dinheiro para manter acesa a sua cólera, seu único recurso. Acabou por dizer com um risinho seco:

— Mas é que ele me pediu cinco mil francos ontem à noite! Foi por isso mesmo que brigamos.

Mathieu sentiu sua impotência. Era evidente, o culpado só podia ser Boris. "Deveria ter previsto isso", pensou, acabrunhado.

— Não se incomode que eu o pego. Se você enganar o juiz com sua história, eu o pego de outro jeito.

Mathieu olhou para a bolsa no sofá. Lola também.

— O dinheiro que lhe pediu era para mim.

— Sei. E foi para você também que ele roubou um livro de tarde, na livraria? Vangloriava-se disso dançando comigo.

Calou-se e subitamente recomeçou, com calma ameaçadora:

— Então foi você quem roubou?

— Fui.

— Pois então devolva-me o dinheiro.

Mathieu não soube o que dizer. Lola continuou triunfante:

— Devolva que retiro a queixa.

Mathieu não respondeu e Lola disse:

— Basta. Entendi.

Pegou a bolsa de novo sem que ele tentasse impedi-la.

— Que é que isso provaria se eu tivesse o dinheiro? — disse ele. — Boris poderia ter me passado...

— Não lhe pergunto isso. Digo-lhe apenas: devolva o dinheiro.

— Não o tenho mais.

— Essa é boa. Você me roubou às dez horas e à meia-noite já gastou tudo? Meus cumprimentos.

— Dei o dinheiro.

— A quem?

— Não posso dizer. — Acrescentou vivamente: — Não foi a Boris.

Lola sorriu sem responder. Dirigiu-se para a porta sem que ele a impedisse. Pensava: "É na delegacia da rua des Martyrs, irei me explicar lá." Mas, quando viu de costas aquela forma preta que se retirava com a rigidez cega de uma catástrofe, teve medo. Pensou na bolsa e tentou um último esforço.

— Afinal, posso dizer a quem: srta. Duffet, minha amiga.

Lola abriu a porta e saiu. Ele ouviu-a gritar na entrada e seu coração deu um salto. Lola reapareceu, de repente, como uma louca.

— Tem alguém aí — disse.

Mathieu pensou: "Boris." Era Daniel. Entrou muito digno e inclinando-se diante de Lola.

— Aqui estão os cinco mil francos, senhora, queira verificar.

Mathieu pensou a um tempo: "Foi Marcelle quem o mandou e ele escutou atrás da porta." Daniel escutava de bom grado atrás das portas para manejar suas entradas em cena.

Mathieu indagou:

— Ela...

Daniel tranquilizou-o com um gesto:

— Tudo vai bem.

Lola olhava o envelope feito uma camponesa desconfiada.

— Tem cinco mil francos aí dentro?

— Tem.

— Como prova que são os meus?

— Não tomou nota dos números? — perguntou Daniel.

— Imagine!

— Ah! Senhora — disse Daniel com um ar de censura —, é preciso sempre anotar os números!

Mathieu teve uma inspiração: lembrara-se do perfume pesado de Chipre que exalava da maleta.

— Cheire — disse.

Lola hesitou, depois pegou o envelope, rasgou-o e levou as notas ao nariz. Mathieu temia que Daniel risse. Mas Daniel estava sério como um papa, olhava para Lola com compreensão.

— Obrigou Boris a devolvê-las? — indagou ela.

— Não conheço ninguém com esse nome. Foi uma amiga de Mathieu que as confiou a mim a fim de que eu as trouxesse. Vim correndo e ouvi o fim da conversa, pelo que peço desculpas, minha senhora.

Lola estava imóvel, de braços caídos. Apertava a bolsa na mão esquerda e com a direita amassava as notas. Parecia ansiosa e estupefata.

— Mas por que teria você feito isso, você — indagou subitamente —, que são cinco mil francos para você?

Mathieu sorriu sem alegria:

— Pelo que se vê, deve ser muito.

Acrescentou docemente:

— Precisa lembrar-se de retirar a queixa, Lola. Ou então, se quiser, apresente queixa contra mim.

Lola virou a cabeça e disse depressa:

— Não tinha dado queixa ainda.

Continuava imóvel no meio da sala, absorta. De repente disse:

— Havia também umas cartas.

— Não as tenho mais. Peguei-as pela manhã para Boris quando pensávamos que tivesse morrido. Foi o que me deu a ideia de ir buscar o dinheiro.

Lola contemplou Mathieu sem ódio, apenas com um espanto imenso e uma espécie de curiosidade.

— Você me roubou cinco mil francos! Mas é notável!

Seus olhos, porém, logo se apagaram e suas feições se tornaram duras. Parecia sofrer.

— Vou-me embora.

Deixaram-na sair, sem dizer nada. Na porta, voltou-se:

— Se ele não fez nada, por que não volta?

— Não sei.

Lola soluçou e apoiou-se no batente da porta. Mathieu deu um passo à frente, porém ela já se dominara.

— Acha que ele vai voltar?
— Acho. São incapazes de fazer a felicidade de alguém, mas são igualmente incapazes de dar o fora, isso ainda é muito difícil para eles.
— É — disse Lola —, adeus.
— Adeus, Lola, não precisa de nada?
— Não.
Saiu. Ouviram a porta fechar-se.
— Quem é essa velha senhora?
— É Lola, amante de Boris Serguine. Está abalada.
— Parece.
Mathieu não se sentia à vontade sozinho com Daniel. Parecia-lhe que o haviam colocado subitamente na presença de seu erro. Ali estava ele, na sua frente, vivo, vivia no fundo dos olhos de Daniel e só Deus sabe que forma tomara naquela consciência caprichosa e malandra. Daniel parecia disposto a abusar da situação. Mostrava-se cerimonioso, insolente e fúnebre como nos seus piores dias. Mathieu enrijeceu e ergueu a cabeça. Daniel estava lívido.
— Estás com uma cara! — disse Daniel, com um sorriso mau.
— Ia dizer-te o mesmo — respondeu Mathieu.
Daniel deu de ombros.
— Você vem da casa de Marcelle? — perguntou Mathieu.
— Venho.
— Foi ela quem mandou o dinheiro?
— Ela não precisava — disse Daniel evasivamente.
— Não precisava?
— Não.
— Diga-me ao menos se ela tem meios para...
— Não se fala mais nisso, meu caro, isso é história antiga.
Franzira a sobrancelha esquerda e olhava para Mathieu com ironia, como através de um monóculo imaginário. "Se quer me impressionar", pensou Mathieu, "deve impedir que as mãos tremam".
Daniel disse displicentemente:
— Caso-me com ela. Ficaremos com a criança.
Mathieu acendeu um cigarro. Sua cabeça badalava como um sino. Disse com calma:

— Você a amava, então?
— Por que não?
"É de Marcelle que se trata", pensou Mathieu. "*De Marcelle!*" Não conseguia convencer-se totalmente.
— Daniel — disse ele —, não acredito.
— Espere e verá.
— Não. Quero dizer que não acredito que você ame Marcelle. Não sei o que há por trás disso.

Daniel estava abatido. Sentou-se sobre a escrivaninha com um pé no chão, balançando o outro com desenvoltura. "Diverte-se", pensou Mathieu, com raiva.
— Ficarias muito espantado se soubesses — disse Daniel.
Mathieu pensou: "Era amante dele."
— Se não quer dizer, cale-se — atalhou secamente.

Daniel olhou-o como se se divertisse em perturbá-lo, depois subitamente levantou-se e passou a mão na fronte.
— Vai mal assim — disse.
Observava Mathieu com certa surpresa.
— Não era disso que vinha falar. Escute, Mathieu, eu sou...
Deu uma risada forçada.
— Você não vai me levar a sério, se te disser!
— Está bem. Não fale, então.
— Pois bem, eu sou...

Parou de novo e Mathieu, impaciente, terminou a frase:
— É amante de Marcelle. Não é o que quer dizer?
Daniel arregalou os olhos e assobiou. Mathieu sentiu que corava.
— Nada mal — disse Daniel, com admiração. — Não querias outra coisa, hem? Não, meu caro, nem essa desculpa terás.
— Pois fale, então — disse Mathieu, humilhado.
— Espera um pouco. Não tens nada para beber? Uísque?
— Não, só tenho rum branco. É uma ideia — acrescentou —, vamos tomar um trago.

Foi à cozinha e abriu o armário. "Acabo de ser ignóbil", pensou. Voltou com dois copos e a garrafa de rum. Daniel pegou a garrafa e encheu os copos até a borda.
— É da Rhumerie Martiniquaise?

— É.
— Ainda vais lá de vez em quando?
— Ainda. Saúde — disse Mathieu.

Daniel olhou-o inquisitorialmente, como se Mathieu dissimulasse alguma coisa.

— A meus amores — disse.
— Estás bêbado — observou Mathieu, enojado.
— Sim, bebi um pouco. Não te aflijas. Bebi depois de sair da casa de Marcelle, não antes...
— Vens de lá?
— Sim, com uma parada no Falstaff.
— Deves tê-la visto logo depois que saí.
— Aguardava que saísses — disse Daniel, sorridente. — Subi logo depois.

Mathieu não pôde evitar um gesto de contrariedade.

— Você me espiava! Tanto melhor, afinal. Assim Marcelle não ficou só. E que é que me querias dizer?
— Nada, meu velho — disse Daniel, com súbita cordialidade. — Queria apenas te participar o casamento.
— Só?
— Só... é, só...
— Bem.

Calaram-se um instante e Mathieu indagou:

— Como vai ela?
— Desejarias que eu te dissesse que está satisfeitíssima? — indagou Daniel ironicamente. — Poupe a minha modéstia...
— Ouça — disse Mathieu secamente —, evidente que não tenho nenhum direito, mas afinal você veio aqui...
— Pois bem — atalhou Daniel —, pensava que encontraria maior dificuldade em convencê-la. Mas caiu sobre a proposta como a miséria sobre o mundo.

Mathieu percebeu-lhe um brilho de rancor nos olhos. Disse, como para desculpar Marcelle:

— Ela se afogava...

Daniel ergueu os ombros e pôs-se a andar de um lado para outro. Mathieu não ousava olhá-lo. Daniel dominava-se. Falara serenamente, mas parecia possesso. Mathieu cruzou as mãos e fixou os olhos nos sapatos. Depois, disse como para si mesmo:

— Então era o filho que queria. Não compreendi. Se me tivesse dito...

Daniel se calara.

— Era o filho. Eu queria suprimi-lo. Talvez seja melhor que nasça.

Daniel não respondia.

— Nunca o verei, naturalmente?

Não chegava a ser uma interrogação e ele acrescentou sem aguardar a resposta:

— Acho que deveria estar contente. Em certo sentido você a salva... mas não compreendo: por que você fez isso?

— Não foi por filantropia, com certeza — disse Daniel secamente. — É horrível este rum. Não faz mal, me dá mais um copo.

Mathieu encheu os copos. Beberam.

— E agora — perguntou Daniel —, que é que você vai fazer?

— Nada, nada de especial.

— Essa pequena Serguine?

— Não.

— Mas você está livre agora.

— Ora!

— Bom, boa noite — disse Daniel, levantando-se. — Vim para devolver o dinheiro e te tranquilizar. Marcelle não tem nada a temer e tem confiança em mim. Toda essa história a abalou terrivelmente, mas ela não se sente muito infeliz.

— Vais casar com ela — repetiu Mathieu. — Ela me odeia.

— Ponha-se no lugar dela — disse Daniel duramente.

— Sei. Já me pus. Falou de mim?

— Muito pouco.

— Sabe — disse Mathieu —, o fato de você casar com ela me perturba um pouco.

— Lamentas alguma coisa? Tens saudades?

— Não, acho isso sinistro.

— Obrigado.

— Para os dois. Não sei por quê.

— Não te preocupes. Tudo irá bem. Se for um menino, vamos chamá-lo de Mathieu.

Mathieu levantou-se, cerrando os punhos.

— Cale-se!

— Não te zangues — disse Daniel.

Repetiu distraído:

— Não te zangues, não te zangues.

E não se decidia a sair.

— Em suma — disse Mathieu —, você veio ver a cara que eu faria depois dessa história toda.

— Em parte — disse Daniel, com franqueza —, há alguma coisa disso. Você sempre se mostrou tão sólido... isso me chateava.

— Pois já viste. Não sou tão forte assim.

— É...

Daniel deu uns passos em direção à porta e bruscamente voltou. Perdera a expressão irônica, mas não se tornara mais agradável.

— Mathieu — disse —, eu sou pederasta.

— O quê?

Daniel se afastara e o contemplava com espanto e ódio.

— Estás com nojo, não é?

— Você, pederasta? — repetiu lentamente Mathieu. — Não, não tenho nojo. Por que teria nojo?

— Oh! — disse Daniel —, não imagine que você seja obrigado a se mostrar generoso!

Mathieu não respondeu. Olhava Daniel e pensava: "Ele é pederasta." Mas não se sentia muito espantado.

— Você não diz nada? — continuou Daniel, cortante. — Tem razão. É a reação normal, a reação que deve ter todo homem sadio, mas fazes bem em não dizer nada.

Daniel estava imóvel, de braços colados ao corpo, parecia apertado na sua roupa. "Que ideia essa de vir se torturar aqui", pensou Mathieu sem simpatia. Achava que devia dizer alguma coisa, mas mergulhava na mais completa indiferença, uma indiferença profunda e paralisante. E, depois, tudo aquilo lhe parecia tão natural, tão normal. Ele era um safado. Daniel era um pederasta. Estava certo. Disse, afinal:

— Você pode ser o que bem entender, não é da minha conta.

— Eu sei — disse Daniel, sorrindo com altivez. — De fato, não é de sua conta. Sua própria consciência já lhe dá bastante trabalho.

— Então por que vem me contar isso?

— Eu... eu queria ver o efeito que isso podia provocar num sujeito como você — disse Daniel, pigarreando. — Depois, agora que há alguém que sabe, talvez eu consiga acreditar...

Estava verde, falava com dificuldade, mas continuava a sorrir. Mathieu não pôde suportar o sorriso e virou a cabeça.

Daniel escarneceu.

— Isso te espanta? Atrapalha a ideia que tinhas dos invertidos?

Mathieu ergueu a cabeça com vivacidade.

— Não banque o cínico. É desagradável. Não precisas assumir atitudes diante de mim. Talvez você tenha nojo de si próprio, eu também tenho de mim. Nós nos valemos. Aliás, pensando bem, é por isso mesmo que me contas essa história. Deve ser mais fácil confessar-se a um miserável. E fica sempre o benefício da confissão.

— Você é um espertalhão — disse Daniel, com uma vulgaridade que Mathieu não conhecia.

Calaram-se. Daniel olhava sem ver, cheio de estupor. Dir-se-ia um ancião. Mathieu sentiu um remorso agudo.

— Se é assim, por que se casa com Marcelle?

— Uma coisa nada tem a ver com a outra.

— Não posso permitir que cases com Marcelle.

Daniel levantou-se. Um rubor sombrio manchou-lhe o rosto de afogado.

— Ah! Não podes? — perguntou, arrogante. — E que farás para impedir-me?

Mathieu levantou-se sem responder. Pegou o telefone e discou o número de Marcelle. Daniel contemplava-o com ironia. Houve um silêncio.

— Alô — fez a voz de Marcelle.

Mathieu estremeceu.

— Alô, é Mathieu. Escuta, fomos idiotas há pouco. Eu queria... alô, Marcelle! Está ouvindo? Marcelle!

Ela não respondia. Ele perdeu a cabeça e berrou no fone:

— Marcelle, quero casar com você!

Houve um curto silêncio, depois uma espécie de ganido e ela desligou. Mathieu conservou um instante o fone na mão, depois colocou-o devagar na mesa. Daniel olhava-o sem falar, não parecia triunfante. Mathieu bebeu um gole de rum e tornou a sentar-se na poltrona.

— Bem — disse.

Daniel sorriu.

— Tranquilize-se — observou à guisa de consolo. — Os pederastas sempre deram excelentes maridos, é sabido.

— Daniel! Se casas por casar, vais estragar-lhe a vida.

— Você deveria ser o último a dizê-lo. E depois, não caso por casar. E, ademais, o que ela quer, principalmente, é o filho.

— E... ela sabe?

— Não!

— Por que casas com ela?

— Por amizade.

O tom não convencia. Encheram os copos e Mathieu disse com obstinação:

— Não quero que ela seja infeliz.

— Juro que não será.

— Ela imagina que você a ama?

— Não creio. Ela me propôs viver a seu lado, mas isso não me convém. Eu a instalarei em minha casa. O sentimento virá com o tempo.

Acrescentou com uma ironia dolorosa:

— Estou resolvido a cumprir meus deveres conjugais até o fim.

— Mas...

Mathieu corou violentamente.

— Gosta também de mulheres?

Daniel fungou.

— Não muito.

— Compreendo.

Mathieu baixou a cabeça e lágrimas de vergonha inundaram-lhe os olhos. Disse:

— Tenho mais nojo de mim, depois de saber que vais casar com ela.

Daniel bebeu.

— É — atalhou, com um ar imparcial e distraído —, acho que deves te sentir bastante sujo.

Mathieu não respondeu. Olhava o assoalho entre os pés. "É um pederasta e ela vai casar-se com ele."

Abriu as mãos e roçou o salto do sapato no chão, sentia-se acuado. Subitamente o silêncio se tornou pesado. Pensou: "Daniel está me olhando", e ergueu a cabeça precipitadamente. Daniel o olhava efetivamente e com tal ódio que o coração de Mathieu se fez pequenino.

— Por que me olha assim? — perguntou.

— Você sabe. Alguém sabe.

— Você gostaria de me enfiar uma bala no corpo, hem?

Daniel não respondeu. Mathieu foi invadido por uma ideia insuportável.

— Daniel — disse —, você se casa para se martirizar!

— E então? Isso é comigo.

Mathieu pôs a cabeça entre as mãos.

— Deus do céu! — disse.

Daniel acrescentou vivamente:

— Isso não tem importância. Para ela não terá nenhuma importância.

— Você a odeia.

— Não.

Mathieu pensou tristemente: "É a mim que odeia."

Daniel retomou seu sorriso:

— Vamos esvaziar a garrafa?

— Vamos.

Beberam e Mathieu percebeu que estava com vontade de fumar. Pegou um cigarro no bolso e acendeu.

— Escute — disse —, o que você é não me interessa. Mesmo agora. Mas uma coisa eu desejo saber. Por que tem vergonha disso?

Daniel deu uma curta risada:

— Eu esperava essa pergunta — disse. — Tenho vergonha de ser pederasta. Já sei o que vai dizer. "No seu lugar, reagiria, exigiria um lugar ao sol, é um gosto como outro qualquer etc. etc."

Mas dirá isso tudo exatamente porque não é pederasta. Todos os invertidos têm vergonha, está na sua natureza.

— Mas não seria melhor... aceitar-se? — indagou timidamente Mathieu.

Daniel pareceu agastar-se.

— Falaremos disso quando você concordar em ser um safado — respondeu com dureza. — Não, os pederastas que se vangloriam ou se exibem, ou simplesmente se aceitam... são os mortos; mataram-se de vergonha, de tanto ter vergonha, e eu não quero esse gênero de morte.

Porém, parecia mais calmo e olhava Mathieu sem ódio.

— Já me aceitei demais — continuou com doçura. — Me conheço muito bem.

Não havia o que objetar. Mathieu acendeu outro cigarro e, como ainda sobrasse um resto de rum no copo, bebeu-o. Daniel lhe inspirava horror. Pensou: "Dentro de dois anos, de quatro... serei assim?" E subitamente foi tomado pelo desejo de falar a Marcelle, só a ela podia falar de sua vida, de seus receios, de suas esperanças. Mas lembrou-se de que não a veria nunca mais, e o desejo suspenso, sem nome, transformou-se numa espécie de angústia. Estava só.

Daniel parecia refletir. Tinha o olhar parado e de quando em vez seus lábios se entreabriam. Suspirou e algo pareceu ceder em seu rosto. Passou a mão pela fronte, tinha um olhar de espanto.

— Hoje, entretanto, eu me surpreendi — disse em voz baixa.

Sorriu de um modo singular, quase infantil, que parecia deslocado daquele rosto cor de azeitona que a barba crescida manchava de azul. "É verdade", pensou Mathieu, "ele foi até o fim desta vez". Uma ideia repentina causou-lhe certo mal-estar: "Ele é livre." E o horror mitigou de inveja.

— Deves estar num estado esquisito.

— É, num estado esquisito — disse Daniel.

Daniel continuava a sorrir. Disse:

— Me dá um cigarro.

— Está fumando agora?

— Um, só esta noite.

Mathieu disse subitamente:

— Desejaria estar no seu lugar.

— No meu lugar? — repetiu Daniel sem revelar grande surpresa.

— É.

Daniel deu de ombros.

— Nessa história você ganhou de todo lado.

Mathieu riu secamente. Daniel explicou:

— Você é livre.

— Não — disse Mathieu —, não basta abandonar uma mulher para ser livre.

Daniel olhou Mathieu com curiosidade.

— Hoje de manhã você parecia acreditar que sim.

— Não sei. Não estava muito claro. Nada é claro. Mas a verdade é que abandonei Marcelle à toa, por nada.

Fixava o olhar nas cortinas da janela, agitadas pela brisa noturna. Estava cansado.

— Por nada — repetiu. — Em toda essa história eu não fui senão recusa e negação. Marcelle não está mais na minha vida, mas há todo o resto.

— O quê?

Mathieu mostrou a escrivaninha num gesto largo e vago.

— Tudo isso, todo o resto.

Sentia-se fascinado por Daniel. Pensava: "Será isso a liberdade? Ele agiu, agora não pode mais voltar atrás; deve parecer-lhe estranho sentir atrás de si um ato desconhecido, que ele já quase não compreende e que vai transformar-lhe a vida. Eu, tudo o que faço, faço por nada; dir-se-ia que me roubam as consequências de meus atos, tudo se passa como se eu pudesse sempre voltar atrás. Não sei o que não daria para cometer um ato irremediável."

Disse em voz alta:

— Anteontem à noite encontrei um sujeito que quis alistar-se nas milícias espanholas.

— E então?

— Não o fez, agora está fodido.

— Por que me diz isso?

— Não sei.
— Teve vontade de alistar-se para ir à Espanha?
— Tive, mas não o bastante.
Calaram-se. No fim de um momento Daniel jogou fora o cigarro e disse:
— Eu queria ser seis meses mais velho.
— Eu, não — retrucou Mathieu. — Daqui a seis meses serei a mesma coisa que sou hoje.
— Com o remorso a menos.
Daniel levantou-se.
— Convido-te para tomar qualquer coisa no Clarisse.
— Não — disse Mathieu. — Hoje não tenho vontade de me embriagar. Não sei o que faria se bebesse...
— Nada de muito sensacional — observou Daniel. — Então, não vens?
— Não. Não queres ficar mais um pouco?
— Preciso beber. Adeus.
— Adeus... Quando nos veremos? Logo?
— Acho que será difícil. Marcelle disse que não queria mudar coisa alguma na minha vida, mas acho que lhe seria penoso saber que nos vemos.
— Bem — disse Mathieu secamente. —, nesse caso, felicidades.
Daniel sorriu sem responder e Mathieu acrescentou bruscamente:
— Você me odeia.
Daniel aproximou-se e pousou a mão nos ombros dele num gesto desajeitado e envergonhado.
— Não neste momento.
— Mas amanhã...
Daniel baixou a cabeça sem responder.
— Adeus — disse Mathieu.
— Adeus.
Daniel saiu. Mathieu chegou-se à janela e levantou as cortinas. Era uma noite agradável, agradável e azul. O vento varrera as nuvens, viam-se as estrelas acima dos telhados. Ele encostou-se no parapeito e bocejou longamente. Na rua, embaixo, um ho-

mem caminhava a passos tranquilos. Parou na esquina da rua Huyghens com a rua Froidevaux e olhou o céu. Era Daniel. Um ruído de música subia na avenida do Maine, a luz branca de um farol deslizou no céu, demorou-se em cima de uma chaminé e escorregou por detrás dos telhados. Era um céu de festa na aldeia, um céu que sabia a férias e bailes campestres. Mathieu viu Daniel desaparecer e pensou: "Fico só." Só, porém não mais livre do que antes. Dissera a si mesmo na véspera: "Se ao menos Marcelle não existisse!" Mas era uma mentira. "Ninguém entravou a minha liberdade, foi a minha vida que a bebeu." Fechou a janela e voltou para o quarto. O perfume de Ivich ainda flutuava. Respirou-o e reviu aquele dia tumultuoso. Pensou: "Muito barulho à toa, por nada. Por nada." Essa vida era-lhe dada à toa, ele não era nada e, no entanto, não mudaria mais. Estava formado. Tirou os sapatos e ficou imóvel, sentado no braço da poltrona, um sapato na mão. Sentia ainda no fundo da garganta o calor adocicado do rum. Bocejou. O dia estava acabado, e acabava sua juventude. Morais comprovadas já lhe ofereciam seus serviços. Havia o epicurismo desabusado, a indulgência sorridente, a resignação, a seriedade de espírito, o estoicismo, tudo isso que permite apreciar, minuto por minuto, como bom conhecedor, uma vida malograda. Tirou o paletó, pôs-se a desfazer o nó da gravata. Repetia bocejando:

— Não há dúvida, não há dúvida, estou na idade da razão.

A IDADE DA RAZÃO

Conheça os títulos da Coleção Clássicos de Ouro

132 crônicas: cascos & carícias e outros escritos — Hilda Hilst
24 horas da vida de uma mulher e outras novelas — Stefan Zweig
50 sonetos de Shakespeare – William Shakespeare
A câmara clara: nota sobre a fotografia — Roland Barthes
A conquista da felicidade — Bertrand Russell
A consciência de Zeno – Italo Svevo
A força da idade — Simone de Beauvoir
A guerra dos mundos — H.G. Wells
A ingênua libertina — Colette
A mãe — Máximo Gorki
A mulher desiludida — Simone de Beauvoir
A náusea — Jean-Paul Sartre
A obra em negro — Marguerite Yourcenar
A riqueza das nações — Adam Smith
As belas imagens (e-book) — Simone de Beauvoir
As palavras — Jean-Paul Sartre
Como vejo o mundo — Albert Einstein
Contos — Anton Tchekhov
Contos de terror, de mistério e de morte — Edgar Allan Poe
Crepúsculo dos ídolos — Friedrich Nietzsche
Dez dias que abalaram o mundo — John Reed
Física em 12 lições — Richard P. Feynman
Grandes homens do meu tempo — Winston S. Churchill
História do pensamento ocidental — Bertrand Russell
Memórias de Adriano — Marguerite Yourcenar
Memórias de um negro americano — Booker T. Washington
Memórias de uma moça bem-comportada — Simone de Beauvoir
Memórias, sonhos, reflexões — Carl Gustav Jung
Meus últimos anos: os escritos da maturidade de um dos maiores gênios de todos os tempos — Albert Einstein
Moby Dick — Herman Melville
Mrs. Dalloway — Virginia Woolf
O banqueiro anarquista e outros contos escolhidos — Fernando Pessoa
O deserto dos tártaros — Dino Buzzati
O eterno marido — Fiódor Dostoiévski
O Exército de Cavalaria — Isaac Bábel
O fantasma de Canterville e outros contos — Oscar Wilde
O filho do homem — François Mauriac
O imoralista — André Gide
O muro — Jean-Paul Sartre

O príncipe — Nicolau Maquiavel
O que é arte? — Leon Tolstói
O tambor — Günter Grass
Orgulho e preconceito — Jane Austen
Orlando — Virginia Woolf
Os mandarins — Simone de Beauvoir
Retrato do artista quando jovem — James Joyce
Um homem bom é difícil de encontrar e outras histórias — Flannery O'Connor
Uma morte muito suave (e-book) — Simone de Beauvoir

Direção editorial
Daniele Cajueiro

Editora responsável
Ana Carla Sousa

Produção editorial
Adriana Torres
André Marinho
Laiane Flores
Adriano Barros

Revisão
Pedro Staite

Diagramação
Filigrana

Capa
Victor Burton

Este livro foi impresso em 2021
para a Nova Fronteira.